MW00508435

Charitas Bischoff

Amalie Dietrich

Charitas Bischoff

Amalie Dietrich

Unveränderter Nachdruck der Originalausgabe von 1913.

1. Auflage 2023 | ISBN: 978-3-36861-341-9

Verlag: Outlook Verlag GmbH, Zeilweg 44, 60439 Frankfurt, Deutschland
Vertretungsberechtigt: E. Roepke, Zeilweg 44, 60439 Frankfurt, Deutschland
Druck: Books on Demand GmbH, In de Tarpen 42, 22848 Norderstedt, Deutschland

Grote'sche Sammlung

von

Werken zeitgenössischer Schriftsteller

Siebenundneunzigster Band

Charitas Bischoff, Amalie Dietrich

Amalie Dietrich

Amalie Dietrich

Ein Leben erzählt von

Charitas Bischoff

Sechsundzwanzigstes Tausend

G. Grote'sche Verlagsbuchhandlung
Berlin 1913

Mit acht Bildnissen.
Buchschmuck von
Hans Kurth. Alle
 Druck
von Fischer & Wittig
○ in Leipzig. ○

Inhalt

Erster Teil

Zweiter Teil

Erster Teil

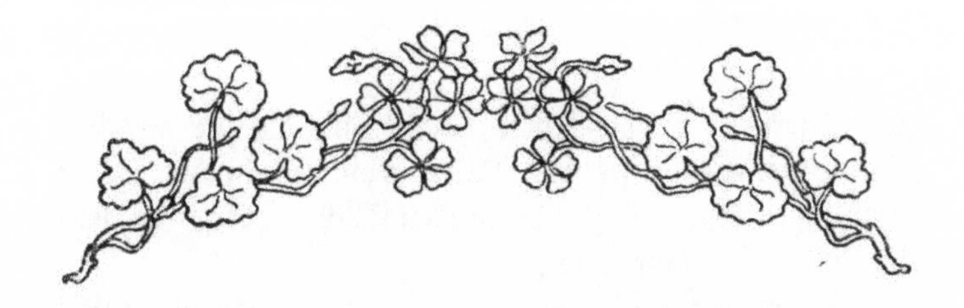

1

Ein Trumpf drauf

In dem kleinen sächsischen Bergstädtchen Siebenlehn saßen im Jahre 1823 vier Männer in einer ärmlichen Stube und spielten beim Schein einer hochbeinigen, zinnernen Öllampe Karten.

„Gottlieb," riefen sie einem langen, hageren Manne zu, „Gottlieb, du bist am Geben!"

Der Angeredete sah aber nicht in sein Spiel, er hielt den Kopf lauschend nach dem Fenster und horchte gespannt auf den eiligen Tritt, der sich auf dem holprigen Steinpflaster hören ließ. Jetzt wurde die Tür geöffnet.

Eine kleine untersetzte Frau erschien, und ehe man sich das rotbackige, runde Kindergesicht, das auffallenderweise von schneeweißen Scheiteln eingerahmt war, genügend betrachten konnte, war sie resolut an den Tisch herangetreten. Sie hatte eine große Stallaterne in der Hand, und auf dem Arme trug sie ein Kind, ein kleines rotbackiges Mädchen, das aus großen blauen Augen klug und verwundert um sich blickte. Die Frau setzte die Laterne auf die Diele, schob die Lampe auf dem Tische beiseite, setzte das Kind behutsam in die Mitte, und sagte fest, aber nicht unfreundlich: „So, da habt ihr einen Trumpf drauf."

Dieser kleine Vorfall hatte sich so schnell abgespielt, daß die Männer noch ganz verblüfft und wortlos dasaßen, als man schon wieder von draußen das Aufklappen der Lederpantoffeln hörte.

Das Kind sah der Reihe nach die vier Männer an, das Gesicht verzog sich zum Weinen, da neigte sich der hagere Mann mit verlegener Zärtlichkeit zu dem kleinen Mädchen und redete ihm freundlich zu, während er das rosige Gesichtchen gegen seine grobe, braun gewirkte Jacke drückte.

„So, so, Malchen," sagte er tröstend, „nur nicht weinen. bis doch nich bange! Komm, wir wollen zur Mama, die legt dich in die Baba!"

„Baba — Mama!" lallte das Kind und legte die runden Ärmchen um den mageren Hals des Vaters. Gottlieb nahm Kind und Laterne und verließ mit kurzem Kopfnicken das Stübchen.

„Na, was ist denn das für eine böse Sieben, daß die uns hier das Spielchen verdirbt. 's is die Möglichkeit! Setzt uns den kleinen Balg wahrhaftig mitten in die Karten!"

Der das rief, war der Bader oder wie ihn die Niederstädter auch nannten, der „Balbier". Er war erst seit einigen Tagen im Städtchen. Daß er sich für feiner und klüger hielt als seine Umgebung, das sah man schon seinem äußeren Menschen an; er trug nicht wie die anderen die gewirkte Wolljacke, sondern einen langen, kaffeebraunen Tuchrock; aber auch die geschraubte, überlegene Art, wie er mit den anderen umging, zeigte, wie hoch erhaben er sich neben den Siebenlehnern fühlte.

Noch ehe die Spielgefährten eine Antwort auf die Bemerkung des Baders fanden, bewegte sich beim großen Kachelofen der bunte Kattunvorhang, der nach sächsischer Sitte damals bei der ärmeren Bevölkerung den Wirtschaftsraum von der Wohnstube trennte und den man Hölle nannte. Eine Frau erschien, sie setzte sich auf den verlassenen Stuhl, schlug die Arme über der Brust zusammen und sagte in sächsischem Dialekt: „Wartet doch, bis Ihr die Leite kennt! Ene bese Sieben soll die Gevatter Cordel sin? Nee! das laß ich ni uf'r sitzen. Die beste Frau in der ganzen Niederstadt habt Ihr hinte*) gesehen. Freilich: Saufen, Spielen, Faulenzen, Schlechtes von seinen lieben Nächsten reden, nee das kann de Cordel ni leiden, aber hat se Eich e beses Wort gesait? Ich hab' nischt geheert, un ich bin ooch drinne gewest. De Cordel, wie die is! Resolut — ja! aber daderbei ni grob, ni ausfallend. Die war beese, daß der Gottlieb spielte; aber die hat 'ne Art! Von der können mer alle lernen!"

Der Bader lenkte ein und meinte: er als Fremder könne es ja nicht wissen, aber er ließe sich ja gern belehren, ihm könne es doch nur lieb sein, wenn er gute Nachbarn bekäme und sie möge ihm doch mehr von der Cordel erzählen, sie sei ihm gleich aufgefallen durch das weiße Haar, sie sei doch noch nicht so alt.

---

*) hinte = heute abend.

„Ach,“ sagte die Frau, „von der Cordel kann man viel erzählen. Der Gottlieb hat se sich aus Scherme geholt, da war se viele Jahre Köchin in der Pfarre. Die hat von Pasters viel gelernt, die vielen Sprüche und Gesangbuchverse. He, wie die ihre Worte zu setzen weeß, da werd unsereener ganz kleene drneben. Un vun ihr, vun der Pastern, hat se das Salben- un Pflasterkochen gelernt. Was die alles weeß! Die kann gerade so gut wie Ihr Schröppköppe un Blutegel setzen. Wenn man krank is, un se kummt mit en Krankensüppchen, da kriegt man noch en Bibelspruch oder sunst e gutes Trostwort mit. Und wie die Pastersleite viel uf se gehalten haben! Wie se Braut gewesen is, hat de Frau Pastern se selber geschmückt, hat ihr den Kranz ufgesetzt, un um den Hals hat se ihr en Duppeldukaten gehängt, den hat de Frau Pastern selber als Braut getragen. ’s warn eben keene Töchter da, nor Söhne. Ja, de Cordel hat damals, so hört man, andere Träume gehabt; aber so junge Herren! Wenn se in de große Stadt kommen, da sin alle Schwüre vergessen! Die find’t sich aber in alles, ob hoch oder niedrig! Die fercht’ sich ooch vor niemanden, die red’t mit ’m Stadtrichter oder mit ’m Pfarrer wie mit unsereenen! Vor e paar Jahren werd bei uns Einquartierung angesagt, ich kann aber grade gar keene gebrauchen, denn ich erwartete das Fränzchen. Das klagt ich der Cordel. Die geht heem, bind sich ne reene blaue Scherze vor un geht wahrhaftig ruf ufs Stadthaus, da red’t se mit den Herrn; un nach ’ner Weile kommt se bei mir rein un sagt: ‚Jette, deinen Soldaten nehm’ ich dir diesmal ab, die Herren auf dem Rathaus sind einverstanden. Du bittest mich doch zu Gevatter, wenn du taufen läßt?' ‚Ach ja, Cordel,' sagte ich, ‚un wenn's e Mädel werd, da sull se Cordel heeßen,' aber 's wurde 's Fränzchen."

„Hat sie denn damals, als sie den Pastersohn nicht kriegte, das weiße Haar bekommen?"

„Nee, o nee! Das is die Geschichte mit dem kleenen Fritz. Dadrzu is es aber hinte zu späte, das erzähl' ich Eich e andermal."

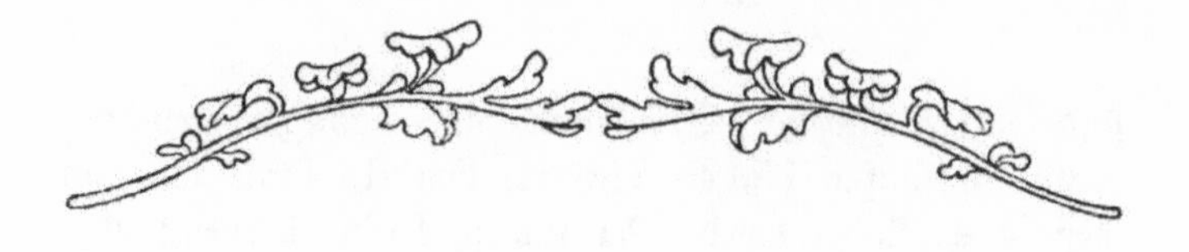

2

Der kleine Fritz

Wie war die Cordel zu ihrem weißen Haar gekommen? — Ach, das war eine traurige Geschichte.

Im Lauf der Jahre waren den Nellens vier Jungen geboren. Nun war die Wohnstube, die zugleich als Küche, Werkstatt und Laden benutzt wurde, nicht grade klein, aber als die vier Jungen heranwuchsen, wurde der Platz knapp, und zumal im Winter riß der Cordel oft die Geduld und seufzend entfuhr ihr der Ausruf:

„Warum muß denn grade ich nur solche wilde Blitzbuben haben! Nicht bändigen kann man die Schlingel! Andere haben kleine, sanfte Mädchen, die still sitzen oder der Mutter freundlich zur Hand gehen, aber grade ich muß solche wilde Bande haben!"

Und recht hatte sie: wo ein toller Streich auszuführen war, da waren gewiß die Nelleschen Jungen dabei. Als einen Hauptspaß hatten sie es angesehen, einem Bauer in Breitenbach den Wagen ins nächste Dorf zu fahren, mochte der Eigentümer sehen, wie er ihn wieder bekam. Im Herbst schnitten sie in ausgehöhlte Kürbisse schreckliche Fratzen, steckten sie auf eine Heugabel und ließen sie abends, nachdem sie ein Lichtstümpfchen hineingestellt hatten, in die Oberstuben sehen. Wenn die erschreckten Bewohner aufschrien, jauchzten die Jungen vor Vergnügen. Und wenn Klagen einliefen, jammerte Cordel: „Was ich an euch wohl noch alles erlebe! Nichts Gutes, das ist sicher!"

Eine Ausnahme machte der Jüngste, das Fritzchen.

„Da hat sich die Natur geirrt," sagte Cordel, „der hätte ein Mädchen werden sollen."

Fritzchen war ein zutrauliches, anschmiegendes Kind, das sich durch sein fröhliches Geplauder aller Herzen eroberte. Mit besonderer Liebe hing er an der Mutter. Er war immer bei ihr, trieb mit ihr die Gänse an den Bach, holte in seinem kleinen Tragkorb Streu und Futter für die Ziege und hatte für die Neckereien der großen Brüder nur einen traurigen, fragenden Blick aus seinen großen blauen Augen.

Als Fritzchen fünf Jahr alt war, sollte Nossener Markt sein. Nelle holte die große Marktkiste herbei, und geschäftig half das Kind dem Vater.

Mit welcher Freude schleppte er alles herbei, hatte ihm doch der Vater versprochen, er dürfe diesmal mit zum Jahrmarkt. Was kam da alles in die große Kiste! Zuerst die schweren Sachen: Lederhosen, Geldkatzen, schön gesteppte Taschen, die die Frauen an der Seite trugen, ferner Hosenträger und Handschuhe, und ganz oben hin kam das Lustige, Bunte: all die vielen, vielen Lederbälle. Nein, wie die hübsch waren, aus soviel bunten Lederläppchen waren sie zusammengenäht, und Fritzchen kannte sie einzeln, er hatte ja mit geholfen, hatte mit seinen kleinen Händen die Sägespäne hingereicht, die die Mutter hineinstopfte.

„Immer mehr her!“ hatte die Mutter gesagt, „solch ein Ball kann gar viel in seinem runden, bunten Bäuchlein haben, ehe er satt ist!“

Und die Mutter mußte von den vielen, vielen Kindern erzählen, die durch ganz Sachsenland Vater Nelles schöne Lederbälle kauften, denn Vater Nelle war berühmt grade wegen der Bälle.

Am nächsten Morgen wurde die Kiste auf den Schiebbock gehoben, und klopfenden Herzens trottete Fritzchen neben dem Vater her. Der Weg war doch weit für den kleinen Jungen. Da war der große Berg von der Niederstadt in die Oberstadt, und wie lang dehnte sich nun die Pappelallee bis zum nächsten Städtchen. Aber nun waren sie da, und Fritzchen sah mit klugen Augen, wie der Vater eine schwarze Rolle entfaltete und sie vor die Bude hing. Er sah nachdenklich auf die weißen Buchstaben und fragte: „Was ist das, Vater?“

„Das ist das Schild,“ sagte der Vater, und er las ihm vor: „Gottlieb Nelle. Beutler aus Siebenlehn.“ Und das Kind freute sich und fühlte sich wichtig, daß alle die vielen Leute jetzt lesen könnten, wer sie wären. Nachdem die Bude eingeräumt war, wollte Fritzchen zum Schachtelmann, der hatte so schöne Flöten und in den vielen Schachteln die schönsten Häuser und Tiere. Aber noch ehe er den Schachtelmann erreicht hatte, war er müde und übersättigt. Ein plötzliches Heimweh befiel ihn, er fürchtete sich vor den vielen fremden Gesichtern und verlangte stürmisch heim zur Mutter. Nelle übergab seine Bude dem Nachbar und brachte das Kind in den nahen Gasthof. Die Wirtin hatte es eilig, schloß aber eine Stube auf und gab Nelle den Rat, das Kind aufs Bett zu legen.

„Komm, Fritzchen, du bist müde," sagte der Vater, „leg' dich hin und schlaf, komm, ich bleib' bei dir."

Und der Vater setzte sich ans Bett und wartete, bis Fritzchen eingeschlafen war. Nun ging Nelle in seine Bude. Nach einer Stunde kam er, um nach dem Kinde zu sehen, — aber — das Bett war leer! Niemand im Hause hatte das Kind gesehen.

„Der ist nun ausgeruht und sieht sich die Buden an," sagte die Wirtin.

Hastig durcheilte der Vater den Markt, er fragte alle Bekannten, vergebens, niemand hatte das Kind gesehen.

„Bei den Bänkelsängern oder bei den Seiltänzern wird er sein," so sagte man tröstend, aber auch da war Fritzchen nicht, auch nicht bei den Pfefferkuchen und nicht bei den wilden Tieren. Ach, dann war er wohl nach Hause gelaufen. Eilig warf Gottlieb seine Ware in die Kiste, stellte sie samt dem Schiebbock in den Gasthof und eilte heim. Keuchend trat er in die Stube.

„Wo ist Fritzchen?" fragte er erregt.

„Wo soll er denn sein? Du hast ihn doch mitgenommen?" sagte Cordel erbleichend. Ach Gottlieb! Wo hast du ihn? Er ist doch wohl nicht in die Mulde gegangen?"

„Bewahre!" sagte der Vater, dazu ist er zu groß.

Er weiß, daß er nicht ins Wasser darf. Er muß sich verlaufen haben, aber wo soll ich suchen?"

Und Gottlieb suchte. Als der Abend kam, stellte sich Gottlieb ein, aber ohne das Kind. Ach, die lange, bange Nacht! — Mit Tagesgrauen ging der Vater wieder an seine trostlose Aufgabe. Natürlich wieder nach Nossen. Konnte das Kind die Neugasse entlang gegangen sein? Gottlieb verfolgte die Straße weiter, — weiter, bis er nach Marbach kam. Auch hier fragte er, ob man nicht einen kleinen verirrten Knaben gesehen hätte. Im Gasthofe war ein Kind, das sich verlaufen hatte. Zitternd, weinend hastete Gottlieb ins Wirtshaus. Und da war Fritzchen. — Aber sonderbar, er zeigte keine Freude beim Anblick des Vaters, auch nicht als dieser ihn zärtlich an sich drückte. Schlaff ließ er das Köpfchen auf des Vaters Schulter fallen, und als die weiche Wange des Vaters Gesicht berührte, da fühlte der, daß des Kindes Stirn und Bäckchen fieberheiß waren, er hörte, wie die kleine Brust arbeitete und wie der Atem pfiff. Auf alle zärtlichen Fragen sagte das Kind nur: „Heem! Heem!"

Gottlieb hörte wie im Traum, daß die Wirtsleute erzählten, es sei wohl nicht bei sich, es habe nichts genossen und sei doch seit gestern bei ihnen; ganz verstört habe es nur immer das eine Wort gerufen: „Heem! Heem!" Schwere Tropfen liefen dem armen Vater über die Wangen, während er sein krankes Kind nach Hause trug. Nur wenige Tage noch lebte Fritzchen. Der Doktor aus der Oberstadt sagte, der Kleine sei an Gehirnentzündung gestorben.

Von da an war Cordels Haar gebleicht. —

Es sollte noch schlimmer kommen. In der Niederstadt wütete die Halsbräune, auch bei Nellens zog sie ein und raffte in einer Woche den Paul und den Franz hinweg.

Wie war die Stube nun so groß, still und leer!

Auf dem Gottesacker drei Gräber!

Nun war nur der Älteste, Karl, noch da, der, als er herangewachsen war, das Handwerk des Vaters lernte.

Cordel aber, die ein zartes Gewissen hatte, nahm sich den Tod ihrer drei Jungen schwer zu Herzen; da sie manchmal gescholten hatte, fühlte sie ihr Schicksal als Strafe und quälte sich beständig mit Selbstvorwürfen, trieb einen übermäßigen Kultus mit den Gräbern, und die Nachbarn sagten mit bedauerndem Kopfschütteln: „Die arme Cordel! Ach Gott, die wird wunderlich!" — Dann aber überwand sie doch ihr Leid, das war, als ihr nach sechs Jahren wieder ein Kind geschenkt wurde. Und diesmal war es sogar ein Mädchen. In der Taufe erhielt die Kleine den Namen Concordia Amalie. Cordels Augen wurden wieder hell, die Stimme fröhlich und der Gang fest. Das Herz wurde wieder weit; es fühlte die Not und das Glück der anderen noch viel tiefer als ehedem. Wenn sie aber das lachende gesunde Kind ansah, da faltete sie ganz im stillen die Hände und ihre Lippen flüsterten: „Der dir alle deine Sünden vergibt und heilet alle deine Gebrechen."

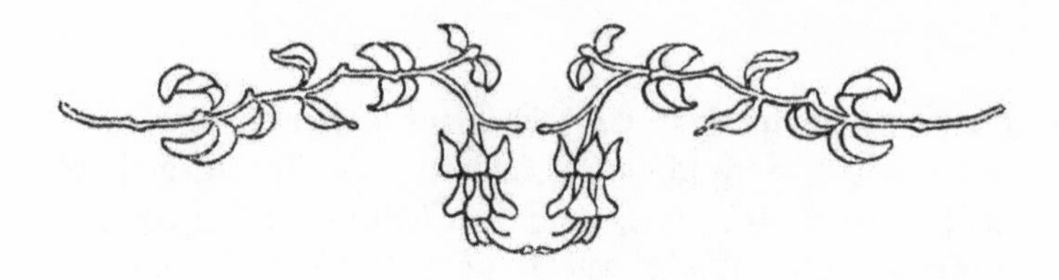

3
Amalie im Elternhaus

Als Ersatz für die verstorbenen Knaben sah Mutter Cordel das Malchen an. Da der kleine Nachzügler noch dazu ein Mädchen war, so würde sie nach der Meinung der Eltern ein Ausbund von Sanftmut und Milde werden. Sie sollte doch das weichherzige Fritzchen ersetzen! Es war der Mutter daher kaum recht, daß Malchen statt des weichen Blondhaares eine Fülle dunkler Locken hatte. Aber die Augen, die erinnerten an das Fritzchen, die waren groß, graublau, aber viel lebhafter, viel schelmischer; und noch mehr Innigkeit lag in dem Blicke, wenn er zärtlich die Liebe der Mutter erwiderte.

Malchen wuchs heran, und die Eltern wunderten sich über die sonderbare Mischung, die der Charakter des Kindes zeigte. Die Eltern urteilten durchaus verschieden über ihr Kind. Die Mutter, die eine gradezu leidenschaftliche Liebe für ihr kleines Mädchen empfand, behauptete, sie könne Malchen mit einem Blick regieren. Der Vater sagte: „Siehst du denn nicht, wie dickköpfig und eigensinnig das Mädel ist? Was die will, das setzt sie durch! Wenn du nicht beizeiten aufpaßt, werden wir wer weiß was an der erleben."

Das kränkte Mutter Cordel, und fragend ruhte oft ihr Blick auf ihrem heißgeliebten Kinde, und leidenschaftlich drückte sie dann die Kleine an sich und flüsterte: „Malchen! Malchen! Du wirst uns doch nie Kummer machen?“ —

Das Kind kam zur Schule; und nun hatten beide Eltern ihren Spaß daran, wie ernsthaft und ausdauernd ihr Kind lernte, mit welcher Wichtigkeit und mit welchem Eifer sie die biblischen Geschichten wieder erzählte, und wie sie die Mutter mit Fragen nach den fremden Ländern quälte, wo sich diese Geschichten abgespielt hatten.

Der Lehrer staunte über die kleine „Nellen“ und sagte oft zu den besser gekleideten Oberstädtern: „Wenn ihr euch nicht zusammennehmt, werde ich die kleine Nellen noch über euch alle setzen!“

Die kleine „Nellen“ blieb aber unten sitzen, und das empörte sie, denn sie hatte von klein auf ein scharf ausgeprägtes Gerechtigkeitsgefühl. Sie hatte auch einen großen Glauben an das Wort von Erwachsenen; denn die Eltern sagten ihr stets die Wahrheit; jedes Versprechen erfüllte die Mutter, ja sie ging lieber über das Versprochene hinaus, um nur ja nicht Glauben und Hoffen ihres Kindes zu täuschen.

Am Sonnabend nahm Malchen ihren Sechser Schulgeld mit in die Schule, einmal im Monat drei Pfennige für Benutzung der Gänsefedern, und ebenfalls einmal monatlich einen Pfennig für Tinte. Bücher wurden nicht viel angeschafft. Den „Sächsischen Kinderfreund“ erbte Malchen vom Karl, und als sie erst die Geheimnisse des Lesens innehatte, ließ es ihr keine Ruhe, bis sie alle die kleinen rührenden und moralischen Geschichten durchgelesen hatte. Nun verlangte sie mehr. Auf dem Eckbrett lagen Bibel, Gesangbuch und der Freiberger Bergkalender. Der letztere hielt nicht lange vor. Da verwies Mutter Cordel ernsthaft ihr Kind auf Bibel und Gesangbuch und bestand darauf, daß Malchen viele der alten Lieder auswendig lernte. Zufrieden war aber Malchen damit nicht, sie stöberte überall herum, und als die Niederstadt nichts mehr hergab, da setzte sie sich mit dem Kantor-Klärchen in Verbindung. Es fand sich, daß in der Oberstadt der Buchbinder einen Extra-Glasschrank hatte, der ganz voll von Büchern war; für einen Pfennig die Woche konnte man haben, was man nur mochte. Ja dieser Bücherschrank, das war eine Welt! Malchen übertraf das Kantor-Klärchen an Lesefähigkeit, und mit Kopfschütteln sahen Nelles die wunderbarsten Bücher bei sich ein- und auswandern; Ritter- und Räubergeschichten wechselten mit moralischen Jugendschriften und Reisebeschreibungen. Der Vater schalt über das dumme Zeug und sagte: „Ich will froh sein, wenn das Mädel erst konfirmiert ist; dann rührt sie mir keine von diesen Scharteken mehr an; dann setze ich sie an den Werktisch und sie hilft mir im Geschäft. Wenn ich mal nicht mehr kann, nehm' ich mir einen Gesellen, und der mag das Malchen heiraten.“ Mutter Cordel seufzte: „Ach wer mag so lange voraus denken, es kommt meist ganz anders, als man glaubt.“

Die Vorbereitungszeit zur Konfirmation begeisterte Amalie. Kein Schimpfen und Schelten wie in der Schule, nur Erbauung und Erhebung! Ja, wer das immer haben könnte! Sie ging eifrig zur Kirche und erzählte mit Begeisterung zu Hause die Predigt. Der Pastor hatte seine helle Freude an ihr, und nach der Konfirmation kam er wahrhaftig in das kleine Haus der Niederstadt und beglückwünschte die Eltern zu einem so gesunden und aufgeweckten Kinde. Ja, er brachte Malchen sogar ein großes Geschenk, zwei Bände: „Stunden der Andacht" von Heinrich Zschokke. Als der Pastor von Nelles hörte, mit welcher Lesewut seine Schülerin behaftet war, da bat er sie ernst und eindringlich, die andern Bücher zu meiden und nur „Stunden der Andacht" zu lesen. Malchen versprach es und begab sich nun mit größtem Eifer an die neuen Bücher. Sie war so begeistert davon, daß sie sich Sonntags in den nahen Wald setzte und ganze Andachten auswendig lernte. Ihre Sprache bildete sich an dieser eigentümlichen Übung und bald sagten die Leute: „Die Nellen-Male redet wie e Buch."

„Paßt uff," sagten noch andere, „wenn hier mal Komödianten her kommen, da geht de Male mit, die is ja ganz überspannt!"

Mutter Cordel aber sagte stolz: „Wenn mein Malchen ein Junge wäre, da setzte ich's durch, daß sie auf den Schulmeister studierte, den Kopf dazu hat sie allemal!"

Außer mit dem Kantor-Klärchen ging's nicht recht mit den Altersgenossinnen. Die gingen zu Tanz, unterhielten sich über Putz und schafften sich bald einen Schatz an. Gegen diese Dinge hatte Amalie einen offenen Widerwillen.

„Ja, was is denn das mit der albernen Nellen-

Male? Was will denn die? Die is doch gar ni wie andere Mädel, aber die soll doch ni tun, als wär se was Besseres. Das hat schon manche gedacht, und was hat man an solchen derlebt!? Na! Na! — Man hat Beispiele!" So sagten die Alten kopfschüttelnd in der Niederstadt, und die Jungen gaben ihnen recht. Denn neulich bei Schwenkes, wo Malchen mit ihren Gefährtinnen zusammen gewesen war, da hatten sie auch lachend über Liebesgeschichten gesprochen, da war mitten in der Unterhaltung Malchen aufgestanden, hatte sich in der Tür umgedreht und entrüstet gerufen: „Schämt euch! Wißt ihr nichts Besseres als ewig eure Liebeleien?" und dann war sie verschwunden.

Ja Besseres? Gab es denn etwas Besseres als einen Schatz? Sie wollten doch mal sehen, wenn sie, die Male, erst mal einen hätte, ob sie dann so spräche? Oder waren etwa die Trauben sauer? Die war doch gar nicht wie ein Mädchen, da sie an nichts Freude hatte, was den anderen das Schönste und Liebste deuchte? Aber wart, ihre Stunde würde auch noch schlagen, und dann sollte sie's zu hören bekommen!

Amalie und Kantor-Klärchen gaben sich das Wort, sie wollten nie, niemals heiraten, es sei denn, es käme mal einer, der hoch über ihnen stände, den sie als ihren Herrn anerkennen könnten. Allerdings, dann wollten sie „ja" sagen und oh, so glücklich werden.

Klärchen fand sehr bald in einem Registerschreiber, der beim Bergamt angestellt war, ihr Ideal. Trotz des schroffen, ablehnenden Wesens, das Amalie den jungen Burschen offenkundig entgegen brachte, bemühten sich doch manche Handwerker um das frische, lebhafte Mädchen; aber weder der Leineweber noch der Sattler, weder der Bergmann noch der reiche Mehlhändler aus der Oberstadt fanden günstiges Gehör; sie schickte einen nach dem andern heim. Die Eltern schüttelten den Kopf, was sollte daraus werden? Wenn ein Mädchen in die Zwanzig kommt, und es werden ihm Anträge gemacht, da zieht man es doch in Erwägung. Worauf wartete sie denn? „Das kommt von der ewigen Leserei und Lernerei!" knurrte der Vater; die Mutter meinte seufzend: „Man muß doch Geduld mit ihr haben!" „Geduld! Jawohl Geduld!" sagte der Vater. „Wartet sie etwa, daß ein Studierter hier herunter steigt, vielleicht ein Advokate oder ein Pfarrer? Die läuft noch mal tüchtig an, aber du läßt ihr auch immer in allem ihren Willen!"

Karl war lange weg, der war auf die Wanderschaft gegangen, nachdem er das Handwerk des Vaters gelernt hatte. Seinen Platz sollte Amalie ausfüllen. Sie tat es seufzend; denn den ganzen Tag in Leder nähen, und noch dazu unter den strengen Augen des Vaters, das war wahrlich kein Spaß. Meist hatte sie doch in der Schieblade, wo sie Wachs, Zwirn und Nadel hatte, heimlich auch ein Buch — es war nicht mehr Zschokke — in dem sie las, wenn der Vater einen Geschäftsgang machte.

Das Einerlei dieses ruhigen Lebens wurde unterbrochen durch das jährlich wiederkehrende Königschießen, durch die Jahrmärkte, die Vater Gottlieb regelmäßig besuchte, und durch die Briefe, die vom Karl aus der Fremde kamen. So ein Brief wurde nach und nach Eigentum der ganzen Niederstadt. Zuerst ging Mutter

Cordel, den Brief in ein weiß und blau kariertes Schnupftuch gewickelt, zum Pastor, der las ihn noch einmal laut vor und machte seine Bemerkungen dazu. Gewöhnlich holte er eine Landkarte herbei und zeigte der Mutter Cordel ein kleines Pünktchen, mit dem Bemerken, da sei jetzt der Karl. Mutter Cordel nickte; sie konnte sich gar keine Vorstellung machen, was die Punkte und die bunten Linien mit Karls Aufenthalt zu tun hatten; aber sie ließ die Sache auf sich beruhen.

Eines Tages kam ein Brief, der brachte große Aufregung in das kleine Häuschen der Niederstadt. Karl war bis Bukarest gekommen, er hatte die Tochter seines Meisters geheiratet, und die war katholisch. „Katholisch!" rief Mutter Cordel entsetzt. Ach, das mochte sie dem Pastor ja gar nicht sagen! Sie hatte sich doch so viel darauf zugute getan, daß die Sachsen gut evangelisch waren, und nun nahm sich der Karl eine katholische Frau!

Aber wissen mußte der Pastor das, vielleicht konnte er etwas zum Troste und zur Beruhigung sagen. Kurz entschlossen schritt sie in die Pfarre, und wer sie zurückkommen sah, konnte bemerken, daß sie still und nachdenklich, ohne bei den Nachbarn vorzukehren, wieder nach Hause ging. Was der Pastor zu der Heirat ihres Ältesten gesagt hatte, das blieb ihr Geheimnis.

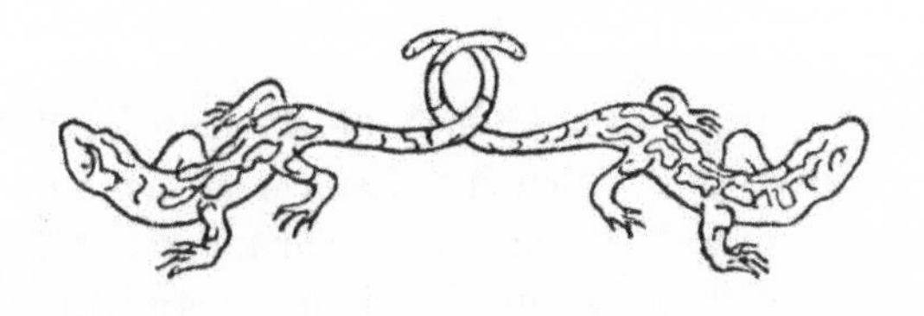

4
Gevatter Krummbiegeln

Gottlieb Nelle war mit seinen Lederwaren nach Freiberg zum Herbstmarkt gefahren. Mutter Cordel war mit Malchen allein. Als sie sich grade zum Nachmittagskaffee setzen wollten, klopfte es. Auf ihr „Herein!" trat eine frühere Nachbarin, die verwitwete Krummbiegeln, herein. Die „Frau Gevattern" wurde von Mutter Cordel mit großer Herzlichkeit empfangen und zum Kaffee genötigt.

Die Krummbiegeln war ein vertrocknetes Weibchen, deren lebhaftes, neugieriges Gesicht eulenartig aus der Umrahmung der weißen Mütze herausschaute. Auf der stark entwickelten Nase saß eine große, schwarze Hornbrille, hinter der die dunklen, glänzenden Augen in beständigem Wechsel den Beschauer anblitzten. Ach ja, die Krummbiegeln! Die „derlebte" immer so viel und so wunderbare Dinge. Wenn man der zuhörte, war es fast, als wenn man ein spannendes, geheimnisvolles Buch läse. So dachte Malchen, als sie die goldberänderte Tasse von der Kommode holte.

„Ich will mich gar nich aufhalten, habe weder meinen Spinnrocken noch die Laterne mitgebracht, muß deshalb bald wieder fort, denn ich geh ni gern im Finstern den buckligen Berg rauf. Von euch könnt auch mal eine in die Oberstadt kommen. Ihr wißt wohl gar nichts von da oben, wißt nich, daß ich meine Oberstuben vermietet habe?"

„So? — Nein, wir wissen von nichts. Hast du denn hübsche Leute herein gekriegt?"

Die Krummbiegeln setzte sich in Positur und sagte langsam und wichtig: „Ich habe einen Herrn!"

„Einen Herrn?!" riefen Mutter und Tochter überrascht. „Einen Herrn? Ja, wo kommt denn der her?"

„Der kommt nich her, der is schon lange hier, und wenn ihr nur mal aus eurer alten Niederstadt heraus fändet, da könntet ihr ihn schon gesehen haben. Er war doch in der Apotheke beim alten Kleeberg; aber weil du immer selbst die Pflaster und Tees zurecht machst, kommst du ja in keine Apotheke."

„Du hast recht. Ich wüßt nicht, wann einer von uns in der Entengasse gewesen wäre."

„Der is lange aus der Entengasse weg, hat bei der Dietzeln gewohnt, da war's ihm nich groß genug; nun is er zu mir gezogen."

„Einen Apotheker hast du! Das ist aber was Feines und Apartes!"

„Freilich, fein und apart, aber doch eben nicht mehr Apotheker."

„Nicht? — Ja, was tut er denn, wenn er doch beim Kleeberg war?"

„Das is ja grade die Sache! Was tut er, — was is er! — An seiner Tür is ein schwarzes Schild mit gelben Buchstaben, darauf steht:

W. A. S. Dietrich,

Naturforscher."

„Na—tur—forscher?!" — rief Malchen interessiert, „ach Pate, was ist denn das?"

„Bist doch sonst so klug und weißt das nich? Soll ich's euch sagen?" — — sie hob sich in der Erregung halb vom Stuhl auf, hielt die Hand seitwärts an den Mund und sagte in lautem Flüsterton: „Ein — Hexenmeister!"

„Ach," sagte Malchen lachend und doch zusammenschauernd: „Das gibt's ja gar nicht. Vor ein paar hundert Jahren hat man so was geglaubt, und da hat man solch arme Leute verbrannt. Aber das ist doch Aberglaube!"

„So? Da hast du's, Cordel! Dein Mädel glaubt nichts mehr. Die hat zu viel gelesen. Man liest sich um alle Religion, wenn man immer die Nase in die neumodischen Bücher steckt. Cordel, du sollst sie mehr in der Bibel lesen lassen, hast du nie von der Hexe zu Endor gelesen? Siehst du? Gibt's Hexen, oder gibt's keine?"

„Aber," sagte Cordel vermittelnd, „was tut denn dein Herr — —"

„Dietrich!" ergänzte die Krummbiegeln. „Was er tut? Kommt nur mal rauf und seht euch mal seine Stuben an, wenn er mal nich zu Hause is! Er schließt nich ab; er weiß wohl, daß ihm niemand seine Drachen und Molche stiehlt! Aber davon abgesehen, er hat doch den Mendler Fritz dazumalen verhext! Den kennt ihr wohl auch nich? Nach der Konfirmation sollte der Fritz beim Ginzelmann das Schneiderhandwerk erlernen. Da kommt er eines Tages vom Dreierhäuschen — ihr wißt, man kriegt da immer die gute Semmelmilch, die reine Sahne, sag' ich euch, — na, wie er da durch den Wald geht, kommt er an den Teich, wo die Mönche von Zella all ihr vieles Gold und Silber versenkt haben, damals, wie die neue Lehre kam. Seitdem geht's da um. Na, wie der Fritz an den Teich kommt, kniet da Herr Dietrich, hat auf dem Rücken eine grüne Blechtrommel, neben sich hat er einen langen Stock in die Erde gesteckt, daran baumelt ein langer, weißer Mullbeutel. Wie der Fritz näher kommt, steckt Dietrich gerade eine feuerrote Hutschje (Kröte) in die Blechtrommel. Der Fritz is neugierig und tritt näher heran, da macht Dietrich so wunderliche Zeichen, murmelt einen Zauberspruch, und seitdem is der Fritze verhext. Glaubt ihr, der wollte dann noch Schneider werden? Kein Ge—dan—ke! Der Mann braucht ihn nur anzusehen, da muß der Fritze hinter ihm her, immer hinter ihm her, schon jahrelang; und was Dietrich will, das muß er tun; er kriegt nichts dafür, höchstens dürftiges Essen. Denkt euch, Dietrich geht weit hinaus, in ganz fremde Länder; und der Fritz muß mit und muß auf seinem Buckel all das giftige Kräuticht und die schrecklichen Tiere tragen. Ja, weit, weit kommen sie herum, ich glaub' zu Türken und Heiden kommen sie. Der Fritz hat erzählt, er hätte so viel Wasser gesehen, wie wir hier Himmel sehen, und Schiffe hat er gesehen! Hitze und Kälte hält er aus, und Hunger und Durst, wenn er bloß bei dem Manne sein darf.

Ihr könnt euch denken, daß seine Schwester ganz außer sich darüber ist. Sie hat mich händeringend gefragt, wie sie den Bruder loskriegen könnte; da hab' ich ihr geraten, irgend etwas, was Dietrich dem Fritz geschenkt hat, heimlich wegzunehmen und zu verbrennen, dann hat die Flamme den Bann durchgebrannt. Das hilft sonst immer, aber die Ginzelmann sagte, als sie des Bruders Arbeitsschürze verbrannt hätte, die er vom Dietrich hat, hätte es nur einen furchtbaren Gestank und Qualm gegeben, der sei stundenlang in der Wohnung gewesen; aber dem Fritz sei nichts anzumerken, der sei grade so erpicht auf den Dietrich wie vorher. Jetzt lass' ich meine Hände aus dem Spiel. Der ist mir über! Denkt euch, all das schreckliche Viehzeug kocht er mit einer blauen Flamme in großen Pfannen und Tiegeln ein und setzt es in der Brühe hin, in Glashäfen, grade wie wir Quitten oder Preißelbeeren. Schrecklich! Das sind natürlich die Zaubertränke! Und denkt euch, beim Gastwirt Otto, da hat er manchmal den Saal gemietet, und da hält er Predigten; da kocht er auch manchmal."

„Ach, davon hab ich nie gehört. Wer sollte denn da hingehen?"

„Na, du und ich freilich nich, aber da sollen ganz vornehme Herren zuhören. Von Reinsberg, von Bieberstein, von Hirschfeld, von Neukirchen, na von der ganzen Umgegend kommen Hauslehrer, junge Landwirte, Schullehrer, Apotheker und sogar Pfarrer und hören ihm zu. Sie sollen alle ganz versessen auf ihn sein. Die Otto'n hat an der Tür gehorcht, hat aber nichts klug gekriegt, kann nichts wieder erzählen. Na, das mögen schöne Predigten sein! — Malchen verschling mich nich mit deinen Blicken."

„Zu gern möcht' ich den kuriosen Mann mal sehen!" sagte Malchen halb lachend, halb erschauernd.

„Wünsch' dir's nicht!" sagte die Krummbiegeln feierlich. „Stell' dir doch nur mal vor, wenn er dich auch verhexte, und wenn du hernach egal Molche und Drachen auf deinem Buckel durch die Welt schleppen müßtest!! Denk, könntest nie los, müßtest immer und immer nur hinter dem Manne her!! Nicht wahr, Cordel, das wäre ein Schicksal!"

„Denkt doch, daß es Abend ist, Ihr macht uns ja gruseln, und wir beide sind doch ganz allein."

„Ja, ja," sagte die Krummbiegeln, während sie sich das Tuch umband, „ich könnte euch noch den ganzen Abend erzählen. Das hab' ich noch gar nich gesagt, den Schlangen, die er fängt, kann er das Gift weg hexen; er greift sie mit bloßen Händen an, und keine tut ihm was! Ach ja, was ich alles derleb! Ich hab' jetzt solche schöne Aussicht von meinem Fenstertritt aus. Denkt euch nur, neulich wurde die Spritze probiert; ganz bis zum Kirchturm hin ging der Strahl, alle Leute traten vor die Türen, und der ganze Markt stand voll von Kindern!" Draußen sagte sie zu Malchen: „Wenn du mal kommst, zeig' ich dir all das Teufelszeug. Gute Nacht, schlaft gut!"

Mutter und Tochter verharrten ein Weilchen in Schweigen; dann setzte Amalie die hochbeinige Blechlampe auf den Tisch und machte Licht. Beim matten Schein des Öllämpchens sah Cordel, wie Amaliens Gesicht glühte, wie ihre Augen strahlten und wie um ihren

Mund ein anmutiges, versonnenes Lächeln spielte. Einem unbestimmten Angstgefühl nachgebend, sagte sie mit Nachdruck: „Malchen, daß du dich nicht unterstehst und zur Krummbiegeln gehst, hörst du?!“

„Ja, was denn, Mutter?“ fragte Amalie, wie aus einem Traum erwachend.

„Ach, ich bin ganz ärgerlich! Meinst, ich seh’ dir’s nicht an, daß dir die Krummbiegeln mit ihren albernen Hexengeschichten den Kopf verdreht hat? Nur gut, daß Vater gar nicht zu Hause war, der kann so was nicht ausstehen. Jetzt komm, laß uns den Abendsegen lesen; und dann vergiß den Unsinn.“

„Hm,“ sagte Amalie lächelnd, „ich streit’ mich freilich mit der Pate, und da meint sie, ich wäre ihr entgegen. Sie sollte nur wissen, wie gern ich ihr zuhöre, denn, Mutter, das mußt du doch sagen, so spannend wie sie, kann niemand sonst erzählen. Mir ist, als wolle der Kopf auseinander,“ und Malchen fuhr sich mit beiden Händen an die Schläfe.

„Ach, du bist ein unverständiges, aufgeregtes Mädel,“ schalt die Mutter.

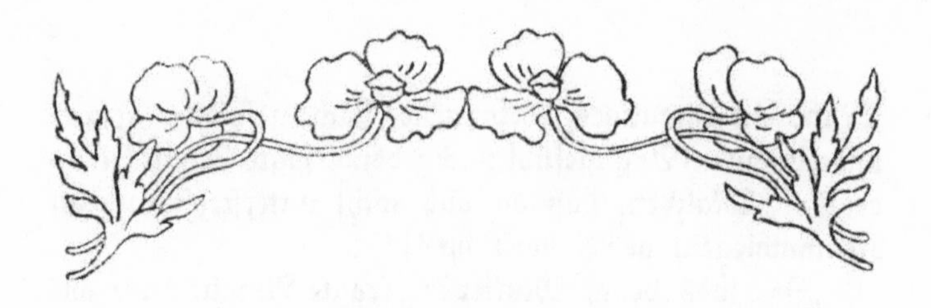

5

Amaliens Traum

„Na Malchen, weil der Vater nicht zu Hause ist, habe ich dich mal in den hellen, lichten Tag schlafen lassen. Ich hab' derweile das Vieh beschickt, die Ziege gemolken, Schwein, Gänse und Hühner gefüttert. Ich bin heute extra früh aufgestanden, ich hatte gar keine Ruhe mehr im Bett; immer mußte ich an den Karl denken! Wie halt' ich's nur aus, daß ich den Jungen in meinem ganzen Leben nicht wieder sehen soll! Und eine Griechisch-Katholische nimmt er sich! Ach Malchen, wie hätt' ich wohl denken können, daß ich so was an meinem Kinde erlebe! Was wird denn nun aus all den schönen Betten, die ich in Jahren aufgespart habe, wenn der Junge gar keine abkriegt! Wenn mal jemand da herunter reiste, da würde ich bitten und betteln, daß er sie ihm mitnähme. Wenn man nun in einer so großen Stadt wie in Freiberg wohnte, da könnte man wohl eher einen auffinden, und wenn ich's ins Wochenblättchen setzen lassen sollte. Die schönen Betten! Alle von selbstgeschlachteten Gänsen, und die Federn hat man selbst geschlissen, der Vater hat so treu dabei geholfen. Na, wenn's durchaus nicht anders ist, mußt du sie mal alle allein haben. Aber du bist ja wohl noch gar nicht wach, du hörst ja gar nicht zu! Wo sind denn deine Gedanken?"

„Ach Mutter, sei nur nicht böse, ich hab' freilich kaum zugehört, oder doch, ja, ich hab' gehört, daß du egal von Gänsen und Betten gesprochen hast und vom Karl, und ich war mit meinen Gedanken noch ganz bei meinem Traum, der war sonderbar, und ich habe so lebhaft geträumt, daß ich mich noch gar nicht zurechtfinden kann. Bleib nur noch ein bißchen sitzen, mein gutes Mutterchen, ich helf' dir nachher, da werden wir fix fertig; und ans Nähen brauch' ich heut nicht."

„Hat der Vater denn nichts Zugeschnittenes zurückgelassen?"

„Nein, laß nur. — Wie schade, so deutlich und so merkwürdig war mein Traum. Aber ob ich ihn dir so erzählen kann? Ich weiß nicht, ob ich die Worte so setzen kann!"

„Du? Da ist mir nicht bange! Wenn du nur erst den Anfang hast."

„Ja, ja," sagte Amalie ernst sinnend, und fing dann zögernd an, überwand aber bald jede Scheu und Befangenheit und erzählte so lebendig, daß die Mutter ihr staunend folgte.

„Mir träumte, ich stand in einem großen, dunklen Raume. Weißt du, Mutter, ich habe einmal einen verlassenen Schacht gesehen. Nun so etwas war es, wo ich stand. Eine düstere Ebene, wo in weitem Umkreis nichts Grünes wuchs, nur taubes Geröll. Über mir war kein blauer Himmel, sondern eine graue, kalte Steindecke; und ebenso graue Wände schlossen die Ebene ab.

Von den Wänden tropfte trübes Wasser. Ich sah mich lange um, bis ich überhaupt das graue Gestein sehen konnte. Ich war nicht allein in diesem großen, unheimlichen Gewölbe, ich merkte, du warst gar nicht weit von mir; ich tastete nach dir, da preßtest du mich heftig an dich und ich fühlte, daß dein Gesicht naß von Tränen war. Als du sprachst, klang mir deine Stimme hohl und fremd; und ich verstand nicht, was du sagtest. Vor mir war ein großer Haufen Steine aufgerichtet, ich machte mich los von dir und tastete an dem Steinhaufen herum. Ich versuchte, ob ich nicht hinaufreichen könnte. Wenn ich mich auf die Zehen stellte, da ging es. Bei dem Tasten kam meine Hand an ein Gefäß, eine Schüssel oder Schale war es. Ich gab dir die Schale und sagte: ‚Halt doch mal, ich muß sehen, was darin ist.' Ich tat einen Griff hinein und wurde gewahr, daß lauter Ringe darin waren. Ich ließ sie spielend durch die Finger gleiten, und obgleich ich nur schlecht sehen konnte, hatte ich die bestimmte Empfindung, daß sie alle schwarz und rostig waren. Ich schob dir das Gefäß zu, und da sah ich plötzlich, daß doch einer der Ringe blank war und im Dunkeln aufblitzte. Da suchte ich den heraus. O, die Freude über den glänzenden Ring! Ich steckte ihn an den Ringfinger der rechten Hand, hielt glücklich prüfend die Hand nach unten und sagte: ‚Mutter! Sieh doch nur!' ... O, mir wurde so warm und wohl in dem kalten Gewölbe; und die Wärme und das belebende Gefühl ging von dem Ring aus. Übermütig bewegte ich die Hand auf und ab, und da —! Der Ring fiel in das Geröll. ‚Ach mein Ring!' rief ich angstvoll, ‚komm, Mutter, hilf mir doch suchen'. Ich hörte keine Antwort von dir. War ich denn in dieser Einöde allein? Wo warst du denn? Ich tastete nach dir, ich rief dich, und da sah ich wie halb durch Nebelschleier freilich wieder eine Gestalt, aber du warst es nicht. Es war ein Kind, das deine Züge trug, es war blaß und traurig und schien in seinem dünnen Hemdchen zu frieren. Ich wollte immer näher heran an das Kind, aber ich konnte nicht. Was eigentlich zwischen uns war, das konnte ich nicht sehen, aber da es auf feuchten, spitzen Steinen zu stehen schien, rief ich heftig hinüber: ,Was stehst du da? Geh doch fort von da! Geh doch hinaus ins Freie, in den Sonnenschein! Geh, geh!' Ich wollte es fassen, aber es zerfloß, und meine Hände fühlten nur kalten, feuchten Nebel. Ach, wie konnte ich mich auch mit dem Kinde aufhalten. Ich mußte doch den Ring suchen. Ach wie hoffnungslos in dem dunklen Raume einen so kleinen Gegenstand zu suchen! Wie konnte ich ihn zwischen dem Geröll wohl wieder finden? Aber suchen mußte ich! O, ich fühlte einen solchen Eifer, eine so brennende Unruhe in mir. Ich achtete nicht darauf, daß ich mir an den spitzen Steinen die Hände blutig ritzte. Erschreckt fuhr ich oft zusammen, denn ich hatte beim Tasten ekles Gewürm berührt. Molche und Kröten sahen mit starren, verglasten Augen meinem Treiben zu. Ich aber ging gebückt und mußte suchen, immer, immer suchen! Und ich blieb immer in dem dunklen Raume, und ich kroch immer auf den glitschigen Steinen herum. Kniee und Rücken schmerzten, die Hände bluteten, aber es half nichts, ich suchte den Ring! Daß die Höhle gar keinen Ausgang hatte! Daß man gar kein Stückchen Himmel sah! — Müde richtete ich mich auf, — da war's mir, als würden die riesigen Steinwände auseinander geschoben und Licht — und Himmel winkten. Ich wankte dem Licht entgegen, und o, wie weit und hell wurde es! Und was sah ich alles! Als ich in die Schule ging, hat uns der Lehrer mal ein Bild gezeigt: Adam und Eva im Paradiese. So war das, was ich im Traume sah, hohe Palmen, große, bunte Vögel, in der Ferne Berge, Wasser, und auf dem Wasser Schiffe, und in dieser merkwürdig schönen Gegend liefen fremdartige Menschen herum, schwarz waren sie, so wie ich es in Reisebeschreibungen gelesen habe. Hier in dieser glühenden Sonne wanderte ich frei und glücklich umher, und ich wäre wohl noch da, wenn du mich nicht plötzlich gerufen hättest."

„Na, dann war's in einer Weise ja gut, daß ich dem Wandern ein Ende machte. Aber Malchen, wie du erzählen kannst! Wenn ich nun ein Traumbuch hätte, könnten wir mal nachsehen. Der Ring?! — Hm. — Ach was sitzen wir hier und simulieren! Das Ganze kommt doch natürlich alles von der Krummbiegeln. Ich sag's dir noch mal, geh du ja nicht zu ihr. Ich geh' lieber gelegentlich mal hin, ich hab' ruhigeres Blut, mir macht ihr Reden keine bunten Träume. Aber wo denkst du hin! Sieh doch nur mal nach der Uhr. Mein schönes Frühaufstehen ist ganz drauf gegangen."

6

Waldeszauber

Es war Herbst. Mutter Cordel und Amalie gingen in den Zellwald, um Pilze zu suchen. Die Mutter mahnte zur Vorsicht. „Nur Pfifferlinge und Steinpilze!“ sagte sie warnend, „und zeig' sie mir, eh' du sie in den Korb tust, man kann sich sonst den Tod nach Hause tragen. Paß auf, wenn du Arnika-Blumen oder Baldrian findest, die laß uns mit nehmen.“

Und als sie im Walde waren, bückte sich die weißhaarige Frau mit jugendlichem Eifer, um aus dem grünen Moos und Rasen die hübsch geformten gelben Schwämme zu pflücken. Nun stiegen sie den sanft gebogenen Hügel hinauf; oben angekommen, fällt der Blick auf den klaren Waldbach. „Die gute Bache“ nennen ihn die Leute. Von oben sahen sie, daß jemand am Ufer im grünen Moos lagerte. Ein Herr war's. Über den dunkelgrünen Tuchrock fiel ein breiter weißer Kragen mit Hohlsaum bis herab auf die Schultern. Das braun gewellte Haar war ihm über die Stirn gefallen, denn er hielt den Kopf vornüber gebeugt. In der linken Hand hielt er ein winziges Zweiglein Moos, das er durch ein großes Augenglas aufmerksam betrachtete. Jetzt richtete er den Kopf in die Höhe, und die beiden Frauen sahen, daß er ein feines, blasses Gesicht hatte. Neben ihm lag eine grüne Blechkapsel und der leichte Strohhut, am nächsten Stamme lehnte „der lange Stock mit dem Mullbeutel".

Beide wußten, das ist „Herr Dietrich", das ist „der Zauber- und Hexenmeister", von dem die Krummbiegeln an jenem Nachmittag so wunderliche Dinge erzählt hat. Also das ist er! So sieht er aus! So schmächtig und fein! Das Gesicht kann man ja noch nicht recht sehen. Wie lächerlich, von ihm solche Geschichten zu erzählen. Wenn er sie nicht sieht, können sie ihn ja ruhig von hier aus beobachten. Er sieht ganz anders aus, als andere Leute.

Aber jetzt griff er nach dem Hut, und dabei fiel sein Blick auf die beiden Frauengestalten. Ein Lächeln flog über sein feines Gesicht, und lebhaft rief er: „Ei, da haben Sie Arnica montana und Valeriana officinalis? Hoffentlich haben Sie noch einige für mich stehen lassen, ich will heute auch noch welche haben."

Mutter und Tochter sahen einander verlegen an: was sagte er außer „Arnika" noch? War das etwa einer der Zaubersprüche, von denen die Krummbiegeln gesprochen hatte?

Mutter Cordel sagte zögernd: „Nein, wir haben sie nicht alle abgepflückt. Wollen Sie meinen Strauß haben? Wir finden wohl wieder welche."

Mit ausgestrecktem Arm ging Mutter Cordel auf den Herrn zu und Malchen folgte ihr.

„Da!" sagte Mutter Cordel und reichte ihren Strauß hin.

„Was soll ich denn damit?" sagte der Herr hochmütig und mißbilligend; „die Blumen sind ohne Sinn und Verstand gepflückt! Ganz gedankenlos abgerissen! Keine Wurzelblätter! Was wollen Sie denn damit? Ein hübscher Strauß ist's doch auch nicht?"

Mutter Cordel zog errötend die gescholtenen Blumen zurück und sagte gekränkt:

„Was brauch' ich denn Wurzelblätter! — Ich setz' die Blumen auf Spiritus. Arnika ist gut gegen das Reißen, und den Baldrian trockne ich zu Tee. Ich hab' schon manchem damit gut getan."

„So, so!" sagte der Herr, „haben Sie denn noch mehr Kräuter da in Ihrem Korbe?"

„Da haben wir Pilze."

„Na, damit nehmen Sie sich in acht! Kennen Sie sie auch genug?"

„Wir nehmen nur Pfifferlinge und Steinpilze."

„Es gibt hier viele eßbare Sorten, aber sicher muß man sein."

„Na, ich nehme immer eine Zwiebel oder — —"

„Oder einen silbernen Löffel," fiel der Herr der Cordel in die Rede, „das ist ja alles Unsinn und Aberglaube! Kennen lernen, kennen lernen, das allein schützt vor Irrtum!"

Der Herr hatte sich erhoben, hing sich die Kapsel über den Rücken und nahm das Netz, dann sagte er, und zog dabei die Augenbrauen hoch:

„Ich weiß aber, wo Pilze stehen! An der Stelle

heißt's: Pilze, Pilze überall! So viel verschiedene Sorten! Einen Tragkorb könnten Sie füllen; der Handkorb, so groß er ist, faßt sie nicht. Kommen Sie, ich zeig' sie Ihnen." Und als die beiden zögerten, sagte er lebhaft: „Sie trauen mir wohl nicht? Nur ganz ruhig, ich kenne sie! Also vorwärts!"

„Nein, bange bin ich nicht, daß Sie sie nicht kennen, denn wir können uns ja denken, wer Sie sind: Sie sind der Herr Dietrich, der bei der Krummbiegeln oben wohnt. O, die hat uns viel von Ihnen erzählt."

Dietrich lachte auf und sagte: „Die Krummbiegeln hat Ihnen von mir erzählt, na, das möchte ich gehört haben! Ich bin ein Hexenmeister und so weiter!" Und nun wandte er sich an Malchen und sagte: „Was hat denn die Alte erzählt? Ach ich kenne ihre Rederei; Mendler lacht sich ja halbtot über die Alte."

Malchen wagte einen scheuen Blick nach Dietrich hinüber. Er war ja schön! Das hatte die Krummbiegeln gar nicht gesagt. Das Gesicht war fein und vornehm, die blauen Augen so groß und klug; wenn er sprach, hatte er ein so lebhaftes Mienenspiel. Wie gern sah man ihn an! Aber ein bißchen Furcht hatte sie vor ihm, das hing wohl mit dem großen Respekt zusammen, den sie in seiner Nähe empfand. Nur vorm Pastor hatte sie solchen Respekt. Den jungen Burschen ihrer Bekanntschaft gegenüber hatte sie nichts von Verlegenheit oder von Schüchternheit empfunden.

Merkwürdige Pfade führte er sie. Hier waren sie früher nie gegangen. Der Weg war dicht verwachsen von nicht allzu hohen Fichten, die in ihrem Wachstum gehemmt schienen. Durch dürre Zweige mußten sie sich hindurcharbeiten, die mit lang herabhängenden grauen Flechten bewachsen waren. Und unter ihnen ein elastischer Teppich von grauen Flechten, soweit das Auge reichte. Aber der Blick reichte nicht weit, immer hatten sie mit dem Auseinanderbiegen der dürren Zweige zu tun, dabei kamen ihnen beständig Spinneweben und Sommerfäden ins Gesicht, so daß Amalie ganz ungeduldig mit beiden Händen ihr Gesicht wischte und abwehrend die Hände nach vorn bewegte. Ab und zu sah sie in dem einfarbigen Grau einen Pilz, der sich durch seine dunklere Färbung von der grünlichgrauen Flechtenfläche abhob. Einmal blieb sie stehen und zeigte darauf.

„Den lassen wir; es ist nur ein Habichtschwamm. Nur weiter!"

Aber endlich gab's Luft! Eine weite Lichtung mit viel abgehauenen Baumstümpfen lag vor ihnen. Durch den Gegensatz wirkte dieser Platz ganz überraschend. Keine grauen Flechten mehr, sondern smaragdgrünes, glänzendes Moos, dazwischen schwankende Gräser und o, so viel Pilze! Es war, als könnten sie sich nicht genug tun! Nicht nur daß sie auf der flachen Ebene wuchsen, — nein, — auch die abgehauenen Baumstümpfe zeigten eine Fülle von Schwämmen in fast allen Farben. An den Stämmen drängten sie sich förmlich, einer schien über den andern zu purzeln, alte und junge, große und kleine. Hier machten sie aufatmend halt. Die Sonne warf spielende Lichter durch das kurze Gestrüpp, das hie und da die Ebene unterbrach. Dietrich sah so glücklich aus; sein Gesicht hatte fast einen verklärten Ausdruck, als sein Blick über diesen saftig grünen Platz schweifte. Er machte eine einladende Handbewegung, etwa als sei er hier Herr, und biete das, was sich hier fand, zum gefälligen Gebrauch an. „Sehen Sie? Da! Dieser Anblick war die kleine Unbequemlichkeit durch das Dickicht doch wohl wert! Sammeln Sie; aber zeigen Sie mir alles, denn hier wächst Gut und Böse friedlich nebeneinander. — Bist du auch hier?“ rief er lebhaft und bückte sich; und Amalie, die wie gebannt an seiner Seite blieb, sah mit Staunen, daß er mit zarter Sorgfalt ein kleines Etwas aus dem Boden löste, es auf seine flache Hand legte und es mit glücklichem Ausdruck betrachtete. Er sah Amaliens fragenden Blick und sagte: „Sehen Sie her, das ist ein Erdstern. Sie sehen die Form des Sternes?“

„Ach wie hübsch!“ rief Amalie interessiert, „ein Erdstern? Den habe ich nie früher gesehen!“

„Sie haben noch vieles nicht gesehen! Die Menschen haben ja Augen und sehen nicht. Nichts sehen sie, als ihren kleinlichen, eitlen Kram! Aber hier ist's schön! Können Sie etwas Entzückenderes sehen als diesen Baumstumpf? Die Waldfee hat ihn hergerichtet, das reine ‚Tischchen deck' dich!‘ Sehen Sie hier zwischen Moos und Gras die kleinen blauen Glockenblumen, und das zierliche weiße Hungerblümchen. Und in diesem Zwergen-Urwald spazieren gravitätisch allerlei buntschillernde Käfer, dazwischen stehen kleine rote Täublinge; und hier diese dicke Spinne zieht über das Ganze ihr feines Netz wie einen duftigen Schleier.“

Dietrich kniete am Stamm nieder, holte sein Augenglas hervor und betrachtete interessiert jede Einzelheit dieses Stückchens Waldzauber. Er schien die beiden vergessen zu haben, so vertieft war er in die kleine Wunderwelt. Die beiden standen staunend da und beobachteten ihn. Da blickte er plötzlich auf und rief lebhaft: „Aber so sammeln Sie doch! Hier, hier, Hallimasch, nicht der hellgelbe, sondern dieser bräunliche, er sieht aus wie mit feinem Zimmt bestreut; wenn Sie sich dieses Kennzeichen merken, können Sie gar nicht irren, dann können Sie ihn nicht mit dem Schwefelkopf verwechseln, der sonst die Geselligkeit ebenso liebt. Lassen Sie den schwarzen Einsamen nur stehen, es ist die Totentrompete, er ist nicht eßbar. Aber diese Kapuziner und die Schmerlinge nehmen Sie ja mit, die sind gut."

Malchen brachte noch einen schönen, festen Pilz und fragte: „Das ist doch ein Steinpilz?"

Dietrich nahm ihn ihr aus der Hand, drehte ihn um, zog sein Taschenmesser hervor und schnitt ihn an.

„Passen Sie auf," sagte er. Mit einem Ausruf des Staunens trat sie einen Schritt zurück und beobachtete sein Vorhaben. Über die soeben noch helle Fläche des angeschnittenen Pilzes huschte ein schwarzer Schatten; und die dunkle Färbung blieb, sie schien sich sogar zu vertiefen. War das seine Hand, die diesen Schatten auf den Pilz zauberte?

„Das ist Boletus Satanas, ein ganz gefährlicher Mordgeselle! Achten Sie auf das hübsche rote Polster unter dem Hut; und wo Sie ihn finden, da rotten Sie ihn aus; ein kleines Stück davon kann eine ganze Familie verderben."

Er trat mit dem Fuß auf den Pilz und sah sehr ernst aus.

Solange die drei im Walde waren, kamen sie nur langsam vorwärts; denn jede Erscheinung, jeder Laut nahm Dietrichs Interesse in Anspruch. Aber endlich hatten sie den Wald hinter sich, und bald trennten sich ihre Wege.

Mutter Cordel setzte den schweren Korb nieder und sagte verlegen und zögernd:

„Ihnen haben wir nun die vielen Pilze zu danken, Sie müßten sie doch eigentlich mit uns essen."

Dietrich überlegte einen Augenblick und sagte dann:

„Nun, warum nicht! Aber ich weiß noch gar nicht, wer Sie sind, wohin soll ich denn kommen?"

„Wir wohnen in der Niederstadt, ungefähr das letzte Haus, wenn Sie ins Muldental gehen. Beutler Nelle! Im Fenster liegen bunte Bälle, lederne Puppenbälge und dergleichen. Jedes Kind kennt uns, Sie können uns nicht verfehlen."

„Gut. Ich komme morgen abend."

7

Natürlich ein Hexenmeister

Als die beiden nach Hause kamen, lehnte Gottlieb über der quer durchteilten Tür und erwartete die Seinen. Etwas erstaunt sah er der Cordel in das erregte Gesicht, während er lächelnd die Schwere des Pilzkorbes prüfte.

„Na," meinte er vergnügt, „das hat heute geschafft. Den ganzen Korb voll, da können wir tüchtig dörren. Du hast dich ordentlich abgeschleppt, hat denn das Mädel den Korb nicht getragen?"

„Ja doch, ja! Natürlich. Gottlieb, komm mal in die Stube. Malchen, beschick' du das Vieh, und koch' die Abendsuppe, ich bin doch recht müde von unserm Pilzgang!" Und als Malchen draußen war, sagte sie: „Gottlieb, ich hab' vielleicht was Dummes gemacht, ich hab' der Krummbiegeln ihren Mieter, den Herrn Dietrich, für morgen abend zum Pilzeessen eingeladen." Und nun erzählte sie eingehend von ihrer sonderbaren Begegnung. Gottlieb brauchte einige Zeit, bis er sich dieses Ereignis zurecht gelegt hatte, dann sagte er:

„Cordel, nimm mir's nich übel, aber ich meine, du hast diesmal eine Dummheit gemacht."

„Ja, das sagte ich ja eben schon," meinte Cordel seufzend, „aber es kam mir doch so natürlich; denk doch, der Mann ging einen langen Weg unsertwegen. Und — na — die Pilze verdanke ich doch ihm."

„Ja," sagte Gottlieb, „ich versteh' dich ja, aber was wird die Niederstadt sagen? — Das fällt doch auf, wenn der Mann, über den so wie so schon die ganze Stadt spricht, plötzlich zum Besuch zu uns kommt. Der wird doch gesehen von den Nachbarn."

„So, du hast also auch schon von ihm gehört?"

„Ja, ja. Es fällt ja doch auf, was der alles tut! Ich wollt' noch nichts sagen, wenn nicht die Male im Hause wär'."

„Ach, aber Gottlieb! Gleich an so was zu denken!"

„Na, wenn ich's nich denk', dann denken's die Nachbarn. Ich kann's für den Tod nich ausstehen, wenn man ins Gerede kommt. Wir sind wohl noch nich genug im Munde der Leute mit dem Karl? Darüber können sie sich ja gar nich beruhigen, daß der so weit da drunten ist, und daß man den nie wieder sieht."

„Na, der Abend wird ja vorübergehen, und dann hört die Sache von selbst auf."

„Oder nich. Was sollen wir denn mit ihm sprechen?"

„Das wird der schon besorgen, der läßt nichts anbrennen."

„Na," sagte Gottlieb und seufzte, „dann muß die Sache ja ihren Gang haben."

* *
*

Als Amalie im Bett lag, dachte sie auch an den morgenden Abend. Mit fieberhafter, freudig banger Erregung malte sie sich das Wiedersehen aus. Vor allen Dingen aber durchlebte sie noch einmal den heutigen Nachmittag. Nein, welch ein Erlebnis! So war ihr noch nie zumute gewesen. Was war das nur? Ein bis dahin ungekanntes Glücksgefühl durchströmte ihre Seele, und doch war ihr dabei so weh zumute. Wie sie sich jedes Wort, jeden Blick wieder zurückrief. Wie leicht war sie neben ihm hergeschritten; alles war so märchenhaft, so verklärt gewesen. Welchen Klang hatte seine Stimme, und wie klug schauten die großen, blauen Augen aus dem zarten, blassen Gesicht! Da fiel ihr die Krummbiegeln ein, was hatte die doch noch gesagt? „Warte nur, wenn der dich ansieht, dann kann er dich mit einem Blick verhexen, und du kannst nicht wieder los von ihm, du mußt wie der Mendler-Fritze dein Leben lang Molche und Drachen durch die Welt schleppen!"

Ha, was die Krummbiegeln dachte! Als ob das etwas Schweres wäre! Das sah man doch grade am Mendler-Fritzen, der brauchte es ja gar nicht und wählte sich's freiwillig. Ein unbeschreibliches Glück mußte es doch sein, immer neben dem Manne herzugehen. Was tat denn da die Last auf dem Rücken! Wenn ihr nur die Wahl gestellt würde, sie würde jubelnd sagen: Her mit der Last!

Was hatte er doch gesagt, als er den Erdstern vom Boden löste? „Sie haben Augen und sehen nicht." Wie recht hatte er! Hatte sie wohl bis heute eine Ahnung gehabt, daß es auch auf der Erde Sterne gab? Aber es waren gleichsam verborgene Sterne, sie waren nur für ihn da und für den, dem er die Augen geöffnet hatte. Ja, was sah der alles! Wie reich mußte sein Leben sein!

Die Krummbiegeln hatte ihn bitter arm genannt Der arm? Ja, er mochte nicht so viel totes Geld haben wie andere, aber dafür hatte er einen Reichtum, von dem die keine Ahnung hatte. Freilich, die Krummbiegeln, was verstand die davon, die konnte sich eine noch größere Brille aufsetzen, sie würde doch nur grobe und düstere Sachen sehen.

Morgen sollte sie ihn wiedersehen. Morgen! Morgen!

Endlich schlief sie ein, und im Traum hörte sie: „Erdstern, — Totentrompete, — Satanspilz," aber der Erdstern behielt die Oberhand über die andern, der wurde größer und immer größer, Dietrich konnte ihn nicht mehr in der Hand halten, und er wurde leuchtend und durchstrahlte den ganzen Wald.

* *
*

Ja, Dietrich war dagewesen. Und er ließ es nicht bei dem einen Abend bewenden. Er wandte sich zunächst vorwiegend an Mutter Cordel, ließ sich ihre getrockneten Teebündel, ihre Pflästerchen und Salben zeigen und gab ihr bei dem einen und andern bereitwillig Belehrung.

Gottlieb sagte: „Cordel! Cordel! Was hast du da eingebrockt! Gelegenheit macht Diebe, und Umgang bringt Liebe! Siehst du denn nich, wie das Mädel nur noch für den Mann da is?"

So ganz allmählich — es machte sich ganz natürlich — wandte sich die Rede und Belehrung an Malchen; die saß mit glühenden Wangen und strengte alle Kräfte an, das zu verstehn, was Dietrich ihr sagte. Bücher brachte er mit, auch Pilzbücher, und bunte Bilder waren darin, und nun erklärte und zeigte er umständlich die Ähnlichkeiten und Unterschiede. Oft ließ er eines der Bücher da, und stellte ihr Aufgaben; wenn er wiederkam, examinierte er sie. Wie beglückt war sie, wenn er ihr seine Zufriedenheit aussprach.

Mutter Cordel ging das Pilzinteresse reichlich weit, und sie fragte eines Abends: „Gibt es denn viel Pilze?"

„Ja," sagte er trocken, „es gibt an die sechstausend."

Da schlug Cordel an ihrem Spinnrocken entsetzt die Hände ineinander und rief: „Aber Herr Dietrich, nein! Sie haben uns zum Besten! Und wenn wirklich so viel Zeugs da ist, so geht das uns nichts an! Malchen kann nun genug, übergenug!"

„Na, noch einige wichtige Familien," sagte er lächelnd; „dann hören wir ganz gewiß auf!"

Malchen sah ängstlich errötend zu ihm auf, sagte aber nichts. Bald danach leuchtete sie Dietrich hinaus. Beim Gutenachtsagen drückte er ihr ein winziges Streifchen Papier in die Hand, sie schob es verwirrt in ihr Ledertäschchen. In ihrem Kämmerchen holte sie den kostbaren Streifen mit fieberhafter Erregung hervor und las: „Dein Herz sei mein Herz!"

„Ja, mein Herz ist dein Herz!" jubelte sie.

8
Die Werbung

Am nächsten Vormittag war Amalie auf dem kleinen Kartoffelacker hinter dem Hause beschäftigt. — Hätte sie eine Ahnung davon gehabt, was unterdessen drinnen vorging, dann hätte sie sich schwerlich so ausdauernd in ihre Arbeit vertieft. —

Feierlicher als sonst, auch was den äußeren Menschen anbetraf, kam Dietrich zu dieser ungewöhnlichen Zeit zu Nellens und brachte in aller Form seine Werbung um Malchen an.

Sonderbar, der gewohnte Gast war ihnen zu dieser Tageszeit recht unbequem. Die Frage, die so mitten in die Tagesgeschäfte hineinfiel, verwirrte und erschreckte sie. — Ganz unvorbereitet konnten sie ja nicht sein; das wußten sie doch; wenn junge Leute so viel Freude am gegenseitigen Verkehr haben, dann kann man sich nicht wundern, wenn es zur Verlobung führt. Gottlieb hatte doch sogar die Frage mit der Cordel in Erwägung gezogen. Aber nun, da die Werbung so unerwartet an sie herantrat, waren beide verlegen und ungeschickt, denn zwischen die große, wichtige Angelegenheit schoben sich tausenderlei nichtige Nebengedanken. Warum mußte der Gottlieb auch grade jetzt die Stube so unordentlich mit seiner Zuschneiderei haben; und die Cordel hatte grade die Erdäpfel fürs Vieh ans Feuer gesetzt, das gab einen so sonderbaren Geruch in der Stube. Wenn er doch am Abend gekommen wäre, dachte Cordel etwas ärgerlich; dann war alles zur Ruhe; jeder war im anständigen Anzug; und beim Schein des dämmerhaften Öllämpchens konnte man sich mit seinen Gedanken Zeit lassen.

Sie konnten ihm nun gar keine Würde entgegensetzen; durch diese kleinen Äußerlichkeiten fühlten sie sich dem redegewandten Manne gegenüber in Nachteil versetzt. Er trat so siegesgewiß auf, und er kam doch als Bittender! So gleich „ja" sagen! Was der wohl meinte? Nun der Karl so weit drunten war, hatte man doch nur die eine! Die Frage, die für Nellens im Vordergrunde stand, hieß: „Was hat er unserm Kinde zu bieten!"

Ja, hätte er noch die Stelle in der Apotheke gehabt! So ein Apotheker hatte gewiß eine hübsche Einnahme; damit konnte sich wohl eine jede einrichten, wie viel mehr ihr einfach erzogenes Kind. Aber jetzt? Das stand fest, ihr Kind sollte unter keinen Umständen Not leiden! Nein, das hatte sie doch nicht nötig! So gute Anträge waren ihr doch schon gemacht! Und hatten sie nicht ein schuldenfreies Häuschen, sogar ein bißchen Erspartes. Die Cordel konnte jederzeit nach dem Spruche handeln: „Wohlzutun und mitzuteilen, das vergesset nicht."

Diese Gedanken schossen den beiden durch den Kopf als sie dem Freier verlegen gegenüber saßen und nach einer passenden Antwort suchten. Ja, wenn der Gottlieb das nur gleich alles so hätte in Worte fassen können; aber seine Rede kam schwerfällig heraus, zumal dem weitgereisten, gewandten Manne gegenüber. Die Cordel konnte reden, aber die war eine viel zu gut gezogene Frau, sie wußte: in einer so wichtigen Sache hatte der Mann das Wort zu führen. Und als Gottlieb endlich meinte: „Das ist doch, sozusagen, eine Lebensfrage, das will doch wohl überlegt sein." Da meinte Dietrich: „Um Malchen brauchen wir nicht im ungewissen zu sein. Ihrer Liebe bin ich sicher!"

„Ich auch," sagte Gottlieb trocken. „Unser Mädel ist verliebt bis über die Ohren, darum müssen wir doppelt bedachtsam vorgehen. Liebe? Ach, ich bin eigentlich gar nicht so sehr dafür, wenn die Menschen so verrückt ineinander verliebt sind. Man hat vieles derlebt! Sie meinen, in die Mulde müssen sie huppen, wenn's nichts wird. Na, und wenn man ihnen den Willen gelassen hat? Was ist denn groß danach gekommen? Wenn die Not kommt, fliegt die Liebe zum Schornstein hinaus, aber die Not bleibt. Liebe brockt nichts in die Schüssel. Verdenken Sie mir's nicht, und nehmen Sie's auch nicht übel, aber ich möchte wissen, ob Sie Ihr gutes Brot haben; das muß ich wissen! Nicht wahr, Cordel?"

Die nickte eifrig und sagte: „Ei freilich, Gottlieb, du hast ganz recht!"

Als Dietrich beleidigt schwieg, fuhr Gottlieb fort: „Wenn ich nur dahinter kommen könnte, was Ihr Gewerbe ist. Apotheker! Ja, das sind feine Leute, die haben ihr schönes Brot! Aber Na—tur—for—scher? —! Erst seit ich Sie kenne, hab' ich von solchem Gewerbe gehört. Wenn man die Leute danach fragt, erfährt man auch nichts, die reden närr'schen Kram daher. Na, — können Sie mir nicht sagen, was Sie wohl so im Jahr verdienen?"

Dietrich machte ein Gesicht, als müsse er etwas Widerwärtiges hinunterschlucken; seine Haltung wurde steif, und er sagte mit einer abwehrenden Handbewegung:

„Nein, das kann ich Ihnen nicht sagen. Über meinen Beruf mit Ihnen zu sprechen, nützt gar nichts! Dafür haben Sie beide kein Verständnis."

Als seinen Worten ein verlegenes, gedrücktes Schweigen folgte, sagte er lebhaft: „O, ich setze große Hoffnungen auf die Zukunft! In einigen Jahren werden auch diese nebensächlichen Dinge geordnet sein. Ich werde dann bekannt sein und werde eine Stellung einnehmen, wie sie meinen Kenntnissen und Bestrebungen entspricht. Ich werde dann auch ‚Geld' haben, aber bis dahin —!" Er zuckte die Achseln und fuhr in beredtem Tone fort: „Ich mache kein Hehl daraus, daß ich an meine künftige Frau ungewöhnliche Anforderungen stelle! Sie sehen mich überrascht an, aber ich will Sie doch nicht täuschen! Vor allen Dingen verlange ich gänzliche, unbedingte Hingabe an meinen Beruf. Sie muß allem entsagen, was Sie vielleicht für wünschenswert zu ihrem äußeren Wohlergehen ansehen. Kein Wohlleben bei mir! Das muß sie von vornherein wissen. Sie muß sich auf Entbehrungen einrichten — aber da ist sie ja selbst! Malchen, Sie sind bei unseren Beratungen die Hauptperson, kommen Sie doch näher!"

Und Dietrich ging auf das errötende Malchen zu, er reichte ihr erst lächelnd die Hand, und als er sah, wie ihr die Tränen aus den Augen stürzten, da legte er fürsorglich den Arm um sie und geleitete sie zu den Eltern. Mit einem zärtlichen Blick in ihr glückstrahlendes Gesicht fragte er leise: „Ich darf ja ‚du' sagen?"

Malchen nickte eifrig und lehnte sich schüchtern an ihn.

„Jetzt sollst du selbst entscheiden. Ich erklärte soeben deinen Eltern, daß ich nur eine Frau brauchen kann, die auf jegliches Wohlleben, auf äußere Stellung, auf Vergnügungen, schöne Kleider und was alles damit zusammenhängt, verzichtet; die willig ist, ganz in meinem Beruf aufzugehen. Ist deine Liebe zu mir so groß und stark, daß du vorläufig, vielleicht aber auf Jahre hinaus, ein Leben der Arbeit, der Armut und der Entbehrung auf dich nehmen kannst?"

„Ach, wie du nur fragen kannst!"

„Da hören Sie selbst!" sagte Dietrich triumphierend.

Die Eltern aber sagten: „Das wußten wir. Na, kommen Sie abends wieder zu uns; wir wollen einander näher kennen lernen, ehe wir unsere Zustimmung geben können."

Mit diesem Bescheid ging Dietrich nach Hause.

* *
*

Als Dietrich fort war, wandte sich Gottlieb erzürnt an Malchen und sagte:

„Wie konntest du dich dem Manne gleich so an

den Hals werfen! Du hattest doch erst zu hören, wie wir über die Sache dachten! Oder wußtet ihr etwa gar schon vorher, wie ihr miteinander standet? Habt ihr Heimlichkeiten zusammen gehabt?"

„Wir wissen, daß wir für einander bestimmt sind," sagte Amalie mit blitzenden Augen.

„Ihr wäret für einander bestimmt? Das ist nun solche alberne, überspannte Rede, die du von deinem vielen Lesen hast. Bestimmt! —? Überlegen soll man sich solche Sache! Ich bin mir noch gar nicht sicher; du, Cordel?"

„Mutter," sagte Amalie erregt, „sag' dem Vater deine wahre Meinung. Denk' mal an unsern Pilzgang! Du hattest von der Krummbiegeln das blödsinnigste Zeug gehört, und als du ihn nun selbst kennen lerntest, mußtest du da nicht gestehen, daß er dir's angetan hatte? Sag' es doch dem Vater. Hättest du ihn wohl eingeladen, wenn du ihn nicht sehr gern gehabt hättest? Gesteh es doch! Er hat's doch nicht erwartet. Wenn ihr etwas gegen ihn hattet, hättet ihr's ihm ja zeigen können, aber ihr laßt ihn ruhig kommen, und nun? —! Sagt mir doch nur, was ihr gegen ihn habt!"

„Malchen!" sagte die Mutter vorwurfsvoll, „wie darfst du so mit deinen Eltern sprechen! —? Ich geb' ja zu, daß er sehr für sich einzunehmen versteht; aber das ist doch nicht genug, wenn es sich um eine so ernste Frage handelt. Wir haben doch nur dein Bestes dabei vor Augen, siehst du denn das nicht ein? Wir wollen uns nicht so schnell binden!"

„Da hab' ich den Mann gefragt, was er für eine

Einnahme hat, darauf hat er mir nicht antworten können."

„Das hast du fragen mögen?" sagte Amalie empört.

„Ja, das hab' ich gefragt, und dafür bin ich Vater, das ist mein Recht! Was hat er geantwortet? Verlangt hat er die Unmöglichkeit. Er bietet nichts, er verspricht nichts; nur haben will er, ja haben und immer wieder haben."

„Von euch will er was haben? —! Das glaube ich nicht! Das soll er mir erst selbst sagen, was er von euch verlangt hat! Hat er um etwas anderes gebeten, als um mich? — Seht ihr, ihr schweigt! Mich will er haben, wie ich bin, und von mir wird er allerlei verlangen, das ist ja dann meine Sache! — O, wie könnt ihr's übers Herz bringen, so zu uns zu sein! Wenn ich nur gut genug für ihn bin! —"

„Jetzt hör' auf!" sagte der Vater streng, „na Cordel, wer hat recht! Nu versuch' mal, ob du sie mit 'nem Blick regieren kannst! Ein Dickkopp is sie! Jetzt mach', was du willst, komm mir aber nich später und heul uns was vor, wenn's schief geht."

„Ach, Vater, — Mutter," weinte Malchen, „soll so meine Verlobung sein? Warum können wir uns denn nicht alle freuen? Lernt ihn nur erst kennen, dann werdet ihr sehen, wie gut und wie edel er ist. Ach, wenn wir auch kein Geld haben, das macht uns nicht glücklich, glaubt mir doch, er hat besseres als das."

Cordel wischte sich die Augen mit dem Schürzenzipfel und sagte mit erstickter Stimme:

„Du dummes Kind! Fühlst du denn gar nicht,

daß alles nur aus Liebe geschieht, was wir in der Sache tun? Schließlich müssen wir uns schweren Herzens darein schicken und auch hierbei denken: Was dir der Herr hat zugedacht, das wird er dir auch geben!"

„Ach, habt ihn lieb, und tut für ihn, was ihr könnt!"

„Na," sagte Gottlieb nun auch einlenkend, „wenn ihr uns als Eltern hoch haltet, und die schuldige Ehrerbietung nicht weigert, da kann sich's ja zurecht schütteln." Dabei wiegte er aber zweifelnd den Kopf, als glaube er seinen Worten selbst nicht.

9
Familie Dietrich

Am nächsten Abend kam Dietrich und legte wie gewöhnlich Bücher und Papiere vor sich hin. Mutter Cordel hatte einen Haufen Federn am andern Ende des Tisches aufgeschichtet, den sie und Gottlieb schleißen wollten. Das war eine ruhige Arbeit. Dabei konnten sich die Jungen ungestört unterhalten; und hatten die Alten Lust, so konnten sie zuhören.

„Ich fühle," begann Dietrich, sich an Nelles wendend, „daß ich Ihnen einige Mitteilungen über mich selbst und meine Familie schuldig bin."

‚So,' dachte Vater Gottlieb, ‚er findet doch wirklich, daß er uns etwas schuldig ist!'

Malchen rückte ganz nahe an Dietrichs Seite und lauschte gespannt auf das, was er sagte.

„Liebes Malchen," begann er, „wenn im Laufe meiner Erzählung allerlei vorkommt, was du noch nicht verstehst, so habe Geduld mit dir und mit mir. Ich kann mich vielleicht noch nicht so bald in deine Vorstellungsweise finden. Entweder frag', oder denke, daß durch Wiederholung des heute abend Erzählten dir später das volle Verständnis aufgehen wird. Heute," — mit einem Blick auf Nelles, — „müßt ihr es alles so nehmen wie ich es euch biete: Ich heiße Wilhelm August Salomo Dietrich. Auf den Namen Salomo komme ich nachher noch zurück. Mein Vater war Advokat in Zwenkau bei Leipzig —"

Hier ließ Gottlieb die Hände ruhen und sah verwundert auf, hatte er nicht oft zu Malchen gesagt: „Denk nur nicht, daß ein Pfarrer oder etwa gar ein Advokate hier in die Niederstadt zu dir kommt!" Und nun geschah das Merkwürdige, — der Sohn eines wirklichen Advokaten kam und begehrte sein Kind! Schade, daß der Sohn nicht auch Advokat war!

Dietrich fuhr fort: „Ich verlor früh meine Mutter, und da ich ein zartes, kränkliches Kind war, gab mich mein Vater zu einer Tante nach Herrnhut, sie hieß Charitas, und diese Tante hat mir in jeder Beziehung die Mutter ersetzt. Mein Vater wünschte, daß ich Arzt werden möchte, und ich war damit einverstanden. Als ich noch nicht weit in meinen Studien vorgedrungen war, starb mein Vater, und man teilte mir mit, daß ich mein Studium aufgeben müßte, da mein Vater ganz mittellos verstorben sei. — Nach langen Beratungen ging ich in Bürgel in Thüringen in die Apothekerlehre, und als ich ausgelernt hatte, kam ich hierher zu Kleeberg."

„Ja," sagte Gottlieb, „war es denn nicht schade, daß Sie die schöne Stelle aufgaben? Ein Apotheker, — das läßt man sich gefallen."

Über Dietrichs Gesicht flog ein Ausdruck von Ungeduld und Verstimmung, und er fuhr zögernd fort: „Wir haben in unsrer Familie eine eigentümliche Neigung, die sich bei einigen von uns zu einer Art Leidenschaft ausgebildet hat: es ist die Liebe zur Natur. Besonders das Pflanzenreich hat es uns angetan. Es ist den Dietrichs wunderbar damit gegangen. Nicht allen von uns ist diese Neigung zum Segen ausgeschlagen, der eine und andere hat über dieser Leidenschaft den eigentlichen Beruf versäumt und ist dadurch in Armut und Dürftigkeit gekommen. Wer aber keinen Nebenberuf hatte, sondern sich dem Dienste der Naturwissenschaften ungeteilt hingab, dem haben sie's auch gelohnt, nicht nur, daß er das höchste Glück in dem Berufe selbst fand, o nein, durch angestrengte Arbeit und Hingabe haben manche Hervorragendes geleistet und sind dadurch zu hohem Ansehen gekommen.

Nun, — auch mir liegt die Liebe zur Botanik sozusagen im Blute, und ich bin fest entschlossen, ihr ausschließlich zu dienen, deshalb habe ich auch den ‚Apotheker', über Bord geworfen. Jeden Tag, den ich nicht in der Natur verbringe, halte ich für einen verlorenen. Ich erwarte dafür kein Verständnis von Ihnen! — Meine Neigung und mein Sammeltrieb hat sich, im Vergleich zu meinen Vorfahren, ganz bedeutend erweitert. Während sich das Interesse meiner Verwandten auf Botanik beschränkte, so habe ich mich auch dem Studium der Insekten, Amphibien, Steine, Muscheln, — na, kurz, aller Erscheinungen, die man in der Natur findet, — hingegeben. Ich halte auch Vorträge über Chemie und Physik, davon werden Sie ja gehört haben. — Mehrere meiner Verwandten haben botanische Sammlungen zusammengestellt und in den Handel gebracht. Das will auch ich tun, nur daß ich mich nicht, wie ich soeben erwähnte, auf Pflanzensammlungen allein beschränke. Wenn Malchen sich in meine Interessen hinein arbeitet, so wird sich ihr eine ungeahnte, reiche Welt erschließen! Aber merk dir: Wer will haben, der muß graben! Es gibt kaum einen Beruf, der so viel Entbehrungen einerseits und so viel Glück anderseits gewährt. Hör nur, was der große Linné selbst über diesen Beruf sagt" — und Dietrich schlug eins der dicken Bücher auf, die er mitgebracht hatte, wandte sich zu Malchen und las mit schwärmerischem Ausdruck: „Wenn irgendeine Wissenschaft, die ihren Verehrer auszeichnen soll, den Mut des Enthusiasmus, und das Ertragen von Mühe und Beschwerlichkeiten erfordert, so ist es die Botanik. Bei allen andern wissenschaftlichen Berufsarten kann ein Mann es zu einer Größe und Berühmtheit auch auf seinem Studierzimmer bringen und sich von da aus einen unsterblichen Namen erwerben. Nicht so der Botaniker und Naturforscher. Die Natur mit ihren vielen Merkwürdigkeiten und Geheimnissen will selbst an Ort und Stelle betrachtet sein. Ihr Dienst ist der mühsamste, so wie ihre Kenntnis die reizendste und angenehmste. Wohl kaum eine andere Wissenschaft hat eifrigere Liebhaber, keine so viele, die die Märtyrer ihrer Ergebenheit und ihres Studiums geworden sind.' — Daß auch von uns unbedingte Opferfreudigkeit und Hingabe an den Beruf gefordert wird, müssen wir uns immer sagen.

Jetzt aber will ich dir einiges über meine Vorfahren erzählen! —

Im Jahre 1688 wanderte ein Salomo Dietrich als vertriebener mährischer Bruder von Böhmen nach Thüringen. Salomo ist der erste Dietrich, von dem wir etwas wissen. Damit die Familie ihn nicht vergißt, hat mein Vater mir den Namen mitgegeben. Salomo Dietrich brachte ein hübsches Stück Geld mit aus Böhmen und mit dieser Summe kaufte er sich in Ziegenhain bei Jena einen Bauernhof. — Salomo Dietrich wurde im Jahre 1711 ein Knabe geboren, den er Adam nannte. Bei den mährischen Brüdern war es Sitte, ihren Kindern biblische, besonders alttestamentliche Namen zu geben. Du findest hier in diesem Buche allerhand Mitteilungen über meine Verwandten, da triffst du außer Salomo und Adam auch einen David, Michael und Nathanael. — Ich möchte dich bitten, dir besonders Adam und Gottlieb Dietrich zu merken. Adam Dietrich war der erste, bei dem das Interesse für die Botanik zum Ausdruck kam. Das ging so zu: Als Adam den Hof des Vaters übernommen hatte, wurde ihm von der Universität Jena der Auftrag erteilt, allwöchentlich die nötigen Pflanzen für die botanischen Vorlesungen zu besorgen. Bei Adam erwachte hierdurch das Interesse für die Pflanzen. Er ließ sich von den Professoren belehren, borgte sich Bücher, sammelte und preßte Pflanzen. Er brachte es durch Eifer und Begabung mit der Zeit zu einer gewissen Berühmtheit in der Botanik, und wurde allgemein der Ziegenhainer Botanicus genannt. Weitere Kreise wurden auf ihn aufmerksam, und der größte Botaniker seiner

Adam Dietrich

Zeit, der berühmte Schwede Linné, setzte sich brieflich mit ihm in Verbindung. Diese Briefe sind der Stolz der Familie Dietrich. Einige Glieder der Familie blieben auf dem Lande, einige erhielten städtische Ausbildung, und zu den letzteren gehörte mein Vater. Wie sich aber äußerlich auch ihr Leben gestaltete, von Adam an saß allen Dietrichs die Liebe zur Botanik sozusagen im Blute, manche von uns hat sie aufwärts gebracht, und manchen ist sie zum Verderben geworden; sie haben darüber Haus und Hof oder ihren nächstliegenden Beruf versäumt. Du begreifst, daß ich dir heute lieber von denen erzähle, die der Botanik ihr Emporkommen verdanken. — Aber magst du auch mehr davon hören, oder soll ich die weitere Erzählung auf später verschieben?"

„O nein, erzähl' nur ja weiter! Was könnte uns lieber sein, als daß wir recht viel von deiner Familie erfahren!"

„Gut, wenn du für meine Familie Interesse hast, dann kannst du hier in diesem Buche weitere kurze Mitteilungen finden. Von den zweien aber, die wir nach unserer Hochzeit besuchen werden, will ich dir noch einiges erzählen. In Jena wohnt Doktor David Dietrich, er ist an der Universität Lehrer der Botanik. In seiner freien Zeit fertigt er Sammlungen an, grade wie ich es auch tue. Von meinem Onkel Gottlieb Dietrich in Eisenach ist sehr viel mehr zu erzählen, er hat ganz wunderbare Erlebnisse und Begegnungen gehabt. Er war ein außergewöhnlich gut begabter und hübscher Junge. Sein Großvater, der Botanicus, nahm sich des lebhaften

Jungen in ganz besonderer Weise an, er unterrichtete ihn und wußte auch andere einflußreiche Herren für ihn zu interessieren. Der Pfarrer Wunder in Jena-Prießnitz, der Superintendent Öhmer und der Geheime Kirchenrat Dr. Griesbach nahmen sich seiner an und ermöglichten es, daß er in Jena das Gymnasium besuchen konnte.

Eines Tages, — er war im Jünglingsalter, — geht er hemdsärmlig durch die Wiesen und hat den Arm voll Pflanzen, da begegnen ihm zwei stattliche Herren, die fragen ihn, was er da für Blumen habe, und wundern sich, als Gottlieb jede Pflanze mit lateinischem Namen zu nennen weiß.

Nun gehen die drei eine Strecke miteinander, und dabei fragen sie Gottlieb nach seinen Verhältnissen. Endlich bleiben sie stehen, und der eine der Herren sagt zu Gottlieb: ‚Du gefällst uns! Hättest du wohl Lust, die Flora von Karlsbad kennen zu lernen? Dann komm nur übermorgen nach Weimar in mein Haus, um uns von dort aus nach Karlsbad zu begleiten.‘

Der Herr bezeichnet die Wohnung und nennt seinen Namen.

Jubelnd lief Gottlieb davon, und zwar sofort nach Jena-Prießnitz; denn dieses freudige Ereignis mußte er vor allem seinem väterlichen Freunde, dem Pfarrer Wunder, mitteilen.

‚Junge!‘ rief der erfreut, ‚du sollst mal sehen, nun ist dein Glück gemacht! Zu Herrn v. Knebel sollst du kommen? Na, dann war der andere Herr Goethe!‘

Und der Pfarrer hatte recht. Alles kam, wie es verabredet war: im offenen Reisewagen fuhren die drei in die schöne, weite Welt. Wo sich seltene Pflanzen zeigten, da sprang Gottlieb vom Rücksitz, holte sie und nannte Namen, Klasse und Ordnung. Die beiden Herren hatten ihr Botanikbuch und verglichen Gottliebs Angaben mit dem Text im Buche. Als es bergauf ging, stiegen sie aus und wanderten. Auf dem Ochsenkopf angekommen, hielten sie Umschau. Alle drei waren gute Beobachter; da fiel ihnen sofort unterhalb des Berges eine Moorfläche auf, die einen wunderschönen purpurroten Schein verbreitete. Was konnte denn das sein? Interessiert stiegen sie hinunter, und Gottlieb, als Jüngster eifrig voran, pflückt eine der Blumen, die den ganzen Grund bedecken und ruft triumphierend: ‚Es ist der Sonnentau, Drosera rotundifolia, der diesen schönen Schein verbreitet!'

Goethe zieht sorgfältig die zusammengeklappten behaarten Blätter auseinander und findet Überreste von kleinen Insekten und spricht die Vermutung aus, daß die Blume das Insekt getötet und das Blut ausgesogen hat zur eignen Ernährung. So ist Goethe einer der ersten gewesen, der eine insektenfressende Pflanze beobachtete."

„Was?" sagte Malchen, die Dietrichs Erzählung mit gespanntestem Interesse gefolgt war, „ist denn das wahr? Hatten diese schönen Pflanzen wirklich die kleinen Tiere aufgefressen? Können sie das denn?"

„Ja freilich können sie das. Spätere eingehende Beobachtungen haben Goethes Vermutungen bestätigt."

„So schön waren sie, und dabei so hinterlistig! Ganz arglos sind die kleinen Dinger gewiß darauf gekrabbelt, und da finden sie einen so scheußlichen Tod!"

„Freilich sind sie schön, sieh sie dir mal an: hier ist das Bild. Einzeln wirken sie nicht so schön, aber du solltest mal einen so purpurnen Teppich sehen, was das für ein bezaubernder Anblick ist. Wart' nur, im Sommer zeig ich dir das alles. Ich sehe zu meiner großen Freude, daß du Interesse an diesen Dingen hast, da wirst auch du leicht alles lernen, was zu unserm Beruf gehört. Du hast ja ein gutes Gedächtnis, so daß du die lateinischen Namen, Klassen und Ordnungen behältst?"

„Versuch's nur mit mir! O, wie ich dir helfen will! Wie ich dir alles herbeiholen will; es soll mir nichts zu schwer sein. Sieh mal, ich habe ein Paar gesunde, starke Arme, und laufen und klettern kann ich; ich bin gar nicht schwindelig, und bange bin ich auch nicht!"

„Ja, wovor solltest du denn bange sein?"

„Na, viele fürchten sich doch vor Schlangen und Kröten."

„Ach, dummes Zeug! Darüber bist du doch hinaus!"

„Was du tust, das tu' ich mit, durch dick und dünn!"

„Das erwarte ich von dir!"

„Aber bitte, erzähl' mir weiter von deinem Onkel Gottlieb."

„Ja, ja! Der Onkel wird dir diese Sachen noch selbst erzählen, aber es ist gut, wenn du schon vorher etwas weißt. —

Die Reisenden kamen ohne weitere Zwischenfälle nach Karlsbad. Hier ging der Onkel schon vor Sonnenaufgang ins Gebirge, und nun lese ich dir lieber vor, was Goethe selbst über Gottlieb geschrieben hat: ‚Reich-

Gottlieb Dietrich

liche Lektionen brachte er mir sodann an den Brunnen, ehe ich noch meinen Becher geleert hatte. Alle Mitgäste nahmen teil; die, welche sich dieser schönen Wissenschaft befleißigten, besonders. Sie sahen ihre Kenntnisse auf das anmutigste angeregt, wenn ein schmucker Landknabe im kurzen Westchen daherlief, große Bündel Kräuter und Blumen vorweisend, sie alle mit Namen, griechischen, lateinischen, barbarischen Ursprungs bezeichnend, ein Phänomen, das bei Männern und Frauen viel Anteil erregte.' Hier aber will ich nur kürzlich bemerken, daß der folgende Lebensgang des jungen Dietrich solchen Anfängen gleich blieb. Er schritt unermüdlich auf dieser Bahn weiter, so daß er, als Schriftsteller rühmlichst bekannt, mit der Doktorwürde geziert, den großherzoglichen Gärten in Eisenach bis jetzt mit Eifer und Fleiß vorsteht. — —"

Dietrich klappte jetzt den Band Goethe zu und sagte, während er das Bild einer Blume vor Amalie entfaltete: „Sieh dir mal diese Pflanze an, die ist nach meinem Onkel Gottlieb benannt, sie heißt ‚Dietrichia coccinea'."

Amalie sah das Blatt mit einer Art Ehrfurcht an und sagte: „Das ist gewiß eine große Ehre für deine Familie."

„Ja, allerdings ist das eine Ehre, wir sind darauf ebenso stolz, wie wenn ein andrer einen Orden bekommt. Es ist mein geheimer Wunsch, daß auch ich einst etwas so Bedeutendes für die Wissenschaft leisten könnte, daß irgendeine neue Art auch einst meinen Namen tragen möchte. Der Name Dietrich hat in Gelehrtenkreisen einen guten Klang. Nun freue dich auf unsere Hochzeitsreise!"

„Vater, — Mutter, was sagt ihr nur, daß wir so weit hinaus reisen? Ganz nach Thüringen! Ja, ich freue mich!“

Mit dem Federschleißen waren die alten Nelles nicht weit gekommen, sie hatten mit Staunen den Erzählungen ihres Schwiegersohnes gelauscht.

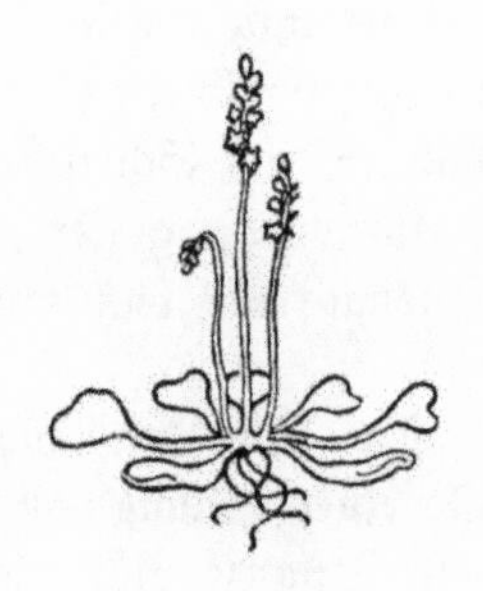

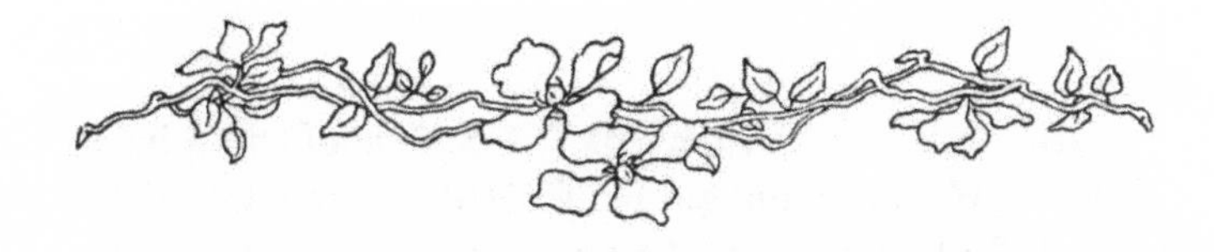

10

Vor und nach der Hochzeit

Es gab nun alle Hände voll zu tun, um die Aussteuer für Malchen zu beschaffen. Sobald Dietrich zu den Beratungen zugezogen wurde, gerieten Nelles stets in offenen oder stillen Widerspruch. Mutter Cordel plante Mullvorhänge.

„Nein," entschied Dietrich, „wir brauchen Licht und Luft, und Malchen bekommt keine Zeit, solchen Plunder zu waschen. Wir haben viel Wichtigeres zu tun." Als ein Kanapee in Erwägung gezogen wurde, sagte Dietrich: „Nichts für die Bequemlichkeit! Als ob wir uns auf die Bärenhaut legen könnten!"

„Aber wenn euch nun mal jemand besucht?" fragte Cordel schüchtern.

„Solche Besuche wie die Krummbiegeln und ihresgleichen nehmen wir nicht an. Der Besuch, der zu mir kommt, kümmert sich um kein Kanapee, der will meine Sammlungen sehen. Alles muß diesen Zwecken dienen! Übrigens muß ich euch sagen, daß ich der Krummbiegeln gekündigt, und daß ich auf dem Forsthof gemietet habe."

„Auf dem Forsthof!" riefen Nelles erstaunt.

„Ja, der alte Forsthof ist das geräumigste und interessanteste Gebäude im ganzen Städtchen, und ich schätze mich glücklich, daß jetzt grade eine große Wohnung frei ist."

Nelles schüttelten den Kopf, und Dietrich fuhr begeistert fort: „Seid ihr denn mal drinnen gewesen? Da ist eine Platzverschwendung! So baut man ja gar nicht mehr. Breite, sanft ansteigende Treppen, Vorplätze wie Rennbahnen, viele Stuben und Kammern und alles so hübsch altmodisch und knochentrocken. Das brauche ich für meine Sammlungen, sonst schimmeln sie. Ihr glaubt nicht, was mir das alte, schöne Haus alles erzählte, als ich mit innerem Jubel seine Räume durchschritt. Früher hat es mit dem Kloster Zella in Verbindung gestanden; und die Klöster haben nicht gespart, auch nicht mit Platz. Auch trübe Zeiten hat der Forsthof mit durchgemacht. Als Krieg und Pest hier wüteten, hat er als Lazarett gedient. Ja, so ehrwürdig ist er, daß die Krummbiegeln steif und fest behauptet, auf dem Forsthof gehe es um, böse Geister trieben da ihr Wesen. Nun Malchen, nicht wahr, sie sollen mal kommen, die bösen Geister, wir fürchten sie nicht." Und nach einer Pause fuhr er fort: „Schade, daß man die halbverfallenen Torbogen abtragen will. Ich sah durch den Bogen wie durch einem Rahmen; bis hin zum Marktplatz, mit der schlanken Kirche als Mittelpunkt, reicht der Blick. Das Allerbeste am Forsthof ist aber die Nähe des großen schönen Zellwaldes. Der Wald wird meine Welt! Von Menschen unbeobachtet kann ich in wenigen Minuten im Walde sein!"

* *
*

Cordel konnte den Gedanken einer Trennung von ihrem Kinde nicht ertragen. Seit sie das Kind hatte, waren sie keinen Tag getrennt gewesen. Sie ging mit verweinten Augen umher, und als Gottlieb sie fragte, was ihr fehle, da kamen merkwürdige Sachen zutage. So von hinten herum fing sie an, sie könne unmöglich jeden Tag durch die ganze Nieder- und Oberstadt bis ganz hinaus nach dem Forsthof. Die Leute würden an die Fenster laufen und sie auslachen.

„Unsinn!" brummte Gottlieb, „wer verlangt denn, daß du jeden Tag zu den Jungen rennst? Die beiden wohl am allerletzten, glaub' mir! Die wollen ungeschoren sein. Das ist nun mal so der Lauf der Welt; du hast dich drein zu finden, daß du dem Mädel jetzt überflüssig bist."

„Wenn ich nicht beim Malchen sein kann," brach es schluchzend los, „dann muß ich sterben! Wirklich, Gottlieb, ich halt's nicht aus!"

„Na, wenn du's nicht kannst, dann mußt du's lernen!"

„Ach, Gottlieb, ich hab' mir das ja schon alles durch den Kopf gehen lassen. Siehst du, wir müssen unsern Kram verkaufen und mit zum Malchen auf den Forsthof ziehen."

Gottlieb sah seine Frau an, als fürchte er, sie habe den Verstand verloren. Wie war denn nur ein solcher Gedanke möglich? — Ihr Häuschen sollten sie verkaufen? Vergaß denn die Cordel, daß das Häuschen seit Menschengedenken den Nellens gehört hatte? Das kleine sonnige Gärtchen sollten sie verlassen? Dachte denn die Cordel gar nicht mehr daran, wie sie als jung verheiratetes Paar in der Laube gesessen hatten, in der rotblühenden Bohnenlaube? Wie da alle ihre Kinder gespielt hatten? Die munteren Buben, die jetzt so still da draußen schliefen, und auch der, der jetzt so weit da drunten war, — und das gute Fritzchen! Gottlieb seufzte schwer auf und fuhr sich mit der rauhen Hand über die Augen. Ihr Stückchen Feld am Bergesabhang, die Ziege, das Schwein, die Gänse, Hühner und Tauben, das alles sollten sie verkaufen und wie arme Leute in eine Mietswohnung ziehen?! Da war man doch nicht mehr sein eigner Herr, wo noch so allerlei Leute mit wohnten! Mit den jungen Leuten war das ganz was anderes, die wollten das so haben, und überhaupt, in der Jugend hatte man sich zu fügen, aber sie, Nellens, in ihrem Alter! —? Ach dieser Dietrich! Welche Verwirrung brachte der in die Familie! — Was dachte Cordel nur, wovon sollte man denn leben? Die kleine Ackerwirtschaft hatte doch alles Notwendige zum Unterhalt geliefert.

Ach, Cordel war ja selbst in arger Bedrängnis. Sie sah alles ein, gab alles zu, blieb aber dabei, es würde ihr Tod sein, wenn sie sich vom Malchen trennen müßte.

Da sagte Gottlieb seufzend: „Na, nun weiß ich doch, woher die Male ihren Dickkopp hat!"

* *
*

Als Dietrichs nach der Hochzeitsreise von Thüringen zurückkamen, fragte Gottlieb: „Na, nu sag' mal, trafst du es denn da draußen wirklich alles so, wie dir's dein

Mann gesagt hatte? Waren die Verwandten wirklich so feine, vornehme Leute?"

„Aber freilich, Vater! Denk' doch nur, der Herr Hofrat hat eine Tochter, die ist in Eisenach im Schloß und erzieht junge Prinzen, und Wilhelms Onkel wird von den Leuten ‚Herr Hofrat' oder ‚Herr Professor' genannt. O, der ist weit in der Welt herumgekommen, der ist vom Herzog ganz nach England geschickt worden. Mit uns war er auf der Wartburg und in Wilhelmstal. Die schönen Gärten in Wilhelmstal hat er mit eingerichtet," und nun erzählte Malchen in lebhafter Weise von allem, was sie gesehen hatten. —

Als die Mutter ihr Kind allein hatte, nahm sie es sich noch einmal vor und fragte: „Sind sie auch gut zu dir gewesen? Sag' mir die Wahrheit! Du scheinst mir etwas gedrückt zu sein?"

Malchen traten die Tränen in die Augen, und sie sagte abwehrend: „Laß doch, Mutter."

Aber die Mutter drang in sie, und da sagte sie: „Was soll ich dir weiter sagen! Es war für uns alle wohl nicht so leicht. Wir wußten einander nicht zu nehmen. Ich merkte, daß sie mich nicht für ihresgleichen ansahen, und das bin ich ja auch nicht. Sie nahmen an, ich sei recht einfältig, und als ich das merkte, da war ich es wirklich. Sie sprachen anders, sie bewegten sich anders, ja, sie aßen sogar anders, und ich wollte es ihnen nachmachen, aber das geht nicht so schnell. — Das Schlimmste war, daß sie mit Wilhelm gar nicht zufrieden waren; und da hätte ich am liebsten immer dazwischenfahren mögen; aber Wilhelm sagte, das

Klügste, was ich tun könne, sei, daß ich den Mund hielte."

„Und was hatten sie an deinem Manne auszusetzen?"

„Ach, sie waren unzufrieden mit allem, was er getan hatte, und ich glaube, am meisten mit seiner Heirat; das konnten sie ja nur nicht so offenkundig heraussagen. — Sie meinten auch, er hätte in der Apotheke bleiben müssen."

„Na, das haben wir aber auch gesagt; da haben sie vielleicht recht. Aber was dich angeht, das ist was anderes, das ärgert mich! Da hätte dein Mann allerlei tun können und müssen. Der mußte ihnen doch zeigen, daß man dich zu estimieren hat; denn du bist ordentlicher Leute Kind, und ein Mann soll seine Frau lieben und ehren! Daß du ihre Sache nicht gleich kannst, was tut das? Ich kenn' dich, ich weiß, daß du das alles lernen kannst. Es ist gut, daß wir mit auf den Forsthof ziehen, da kannst du mit deinem Manne gehen, und er kann dir das alles beibringen, was er selber weiß, und was er für so wichtig hält. Ich besorg' deinen Hausstand. Da hab' ich was um die Hand, daß ich nicht Langeweile krieg'."

„Mutter!" jubelte Malchen, „jetzt seh' ich erst, wie gut du's mit uns meinst. Ich darf ganz für Wilhelm da sein! Welche Frau hat's wohl so gut! —"

* * *

Als alles an seinem Platze stand, ging Dietrich prüfend in den Räumen umher; und als er die großen Schränke sah, rief er lebhaft bewundernd: „Ei, was für schöne Schränke! Malchen, gibst du mir die?"

„Aber Wilhelm! Die sind ja für Kleider, Leinen und Küchengeschirr!"

„Ach was! Diese Dinge kannst du auch wo anders unterbringen. — Schränke kann ich gar nicht genug bekommen: ich brauch' sie für die Insekten. Wir haben doch in erster Linie an unsern Beruf zu denken."

„Natürlich, nimm sie nur! Ich will ja nichts für mich!"

Und als Nelles dem jungen Paar 300 Taler — das mühsam Ersparte von vielen Jahren — gaben, da rief Dietrich freudig überrascht: „Das ist ja prächtig! Grade überlegte ich, ob ich es wohl wagen könne, bei Kurz in Meißen große Bestellungen auf Lösch- und Schreibpapier zu machen. Ich muß noch vieles haben, auch noch mehrere Pflanzenpressen, Glashäfen und Spiritus; und der Tischler muß hohe Gestelle für die Pflanzen anfertigen."

Als Mutter Cordel nach einigen Tagen zu Dietrichs kam, suchte Amalie eine ganze Weile kniend nach einem reinen Tischtuch. Mißbilligend schüttelte Cordel den Kopf und sagte ärgerlich: „Was machst du denn da für Unordnung? Hast du denn deine Sachen immer noch nicht in die Schränke gepackt? Das mag man ja gar nicht mit ansehen, wie die gemangelte Wäsche durcheinanderkommt. Gib her, ich will nur gleich einräumen."

„Nein, Mutter, die Schränke braucht Wilhelm für seine Sammlungen."

„Deine Schränke?" rief Cordel entrüstet, „da soll das alberne Getier hinein? Das geht zu weit! Dazu haben wir sie dir nicht gegeben! Du fängst deine Sache ganz verkehrt an! Jetzt sagst du zu allem ja, und wenn nachher die Unordnung in deinem Kram da ist, da bleiben die Vorwürfe und scharfen Worte nicht aus. Wie gern hättest du's nachher wieder anders, aber dann ist's schwer, und eines Tages fühlt jeder sich vom andern ungerecht behandelt."

„Das ist ja unsere Sache!" sagte Malchen kurz.

„Willst du von deiner Mutter keinen Rat annehmen?"

„Wir wollen wohl alleine fertig werden. Wilhelm ist zehn Jahr älter als ich, und er ist außerdem so klug und gut. Was er tut ist wohlgetan."

„Du machst es nicht richtig. So wirst du nicht seine Gehilfin! Du gehst wie in einem seligen Traum. Ich möchte dir zurufen: ‚Wache und bete!' Das Leben ist kein Traum, auch nicht für dich!"

„Jetzt gehöre ich Wilhelm an und tue was Wilhelm will! Ich dachte, du kämest zu uns, um uns zu helfen, statt dessen willst du alles nach deinem Sinn haben."

„Malchen!" sagte die Mutter mit bebenden Lippen.

Aber sie betrieb doch den Umzug, wenn ihr auch das Herz recht schwer war. Denn nicht einmal dem Gottlieb mochte sie es sagen, wie ihr die Rede ihres Kindes wehgetan hatte.

11

Wilhelm Dietrich als Amaliens Führer und Lehrer

Auf dem Forsthof begann nun ein freudiges, emsiges Schaffen. Die hohen Gestelle für die Herbarien bedeckten alle Wände bis hinauf zur Decke. In der großen Nebenstube standen die Schränke, zum Teil schon gefüllt mit Büchern, Mineralien, Insekten, Amphibien, Muscheln und Samen. —

Bei schönem Wetter ging das junge Paar schon gleich nach der Morgensuppe auf die Wanderschaft.

Es lag stets ein Plan vor, was gesammelt werden sollte; aber auf Schritt und Tritt bot sich unerwartete Gelegenheit zu Erklärungen und Belehrungen. Dietrich machte es aufrichtige Freude, seine junge begeisterte und begabte Frau in allen Dingen zu bilden und zu erziehen und ihr Interesse für die Naturwissenschaft zu beleben und zu vertiefen.

„Die Hauptsache ist," sagte er, „daß du deine Sinne schärfst. Sieh und höre, — nein lausche! Nicht nur dein Auge und Ohr, deine Seele muß es mit ehrfürchtigem Beben vernehmen, was die Natur uns offenbaren will. O, gib dich ihrem Zauber hin, sie macht dich reich und glücklich. — Achte darauf, daß du bei ihren wechselnden Erscheinungen zunächst das Große und das Allgemeine ins Auge fassest. Deine Seele muß sich weiten. Erst wenn du sozusagen eine Stimmung in dir hergestellt hast, mußt du auf die Einzelheiten eingehen, mußt dir jede Kleinigkeit ansehen. Aber merk dir, das Untersuchen, Trennen und Zählen kommt erst zuletzt.

Werde dir klar darüber, daß die Natur sich anders am Morgen als am Abend in deiner Seele spiegelt. Im Frühling wirkt sie anders als im Herbst und Winter. Deine Seele wird anders angeregt, ob du in einer gebirgigen oder flachen, in einer wild romantischen oder in einer öden und nüchternen Gegend wanderst. Hast du es nicht erlebt, daß du aufjauchzen oder tief seufzen mußt? Ganz vertraut mußt du mit der Natur werden, sie verliert dann ihre Schrecken. Hörst du erst ihre Laute, siehst ihre herrlichen Farben und wunderbaren Formen, dann offenbart sie dir ihre Geheimnisse. Du gewinnst dann dem Schlamm im Graben, dem Moos, das dein Fuß bis dahin achtlos zertreten hat, Interesse ab. Liebst und kennst du erst die Natur, so begehrst du keine lauten Freuden, keine äußeren Dinge, auf die die Menschen sonst Wert legen. Du fühlst dich dann nie allein, denn jeder Feldweg zeigt dir liebe Bekannte."

Dietrich setzte sich mit Amalie ins Gras, pflückte eine Blume und lehrte sie, diese Pflanze genau zu betrachten und zu beschreiben. Er brachte ihr die botanischen Bezeichnungen bei, ließ sie sich an dem Duft erfreuen und ging dann vorsichtig an das Trennen und Zerlegen. Wie zart löste er den Kelch von der Blumenkrone und zeigte ihr Stempel und Staubfäden. So brachte er ihr sowohl das natürliche wie das Linnésche System bei. Er machte sie aufmerksam auf die geheimen Kräfte, die in den Pflanzen verborgen sind, er sagte ihr, wie in wunderbar zarter Weise ein „Gut und Böse" angedeutet wird. Er zeigte, wie für den, dessen Seele zu lauschen versteht, in diesem Reich ein unerschöpflicher Born an Gleichnissen und leisen Hindeutungen an das menschliche Leben zu finden sei; wie deshalb nicht nur der Arzt und Apotheker sich niederbeugen und beobachten und lernen; wie auch der Dichter, der Erzieher und der Prediger in dieser Schule lernen. Gerade die feine Art der Andeutung hat für die Dichter den größten Reiz.

Ja, das waren reiche, wonnige Tage! Die Liebe war die beste Lehrmeisterin. Wie klein fühlte sie sich diesem wunderbaren Manne gegenüber, wie demütig bat sie ihn um Geduld, wenn sie zuerst die Klassen durcheinanderwarf. Dietrich fand aber keinen Grund zur Ungeduld, im Gegenteil, er war erstaunt über ihr Gedächtnis und ihre leichte Auffassungsgabe.

Und welchen Eifer zeigte Malchen beim Sammeln! Ihr war kein Berg zu hoch oder zu steil, keine Wiese zu sumpfig, kein Graben zu breit und kein Bach zu tief. Flink flogen Schuhe und Strümpfe von den Füßen; und die begehrte Pflanze vom jenseitigen Ufer wurde geholt.

So folgte sie willig und freudig ihrem Führer und Lehrer. Hindernisse überwand sie lachend, und Dietrich legte ihr allerlei Kosenamen bei, — bald war sie seine

Gemse, bald sein Adler oder auch sein Maulwurf, wenn sie aus der Tiefe die oft wunderbar geformten Wurzeln mit Ausdauer hervorgrub.

Mit Menschen mochten beide nichts zu tun haben, nur wenn sie jemanden trafen, der ein Leiden hatte, dann blieb Dietrich freundlich stehen, ließ sich geduldig die lange Geschichte erzählen und gab ihm dann seinen Rat, so daß bald die Rede ging: Dietrich könne besser helfen als der beste Doktor. Auch hierbei horchte und lernte sie.

Kamen die beiden von solchen Wanderungen schwer beladen, eingestäubt und erschöpft nach Hause, dann erwartete sie der gedeckte Tisch. Mutter Cordel setzte in stiller Weise eine Suppe oder einen Brei vor sie hin.

Wenn Mutter Cordel gemeint hatte, nun sei es doch für heute genug mit der Botanik, dann lachten die beiden Jungen und sagten: nun ginge erst die Arbeit an, bis dahin sei es Vergnügen gewesen; beim Einlegen der Pflanzen durften aber Vater und Mutter gern helfen. Und nun trat Dietrich als Lehrer bei den Eltern auf, er zeigte ihnen, wie man genau darauf achten müsse, daß die Pflanze auf dem Papier möglichst ihre natürliche Lage einzunehmen habe, ein Zweig, der sich rankt, dürfte nicht gerade gelegt werden, eine Blume, die draußen den Kopf senkt, müsse ihn auch hier senken. — Wenn die Alten es verkehrt machten, fragte Dietrich erstaunt: „Aber das ist ja eine so gewöhnliche Blume, sehen Sie gar nicht, wenn Sie durch die Felder gehen?“

Und Nelles lernten auf ihre alten Tage noch das Sehen und Hören in der Natur. Die schwierigsten Pflanzen mußte Amalie einlegen. Bei spröden Zweigen mußte mit einem feinen Federmesser die Rinde vom Holz gelöst werden. Wie sorgfältig mußte das gemacht werden, wieviel Geduld gehörte hierzu! Sie hatte die Geduld.

Dauerte die Arbeit gar zu lange in die Nacht hinein, so verschwand Cordel und kam mit einer Kanne Kaffee wieder, Dietrich runzelte die Stirn über die Unterbrechung, aber das Einlegen ging doch besser.

Wenn Frost die Erde bedeckte, wenn das Sammeln abgeschlossen war, dann kam das Ordnen der sommerlichen Ernte. In der Stube wurde ein möglichst großer, freier Platz geschaffen, der wurde mit Kreide in vierundzwanzig Haupt- und außerdem in Nebenfächer geteilt.

Dietrich rief die Klasse und Ordnung aus, und die andern brachten sie in die bestimmten Fächer. Erst wenn alle Pflanzen geordnet waren, konnte man an die Herstellung von verschiedenen Sammlungen gehen. Da gab es offizinelle Pflanzen für Apotheker, Gräser und Futterkräuter für Landwirte, Giftpflanzen für Lehranstalten, Moose, Farne und Flechten für Liebhaber und Gelehrte.

Über alles wurde von Dietrich genau Buch geführt, es wurden Verzeichnisse aufgestellt; und vor allen Dingen wurden im Winter auch Papparbeiten angefertigt. Das Zuschneiden der Pflanzenmappen und der niedlichen

Kästen für Erdarten und Mineralien besorgte Dietrich, das Pappen lernte Amalie.

Eine Freude war es für alle, wenn Bestellungen kamen, dann rührten sich die Hände noch viel flinker; und Mutter Cordel mußte zugeben: man brauchte bei Dietrichs kein Kanapee!

12

Geburt und Tod

Da das Jahr 1847 für ganz Sachsen eine große Hungersnot brachte, war es für Dietrichs ein Glück, daß Nelles sie mit der Kaufsumme des Häuschens und den mancherlei Vorräten unterstützen konnten. Der Mut zu gemeinschaftlicher Arbeit wurde gestärkt durch einen Auftrag aus Leipzig. Ein Herr Döpelmann bestellte im Namen mehrerer Studenten Herbarien. Die gesamte Flora von Sachsen sollte dreimal geliefert werden.

„Seht ihr!" sagte Dietrich, „eine Flora von Sachsen kostet dreißig Taler, nun nehmt das dreimal, dann haben wir fast hundert Taler."

Es kam aber anders. Als man nach Ablieferung der Sammlungen lange vergeblich auf Geld gewartet hatte, kam ein Brief mit der niederschmetternden Nachricht: die Studenten seien außer sich über die Summe; bei so schlechten Zeiten wäre kein Gedanke daran, so viel Geld an getrocknete Pflanzen zu wenden. Höchstens neun Taler wollten sie opfern, wolle Dietrich sich damit zufrieden geben, gut, sonst würden sie die Sammlungen zurückschicken.

Das war ein harter Schlag! Die viele, mühsame Arbeit! Aber man brauchte so nötig Geld, da nahm man doch lieber die neun Taler.

Im nächsten Jahre wurde bei Dietrichs ein Kind erwartet. Dietrich selbst sprach nur noch von dem künftigen Jungen; und eines Tages, als Cordel in die Stube trat, sah sie, wie die beiden vor Humboldts Bild standen, und staunend hörte sie, wie Dietrich zu Malchen sagte: „Unser künftiger Junge hat große Vorbilder! Ich selbst werde seine Erziehung und Ausbildung in die Hand nehmen. Linné, Humboldt und meine eignen Verwandten werde ich ihm vorführen; denen muß er nacheifern. Ich will ihn früh mit auf weite Reisen nehmen, damit er abgehärtet wird, denn er muß einst weit hinaus in ferne, noch unerforschte Länder, er muß neue Arten finden, die den Namen ‚Dietrich' tragen. Und Gottlieb muß er heißen."

„Ach Wilhelm, deinetwegen will ich wünschen, daß es ein Junge wird."

„Natürlich wird's ein Junge!" sagte Dietrich zuversichtlich.

Cordel aber schüttelte den Kopf und sagte: „Und das will ein Naturforscher sein!"

* *
*

Nicht lange danach, an einem feuchten Märztag, steckte Cordel eilig den Kopf zur Tür herein und rief Dietrich zu: „Ein sehr kleines Mädchen!" Damit war sie wieder verschwunden.

Nur ein Mädchen? — Ein sehr kleines Mädchen? —! Ach, welche große Täuschung. —

Amalie schwebte wochenlang in Lebensgefahr, und die gute Cordel hatte Tag und Nacht keine Ruhe, um allen Anforderungen gerecht zu werden. Da nahm sie die Wiege, trug sie hinüber und sagte zu ihrem Mann: „Man mag das kleine Dingelchen gar nicht anfassen, Gottlieb, in Watte möchte man es packen! Hab' du nur ein Auge darauf, wenn ich drüben zu tun habe."

So kam das Kind vom ersten Tage an zu den Großeltern. Wenn Malchen es anders haben wollte, sagte Cordel: „Laß nur das Kind, wo es ist. Bei euch ist ja gar kein Platz für eine Wiege, und wenn das Kind mal schreit, gerät dein Mann ganz außer sich. Euch stört die Kleine, und mich macht sie glücklich. Erhol' du dich; dein Mann stöhnt schon lange, daß er deine Hilfe braucht."

Nur nicht Wilhelm stören! Da konnte Amalie lieber zu den Eltern gehen, wenn sie das Kind haben wollte. Aber auch das durfte sie nicht oft, es wartete ihrer immer so viel Arbeit.

In der Taufe erhielt das Kind die Namen: Charitas Concordia Sophie. So wünschte es der Vater.

* *
*

Unter der liebevollen, fürsorglichen Obhut der Großmutter wuchs das Kind heran. Die gute Cordel hatte es beständig um sich; sie erzählte dem lebhaften Kinde die biblischen Geschichten, lehrte es morgens und abends beten; sie spielte und scherzte aber auch mit ihm.

Charitas war vier Jahre alt, da sagte die Großmutter eines Tages: „Charitas, geh mal hinüber und hol' die Mutter."

Und als Malchen kam, sagte sie: „Es ist mir gar nicht hübsch. — Du mußt mir ins Bett helfen. — Mich schüttelt's, und alle Glieder tun mir weh, und wenn ich Atem hole, sticht's in der Brust."

„Ach, Mutter," sagte Amalie erschrocken, „du wirst uns doch nicht krank werden? Du hast dich natürlich beim Brotbacken überanstrengt, hast Zug gekriegt. Wenn ich dich im Bett habe, hole ich Wilhelm, der verschreibt dir was."

Dietrich kam und untersuchte die Kranke, schrieb ein Rezept und schickte Gottlieb damit in die Apotheke. Bis der Gottlieb mit der Medizin kam, wurde allerlei versucht, aber das Fieber schüttelte die Cordel, sie phantasierte. Es kamen aber auch lichte Augenblicke, dann ruhte ihr Auge besorgt auf der weinenden Tochter und mühsam sagte sie: „O, die — Luft! — Malchen, ich mach's nicht lange. — Gott! O, Gott!

O Gott, ich bitt' durch Christi Blut,
Mach's nur mit meinem Ende gut!"

Nach einer Pause tastete sie nach Amaliens Hand und flüsterte: „Wo hast du denn das Kind — ach das liebe Charichen! Hol' sie her, gib ihr ja nicht von dem neubacknen Brot! Im Tischkasten liegt noch ein Ränftchen. Geh, hol' sie, daß ich sie segne."

Amalie eilte davon, kam gleich darauf wieder und setzte das verwunderte Kind aufs Bett. Unsicher suchten die zitternden Hände den Kopf des Kindes, dann sagte sie seufzend: „Ach, die Sorge um euch — um dich, macht mir den — Abschied schwer! Du, so — unerfahren! — Ach — Gott! Hausstand? Kochen? — Weißt — keinen Be — scheid mit dem lieben Kinde! Wie soll es euch allen — gehen?" Sie faltete mühsam die Hände und betete: „Ach Gott! — dein guter — Geist führe sie alle auf ebener Bahn! Malchen, es wird mir — so dunkel! Ach Malchen, dunkle — Stunden kommen — auch — für — dich! —" Sie versuchte nach oben zu weisen und rief mit letzter Kraft: „Aber: es sollen wohl Berge weichen, — und — Hügel — hinfallen, — aber — meine — Gnade — — — Gottlieb! — Ach — so dunkel! — Dunkles — Tal! — Aber, — ja Fritzchen, ja — ich —!" Noch ein Röcheln, und das treue Herz stand still. — —

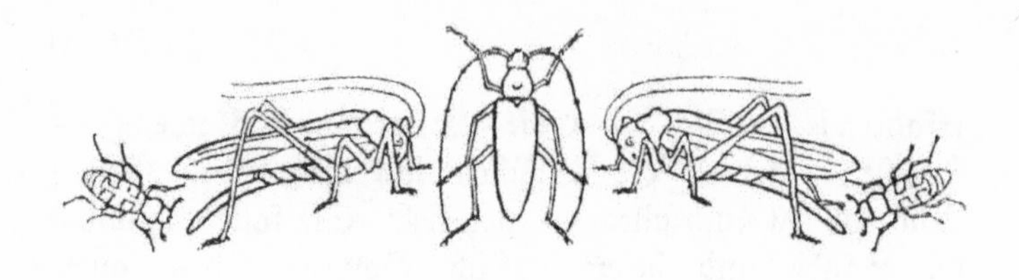

13

Nach der Mutter Tod

Dietrich hielt in all seinen Sachen, besonders in seinen Sammlungen, auf peinlichste Ordnung. An den Büchsen, in denen er die Samen oder die Harzarten aufbewahrte, saß jedes Schleifchen regelrecht, und nun gar in den verschiedenen Schränken!

Wie ein Regiment Soldaten marschierten die tausenderlei Insekten in den mit Quecksilber versehenen Kästen daher. Alle streckten sie ihre sechs Beinchen im Laufschritt von sich, als wäre ihnen mitten im Marschieren ein plötzliches Halt! zugerufen worden. Keinem fehlte auch nur das kleinste Glied; und die dazu geschriebenen Erläuterungen über Fundort, Lebensweise und Eigentümlichkeiten legten Zeugnis dafür ab, wie eingehend Dietrich das unscheinbarste dieser Geschöpfe beobachtet hatte. Mit scharfem Auge hielt er häufig Rundschau über seine leblosen Truppen. O, wie viel Ausdauer, Geduld, Fleiß, Augenkraft und Geschicklichkeit erforderten allein die Insekten! Je kleiner und unscheinbarer sie waren, eine um so sorgsamere Behandlung verlangten sie.

Auch in diese mühsame, zeitraubende Beschäftigung hatte sich Amalie eingearbeitet. Sie hatte gesunde, scharfe Augen, eine schnelle, leichte Auffassungsgabe, so daß sie bald begriff, worauf es bei den Arbeiten ankam. Da dauerte es nicht lange, daß auch die Finger geschickt für die feinsten Aufgaben wurden. Wie sorgfältig mußte sie mit den im Tode zusammengezogenen Gliedmaßen umgehen. Die Beinchen und Fühlhörner waren so spröde, und der kleinste Bruch machte das Tier wertlos. Wie verdrießlich wurde Dietrich, wenn ein Käfer, dessen Auffinden ihn in Entzücken versetzt hatte, jetzt wegen einer Ungeschicklichkeit weggeworfen werden mußte.

Für Amaliens von Natur ungeduldiges, hitziges Temperament waren gerade diese Arbeiten keine leichte Aufgabe, aber sie nahm sich aufs äußerste zusammen, die Liebe überwand auch hier jede Schwierigkeit. Welches Glücksgefühl durchströmte sie, wenn Dietrich anerkennend sagte: „Prächtig hast du dich eingearbeitet! Du bist mir im jedem Sinne des Wortes eine treue Gehilfin!" Wie leuchtete dann ihr Blick! Wie leicht schien ihr dann jede Aufgabe.

Ja, so war es bisher gewesen! Aber, aber, die Mutter war tot. Und damit traten Aufgaben an Amalie, an denen sie verzagte. Nur zwei Hände fehlten, aber welche Veränderung brachte diese Lücke in den kleinen Hausstand. Sechs Jahre hatte sie dem Manne geholfen: sie wußte nichts vom Hausstand, nichts von Kindererziehung!

Sie war von morgens früh bei den Sammlungen und vergaß Zeit und Stunde, bis dann wohl ihr Vater mit dem Kinde erschien. „Ach!" rief sie dann erschrocken, „ihr wollt doch nicht etwa schon essen? Was ist denn die Uhr? Schon eins? Vater," sagte sie bittend, „hier nimm den Krug, und hol' drüben bei Gläßens für einen Dreier Schlickermilch, dahinein brock' ich Schwarzbrot, dann haben wir ein schnell gerichtetes und ein billiges Mittagessen. Nicht wahr, Wilhelm, du bist ja zufrieden damit?" Die Antwort klang nicht sehr zustimmend, und Amalie wunderte sich; hatte doch die Mutter anerkennend geäußert, wie anspruchslos Dietrich sei.

Ach, das Haushalten war also auch eine Kunst! Amalie seufzte viel und konnte nachts nicht einschlafen, weil sie sich zurückzurufen versuchte, was sie denn in all den Jahren gegessen hatten. Warte: da war Hirsebrei, Kartoffelklöße, Kartoffelbrei und Hering, Speck, Brotsuppe — ja wenn man nur gleich wüßte, wie all diese Herrlichkeiten gekocht würden! Und alles kostete so viel Geld; es war aber immer nur wenig da, und Mutter Cordel hatte oft gesagt: „Seid niemand nichts schuldig, denn daß ihr euch untereinander liebet."

Manchmal ging sie in der Dämmerung zum früheren Kantor-Klärchen, die jetzt Frau Nagel hieß, und fragte eilig um Rat.

Eines Tages stand sie an der Pumpe und wusch Salat; da trat der Vater zu ihr; sein gedrücktes Wesen sah sie nicht, da sie in großer Eile war. Als er ihr ein Weilchen zugesehen hatte, sagte er zögernd: „Bis nich böse, Malchen, aber ich wollte dir nur sagen, daß ich meine Wohnung hier gekündigt habe. Schweren Herzens bin ich damals aus der Niederstadt weggezogen; ich tat's der guten Mutter zuliebe. Was soll ich nun noch hier? Ich ziehe wieder in die Niederstadt und sehe zu, daß ich eine passende Wirtschafterin finde. Ich bin in dem Alter, wo ich meine Ordnung haben möchte, und du vergißt egal alles."

„Vater!" sagte Amalie erschrocken und richtete sich auf, „du kannst mich verlassen? Stürzt denn alles zusammen? Vater, wie kannst du mich verlassen! Wo soll ich denn mit dem Kinde hin? Sie hatte an dir doch einen Anhalt. Du hast gekündigt, du willst wirklich fort!"

„Na," sagte der Vater, „du hast deinen Mann und dein Kind, mit denen mußt du dich zurechtleben. Das müssen andere auch."

„Freilich," sagte Amalie kurz, „du hast ganz recht, andere müssen es auch."

* *
*

„Seit deine Mutter tot ist," sagte Dietrich eines Tages, „liegt nie mehr mein Zeug zurecht, es ist auch nichts geputzt und gebürstet. Willst du mir einen Kragen geben?"

Ja, wo waren die Kragen! Einmal hatte sie sie schon gesehen; aber sie hatte vergessen wo. Nun fing ein langes Suchen an, und endlich fand sie noch einen. Da sah sie ein, daß sie in den nächsten Tagen waschen und plätten mußte.

Als Amalie am Plättbrett stand, lief das Kind an den Topf mit kochendem Wasser, den sie eben auf die Diele gestellt hatte. Mit einem Ruck riß sie die Kleine weg, aber — o weh! — der Augenblick hatte genügt; braun und deutlich hatte sich die Form des Plätteisens auf dem breiten Kragen abgedrückt. Sie nahm Wasser, — aufgelöste Stärke, — es war alles vergeblich, das Brandmal war echt.

„Ach," jammerte sie, „so viel Zeit habe ich mit dem dummen Lappen vertrödelt! Was hätte ich nicht alles in der Zeit tun können!"

„Wo bleibst du nur?" rief Dietrich, „du vergißt wohl ganz, daß du die Pflanzen aus der kleinen Presse umlegen mußt, sie müssen heute noch in die Mittelpresse. Und was ist denn das? Hast du das Papier denn gestern gar nicht getrocknet? Das ist doch deine Sache. Wenn du nicht für ganz trocknes Papier sorgst, schimmeln die Pflanzen, und wir können sie wegwerfen."

„Ich weiß! Ich weiß!" sagte Amalie mit nervöser Hast, „aber sieh mal, was mir hier passiert ist! — Deinen Kragen habe ich verbrannt."

Sie legte den im Ärger zusammengeknüllten Kragen vor Dietrich hin und erwartete, daß er den Unfall als „nebensächlich" behandeln werde; aber sie irrte sich.

Entschiedener Unwille prägte sich auf seinem Gesicht aus, und er sagte verstimmt: „Du weißt doch, wer mir diese Kragen genäht hat? Es war das letzte Geschenk der guten Tante Charitas. Wie kann das, was mir so lieb ist, dir so gleichgültig sein? Deine Mutter hatte Pietät, die schätzte die feine Arbeit und ging sorgsam mit den Dingen um, die ihr anvertraut waren."

„Ja Mutter, — die hatte auch Übung in all diesen Dingen, und doch nahmen sie sie fast ganz in Anspruch; ich soll Dir aber doch auch noch immer helfen."

„Natürlich muß ich Hilfe bei den Sammlungen haben."

„Das sehe ich ja auch ein, und du weißt doch, wie gern ich dir helfe, aber ich kann nicht für beides verantwortlich sein.“

„Und was rätst du?“

„Ich meine, wir müssen uns ein Hilfe suchen, die den Hausstand besorgt, es kann ja eine sein, die wenig verlangt. Bist du damit einverstanden?“

„Gut,“ sagte Dietrich, „wenn es anders nicht geht, dann richte es so ein. Mir ist's auch am liebsten, ich behalte dich für mich wie bisher. Hierfür hast du entschieden Talent und Geschick; wie's aber mit dem Hausstand geht, das sieht man ja.“ —

Die letzte Bemerkung überhörte Amalie, sie war glücklich, daß sie wieder an ihre alte Arbeit kommen sollte und freute sich auf die künftige Stütze.

14
Die Stütze

Gleich am nächsten Tage ging Amalie zur alten Pfeifern, die als Botenfrau weit herum, ganz bis hinauf nach Freiberg kam, und gab ihr den schwierigen Auftrag, sich nach einer passenden Stütze umzusehen. — Die Pfeifern war pfiffig und findig, und schon bald kam sie mit der Nachricht, daß sie ganz gefunden, was Dietrichs suchten.

Pauline Wallfahrt war Waise, lebte bei einer Tante, wollte aber gern mal unter andere Leute. Der Lohn spielte weiter keine Rolle, sie wollte sich aber nicht binden, wollte ihr Kommen vorläufig als Besuch oder als Probezeit aufgefaßt wissen, paßte es ihr nicht, wollte sie jederzeit ungehindert wieder gehen können. Dasselbe Recht stände Dietrichs zu. Bequemer konnte es nicht sein, und hocherfreut ging Amalie auf alles ein. Besonders gut gefiel ihr die Möglichkeit, das junge Mädchen bald wieder los zu werden für den Fall, daß sie nicht zueinander paßten. Denn wenn sie sich auch einerseits die Stütze wünschte, so hatte sie anderseits große Angst davor. Sie war nie mit fremden Menschen in so nahe Beziehungen getreten; jetzt sollte sie anordnen, Lehrmeisterin sein für Dinge, die sie selbst so wenig verstand. — Sie dachte seufzend, es sei wohl leichter, zu gehorchen als zu leiten.

Und dann kam Paula. Sie war eine ungewöhnlich schöne Erscheinung, die auf die kleinere, unscheinbarere Amalie mit einer gewissen Herablassung herniedersah. Das hübsche, frische Gesicht mit dem feinen Näschen und den großen, blauen, lachenden Augen wurde von einer Fülle rötlichblonden Haares wie von einem Heiligenschein umstrahlt. Wie gesponnenes Gold gleißte und glitzerte das wellige Haar. Ja, der Blick wurde unwillkürlich immer wieder hingezogen zu diesem lachenden Gesicht. Aber wie konnte man die anstellen, wie von der ganz gewöhnliche Dienstleistungen verlangen? Wie mochte man der offenbaren, daß hier äußerste Sparsamkeit geboten war? Die war doch von der Natur zum Herrschen und nicht zum Dienen bestimmt! Schüchtern und unsicher führte Amalie die Stütze in den kleinen Hausstand ein. Ach, so schwer hatte sie sich das Anleiten nicht gedacht. Es machte sich schon schlecht, wenn man als Herrin zur Dienenden emporsehen mußte. Amalie wurde rot und verlegen, wenn sie Paula die Kisten mit den Kleidern und der Wäsche zeigte; sie entschuldigte sich, daß die Schränke für die Sammlungen gebraucht wurden; und ganz hilflos fühlte sie sich, wenn sie das hochmütige Lächeln sah, wenn sie den überlegenen Ton in der Stimme hörte. Fand sie selbst nicht den rechten Ton?

Mit ihrer Hausarbeit war Paula bald fertig, und dann erbot sie sich, bei den beruflichen Arbeiten zu helfen. Dietrich war jedesmal sichtlich erfreut, wenn sie ihre

Hilfe anbot. Nicht so Amalie! Paulas Auffassung von der Natur war so oberflächlich; sie zeigte bei den Arbeiten nicht den geringsten Ernst. Aber grade auf diesem Gebiet verstand Amalie keinen Spaß, da paßte sie Paula scharf auf die Finger; und so entstand ein Kampf, der vorläufig nur von den beiden empfunden wurde.

Erst leise vorfühlend, aber dann von Tag zu Tag dreister werdend, wußte Paula alles, was Amalie fehlte, in ein grelles Licht zu rücken, dagegen alles das, was Amalie leistete, zu verkleinern und lächerlich zu machen. Sie wußte sich an alle Arbeiten heranzudrängen, bei deren Ausführung Amalie schon eine große Fertigkeit an den Tag gelegt hatte. Spöttisch lächelnd stellte sie sich neben Amalie, als die einen Papierbogen voll Käfer vor sich liegen hatte.

„Das würde ich viel schneller tun," sagte sie herausfordernd, „darf ich mal probieren?" wandte sie sich mit einschmeichelndem Lächeln an Dietrich.

„Willst du sehr vorsichtig sein?"

Da griff sie schon nach den Käfern und nahm die Hälfte für sich.

Ärgerlich beobachtete Amalie die Arbeit der anderen, dann rief sie empört: „Das ist nicht mit anzusehn! Wie plump greifst du zu! Laß sie liegen, du brichst ihnen Beine und Fühlhörner ab. Wilhelm, richte ihr doch eine Papparbeit ein!"

„Ach!" lachte Paula, „so viel Wesen um ein winziges Käferlein!" Sie hielt das Beinchen auf der Spitze des Zeigefingers, ging damit lachend hin zu Dietrich, während sie im kindischen Leierton sang:

„Ohne — Dohne — Gänseschnabel,
Wenn ich dich im Himmel habe,
Reiß' ich dir ein Beinchen aus,
Mache mir ein Pfeifchen draus!"

„Kannst du nicht ernst arbeiten!" sagte Dietrich verweisend, „meine Frau hat dir doch gesagt, daß er wertlos ist, wenn du ihn lädierst!"

„Mache mir ein Pfeifchen draus!" sagte sie lachend und wiegte bedauernd den Kopf.

„Wie kannst du das mit ansehn?" sagte Amalie zornbebend.

„Lernt man denn diese kniffligen Dinge alle an einem Tage?" fragte Paula und sah Dietrich mit unschuldiger Miene an. „Können andere das lernen, so kann ich's auch. Was meinen Sie?"

„Dumm bist du wohl nicht, aber gar zu leichtsinnig. Gib dir mal Mühe, dann wird's wohl mit der Zeit!"

* * *

An einem Herbsttage traf Amalie die Krummbiegeln im Zellaer Walde. Sie hatte sich einen Tragkorb voll Tannenzapfen gesammelt. Bei Amaliens Anblick streckte sie den krummen Rücken und sagte: „Na, Malchen, sieht man dich ooch emal! Was machste denn? Aber sag' mal, was habt ihr eich denn Kurioses eingetan!"

Als Amalie schwieg, hob sie den dürren Zeigefinger und sagte kopfschüttelnd: „Solche Haare und Erlenholz wachsen auf keenen guten Boden!" Dann trat sie dicht an Amalie heran und flüsterte geheimnisvoll: „Siehst du denn ni, was die im Haar hat?"

„Was die im Haar hat? Wieso?“

„Die hat Hex—en—gold!“ flüsterte die Alte. „Siehste, Gold bringt allemal Unglück, ich möcht' keens haben, um alles in der Welt nich! Aber ganz besonderes Unglück bringt Hexengold. Denk' an meine Worte, die verhext eich noch alle! Siehste, früher wurden solche verbrannt, aufm Scheiterhaufen! Und recht geschah ihnen!“

Amalie lachte gezwungen und sagte: „Was habt Ihr doch viel mit Zauberern und Hexen zu tun? Was habt Ihr denn meinem Mann nachgesagt!“

„Das nehm' ich ooch nich zurück! Hat er dich etwa nich verzaubert? Und den Mendler Fritze und den Donath aus Reichenbach! Läuft der nich jetzt hinter ihm her un sucht nun ooch Kreiticht, statt daß er seine Strumpwirkerei besorgt! Du solltest es gerade wissen, daß alles so eintrifft wie ich's prophezei', 's is aber keen Globen mehr in der Jugend. Aber was ich dir sage, nimm dich in acht vor den Haaren, die bringen ganz bestimmt Unglück. Ich sag', ins Feier dermit!“

„Ein Mädel verbrennt sich nur nicht so leicht, wie damals Mendlers Schürze; und das Schlimme war, es half nicht einmal.“

Damit ging Amalie sinnend nach Hause.

* * *

Nicht lange danach hörte Amalie oben in einer der Kammern ein klägliches Weinen. Aufgeregt eilte sie hinauf, da fand sie das Kind blutend an einer Kiste lehnend. Paula stand mit verschränkten Armen daneben.

„Was ist mit dem Kinde?“ fragte Amalie aufgeregt, „hast du etwa das Kind geschlagen?“

„Ich schubste sie, da ist sie gegen die Kiste gefallen. Die wird noch manchen Schubs im Leben kriegen."

„Aber nicht von dir! Du unterstehst dich, mein Kind zu schlagen? — Das Maß ist voll. Ich will dich nicht mehr sehen! Pack' deine Sachen und geh."

„Herr Dietrich wird mich bei seinen Arbeiten brauchen."

„Ich werde dich ersetzen."

Eine Stunde später waren Dietrichs wieder ohne Stütze.

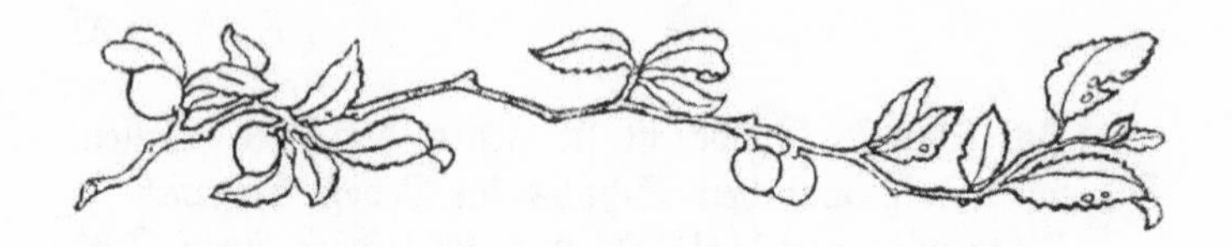

15

Stirb und werde

„Es ist unglaublich,“ sagte Dietrich eines Tages, „weder die aus Tetschen noch die aus Berlin schicken das Geld für die Herbarien. Was soll denn werden? Der Lohn für die Stütze, der nach deinem Wunsche gleich ausgezahlt werden mußte, hat auch ein großes Loch in die Kasse gerissen, damit hätte man doch auch warten können!“

„Nein, damit konnte man nicht warten!“ sagte Amalie hart.

„Gut. — Aber was weiter. Zweimal habe ich nun schon nach Tetschen geschrieben, einmal nach Berlin, keiner antwortet. — Was denken die denn, wovon man leben soll? — Es bleibt mir wahrhaftig nichts anderes übrig, als daß ich selbst nach Berlin reise, um Geld zu holen.“

Amalie drehte sich überrascht um und sagte bittend: „Das meinst du doch wohl nicht im Ernst? — Du kannst doch nicht darum nach Berlin reisen? Wir können uns doch unmöglich jedesmal unser Geld persönlich holen!“

Dietrich schüttelte ungeduldig den Kopf und sagte gereizt: „Wenn du dir doch kein Urteil in Dingen erlauben wolltest, von denen du absolut nichts verstehst! Wenn ich nach Berlin reise, so hole ich nicht nur das Geld, ich nehme doch Bestellungen an."

„Und mich willst du hier ganz allein lassen? Ach, Wilhelm, ich bitte dich, geh doch nicht fort! — Ich weiß gar nicht, aber ich habe so eine bange Ahnung, als ob uns ein Unglück bevorstände! — Glaubst du eigentlich an Vorahnungen?"

„Unsinn! — Dir hängen noch so allerhand Reste von der Niederstadt an. Dergleichen gehört zur Krummbiegeln. Es ist nicht das erstemal, daß ich verreise, hoffentlich auch nicht das letztemal. Du weißt doch, daß das Reisen zu unserm Beruf gehört. Gewöhne dich daran."

„Du bedenkst nicht," sagte Amalie klagend, „daß ich noch nie so allein zurückgeblieben bin, sonst waren doch meine Eltern hier. —" Schluchzend fuhr sie fort: „Laß mich nicht so allein! Ich fürchte mich in dem alten unheimlichen Hause."

„Na ja, vor bösen Geistern! Wie kann man nur so kindisch und unselbständig sein! Man merkt dir an, daß du nie vom Schürzenzipfel deiner Mutter weg gekommen bist. Mich verschone mit Ahnungen und Furchtvorstellungen. Laß uns lieber ganz sachlich überlegen, was während meiner Abwesenheit zu tun ist. Jetzt zeige, was du gelernt hast. Kannst du selbständig eine Sammlung Giftpflanzen herrichten? Das ist keine ganz einfache Sache, denn das Zeug schleicht sich in fast alle Klassen. Such' dir alles zusammen und dann zieh' auf. Das Aufziehen machst du prächtig, und daran hast du ja große Freude. Du hast Ruhe und Platz, alle Arbeitstische stehen dir zur Verfügung. Die Etiketten suche dazu aus, klebe sie aber noch nicht fest, ich möchte sie vorher sehen, damit keine falsche Bestimmung unterläuft. Nun mach' mal deine Sache so gut wie möglich!"

Amaliens Augen leuchteten in heller Freude, und sie fragte zärtlich: „Ach, glaubst du denn wirklich, daß ich das ohne dich fertig bringe?"

„Das möchte ich ja grade wissen! Es bringt dich einen großen Schritt vorwärts, wenn du ohne mich arbeiten kannst. Wenn ich erst wieder mehr ans Reisen komme, mußt du ja ohnedies alles allein tun."

Dietrich traf seine Vorbereitungen und reiste ab. —

Amalie ging mit Eifer an ihre Aufgabe. Sie stand vor den hohen Gestellen und studierte an den Etiketten herum, dann holte sie die Trittleiter und kletterte auf und ab. Ein Paket nach dem andern holte sie herunter und suchte sich ihr Material zusammen. Also, — dachte sie bei sich, — für das „Aufziehen" hatte Wilhelm doch Anerkennung. Das war ja aber auch eine Freude, jeder Pflanze vor ihrem Ausgang in die Welt das möglichst günstigste Ansehen zu geben. Aus den grauen Löschpapierumhüllungen kamen sie nun auf das schöne, weiße Schreibpapier. Wie sorgsam suchte Amalie in den Vorräten herum, um möglichst schöne vollständige Exemplare zu finden. Mit Geschick und Geschmack ordnete sie jede einzelne Pflanze. Der schlanke Blütenstengel wurde durch kräftige Wurzelblätter ergänzt und vervollständigt, und soweit es der Charakter der

Pflanze erforderte, wurden Knospen und Samen beigefügt. Wie sorgsam ordnete Amalie, bis das Ganze ein möglichst gefälliges und vollständiges Bild bot. Oft stand sie auf, trat ein paar Schritte zurück und ließ das Bild aus der Ferne auf sich wirken, dabei glitt hin und wieder ein Lächeln über ihr Gesicht, wenn ihr die Erinnerung kam, wo und wann sie die Pflanze gesammelt hatte. Erst wenn sie ganz zufrieden war, befestigte sie die Pflanze mit gummierten Streifen. Sie hatte keine Empfindung von Einsamkeit, denn sie hatte sich mit voller Hingabe in ihre Arbeit vertieft. Nun aber kam die kleine Charitas und zupfte sie zaghaft am Ärmel.

„Na," sagte Amalie freundlich, „dich armen kleinen Schelm hatte ich ja ganz vergessen! Was willst du denn?"

Das Kind zeigte auf die Trittleiter und sagte bittend: „Darf ich mit der Kletter spielen?"

Die Mutter lachte und sagte: „Wenn's nur kein Unglück gibt und das ganze kleine Täschen mit der großen Leiter umpurzelt?"

Das Kind schüttelte ernsthaft den Kopf und machte sich stöhnend daran, die Leiter ins andere Zimmer zu schieben, dabei rief es ächzend: „O wie schwer die Kletter is! Wie ich mich aber plagen muß!"

Lachend rief Amalie: „Du dummes, kleines Ding! Wer verlangt denn, daß du dich so plagst? Spiel' doch lieber mit der Hitsche, da fällst du auch nicht so tief, wenn die mal kippt. Wo willst du denn mit der Leiter hin?"

„Andere Stube, Tiere sehen.“

„Daß du aber nichts anfaßt! Denk an Vater!“

Amalie arbeitete weiter; das Kind war eine Weile ganz still, plötzlich aber kam es vergnügt angelaufen, es hatte sich eine der Botanisierkapseln über die Schulter gehängt; der Riemen war so lang, daß die Kapsel fast die Diele berührte.

„Mutter,“ rief sie lebhaft, „ich bin gar nicht Täschen, ich bin Schneider-Agneschen, und hier ist meine Tasche, und da hab' ich einen Brief drin, und jetzt klopf' ich an, und da mußt du ‚herein‘ sagen!“

„So? Na dann klopf nur! Herein!“ Die Kleine öffnete mit drolliger Wichtigkeit die Kapsel und sagte: „Guten Morgen, Herr Dietrich, hier hätt' ich ein Briefchen für Sie!“

„Ich danke Ihnen. Bin ich etwas schuldig?“

„Nein, ist frankiert!“ und lachend hielt das Kind der Mutter einen Brief hin.

„Woher hast du denn den Brief?“ fragte die Mutter.

„O du Mutter!“ rief die Kleine ärgerlich, „du machst mir gar keinen Spaß! Ich bin doch gar nicht dein Kind! Ich bin doch das Schneider-Agneschen!“

Amalie wollte den Brief gleichgültig hinlegen, da sie meinte, es sei ein Geschäftsbrief. Aber als ihr Blick auf die Handschrift fiel, wurde sie aufmerksam und fragte nochmals, aber jetzt hart und streng: „Woher hast du den Brief?“

„War in der Schlafstube, und da hing Vaters Rock. — Wollte dir einen Pfennig bringen, — war keiner. — Aber der Brief war da. Mutter, nicht böse sein! — Nicht wieder tun! —"

Die Kleine steckte weinend das Gesicht in den Rock der Mutter; denn die Mutter, ach, die sah so anders aus, als einige Minuten vorher. Und die Stimme erst! Die war so ganz fremd und kalt! Endlich sagte die Mutter: „Geh zu Tante Clärchen und frag', ob du heute da bleiben kannst!"

„Ach nein, Mutter! So gern bei dir bleiben. Nicht zu Tante Clärchen! Will artig sein, ganz gewiß artig sein! Nie wieder einen garstigen Brief bringen!"

„Geh!" sagte die Mutter und schob die Kleine von sich.

Amalie legte den Brief stöhnend beiseite.

„Also deshalb die Reise nach Berlin!" sagte sie tonlos und stand auf. Ach, dieses unheimliche Rauschen in ihrem Kopf! Als ob brausende Wassermassen auf sie zustürzten, so war ihr zumute.

„O Gott! Also darum!"

Ein wilder Schmerz schüttelte sie.

Ihr Blick fiel auf ihre Arbeit. „Giftpflanzen!" rief sie verächtlich, „ja, du hast recht, sie finden sich in allen Klassen!"

Zitternd fuhr ihre Hand über die schön geordneten Pflanzen. O, dies Weh! Nein, das hielt sie nicht aus! Der Mühlgraben! — Nach dem Mühlgraben mußte sie. Aber Abschied nehmen mußte sie vorher, Abschied von dem einzigen, was außer dem Kinde ihre Teilnahme noch in Anspruch nahm. Sie eilte auf den Gottesacker. Hier trieb der Herbstwind die dürren

Blätter umher; hie und da hatten sich manche, gleichsam Schutz suchend vor seinem kalten Hauch, eng zusammengedrängt und sich dicht an die Hügel geschmiegt. Suchten die Erstorbenen Schutz bei den Toten? —

Bebend setzte sie sich auf den Hügel, unter dem die Mutter ruhte. Vor ihrem Geiste tauchte das Bild der lieben Verstorbenen auf, und zwar erschien sie ihr in so verklärtem Lichte, so befreit von jeglichem, was an menschliche Schwäche erinnerte, daß ihr ihr eignes Selbst in ganz erbärmlichem Gegensatz daneben erschien. Von Reue und Schmerz überwältigt flüsterte sie leidenschaftlich: „O du Gute, Edle! Wie schroff, unartig und übermütig bin ich im stolzen Gefühl meines Glückes oft zu dir gewesen! Und doch hast du mir nie zürnen können. Wie ein geduldiger Engel bist du mir helfend zur Seite geblieben. Ersatz wollte ich für dich? Ja, du solltest nur wissen, wie du ersetzt wurdest! — O, hätte ich dich doch nur eine einzige Stunde wieder, nichts anderes solltest du hören als heißen Dank für deine Treue! Zu spät! — Ich will erst Rache nehmen, dann komme ich zu dir. — Ich weiß wohl, was du sagen würdest: ‚Die Rache ist mein, ich will vergelten, spricht der Herr.‘ Nein, Mutter, nein! Mein ist der Schmerz, mein darf auch die Rache sein. Rache ist süß! Nichts kann ich mir ausdenken, was ihr annähernd so weh tun könnte, als was sie mir getan hat! Mutter, gönn' mir die Rache!“ Ihr irrender Blick blieb auf dem Leichenstein haften. Sie las: „Wer überwindet, dem will ich die Krone des Lebens geben.“ Überwinden? War Rachenehmen überwinden? — Nein! Wer sprach denn hier zu ihr vom Überwinden? Sie konnte nicht überwinden. Von ihr konnte man das nicht verlangen. Eine Krone sollte sie haben, wenn sie überwinden konnte? Sie wollte keine Krone! Ihr Glück wollte sie! Es gehörte ihr! Es war ihr frech gestohlen. — „Mutter, wenn du noch lebst, wie der Pastor sagte, weshalb sagst du gar nichts? Gib mir doch nur ein Zeichen! Auf ebener Bahn sollten wir gehen, das war eins deiner letzten Worte. Ist der Mühlgraben eine ebene Bahn? Ich höre deine sanfte Stimme: ich soll überwinden. Du willst, daß ich die Krone des Lebens erwerbe. — Mutter! — Mutter! — Habe ich denn böse Gedanken? Soll ich fliehen? — Ach wohin? — Gott will nicht den Tod des Sünders, — nicht ihren — nicht meinen! — Er will, daß der Sünder sich bekehre und lebe!"

Wie im Fieber eilte Amalie zu Clärchen, um das Kind abzuholen. Die erstere kam ihr entgegen und rief: „Na, da bist du ja endlich! Aber wie siehst du denn aus? — Hast du das Schneider-Agneschen getroffen? Nicht? — Sie war vor kurzem hier und suchte dich. Sie hatte einen Brief von weit her, fünf große Siegel waren hinten drauf, ein Geldbrief. Sie wollte ihn nicht hier lassen, sie sagte, ihr Bruder litte es nicht, erst recht nicht mit einem Geldbrief. Willst du gleich zu ihr? Dann laß das Kind nur noch so lange hier."

In dem Brief war das erwartete Geld aus Tetschen. Es waren 53 Taler.

„Mutter!" flüsterte sie erregt, „kommt das von dir? Ja, du bist gestorben und lebest doch!"

Auf Umwegen, das Städtchen vermeidend, ging sie langsam in die Niederstadt zum Vater.

„Du könntest mir Karls Adresse geben," sagte sie mit müder Stimme.

Der Vater schob ihr einen Stuhl hin, suchte in der Kommode und reichte ihr den Zettel.

„Schreib' sie dir ab," sagte er, „und laß mir den Zettel hier."

Er gab ihr Feder und Tinte. Im Stehen schrieb sie die Adresse und fragte: „Hast du etwas an den Karl zu bestellen?"

„Nichts Besonderes. — Viele Grüße. Willst du ihm schreiben?"

„Nein, ich reise zu ihm."

„Du?" sagte der Vater, „du zum Karl? — Das wirst du hübsch bleiben lassen! Du da hinunter? Da hab' ich keine Angst, du kommst nicht weit. — Aber so setz' dich doch wenigstens. — Bist du krank? Du willst mir wohl nicht sagen, was dir fehlt; aber laß nur, ich weiß es schon. — Du bist nicht die Erste und wirst nicht die Letzte sein, die so was durchzumachen hat. So etwas muß durchgekämpft werden! Geh nun hübsch heim und mach' deine Sache. Du denkst, die Welt geht aus den Fugen; aber die geht ruhig ihren Gang. Du selbst bist an vielem schuld. Ich bin durchaus gegen die Heirat gewesen, aber da war eine Seligkeit, wie sie noch nie auf Erden gewesen war. Da wurde der Mann — der nicht besser ist wie andere Menschen auch — der wurde zum Gott gemacht! Abgötterei hast du getrieben, und das soll nicht sein! Wie kannst du so dumm sein und ihm solche hübsche Gans vor die Nase setzen? Hochmut kommt vor dem Fall. Einen Handwerker, — bewahre! Der doppelt Studierte mußte es sein. Du hast dich immer über die Leute hinausgereckt, was denkst du wohl, was die jetzt sagen? Aber geh in dich, und nimm es auf dich; es gibt sich. So, so, nun sei verständig, und wolle nicht immer mit dem Kopf durch die Wand."

„Leb' wohl, Vater."

„Adje, adje! schreib' dem Karl, schütt' ihm dein Herz aus, dagegen hab' ich nichts. Laß aber alle wilden Gedanken, hörst du?"

* * *

Jetzt konnte Amalie sich den Gang durchs Städtchen nicht ersparen, sie wollte nach dem Rathaus. Da half kein Sträuben, sie mußte durch die ganze Niederstadt, durch Gassen und über den ganzen Marktplatz. Und alle Leute, meinte sie, wüßten von ihrem Kummer und gönnten ihn ihr. Konnte sie es ihnen verdenken? Wie oft hatte sie die Leute vor den Kopf gestoßen durch ihre Schroffheit. Ob alle die Frauen, die da am Brunnen standen, wohl gerade über sie lachten? Nein, zu ertragen war es nicht. An all den Fenstern mußte sie vorüber. Von jedem war sie gekannt, und nun standen sie hinter ihren Blumenstöcken und beobachteten sie. Diese Formalitäten auch! Weshalb konnte sie nicht ihr Kind bei der Hand nehmen und ans Ende der Welt wandern? Aber sie mußte, sie mußte jetzt zum Stadtrichter. Würde er sie ziehen lassen? O, wie ihre Knie zitterten!

Auf ihr schüchternes Klopfen erfolgte ein energisches „Herein!“

Der Stadtrichter war ein kleiner schneidiger Herr mit scharfen Zügen und klugen, grauen Augen. Er stand bei Amaliens Eintritt von seinem Pulte auf, begrüßte sie und fragte nach ihrem Anliegen.

„Ich möchte Sie bitten, mir für mich und das Kind einen Paß auszustellen.“

„Wohin wollen Sie?“

„Nach Bukarest.“

Der Stadtrichter trat überrascht einen Schritt zurück und sagte: „Nach — — Bu—ka—rest? Ist denn Herr Dietrich schon wieder von Berlin zurück? Der hat sich doch erst in diesen Tagen auch einen Paß geholt.“

„Nein,“ sagte Amalie.

Der Stadtrichter strich sich das Kinn, während seine Augen prüfend auf Amaliens Gesicht ruhten.

„Sind Sie denn schon je allein gereist?“ fragte er.

„Nein.“

„Ich weiß wohl,“ sagte er nach einigem Nachdenken, „Sie haben Kummer, und — es ist vielleicht richtig, daß Sie zu Ihrer eigenen Beruhigung eine kurze Zeit weggehen, bis alles wieder in die rechten Bahnen gelenkt ist. Aber so weit, — in dieser Jahreszeit — und mit dem Kinde! Haben Sie das alles bedacht? — Und sind Sie denn mit Geld versehen?“

Sie legte den Brief auf den Tisch und sagte: „Hier sind 53 Taler, meinen Sie, daß ich damit die Reise bestreiten kann?“

„Nein, das weiß ich gar nicht. Ich glaube, wenn man in diese Gegenden kommt, hört jede Berechnung auf. Da können Zufälligkeiten mitspielen, an die hier kein Mensch denkt. Sie kommen nicht mit der deutschen Sprache aus. — Sie wollen zu Ihrem Bruder?"

Amalie nickte.

„Weiß er, daß Sie kommen?"

„Nein."

„Wissen Sie etwas von seinen Verhältnissen?"

„Er ist verheiratet, und ich glaube, es geht ihm nicht schlecht."

Der Stadtrichter holte eine Landkarte herbei, schlug sie vor Amalie auf und sagte: „Sehen Sie, hier etwa sind wir, und nun sollen Sie ganz hier hinunter. Wissen Sie, wie Sie nach Dresden kommen?"

„Ich hab' mir's durch den Kopf gehen lassen. Mein Gepäck gebe ich bis Dresden dem Fuhrmann Märker mit. Ich selbst gehe mit dem Kinde nach Nossen; von da fahr' ich mit Stöbers Wochenwagen bis Dresden."

„Ja, ja, so weit geht's ja flott, aber nun! — Sehen Sie, von Dresden nehmen Sie die Eisenbahn bis Prag. Hier, dieses Pünktchen ist Prag. — Von Prag fahren Sie nach Wien. Hier ist Wien."

Amalie sah die Pünktchen und nickte.

„In Wien, — nun passen Sie auf, Frau Dietrich, — in Wien müssen Sie auf die türkische Gesandtschaft und Ihren Paß visieren lassen. Vergessen Sie das ja nicht!"

„Nein," sagte Amalie und starrte auf die vielen

Pünktchen, Linien und Namen, die da in den verschiedensten Farben vor ihr lagen.

„Von Wien nach Pest. Hier erkundigen Sie sich nach den Schiffen, welche die Donau abwärts fahren. Ob immer Schiffe gehen, ich weiß es nicht. Hier in Pest müssen Sie jedenfalls fragen, wie es weiter geht. — Ich bewundere Ihren Mut!"

„Ach, Herr Stadtrichter, Mut? — Ich habe gar keinen Mut, aber ich muß fort, weit, weit weg, sonst —"

„Nun, verzweifeln Sie nicht! Gottes Hand reicht auch bis in die Walachei. Haben wir nicht gelernt: Nähme ich Flügel der Morgenröte und bliebe am äußersten Meer, so würde mich doch deine Hand daselbst führen, und deine Rechte mich leiten."

Er gab ihr den Paß, und als Amalie ihm dankte, sagte er: „Auf Wiedersehen! — Nein? — Ach, Frau Dietrich, des Menschen Sinn ändert sich. Ich glaube an ein Wiedersehen mit Ihnen, und zwar nicht erst in jenem Leben!"

16
Nach Bukarest

Clärchen hatte bei allem bis zuletzt geholfen. Die drei hochbepackten Tragkörbe waren tags vorher zu Märker getragen, und die Nacht vor der Abreise blieb Clärchen auf dem Forsthofe, um bis zur letzten Minute behilflich zu sein. Noch ehe der Tag graute, wurde das Kind aus dem Bett genommen. Nachdem die Mehlsuppe gegessen war, wurde das kleine Öllämpchen gelöscht, die Wohnung abgeschlossen und der Schlüssel dem Wirt übergeben; dann machten sich die drei auf den Weg, das Kind führten sie in der Mitte. Die Chaussee, die von Siebenlehn nach Nossen führt, war damals mit hohen Pappeln bepflanzt, die an diesem Morgen ihre Gipfel wie gespenstische Riesen in den Nebel reckten. Große Tropfen hingen wie Tränen schwer und farblos an Zweigen und Gräsern, und als sie an Haubold Leberechts Haus vorübergingen, blieb Amalie einen Augenblick an dem Gärtchen stehen und zeigte auf drei verdorrte, braune Sonnenblumen, die ihre gealterten Köpfe tief gesenkt hielten. Die paar welken Blätter, die ihnen geblieben waren, schlotterten trübselig am dürren Stengel, wie armselige Lumpen an einem ausgehungerten Menschen.

„Die hab' ich gesehen, als sie noch strahlend ihren Kopf hochtrugen," sagte Amalie und strebte vorwärts. Als sie etwa die Hälfte des Weges waren, da wo die Kirschhütte vor Augustusburg steht, klagte Charitas, sie sei müde; und als beide Frauen sich bückten, um sie aufzunehmen, sagte Clärchen: „Laß sie nur mir! Wer weiß, wie oft du sie noch schleppen mußt," und sie legte mit mütterlicher Fürsorge Charitas' Köpfchen auf ihre Schulter und sagte: „Hast wohl nicht ausgeschlafen, Kind! So, so! — Ein halb Stündchen kannst dich noch hinlegen."

Und das Kind hörte, in halbwachem Zustande, wie die beiden sehr ernst über eine große Reise, — über Wasser, — über Dresden und über Karl sprachen, und es war dem Kinde, als würden sie drei so in alle Ewigkeit immer weiter wandern. Es kam erst zu sich, als Clärchens Stimme sagte: „So, jetzt' setz dich da ganz hinten in die Ecke, da kannst du sitzen bleiben, bis du in Dresden bist. Verschlaf nur die Rummelei!"

Die Kleine war sehr neugierig, was das wohl sei: ‚Dresden.' Dann dachte sie lange nach, die ganze Zeit während die Mutter und Clärchen miteinander sprachen; dann wurde sie noch einmal umarmt und geküßt, und nun setzte sich der schwerfällige Omnibus in Bewegung. Aber Clärchen lief durch die ganze Neugasse nebenher, bis an den Schloßberg, dann verschwand sie im Nebel.

* *
*

„So,“ sagte Amalie nach mehrstündiger, kalter Fahrt, „jetzt laß uns aussteigen, wir sind in Dresden.“ Dabei hob sie Charitas aus dem Wagen und stellte sie auf das feuchte Steinpflaster eines eingeschlossenen dunklen Hofplatzes, wo allerlei Wagen standen, wo robuste Männer mit aufgekrempelten Ärmeln schwere Wassereimer vor die Pferde stellten, und wo sich ein zudringlicher, häßlicher Geruch bemerkbar machte.

Charitas sah sich enttäuscht in dem von hohen, geschwärzten Gebäuden umgebenen Hof um, und sie wunderte sich, daß ‚Dresden‘ ein so kleiner, häßlicher Raum sei.

Dann kam Märker und ging mit den beiden nach dem Böhmischen Bahnhof. Wie weitete sich vor den Blicken des Kindes die Welt! So viele schöne Häuser, Türme, und ein Strom so schön und breit!

„Mutter,“ rief das Kind erstaunt, „sieh mal, was für eine schöne, große Mulde!“

„Das ist nicht die Mulde,“ sagte die Mutter „das ist die Elbe.“

Und das Kind zeigte auf die große Häusermasse und fragte: „Was ist das?“

„Das ist Dresden.“

Da versank das Kind in nachdenkliches Schweigen, soeben war ‚Dresden‘ so häßlich gewesen, und nun war es plötzlich so groß und schön! Ehe das Kind sich alles zurecht legen konnte, sitzt sie wieder in einer Ecke am Fenster. Märker streckt die Hand herein und nimmt bewegt Abschied. Es geht mit dem Bummelzug, weil der nicht so teuer ist, nach Prag. Der Bummelzug bedeutet von Dresden bis Wien auf die Weise

23 Stunden Fahrt! — Aber ehe es nach Wien weiter geht, kann man in Prag essen und sich ein wenig ausruhen.

Endlich wird auch Wien erreicht. Die Menschen! Das Leben! Amalie muß einen Gasthof suchen, und als sie den hat, schleppt sie ihre drei Körbe dahin. Wie das Kind sie hindert.

„Daß du dich ganz fest am Rock hältst!" ermahnt Amalie, „wenn du mich losläßt, gehst du hier verloren!" Das Stübchen mit einem Bett liegt in einem düsteren Hinterhaus, vier Treppen hoch. Ach, endlich ruhen, nach der ewig langen Fahrt!

Am nächsten Morgen geht es nach der türkischen Gesandtschaft. Das Kind muß hier bleiben; es muß eingeschlossen werden. Aber sie schwankt in ihrem Entschluß. Und doch, — mitnehmen? Das wagt sie nicht. Wer weiß, wie weit sie zu gehen hat, und sie kann in der fremden, lauten Stadt nicht das große Kind schleppen. Sie sieht sich um, dann sagt sie mahnend: „Charitas, ich muß ausgehen. Ich lasse dich hier; daß du nicht das Fenster aufmachst! Hier ist ein Stück Brot, das iß, wenn du hungrig wirst." —

Nach stundenlangem Umherirren kam Amalie erschöpft und angsterfüllt wieder. — „Keine Bureaustunde heute," hatte ihr ein Mann gleichmütig gesagt. Am folgenden Tage kam sie so weit, daß sie den Paß da lassen konnte. Darauf ging sie vier Tage hintereinander hin, ehe sie den visierten Paß wieder bekam; und als sie ganz verzweifelt dem Wirt ihre Not klagte, sagte der achselzuckend: „Na ja, das ist halt türkische Wirtschaft."

Wie schrecklich ist Wien! Jeder Tag kostet Geld; alles ist so fremdartig, so laut, und alle scheinen so vergnügt, aber keiner hat einen Blick für die einsame Frau. — Die Kirchen sind offen, sie nimmt das Kind und geht in die Kirchen. Daß es so viel Gold, so viel Pracht in der Welt geben könne, davon hatte sie keine Ahnung gehabt. Weihrauchdüfte hüllen die mit aller Pracht geschmückte Madonna und die reich gekleideten Priester in einen mystischen Nebel und stellen sie selbst in ihrer dürftigen Verlassenheit in den härtesten Gegensatz zu all der Herrlichkeit. —

Als endlich der Paß visiert und auf der Polizei nachgesehen ist, kann die Reise nach Budapest weiter gehen. Wie herrlich liegt die Doppelstadt im Abendrot vor ihren Blicken. Nach Norden und Osten dehnt sich die reiche, lebhafte Stadt; und über dem Häusermeer sieht man die romantische Festung. In der Ferne aber wechseln Hügel und Berge in bunter Mannigfaltigkeit.

Kaum im Gasthof angekommen eilt Amalie nach der Donau-Dampfschiffahrt-Gesellschaft, um sich zu erkundigen, wann ihr Schiff fährt.

„Ist gestern abgefahren, das nächste fährt Dienstag," wird ihr gleichmütig geantwortet.

„Dienstag," wiederholt sie tonlos, „aber das ist ja noch fast eine Woche."

„Ja natürlich, — das fährt jeden Dienstag," brummt der Beamte.

Also wieder tagelang in der fremden Stadt! Und wie unheimlich ist hier alles. Die meisten Menschen sprechen eine ganz fremde Sprache; und selbst die, welche deutsch sprechen, kann sie nur mit Mühe verstehen; und wenn sie nachfragt, so schreit man sie an, als ob sie taub wäre. Was soll sie hier nur all die Tage anfangen? Nur nicht wieder so herum irren, aber auch nicht müssig sitzen, da überfällt einen die Verzweiflung. Und jeder Tag kostet Geld, ach so viel Geld, und ihr Vorrat ist schon so unheimlich zusammengeschmolzen. Sie sucht die Wirtin und macht der begreiflich, daß sie ihr helfen möchte. Erst will die sie kurz abweisen, als sie aber den verzweifelten Ausdruck in den müden Augen sieht, gibt sie ihr die Hand und sagt fast mütterlich: „Sorgen Sie sich nur nicht, Sie helfen mir bei der Hausarbeit, dann richten wir's schon ein."

Auch diese Woche geht zu Ende, und Amalie kann endlich ihre drei Körbe aufs Schiff tragen. Das Kind will durchaus mit; so geht sie, die schwere Last auf dem Rücken und das Kind am Rockzipfel, ans Schiff.

„Hier," sagt sie zu Charitas, „hier in dieser Ecke mußt du ganz still sitzen bleiben. Ich muß noch zweimal in den Gasthof. Willst du mir versprechen, daß du dich nicht vom Fleck rühren willst?"

„Ich will hier nicht allein bleiben, ich fürchte mich vor den vielen Menschen, laß mich doch mit dir gehen!" bittet das Kind unter Weinen.

„Willst du mich gleich loslassen! Wir kommen nicht mit, wenn ich mich nicht beeile!" Damit stürzt Amalie fort.

Das Kind aber drückt leise weinend sein Gesicht gegen die Wand in der Kajüte. Es mag die vielen lebhaft redenden und gestikulierenden Menschen nicht sehen. Das unheimliche Schaukeln des Schiffes macht ihm große Angst.

Da gleitet eine Hand sanft und leise über sein Haar, und eine Männerstimme fragt: „Warum weinst du denn so? Weshalb bist du nicht bei deinen Eltern?"

Furchtsam schaut Charitas in das bärtige Gesicht, dann sagt sie stockend: „Meine Mutter holt unsere Sachen; ich soll hier sitzen bleiben, aber ich fürchte mich so!"

„Du fürchtest dich?" lacht der Herr, „vor wem fürchtest du dich denn?"

Das Kind sieht hilflos auf die laute, bunte Menge.

Der Herr versteht den Blick und sagt überredend: „Komm du mit mir. So, — gib mir dein Händchen, und nun spring herunter. Hoppala! Siehst du? Und nun komm, ich habe eine kleine ruhige Stube hier auf dem Schiff, darin bin nur ich, und wenn du mit mir kommst, so schenk' ich dir einen schönen, großen Apfel."

Charitas wendet sich verlegen und sagt zögernd: „Ich darf nicht. Wenn die Mutter kommt, muß ich hier sitzen."

„Ich verspreche dir, daß du nicht gescholten wirst, komm nur mit." Und der bärtige Herr nimmt das Kind mit sich und gibt ihm den versprochenen Apfel. „Wo willst du hin mit deiner Mutter?"

Charitas lacht und sagt: „In die Walalei zum Onkel Karl. Manchmal sagt Mutter aber auch, wir gehen nach Bu—ka—rest."

Der Herr lacht und fragt weiter: „Und woher kommt ihr denn?"

„Wir wohnen auf dem Forsthof.“

„Aha! Und der Forsthof liegt im Walde.“

„Woher weißt du das? Bist du auch aus Sachsen?“ fragt die Kleine erstaunt.

„Aus Sachsen?“ sagt der Herr, „nein, da bin ich noch nie gewesen, aber ihr kommt also aus Sachsen.“

„Das sagen sie immer alle, wenn wir in einen Gasthof kommen; aber Mutter sagt dann immer, wir sind aus Siebenlehn.“

„So, so, — nachher erzählst du mir weiter vom Forsthof; jetzt will ich erst mal hinausgehen und sehen, ob deine Mutter da ist, hier bist du ja nicht bange; bleib also ruhig sitzen und iß deinen Apfel.“

Charitas hatte ihren Apfel noch nicht zur Hälfte verzehrt, als der Herr mit der Mutter eintrat. Die wollte schelten, aber der Herr nahm alles auf sich und sagte schließlich: „Gehen Sie in die erste Kajüte, die zweite ist kein Aufenthalt für ein solches Kind; es hört und sieht da zu viel, was ihm nicht gut ist. Ich bin der Kapitän dieses Schiffes; ich habe selbst Kinder, da weiß ich, wie man die hüten möchte. Wenn ich grade Zeit habe, hole ich mir Ihre Kleine, da kann sie mir vom Forsthof und von Sachsen erzählen.“

Als die beiden nun in den schönen Raum traten, wo nur wenige Leute waren, sagte Amalie zwischen Lachen und Weinen: „Du! — Das hast du ja gar nicht verdient, daß dir trotz deines Ungehorsams ein so großartiges Geschenk gemacht wird.“

„Mutter,“ sagte Charitas staunend, „sieh doch mal den närrischen Mann! Lebt er? Er sitzt auf seinen

Beinen. Er hat so große, schwarze Augen. Ich bin bange vor ihm!"

„Er tut dir nichts; ich glaube, das ist ein leibhaftiger Türke."

Neugierig trat Charitas näher an den Türken heran; der hatte einen weißen Beutel vor sich, aus dem holte er sich Datteln und Mandeln.

„Du," sagte Charitas, „ich hab' auch einen Beutel, aber meiner ist bunt. Ich hab' eine Puppe und einen Ball darin. Den Ball hat mein Großvater gemacht, sieh mal!"

Der Türke lächelte, — schüttelte den Kopf und gab ihr aus seinem Beutel. Da aßen die beiden, während Charitas unablässig weiter plauderte. Der Türke konnte ihr freilich nicht antworten, aber er war ein guter Mann, und das genügte. Endlich schüttelte er seinen Beutel aus, hielt die flachen Hände hoch und sagte bedauernd: „Ah — Man—deln!"

Da der Türke nicht weiter mit ihr sprechen konnte, so war die Freundschaft nur von kurzer Dauer. Die Mutter saß so betrübt und teilnahmlos in einer Ecke, mit der war gar nichts anzufangen, und wie Charitas nun so hilflos umher schaute, da wurde sie freundlich von einem Herrn und einer Dame angeredet. Nach einigem Hin- und Herfragen sagte der Herr: „Hör', Kleine, wir müssen gut Freund miteinander werden, wir machen ja dieselbe Reise, wir wollen doch auch nach Bukarest."

Da kam plötzlich Leben in Amalie. „Sie wollen nach Bukarest?" rief sie erregt, „ach, ich möchte wohl wissen, ob man jemals dahin kommt!"

„Freilich kommt man hin,“ sagte der Herr und lachte. „Es ist allerdings mit allerlei Schwierigkeiten verbunden, die überwindet man aber. Die Reise ist es schon wert; gibt es doch kaum etwas Schöneres und Interessanteres als diese Donaufahrt. Schließen Sie sich nur uns an, vielleicht kann ich Ihnen nützen, da Sie wohl der rumänischen Sprache nicht mächtig sind.“

Das war eine große Hilfe und Beruhigung. Im Laufe der Unterhaltung erfuhr Amalie, daß der Herr ein Kaufmann aus Pest sei. Nach dem angstvollen, mühsamen Herumhetzen in Wien und Pest war diese Dampferfahrt in Gesellschaft der freundlichen Ungarn ein körperliches und seelisches Ausruhen. Ach, diese Donaufahrt! Eine Welt voll Wunder und Überraschungen brachte sie Amalie. Ihre Seele war freilich noch längst nicht entwickelt genug, um alles, was an ihrem äußeren Auge vorüberzog, ganz zu fassen. Ihr war, als träume sie, wenn das Schiff an Burgen, Städten, Brücken, Bergen und Ebenen vorüberglitt. Namen und Erklärungen tönten an ihr Ohr; aber alles verwirrte sie.

Nach einer Fahrt von 22 Stunden hielt das Schiff in Belgrad. Zollbeamte kamen und revidierten das Gepäck. Vom Schiff aus sah sie die hell leuchtende Stadt mit der romantisch gelegenen Festung, dann ging's weiter, — weiter!

Neue Überraschungen! Das Land veränderte sich auffallend. Mit einer Art bewunderndem Grauen sah Amalie plötzlich, wie sich mitten im Strombett ein gewaltiger, düsterer Felsen erhob. Unheimlich drohend ragte er aus den Fluten.

Der Ungar sah, wie sie staunend erschauerte. „Das ist der Babakai," erklärte er auf ihren fragenden Blick. „Von diesem Ungetüm," so fuhr er fort, „berichtet die Sage: ein eifersüchtiger Serbe hat hier seine Frau angeschmiedet. Wenn der Ostwind in schauerlich-klagenden Tönen um diesen Felsen heult, so sind das die Jammertöne der Verstoßenen. ‚Babakai' heißt schreiendes Weib." —

Weiter fließt der breite Strom, seine Wellen schlagen an das verwitterte Gemäuer einer alten Burgruine, — vorüber geht's an Eichenwaldungen und Sümpfen, — weiter, immer weiter. Durch zerrissenes Felsengeklüft, durch mauersteile Wände geht es, vorüber an sanften Hügelketten, die aber allmählich wieder zu Bergriesen anwachsen und das Tal mehr und mehr einengen.

„Das ist der Engpaß von Kazan. Sie sehen hier die großartigste Flußenge von ganz Europa," sagt der Ungar erklärend.

Und immer dichter und düsterer wird es in der unheimlichen Wasserstraße. Jetzt schließen waldbewachsene Berge die Donau ganz ein. Es ist ein unbeschreiblich schönes Schauspiel. Wohin das Auge blickt, — zu beiden Seiten, hinter sich und vor sich nichts als gigantische Felsen, in die die Donau eingeschlossen erscheint. Gibt es keinen Ausweg? Was wird aus dem Strom? So von allen Seiten eingeschlossen verändert die Donau ganz ihren Charakter, ihre mächtige Bewegungskraft scheint erlahmt, man merkt kaum, daß noch Leben in ihr ist. — Gewaltige Bergriesen mit bewaldeten Gipfeln werfen düstere Schatten in die Täler und Schluchten, zerrissenes Felsengeklüft hängt drohend über den Wassern, als wollte es in jähem Absturz alles zerschmettern.

Wirklich kein Ausweg?

Doch horch! — Hinter jenen düsteren Kolossen donnert und tost es. Ist es der Jubelschrei über die wiedergewonnene Freiheit, mit dem die Donau sich dort trotz aller Hindernisse Bahn bricht?

Schon von ferne sieht man die Wasser um die Felsen stäuben, schaumige Säulen spritzen in die Lüfte; es kreist in Wirbeln und tobt um und über die zackigen Felsblöcke. Wie in verjüngtem Übermut wirft die Donau nun alles von sich, was sie noch belästigen und beschweren könnte. Die Schiffe, — mit Menschen beladen, — die duldet sie nun nicht mehr, mögen die sehen, wie sie weiter kommen, die Donau ist frei, und mit wilder, ausgelassener Lust will sie dieses neue Gefühl ungehemmt genießen.

Amalie hört, sie haben das Eiserne Tor erreicht. Auf Wagen werden die Reisenden nun weiter befördert. — Aber schon bald beruhigt sich die wilde Donau wieder, besinnt sie sich auf ihre Pflicht. Geduldig läßt sie sich alles wieder aufbürden, und nur der weiße Schaum, der sich an den kleinen eingestreuten Inselchen sammelt, deutet noch auf den soeben bestandenen harten Kampf.

Die Gebirgszüge treten jetzt mehr und mehr in den Hintergrund, und in majestätischer Breite ergießt sich der mächtige Strom in die walachische Tiefebene.

In Giurgewo warten Planwagen mit Ochsen bespannt für diejenigen, welche nach Bukarest wollen. Welch bunte, schreiende Menge! Dieses Sprachengewirr, dieses Rufen und Gestikulieren, dieses Drängen und Stoßen nach den Wagen. Amalie hält sich zitternd zu ihren Bekannten, die ihr nach vieler Mühe den äußeren Eckplatz des Wagens sichern, von wo aus sie einigermaßen die Gegend übersehen kann.

Die walachischen Fuhrleute mit ihrem schmutzigen Schafspelz, der dicken Lammfellmütze und den weichen Bundschuhen nehmen ihre Stöcke zur Hand und treiben mit Stößen und wilden Zurufen die Tiere an. Nur langsam kommt man auf den weichen Wegen in der öden Gegend vorwärts. Die Plane verhindert den freien Ausblick, und nur dann und wann entdeckt das spähende Auge auf der weiten Ebene eine ärmliche Hütte, deren erdbedecktes Dach fast unmittelbar auf dem flachen Boden ruht, oder einen einsamen, halb verfallenen Ziehbrunnen, der seine dürren Arme kläglich in die Luft streckt.

Nach stundenlanger Fahrt hält der Wagen vor einer elenden, walachischen Schenke, wo sich Mensch und Tier für die Weiterreise stärken können. Als sich der frühe Abend über die Ebene senkt, halten die Wagen in Calugureni, wo übernachtet werden soll. Viel Schlaf bekommen die Reisenden nicht, denn hier ist Musik und Tanz. Ein Dudelsack und eine Fidel spielen zur „Hora," dem rumänischen Nationaltanz auf. Die phantastisch ausgeputzten Mädchen und Burschen haben einander an den Händen gefaßt und bilden einen großen Kreis.

„Laß uns, Schätzchen, tanzend wanken!
Wird getanzt heut bis zum Abend

Bist so schön, mein Liebchen traut,
Wie ein Frühlingstag so labend,
Komm, Mariechen, meine Braut.
Stampfet mit den Füßen alle,
Daß der Erdball fühlt den Tritt,
Daß die Welt staunt vor dem Schalle,
Ja, sogar der Himmel mit!
Heut ist Tanz in vollem Chore,
Drum, ob auch die Sohle flieh!
Tanzend möcht' ich in der Hore
Mit dir sterben — Herzmarie!" *)

Weiter geht's am nächsten Tage. Hie und da wird die kahle Fläche von niederem Eichgestrüpp unterbrochen, dessen dürres Laub im Winde zittert. Die Reisenden holen den versäumten Schlaf im Wagen nach, und einförmig verrinnt eine Stunde nach der anderen, aber auch dieser Tag neigt sich endlich seinem Ende zu. Die Wagen erreichen bei einbrechender Dunkelheit den Argischfluß. Eine Fähre nimmt die Reisenden auf, und am jenseitigen Ufer sehen sie, daß der Himmel in der Ferne schwach gerötet ist. Da kommt Leben in die verschlafene Gesellschaft, und auf deutsch und rumänisch tönt es von allen Seiten: „Bukarest! Bukureschti!"

---

*) Aus dem Rumänischen von R. Neumeister.

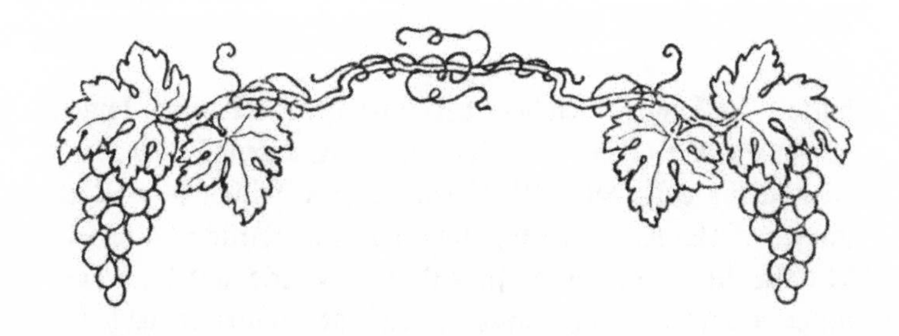

17
Ankunft in Bukarest

Es war kein Traum, die Reisenden erwachten in Bukarest! —

Zum letztenmal halfen die freundlichen Ungarn der ängstlichen Amalie zurecht. Der Herr besorgte zuletzt noch einen halbwüchsigen Burschen, dem er die Weisung gab, die beiden an ihr Ziel zu bringen. Mit zitternden Fingern suchte Amalie in ihrem leinenen Geldbeutelchen den Streifen Papier mit Karl Nelles Adresse. Würde der Bursche die Straße kennen? Der Ungar lachte, warf einen Blick auf den Zettel und gab ihn Amalie zurück mit der Bemerkung: „Das nützt uns nichts, der Bursche kann nicht lesen.“ Nachdem der Herr sich in rumänischer Sprache mit dem jungen Walachen auseinandergesetzt hatte, übernahm der lebhaft nickend und gestikulierend die Führerschaft. Das Gepäck ließ Amalie im Wirtshaus.

Das Kind führte sie an der Hand; diese weiche Kinderhand schien ihr das einzig Wirkliche, sonst war ihr, als ob sie träume. Sie wanderten durch elende, ungepflasterte Straßen, in denen sich vor ärmlichen Lehmhütten halbnackte Kinder herumtrieben. Weiter kamen sie durch Straßen mit überdeckten Säulengängen, wo fremdartig gekleidete Menschen Waren feilboten. Nach langem Wandern überschritten sie eine Brücke, und als Amalie still stand und sinnend ihre Blicke auf den darunter eilenden Fluß richtete, rief der Bursche lebhaft: „Dombovitza!"

Weiter ging's, und immer lebhafter wurde der Verkehr. Plötzlich blieb der Bursche stehen, deutete auf eine große rote Hand, die vor einem Hause in der Luft baumelte und rief den Namen der Straße „Callea Podo mogoschoae!"

Am Hause selbst stand: Karl Nelle. Handschuhmacher.

Nelle! — Zitternd starrte Amalie den Namen an. Wie ihr die Kniee bebten! Nelle! Ach, sie war am Ziel! Sie verabschiedete den Burschen und betrat zögernd den Laden. Wie oft während der beschwerlichen Reise hatte sie sich diesen Augenblick vorgestellt, wie hatte sie ihn sich ausgemalt! Nun war er da. Fester faßte sie die Hand ihres Kindes. Der schrille Klang der Ladenglocke erschreckte sie. Mit banger Spannung ruhte ihr Blick auf der dunklen Portiere. Die bewegte sich, und ein Gesicht guckte durch einen kleinen Spalt und sagte: „Setzen Se sich, der Meester kimmt glei!"

Der Kopf verschwand, und Amalie hatte Zeit, sich zu sammeln. Prüfend durchflog ihr Blick den Laden. Sie staunte. Hohe Glasschränke, reich gefüllt mit Ledervorräten und fertigen Waren, erblickte ihr suchendes Auge. Erleichtert atmete sie auf, hier war keine Armut.

Aber jetzt bewegt sich wieder der Vorhang, und ein großgewachsener Herr mit dunklem Vollbart tritt in den Laden.

„Sie wünschen?“ fragt er.

Amalie steht zitternd auf, sie stützt sich mit der Hand auf den Ladentisch. Ängstlich forscht sie in des Fremden Zügen, ach — sie wünscht so viel von ihm. — Kein Wort will ihr aus der Kehle, sie bedeckt das Gesicht mit den Händen und ruft endlich schluchzend: „Karl! Ach Karl! Ich bin es! Kennst du mich wirklich nicht mehr —?“

Der Herr tritt zögernd näher, er nimmt sachte die Hände vom Gesicht der Schluchzenden, sieht ihr ernst und forschend in die Augen, dann ruft er in höchster Erregung: „Es kann ja nicht sein! Bist, — bist du Malchen? Meine Schwester Malchen?!“

„Ja Karl! — Ich bin's, ach willst du uns auch haben?“ ruft Amalie in höchster Erregung.

„Ist die Möglichkeit! Du hier in Bukarest? — und zu dieser Jahreszeit — und mit dem Kinde! Sag' mir nur, was bedeutet dies? Ist — bist du denn ganz allein mit dem Kinde hier herunter gereist? Ach du armes Kind, was mag dir passiert sein! Aber kommt hier fort, hier können wir gestört werden. Ich will dem Gesellen sagen, daß er derweile auf den Laden achtet, Leanka ist in der Messe, aber sie wird bald kommen. — Laßt uns hier in die Stube gehen. So, jetzt setz' dich zu mir auf den Diwan, und erzähl' mir ganz offen und ruhig deinen Kummer.“

Karl nimmt das Kind auf den Schoß und drückt

das widerstrebende Köpfchen zärtlich an seine Brust, dann streichelt er Amalie während der erregten Erzählung die tränennassen Wangen, wischt sich wiederholt die feuchten Augen und streut hie und da ein Trostwort in die Rede.

„Soviel Mut hätte ich meiner kleinen Schwester gar nicht zugetraut,“ sagt er mit wehmütigem Lächeln.

„Ach Karl, — Mut? Ich mußte wohl weiter. Habe ich wirklich ein wenig gehabt, so war ich jetzt gerade, sowohl mit dem Mut, wie mit dem Gelde zu Ende. O, die Angst in Wien und Pest, ob ich auch mit dem Gelde auskäme! Siehst du, damit ging mir's sonderbar! In dumpfer Verzweiflung, mit entsetzlichen Gedanken, war ich an der Mutter Grab getreten; ich habe mich eine Weile mit ihr herumgestritten; sie wollte immer anders als ich, aber endlich redete sie mich zur Ruhe. Und als ich dann den Brief mit dem Gelde in der Hand hielt, da war mir's, als hätte sie mir's tatsächlich gegeben und mir zugeflüstert: ‚Geh, — flieh! Räche dich nicht! Fort, fort! weit fort!‘ Und da stand der Entschluß fest bei mir: hinunter zum Karl! Mir ist sterbenselend zumute, und ich glaube nicht, daß ich diesen Schmerz überlebe; da wollte ich doch auch für das Kind gesorgt haben. Wollt ihr sie behalten, wenn ich sterbe?“

„Das Kind? — Freilich wollen wir das behalten! Wir sind kinderlos, was könnte mir lieber sein, als so ein kleines Abbild unserer guten, unvergeßlichen Mutter! Das Sterben schlag dir aus dem Sinn! In deinen Jahren überwindet man auch einen schweren Kummer.

Aber das Kind läßt du uns, sie soll es gut haben, das versprech' ich dir. — Sieh, da kommt Leanka!"

Ganz sachte stellte Karl die Kleine auf die Füße, trat der Eintretenden aufgeregt entgegen und sagte: „Leanka, eine große Überraschung! Das ist meine Schwester Malchen mit ihrer kleinen Tochter!"

Leanka betrachtete zuerst sprachlos die beiden. Ihr prüfender Blick glitt mit leisem Kopfschütteln über die ärmliche Kleidung, sie seufzte tief auf; dann kam ein krauses Durcheinander von lebhafter Begrüßung und einer Menge Fragen, deren Beantwortung sie aber nicht abwartete.

Endlich rief sie: „Aber ihr seid doch hungrig. Die Maritza soll euch gleich zu essen bringen, ich muß jetzt in die Küche und schnell die Fastenspeise richten. Aber ihr braucht ja nicht zu fasten, die Maritza soll schnell einen Braten besorgen. Sieh, der Kleinen gefallen meine Heiligenbilder und mein Hausaltar. So ist's recht! Komm her, Kind, sag' deiner Tante guten Tag. Wie heißt du, und wie alt bist du?"

Statt des Kindes, das sich schüchtern näherte, antwortete Amalie: „Sie heißt Charitas und wird bald fünf Jahr."

„Charitas? — Pfui! Wie kann man ein so liebes, kleines Ding Charitas nennen; einen so häßlichen Namen würde ich höchstens einem Hunde oder Pferde geben. Hast du keinen andern Namen?"

„Concordia, Sophie," sagte Amalie.

„Concordia?" rief Karl erfreut, nach „unserer guten Mutter! Wenn wir sie nicht Charitas nennen, so rufen wir sie Cordel."

„Nein," entschied Leanka, „das ist ja lächerlich altmodisch! Meinetwegen mag sie Sophie heißen. So Sophie, küß deiner Tante die Hand! Das kannst du wohl gar nicht? Das glaube ich! So weit ist man schwerlich in Siebenlehn. Na freut euch, daß das Kind hier Bildung lernt. Wie vernachlässigt sieht das arme Ding aus!"

„Ver—nach—lässigt?" fragte Amalie gekränkt, „das ist sie aber nicht, im Gegenteil — —"

Karl warf Amalie einen vielsagend bittenden Blick zu und sagte zu Leanka gewandt: „Bedenk' die lange und beschwerliche Reise!"

„Ja, ja," sagte Leanka zerstreut, „wo habt ihr denn euer Gepäck? Die Maritza soll es nachher hinauftragen, wenn sie euch die Oberstube zurecht macht."

„Ich ließ es im Gasthof, aber ich will es jetzt holen, ich habe ja Zeit dazu."

„Holen?" rief Leanka erstaunt, „wieso kannst du es denn holen! Der Lehrjunge nimmt einen Karren, und du sorgst fürs Auspacken, wenn alles da ist."

Als nach einer Stunde der Junge mit den Sachen kam, rief Leanka: „Drei Körbe hat sie! Was ist denn das, was so hoch aufbauscht?"

„Das sind Betten!" sagte Amalie mit einem gewissen Stolz, und sich an Karl wendend, sagte sie mit einer Art Feierlichkeit: „Karl, das ist ein Gruß von unserer Mutter! Einst, ach, es war noch in der Niederstadt, als sie hörte, daß du in Bukarest bliebst, bedauerte sie so sehr, daß sie dir nicht von ihren schönen Betten geben könnte, sie meinte damals: wenn sie dächte, daß jemals einer aus der Heimat hier herunter reiste, würde sie ihm die dir zugedachten Betten mitgeben. Als ich nun den Entschluß faßte, fiel mir Mutters Wunsch ein, ich nahm sie mit, sie gehören dir!"

Leanka schnitt Karl sofort jede Erwiderung ab und sagte erregt: „Ist es denkbar! Für uns hast du diese Last in der Welt herumgeschleppt?! Was fällt dir ein, wir wollen doch keine so schweren, dicken Federbetten haben. Die sollen geradezu ungesund sein. Federn achten wir hier gar nicht, die werfen wir in die Dombovitza!"

„Meiner Mutter Betten sind weder schwer noch ungesund! Du solltest mal hören, was sie in der Niederstadt sagen: ‚Die Betten von der Nellen Cordel, die kann man mit dem großen Zeh' über die höchsten Häuser werfen, so leicht sind sie.'

„Sie haben für mich keinen Wert; solltest du sie selbst brauchen können, so behalte sie für dich."

„Sieh, Malchen, hier ist's wärmer, das wirst du selbst erfahren. Leanka meint es nicht böse."

Die Schwägerin lachte übermütig, nestelte an ihren funkelnden Armbändern herum und ließ Karl mit den Gästen eine Weile allein.

Dann rief sie zu Tisch. Als Amalie die reichlichen und guten Speisen und gar den Wein sah, wehrte sie verlegen ab; aber Karl und Leanka lachten, und Karl sagte: „Beruhige dich, wir sind hier nicht in dem armen Siebenlehn; auf eine Flasche Wein und einen Braten kommt's wahrlich nicht an. Komm," sagte er zu Charitas, „du mußt immer bei deinem Onkel sitzen. So, liebes Malchen, wir wollen auf euer Wohl trinken. Bukarest heißt Freudenstadt! Möge der Name eine gute Vorbedeutung für euch haben. Viel Freude in Bukarest!"

„Ja," sagte Leanka munter, „paß mal auf, wie lustig es sich hier leben läßt! Du wirst bald das kleine sächsische Nest vergessen."

Als Amalie sich am Abend auf ihr mitgebrachtes Kopfkissen legte, dachte sie weinend an ihre sächsische Heimat. Sie sah sich im Geiste in der Wohnstube in der Niederstadt; sie sah wie die Mutter geschäftig die großen Steintöpfe herbeischleppte, wie sie lächelnd, behutsam die weichen Federn auf dem Tisch auftürmte, sie hörte, wie sie rief: „So, nun kommt zum Federschleißen! Laßt mir aber keine Kiele daran, die zerstechen das Inlett; und nehmt das liebe Gut hübsch in acht; laßt keine unter den Tisch fallen, ihr wißt doch: um einer Feder willen muß ein Mädel über zehn Zäune springen!"

Ja, so hatte die gute Mutter gesprochen. Sie hatte gesorgt und gespart und hatte ihre Ehre darin gesucht, leichte, schöne Betten zu haben. Und hier? —! Hier sagte die da unten, der Mutter Betten seien ungesund! —

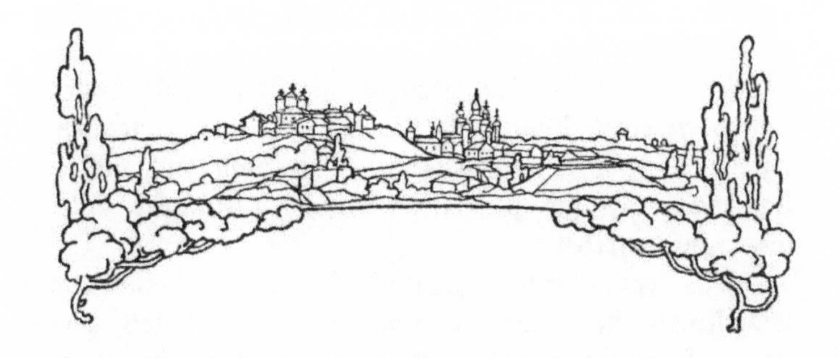

18

In der „Freudenstadt“

Schon in den nächsten Tagen nach Amaliens Ankunft war Leanka in eifriger Tätigkeit. Eine Schneiderin saß in der großen Wohnstube zwischen den verschiedenartigsten Stoffen. Amalie half nähen, denn da alles mit der Hand genäht werden mußte, ging die Arbeit nicht so schnell von statten. Amalie und Charitas wurden von Grund aus neu gekleidet. Es hatte einen harten Kampf zwischen den Schwägerinnen gegeben, ehe es so weit kam. Amalie meinte: „Rein und heil,“ so habe die Mutter immer gesagt, das müsse genügen; dem waren aber beide Geschwister energisch entgegengetreten.

Leanka hatte heftig entgegnet: „Laß doch nur deine Mutter aus dem Spiel! Die ist nie aus dem kleinen Nest herausgekommen. Für die Niederstadt genügte diese Weisheit wohl, aber jetzt bist du in einer Weltstadt, da mußt du schon unsertwegen mitmachen. So wie ihr ausseht, können wir nicht bis vor die Tür mit euch gehen. — Wie ziehst du nur das arme Kind an, ich hab' wahrhaftig gemeint, die Kleine habe hinten und vorn einen Buckel, sie ist aber so grade gewachsen, wie man's nur wünschen kann. Wer nicht auch äußerlich etwas aus sich zu machen versteht, der wird unter die Füße getreten."

Das waren neue Lehren für Amalie, und innerlich widerstrebte sie solchen Anschauungen. Sie sah aber ein, daß sie sich zu fügen hatte, wenn nicht eine nachhaltige Verstimmung aufkommen sollte; und so viel war ihr die Sache nicht wert.

Nun vollzog sich allmählich an Mutter und Kind äußerlich eine gründliche Veränderung, und Leanka konnte nicht müde werden, ihre Freude darüber zu äußern. Mit Amalie war sie freilich noch nicht so recht zufrieden.

„Mantel, Hut und Schleier sind so hübsch," sagte sie ärgerlich, „aber ich weiß gar nicht, was das ist, du verstehst absolut nicht, die Sachen zu tragen."

„Ich mag den Staat nicht; er gehört nicht zu mir."

„Nein, mit dir ist eben nichts anzufangen; aber nun sieh nur mal, wie reizend das Kind aussieht! Komm her, Sophie, und laß dich mal bewundern. Das ist ja zu niedlich! Nun laß ich dir gleich noch Ohrlöcher stechen und schenk' dir schöne, bunte Ohrbummeln, und für die bloßen Ärmchen kauf' ich dir Armbänder; das wird doch hübsch!"

„Aber Leanka," rief Amalie entsetzt, „wie darfst du dem Kind so etwas sagen! Willst du denn durchaus einen kleinen Affen aus ihr machen? Sie hat doch noch keinen Verstand! Wenn du der sagst, sie sieht hübsch aus, so glaubt sie es. Sie soll einfach bleiben; ich muß doch auch an die Zukunft denken. Wie soll ich das denn wieder herauskriegen, was du ihr jetzt weismachst?"

„Das Kind überlaß mir nur, ich sorge besser für sie als du. Sie muß immer bei uns bleiben, dann soll ihr nichts abgehen."

„Wenn sie mich nicht mehr hat, wäre ich euch sehr dankbar, wenn ihr sie behalten wolltet, sonst aber ist sie das Einzige, wodurch das Leben für mich noch Wert hat."

„Nimm doch nicht immer alles gleich so entsetzlich schwerfällig. Erstmal sollt ihr hier vergnügt sein und euer Leben genießen. Glaub' mir, in Bukarest läßt sich's lustig leben!"

* *
*

„Komm," sagte Karl eines Tages, „ich will dir die Stadt zeigen. Na, da wirst du aber Augen machen!"

Die Verkaufslokale und Werkstätten waren meist nach der Straße zu offen. Für Amalie war das Gewimmel gestikulierender, rufender, eilender Menschen in den denkbar buntesten Trachten geradezu sinnverwirrend. Sie glaubte es ihrem Bruder, wenn er versicherte, Bukarest sei eine der interessantesten Städte der Welt, da sich hier Morgenland und Abendland in buntester Mischung vereinigen. Staunend und verwirrt stand sie oft still und wollte die Menge der Wagen und Fußgänger erst mal an sich vorüberlassen; aber erzählend und erklärend drängte Karl vorwärts. Welche Gegensätze! Hier in rasender Eile elegante, moderne Equipagen, da schwerbeladene, von

Büffeln gezogene Lastwagen, gelenkt von walachischen Bauern. Die Männer in dem kurzen Wams mit dem breiten Ledergürtel und dem roten Fes auf dem Kopfe waren Bulgaren. Hier kamen Serben und Türken, und diese weißbärtigen, ehrwürdigen Gestalten, denen das lange Gewand bis an die Knöchel reichte, waren Juden. Die mit der Lammfellmütze im reichgestickten Schafspelz waren Rumänen. Und durch diese lautwogende Menge erklang langgezogen und melancholisch der Ruf der Wasserträger: „A—a—op!" Hier trug ein anderer auf dem Kopfe bunte Süßigkeiten und rief lebhaft: „Gubri—itsch!"

„Laß uns nach Hause," bat Amalie, „ich kann nicht mehr."

Karl aber sagte lachend: „Ja, hier geht's freilich anders zu als in Siebenlehn, aber daran gewöhnst du dich. Komm, ich führe dich noch nach dem Hügel, wo die prächtige Metropolitankirche liegt. Von da aus bekommst du einen Gesamtüberblick über das ganze schöne Bukarest."

Oben angekommen zeigte er auf das prächtige Städtebild mit den unendlich vielen, glänzenden Kuppeln und Türmen.

„Ist denn zwischen all den Kirchen nicht auch eine deutsche, wohin ich gehen kann?" fragte Amalie.

„Freilich," sagte Karl, „schon nächsten Sonntag gehen wir hin; und nach dem Gottesdienst besuchen wir unsern lieben Pastor Neumeister, der ist unser treuer Freund und Ratgeber." —

Mit Sehnsucht sah Amalie dem Sonntag entgegen.

— Wenn sie nur eine regelmäßige Tätigkeit gehabt hätte! Sie bat Leanka um Arbeit.

„Arbeiten?“ fragte die, „was willst du arbeiten? Du bist doch zu Besuch bei uns. Ich werde doch meine Gäste nicht für mich arbeiten lassen. Erhol' dich, und sieh dir die schöne Stadt an. Im Hause kann ich dir überhaupt schwer Arbeit geben, da ist doch alles eingerichtet. Die Maritza besorgt den Haushalt und ich den Laden.“

„Kann ich denn nicht dem Karl helfen? Ich hab' doch zu Hause dem Vater auch immer geholfen, ich kann gut in Leder nähen. Es wäre mir wirklich eine Beruhigung, wenn ich euch doch etwas helfen könnte.“

„Kein Gedanke! Was würden die Gesellen dazu sagen?“

„Kann ich denn wirklich nichts in der Küche tun?“

„Du und die Maritza können einander ja gar nicht verstehen. Wir kochen hier doch auch ganz anders, und die Fastenspeise muß ich immer selbst bereiten.“

„Ich bin an ein sehr tätiges Leben gewöhnt, hilf mir zu einer tüchtigen Arbeit, sonst komme ich um in nutzlosen Grübeleien.“

Leanka dachte etwas nach, dann fragte sie: „Kannst du häkeln oder sticken?“

„Nein,“ sagte Amalie abweisend, „dazu hab' ich auch gar keine Lust. Was soll das? Unnützer Firlefanz!“

„Na, ich dachte, du könntest es bei mir lernen. Ich hätte ganz gern noch eine Garnitur Deckchen. Komm, du weißt gar nicht, wie du es noch einmal im Leben brauchen kannst, ich will es dir zeigen.“

„Hm,“ machte Amalie widerwillig.

Nun wurde Leanka ganz eifrig; sie holte Garn und Nadel und zeigte die Griffe. — Nach einer Weile kam sie aus dem Laden zurück und sagte ärgerlich: „Wie kannst du dich nur so anstellen; immer hör' ich dich da drinnen zählen und dann wieder schelten. Kannst du denn nicht einmal diese leichte Arbeit lernen? Es ist ja ein Kinderspiel! Gib her! Komm mir aber nicht wieder mit deinen Klagen um Arbeit.“

„Wenn ich etwas tu', so soll's doch auch einen Zweck haben; aber was sollen diese Lappen?“

* *
*

Ein paar Tage danach hörte Leanka ein leises Weinen, sie horchte und hörte, wie Charitas sagte: „Es schmeckt so schlecht, ich mag nicht mehr.“

„Komm,“ sagte Amalie überredend, „nur noch einen kleinen Teelöffel voll, du hast mir den vorigen ja ganz verschüttet. Nur wenn du die Medizin schluckst, kann es besser werden. Sei artig, und schluck schnell hinunter.“

Aber die Kleine schüttelte sich vor Widerwillen und versuchte wieder die Hand zurückzuschieben.

In diesem Augenblick trat Leanka ins Zimmer, bewegte prüfend die Nasenflügel und sagte scharf: „Was ist denn hier für ein abscheulicher Geruch? Hast du etwas gekocht? Es riecht ja ganz nach Apotheke. Was hast du denn mit dem Kinde vor?“

„Hast du gar nicht bemerkt, daß das Kind schon tagelang entzündete Augen hat? Das ist doch eine

Schärfe, die heraus muß; da hab' ich ihr nur eben eine Medizin gekocht."

„Spuck das Zeug aus, Sophie! Du siehst doch, daß das arme Kind einen Widerwillen gegen das Teufelszeug hat; wie kannst du sie nur so quälen? Wie wagst du es überhaupt, so an ihr herumzupfuschen? Das gibt sich doch von selber, es wird nur etwas Erkältung sein; und sonst holen wir den Doktor. Komm, mein Herzchen, komm du zu deiner Tante! Wirst du solch ekelhaftes Zeug nehmen, — pfui!"

„Leanka, — wie kannst du! — Du weißt doch auch, daß mein Mann Medizin studiert hat, und daß er jahrelang Apotheker war, von ihm habe ich manches gelernt."

„Ich werde mit dem Karl sprechen, der soll dir das Kurieren ein für allemal verbieten. Es ist ja unausstehlich! Wenn nun jemand kommt, man muß sich ja genieren!"

* *
*

Eines Tages saß Amalie und starrte gedankenlos auf das „Bukarester Tageblatt". Plötzlich aber nahm ihr leerer Blick einen bewußten Ausdruck an. Was stand da? „Gesucht wird sogleich ein Fräulein zur Hilfeleistung bei Kranken und zur Stütze der leidenden Hausfrau."

Wie, wenn sie sich hier meldete? Hatte sie sich in Wien und Pest zurechtgefunden, so würde es hier auch glücken. Also vorwärts!

Ihre Bewerbung hatte Erfolg, und erst nachdem alles abgemacht war, teilte sie ihren Geschwistern die fertige Tatsache mit. Alles Abraten half nichts; man mußte sie gehen lassen.

Nach vier Wochen kam sie zornbebend zurück. Die Arbeit hätte sie so gut tun können, die gefiel ihr, obgleich sie neu und nicht leicht war. Aber der schlechte Mensch, der Doktor!

Die Geschwister sagten nicht viel dazu, nur Leanka meinte, das hätte sie ja voraus gesagt. Man könnte nichts anderes erwarten, wenn man ohne Erkundigung drauf los liefe.

* *
*

Endlich kam das Frühjahr. Eines Tages — es war an einem freundlichen Sonntag — machten Nelles mit deutschen Bekannten eine Partie ins Freie. Leankas große Sorge war, daß sich alle recht vorteilhaft kleideten. Die kleine Gesellschaft zog vergnügt durch die Stadt. Im Freien angekommen rief Amalie plötzlich in großer freudiger Erregung: „Ach — Blumen! Endlich wieder Blumen!“ und eilig, als könnten ihr die Blumen davonlaufen, lief sie querfeldein, mitten hinein in die sumpfige Wiese und pflückte mit Hast und Gier, daß ihr Gesicht glühte und ihre Augen strahlten, als wäre ihr ein unverhofftes Glück begegnet. Die Gesellschaft sah ihr verblüfft nach. Endlich, endlich hatte sie genug; mit beiden Händen hielt sie ihre Beute. Der Hut war in den Nacken gerutscht, die Strümpfe, die noch soeben blendend weiß gewesen, waren schwarz und naß, und das duftige Sommerkleid war verknüllt und hatte einen breiten Schmutzsaum.

Leanka bebte vor Erregung: „Wie siehst du aus!“ rief sie, „es ist ja eine Schande, mit dir zu gehen! Denkst du denn gar nicht an die schönen Sachen?“

Karl versuchte zu vermitteln, aber Leanka sagte bestimmt: „Nein, so kann sie sich wirklich nicht sehen lassen. Hier ist der Hausschlüssel, geh nach Hause!“

„Komm, Charitas,“ sagte Amalie bittend.

„Sophie bleibt bei uns; komm, mein Herzchen, gib mir die Hand.“

An dem schönen Sonntag war es stiller als sonst auf den Straßen, da die meisten heute Erholung im Freien suchten. Wie konnte man sich nur in einer so großen Stadt so namenlos einsam fühlen? Warum stiegen ihr denn schon wieder die Tränen hoch, als sie so allein durch die Straßen ging? Sie war doch in Bukarest, — in der Freudenstadt!

Im Hause angekommen, vergaß sie ihr Leid in der Freude über ihre gesammelten Pflanzen. Wie lange war es her, seit sie sich mit diesen Dingen beschäftigt hatte. Sie durchstöberte alle Winkel nach Lösch- oder Druckpapier. Auf dem Boden fand sie alte Zeitungen, nun noch ein Brett und einen Stein, dann begab sie sich ans Einlegen der Pflanzen. Wozu? — Es hatte keinen Zweck; aber es war eine schmerzlich süße Freude, die alte, liebe Beschäftigung wieder zu haben. Mit zarter Berührung untersuchte sie die verschiedenen Blumen; und unter einem Gemisch von innerem Jauchzen und tiefem Weh freute sie sich, wenn sie herausfand, welcher Art und Gattung die Pflanzen angehörten.

Aber am andern Tag fuhr Leanka dazwischen:

„Was ist denn das nun wieder?! Oben in deiner Stube finde ich einen Papierstoß, der mit einem großen Stein beschwert ist. Schleppst du mir Straßensteine ins Haus? Du bist wohl verrückt! Laß doch den Unsinn! Du machst mir das Haus unordentlich. Wenn du nicht gleich alles wegbringst, muß ich die Maritza hinaufschicken. Diese Albernheiten haben dir in Siebenlehn wahrhaft kein Glück gebracht; ich dachte, du hättest die Sache satt."

Gehorsam, aber tief seufzend, nahm Amalie ihre lieben Blumen und warf sie auf den Schutthaufen. Konnte sie sich beklagen? Leanka machte nur von ihrem Hausrecht Gebrauch; und Amalie hatte ja wiederholt gehört, daß sie nur ein Gast im Hause sei.

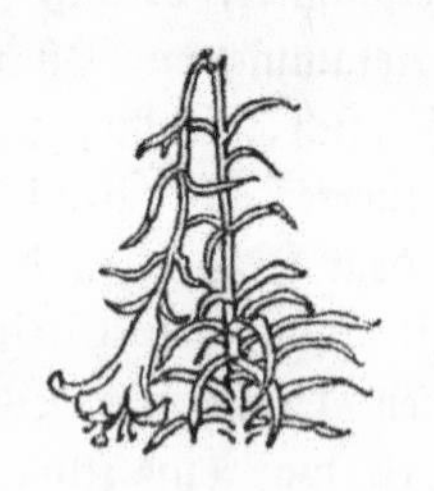

19
Siebenbürgen

Als Amalie am nächsten Morgen zum Frühstück erschien, fiel es ihr kaum auf, daß beide Geschwister eine gewiße Befangenheit zeigten. Es dauerte nicht lange, da sagte Leanka: „Wir wollten dich doch fragen, liebes Malchen, wie du dir eigentlich deine Zukunft denkst. Wir haben uns die Sache überlegt. Sieh, du bist so sehr unerfahren, du rennst so drauf los, aber — das kann doch nicht so in Ewigkeit fortgehen. So, wie es jetzt ist, ist alles unklar. Wir wollen dir gern mit Rat und Tat beistehen, du hast ja sonst auch niemanden hier. — Also, — daß ich es kurz sage: Bist du einverstanden, wenn Karl deine Scheidung in die Wege leitet?"

Weit riß Amalie die Augen auf und wiederholte wie geistesabwesend: „Scheidung?! — sagtest du Scheidung?" —

Sie bedeckte ihr Gesicht mit den Händen und seufzte tief auf. — War es denn so? Hatte sie denn nicht mit den Eltern, ja mit der Meinung der ganzen Stadt um diese Liebe gekämpft, und nun?! —

„Es ist doch die einzige Lösung," fuhr Leanka fort. „Was willst du denn jetzt? Dies geht doch auf die Dauer nicht. Bist du nur erst frei, dann findest du hier auch leicht Gelegenheit, dich wieder zu verheiraten, damit du doch auch noch etwas vom Leben hast. Dein Kind bleibt dann selbstverständlich bei uns."

Wortlos stürzte Amalie hinauf in ihr Stübchen. Sie grübelte, bis ihr der Kopf schmerzte. Die da unten meinten es nicht schlecht mit ihr, aber sie hatten so gar kein Verständnis für sie. War denn in der „Freudenstadt" niemand, der sie anhörte, — der ihr einen vernünftigen Rat geben konnte?

Da kam ihr ein Gedanke. War nicht Pastor Neumeister der Freund und Berater aller Deutschen? Auf zu ihm! Jetzt gleich! —

Und Pastor Neumeister hatte Zeit und Geduld, Amaliens Geschichte und ihre Wünsche zu hören.

Um Arbeit bat sie, am liebsten wollte sie fort aus der großen, lauten Stadt. Fort mit ihrem Kinde, das ihr hier entfremdet wurde. Die sinnverwirrenden Laute, die bunten Trachten, das glitzernde, gleißende Wesen, alles tat ihrer wunden Seele weh. Sie sehnte sich nach Tätigkeit und äußerer Ruhe. Sollte es nicht möglich sein, auf einem Dorf hier in der Nähe anzukommen?

Pastor Neumeister durchschritt sinnend sein Zimmer.

„Ich möchte Ihnen so gern helfen," sagte er freundlich, „aber was Sie wünschen, werden Sie hier in der Nähe nicht haben können, denn in diesen walachischen Dörfern würden Sie sich nicht zurecht finden, aber in der Hauptsache kann ich Ihnen doch vielleicht raten."

Er setzte sich an seinen Schreibtisch, suchte in allerlei Papieren, und als Amalie ihn erwartungsvoll ansah, sagte er, indem er einen Brief hervornahm: „Sollte das wohl etwas für Sie sein? Ich bekam vor einigen Tagen diesen Brief aus Siebenbürgen. Müller Daniels suchen für die Sommermonate eine verständige Persönlichkeit, die der Hausfrau zur Hand geht. Daniels wohnen in der Nähe von Kronstadt. Aber freilich, Ihr Kind müßten Sie hier lassen."

„Ach, Herr Pastor!" rief Amalie schmerzlich bewegt.

„Nein, das geht nicht. Aber Ihre Geschwister würden doch das Kind behalten, und es wäre da gut aufgehoben, nicht wahr?"

Amalie senkte traurig den Kopf.

„Wie alt ist die Kleine?"

„Im fünften Jahr. Sie ist ein weichherziges, zärtliches Dingchen, die sich von jedem beeinflussen läßt. Meine Schwägerin reißt die Erziehung ganz an sich, sie lehrt sie Knickse machen und Hände küssen; sie kann schon so korrekt das Kreuz schlagen, daß meine Schwägerin ganz entzückt ist. Wenn der Pope kommt, um mit seinem Majoranbüschel das Haus von bösen Geistern zu säubern, da muß ich sehen, daß mein Kind ihm knicksend entgegenläuft und ihm ihr ‚Sluga dumitale' (Untertänigster Diener) zuruft. Dafür wird sie gelobt, und dann kennt ihr Eifer keine Grenzen."

„In der Sache weiß ich keinen Rat! Der einzige Trost ist, sie ist noch jung, andere Verhältnisse werden sie später diese Zeit vergessen lassen. Sie verlassen Ihr Kind ja nicht aus Übermut. Denken Sie immer: ‚Weg hat Er allerwege, an Mitteln fehlt's ihm nicht.' Gelegentlich werde ich mich nach der Kleinen umsehen, werde auch Ihren Bruder warnen. — Ich könnte mich also wohl mit Daniels in Verbindung setzen, und Sie erfahren dann von mir, wann der Planwagen nach Kronstadt fährt."

„Werde ich auch die Pflichten erfüllen können?"

„Mit gutem Willen arbeiten Sie sich hinein. Mit der Reise richten Sie sich auf drei Tage ein. Ja, die Sache ist etwas umständlich und beschwerlich. Versorgen Sie sich gut mit Nahrungsmitteln. Der Fuhrmann sorgt für Heu und Stroh, denn die Nächte werden Sie im Wagen zubringen. Es kommt selten ein Wirtshaus, und in einer walachischen Dorfschenke zu übernachten ist nicht ratsam. Ich habe die Reise selbst gemacht, und ich bereite Sie darauf vor, daß Sie oft lange Strecken zu Fuß gehen müssen; denn die Wege durchs Gebirge sind so abschüssig, daß der Fuhrmann seine liebe Not hat, Pferde und Wagen gehörig zu hemmen; oder der Weg führt so steil aufwärts, daß man den Pferden die Last erleichtern muß. Grade diese gefährlichen Strecken entfalten aber Naturschönheiten, von denen man sich keine Vorstellung macht. — Haben Sie Mut, liebe Frau Dietrich! Sie suchen ja etwas, das verständig und gut ist, da wird's schon gehen. Als ich vor Jahren meine deutsche Heimat verließ, gab mir mein Vater als letztes Geleitswort mit: ‚Habe acht auf die Winke Gottes in deinem Leben!' Ich gebe Ihnen diese selben Worte als Abschiedsgruß mit auf die Reise."

* *
*

„Na, wieder etwas Neues," sagte Leanka scharf. Aber der Bruder schien Mitleid mit Amalie zu haben; er gab ihr reichlich Geld und versorgte sie auch mit Kleidern und Lebensmitteln. Das Schwerste war der Abschied von dem Kinde. Mit heißen, leidenschaftlichen Tränen riß sie sich los und begab sich auf die beschwerliche Reise. Pastor Neumeister hatte recht: sie war bald ganz überwältigt von den Naturschönheiten, durch die ihr Weg sie führte. Sie kamen an den Prahowafluß, dessen Bett unzählige Male durchfahren wurde. Das Wasser ging den Pferden bis über die Knie. Oft mußten die Reisenden aussteigen und lange Strecken zu Fuß gehen. Innerhalb dieser drei Tage durchwanderte sie wilde Schluchten, liebliche Täler, düster bewaldete Höhen. Kahle, gewaltige Bergriesen erhoben ihre schneebedeckten Häupter in der Ferne. Die Dörfer und Flecken, in die sie auf ihrer Wanderung kamen, zeigten ihnen während ihrer stundenlangen Rast eine fröhliche, leichtlebige aber arme Bevölkerung, die wenig Bedürfnisse zu haben schien.

Endlich auf der Höhe des Predeal, wo die Wasserscheide war, kamen sie an die walachische Grenze. Hier mußte der Paß vorgezeigt werden, und nun ging's nach Siebenbürgen. Der Eindruck, den Amalie hier empfing, war ein durchaus anderer. Hier bei den Siebenbürger Sachsen fühlte man sofort, daß Fleiß und Mühe den Boden zu einem viel reicheren Ertrag zwangen, der seinen Eigentümern Behaglichkeit und Wohlstand gewährte. Welchen freundlichen Eindruck machten in den fruchtbaren Tälern die überall zerstreut liegenden, sich an den Berg anlehnenden Dörfer. — Endlich kam man nach Kronstadt. Wie ein Juwel liegt diese schöne Stadt inmitten der Karpathen. Hier war dasselbe bunte Völkergewirr wie in Bukarest.

Im Gasthaus wartete Müller Daniel, und nach kurzer Rast ging's hinaus in eins der lieblichen Täler, wo die Mühle lag. In erhabener Majestät türmten sich Bergkuppen hinter Bergkuppen, und nur das Rauschen des Burzen und das Klappern der Mühle unterbrach die feierliche Ruhe.

Amalie wurde von den Müllersleuten freundlich bewillkommt, und sie hatte bald das Gefühl, wenn noch irgendwo in der Welt, so würde sie sich hier wohl und heimisch fühlen. Möchte sie nur erfüllen können, was von ihr erwartet wurde.

Mutter Daniels mütterliche Art half ihr, sich in ihrem Pflichtenkreise bald zurecht zu finden. Sie setzte einen ernsten Willen dahinter, die Müllersleute zufrieden zu stellen. Leicht wurden ihr diese ungewohnten Arbeiten nicht, aber sie sagte sich: „Das gerade hat mir ja gefehlt, und ich will mir jetzt in diesen Arbeiten so viel Tüchtigkeit erwerben, wie es mir nur möglich ist."

So arbeitete sie mit Eifer und Fleiß, und als sie erst den nötigen Überblick über ihre Arbeit bekam, da stellte sich — besonders, solange sie körperlich recht angestrengt war — ein Gefühl von Ruhe und Zufriedenheit ein.

Anders aber war es, wenn an lauen Sommerabenden der Mond sein magisches Licht über die Gipfel der Berge ergoß, wenn tiefe Schatten das Tal bedeckten, wenn Burschen und Mädchen begeistert sangen:

„Siebenbürgen, Land des Segens,
Land der Fülle und der Kraft!
Mit dem Gürtel der Karpathen
Um das grüne Kleid der Saaten,
Land voll Gold und Rebensaft!

Siebenbürgen, Land der Trümmer
Einer Vorzeit, stark und groß;
Deren tausendjähr'ge Spuren
Ruhen noch in deiner Fluren
Ungeschwächtem Ackerschoß!

Siebenbürgen, Land der Duldung,
Jedes Glaubens sichrer Hort!
Mögst du bis zu fernen Tagen
Als ein Hort der Freiheit ragen,
Und als Wehr dem freien Wort!"

Dann war es Amalie, als sollte ihr Herz zerspringen vor Sehnsucht, dann weinte sie, daß sie in dem fremden, schönen Lande so einsam war.

Die Müllersleute ermunterten Amalie, sich der sangeslustigen Jugend anzuschließen, die schüttelte aber ernst den Kopf, ihre Gedanken waren in weiter Ferne.

Daniels wunderten sich überhaupt häufig über ihre sächsische Stütze. Für all das, was sie selbst so hoch schätzten, was sie sorglich in ihren geschnitzten Truhen aufbewahrten, womit sie sich Sonntags zum Kirchgang schmückten, dafür hatte Amalie nur einen gleichgültigen Blick, kein bewunderndes Wort. Dagegen hatte sie Gefallen an Dingen, vor denen Daniels Ekel oder Grauen empfanden. Sonntags schleppte sie allerlei Getier herbei, das beobachtete sie; manches steckte sie in Gläser mit Spiritus; manches ließ sie wieder laufen; sie brachte aber auch allerlei Kräuter, daran zupfte sie herum, suchte alte Zeitungen, legte die Pflanzen hinein und machte sich oft mit ihnen zu schaffen. Daniels sahen einander verständnisvoll an und lächelten, ihre nachsichtigen Blicke sagten: ‚Sie ist in bißchen verrückt, aber ganz harmlos' und da sie fügsam und fleißig war, so ließ man sie gewähren.

Als die verschiedenen Ernten eingeheimst waren, wurden den Leuten in der Mühle allerlei Freiheiten gestattet. Daniels boten Amalie an, mit ihnen nach Kronstadt zu gehen und an einem Volksfest teilzunehmen. Aber nach Kronstadt wollte Amalie nicht, wohl aber möchte sie auf einige Tage Ferien haben, um die Karpathen zu besteigen. Daniels stutzten, sie hatten allerlei dagegen; aber da sie sahen, wieviel Amalie an der Erfüllung dieses Wunsches lag, willigten sie kopfschüttelnd ein.

* *
*

Mit dem Tragkorb auf dem Rücken trat Amalie ihre Wanderung vor Sonnenaufgang an. Diese Reise war ihr schönster Lohn für alle Anstrengungen des Sommers. Auf ihrer Wanderung kam sie durch Zigeuner- und Walachendörfer. Was ihr besonders gefiel, dabei verweilte sie. Wie interessant erschien ihr die malerisch gekleidete, stets fleißige Walachin, spann sie doch, wo sie ging und stand, ob sie nun die Ware auf dem Kopfe zum Markte tragend, den Weg zur Stadt machte, oder ob sie vor ihrer Lehmhütte, umgeben von ihren zerlumpten und halbnackten Kindern, im Freien saß, immer drehten die rastlosen Finger die schnurrende Spindel.

Dann zog es sie hinauf in die erhabene, schweigende

Gebirgswelt. Die Vegetation war hier von einer Kraft und Üppigkeit, wie sie ihr nie zuvor entgegengetreten war. —

Staunend sah sie, wie die mächtigen Edeltannen ihre Gipfel in den blauen Äther streckten.

Aber je höher sie stieg, desto mehr veränderte sich das Bild. Der üppige Pflanzenwuchs hörte auf, kahler und steiler wurde der Aufstieg, aber schöner und freier der Ausblick in die Ferne.

Unter ihr lag das herrliche Burzenland, durch das sich der Burzen wie ein silbernes Band durch die grüne Ebene schlang. Weit in die Runde grüßten die burgartig befestigten Kirchen von den Gipfeln der Berge. Zu ihren Füßen lag, fern im Sonnenglanze — wahrlich eine Krone unter den Städten — Kronstadt.

Schon manche ihr unbekannte Pflanze war in den Tragkorb gewandert, jetzt wurde ihre Aufmerksamkeit gefesselt durch eine eigentümliche Art Steine, die ihr Fuß berührte. Ein Ausruf der Überraschung entfuhr ihr. Sie hob den Stein auf und betrachtete ihn genau, und wie durch einen Zauberschlag berührt, fühlte sie sich weit, weit weg versetzt. Sie nahm den Korb vom Rücken und setzte sich sinnend auf einen moosbewachsenen Stein. Sie sah sich im Geiste in ihrem kleinen Heimatstädtchen auf dem Forsthof, sie sah die grünen Schränke, sie las das Schild: „Petrefakten."

Diese Muschelabdrücke, die sie hier in der Hand hielt, die gehörten doch in den Schrank auf dem Forsthof. Ein tiefer Seufzer hob ihre Brust. Lauschte sie jetzt seinen begeisterten Worten? Die mit dem Hexengold im Haar? Warum zitterte sie plötzlich? War da wieder das unaussprechliche Weh?! Wie war es nur möglich, daß die Sehnsucht so schmerzlich war? Konnte sie denn durchaus nicht Herr darüber werden? Selbst das schöne Burzenland konnte den nagenden Schmerz nicht stillen. Weshalb immer und immer wieder die nutzlose Frage nach dem Warum? Wie konnte Liebe sterben? War Liebe nicht ewig? War denn ein Leben ohne Liebe wert, gelebt zu werden? Hatte sie sich nicht im Tal erholt, war sie nicht ruhig geworden? Sie hatte an Sterben gedacht, und ihr Körper hatte sich gekräftigt, sie war gesund geworden. Aber für wen? — Wollte sie geduldig jahraus jahrein für Daniels arbeiten? Konnte die ruhige Zufriedenheit der alternden Leute ihr auf die Dauer genügen? War sie auf dem Forsthof vergessen? War das Gedächtnis an sie ausgelöscht? Konnte Wilhelm auf die Dauer glücklich sein mit einem lachenden Puppenkopf, weil der gleißendes Gold im Haar hatte? — Sie streckte sehnsuchtsvoll die Arme aus. — O wenn wenigstens rote, liebliche Kinderlippen ihr ein zärtliches Wort ins Ohr flüsterten, aber ach, — sie war geschieden, so fern von Mann und Kind, und doch hatte sie selbst dieses Los gewählt. — Wenn er jetzt hier neben ihr säße, wie könnte er, der nach ihrer Meinung auf jede Frage die rechte Antwort hatte, wie könnte er ihr diese Schönheit deuten! Aber was waren das für Gedanken?

„Kein Weg," so flüsterte sie weinend, „der von Siebenbürgen nach Siebenlehn zurückführt!"

Aber; und das stand plötzlich fest bei ihr: alles das,

was sie hier gesammelt hatte, auch diese Versteinerungen, das alles mußte auf den Forsthof. O, was würde er für Augen machen, wie würde er sich freuen!

Und als sie wieder unten in der Mühle war, da führte sie ihren Vorsatz aus, und als alles fort war, da kam eine wechselnde Stimmung über sie, bald war sie ruhig und ergeben, und dann wieder überfiel sie eine fieberhafte Ungeduld. Mit krankhafter Unruhe spähte sie nach dem Postboten aus, bis der endlich einen Brief in bekannter, zierlicher Handschrift aus Siebenlehn brachte.

Mit dem Brief ging sie in ihre Kammer, und mit sehnsüchtigen Blicken suchte sie den Ausdruck des Dankes und der Freude. Und was nicht darin stand, das schrieb ihr liebehungriges Herz zwischen die Zeilen. Was hatte Pastor Neumeister beim Scheiden aus Bukarest gesagt? „Achte auf die Winke Gottes in deinem Leben!"

Waren ihre Herzensregungen, war dieser dankbare Brief aus Siebenlehn ein Wink Gottes? Ach, das mußte sie ergründen!

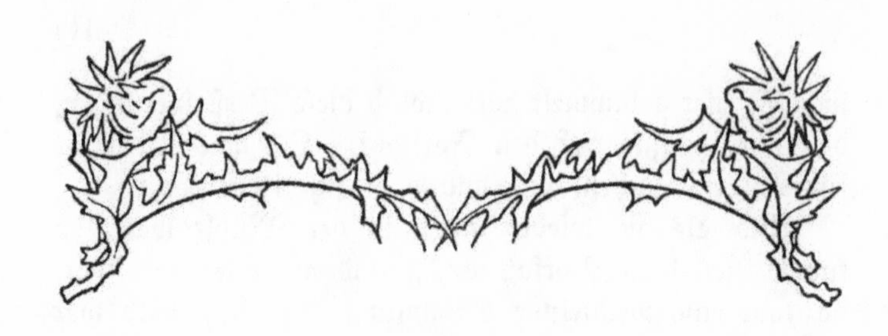

20
Heimkehr von Bukarest

Kopfschüttelnd, mißbilligend hörte Karl Amaliens Entschluß. Leanka aber schlug entsetzt die Hände zusammen und rief: „Nach Sachsen willst du wieder? In das kleine Nest? Zurück ins Elend? Du bist doch ganz von Sinnen! Erst kannst du's nicht aushalten, durchjagst die ganze Welt, und nun, da du dich erholt hast, da du kräftig und rosig bist und den Schmerz überwunden hast, nun willst du fort?"

Amalie ließ alles über sich ergehen; sie dachte an die stillen Stunden in den Karpathen. Entgegnen konnte sie ja auch nichts, denn wie hätte sie Leanka gegenüber von Sehnsucht sprechen können?

„Wenigstens," sagte Leanka, „läßt du uns das Kind. Wir wollen es halten wie unser eigenes; es soll nichts gespart werden; ihr soll jeder Wunsch erfüllt werden."

Amalie seufzte. Gerade so wollte sie ihr Kind nicht erzogen haben. „Mein Kind geht doch mit mir."

Da nahm Leanka die Kleine auf den Schoß und fragte zärtlich: „Hör' mal zu, Sophie, du hast doch Onkel und Tante lieb."

„Ja, Tante."

„Du willst doch nicht weit, weit fortgehen, so daß du deinen guten Onkel nie wieder siehst? Willst du das wohl?"

Charitas schlang die Arme um den Hals der Tante, weinte und sagte: „Nein, liebe Tante, ich bleib' immer, immer bei euch."

„So, Amalie, da hörst du's selbst. Es ist eine Grausamkeit gegen das Kind, sie so aufs ungewisse mitzunehmen. Du weißt nicht, wie es dir gehen wird! Wie ärmlich kamt ihr hier an, und die Aussichten haben sich doch nicht gebessert. Treibe es nicht auf die Spitze! Ich will gar nicht von uns reden, wie glücklich du uns machen würdest durch das Kind. Wir haben uns so an sie gewöhnt; ich weiß gar nicht, wie ich es aushalten soll ohne sie. Du kannst ja ohne sie leben, du hast den Beweis geliefert. Zu Tode gegrämt hast du dich nicht. Ich warne dich! Es wird die Stunde kommen, in der du bitter bereust, dein Kind nicht in einem so weichen Nest gelassen zu haben. — Nicht wahr, mein Mäuschen, du bleibst bei uns? Paß mal auf, was für eine schöne Puppe dir die Tante mitbringt, eine, die kann schlafen, wenn du sie hinlegst."

„Charitas," sagte die Mutter leise, „du läßt doch deine Mutter nicht allein nach Sachsen gehen?"

Charitas sah fragend, mit einer Art ängstlichem

Staunen auf die drei Gesichter, deren Blicke erwartungsvoll an den Lippen des Kindes hingen. Schluchzend streckte es vom Schoß der Tante die Ärmchen hinüber zur Mutter und rief: „Mutter, laß uns beim guten Onkel bleiben! Immer, immer!“

„Da hörst du's! Kinder und Narren sagen die Wahrheit,“ rief Leanka triumphierend und drückte das Kind leidenschaftlich an sich.

„Komm!“ sagte die Mutter schroff, und sich an die Geschwister wendend fuhr sie kurz fort: „Wie könnt ihr eine solche Entscheidung in die Hände eines Kindes legen!“ Sie nahm Charitas mit in ihr Stübchen, preßte sie hier heftig an sich, küßte sie und rief: „Bei mir bleibst du! Ich halte das Leben nicht aus ohne dich! Das möchten sie wohl, — dich behalten! — Und ich? O, ich kann ihretwegen gehen wohin ich will! Nein, — nein, du bleibst bei mir!“

* *
*

Es war ein ähnlicher trüber Novembermorgen wie vor einem Jahr, als Amalie klopfenden Herzens, ihr Kind an der Hand, den Forsthofhügel hinanstieg. —

Ach, ganz wie früher saß Dietrich an seinem Arbeitstisch, als Mutter und Kind bei ihm eintraten. Er war sprachlos vor Staunen. Amalie und Charitas reichten ihm die Hand. Endlich sagte Amalie tief aufseufzend: „Wilhelm! — Da sind wir wieder!“

Dietrich konnte sich gar nicht fassen. War denn diese Dame in Hut und Schleier, bekleidet mit einem schön wattierten Wintermantel, war das das schlichte, einfache Malchen aus der Niederstadt?

Sprachlos sah er sie an. Sie war ja viel hübscher geworden, welch schönen Ausdruck hatten die großen, graublauen Augen, und der Mund zeigte so feste, fast herbe Linien. Ihre ganze Haltung machte den Eindruck, als sei sie gewachsen. Dann fiel sein stummer Blick auf das Kind, seine Hand ruhte auf ihrem Scheitel; ja, die Kleine war tatsächlich gewachsen.

„Komm, Wilhelm," sagte Amalie, „laß uns in die andere Stube gehen, wir haben einander viel zu sagen, und hier könnten wir leicht gestört werden."

„Wilhelm," so schloß sie ihre Rede in der andern Stube, „ich habe viel Erfahrungen gemacht, ich denke heute ruhiger über manches als vorm Jahr, sonst wär ich jetzt nicht hier. Versprich mir, daß nichts und niemand sich je wieder zwischen uns drängen soll. Wir brauchen keine Stütze mehr, ich habe mich in Hausarbeit geübt, ich werde versuchen die doppelte Aufgabe zu erfüllen."

„Du?" sagte Dietrich stirnrunzelnd, während sein Blick Amaliens Gestalt überflog, „du bist ja eine Dame geworden. Ich bin noch ebenso arm wie vorher, ich kann euch nicht so halten. Wer soll denn, wenn ich reise, die Sammlungen tragen? Pauline will es."

„Habe ich mich je um hübsche Kleider gekümmert? Da unten haben sie's getan, aber mir liegt doch daran nichts! Was du hier an mir siehst, ich lege es alles in die grüne Truhe und ziehe nichts wieder davon an, bis es uns so geht, daß das alles zum übrigen paßt. Ich will geduldig warten, vielleicht kommen einst bessere Zeiten. Ich biete dir meine Hilfe an. Ich habe in Siebenbürgen Kräfte gesammelt, ich kann und ich will dir die Sammlungen tragen. — Versuch's!"

Zögernd legte Dietrich seine Hand in die dargebotene Amaliens. ‚Jawohl,' dachte er, ‚es ist die alte Hingabe, aber es ist allerlei Neues hinzugekommen: was ist es nur?'

Sie war ihm in vieler Beziehung neu und fremd geworden.

* *
*

Die Stütze wurde abgelohnt. Amalie zog ihr dürftiges Arbeitskleid an, und nach außen hin war sie wieder ganz die Nellen Male aus der Niederstadt. Man sah sie übrigens selten, denn sie vertiefte sich mehr denn je in ihre Arbeit.

Ihre Rückkehr erregte aber nicht nur Dietrich und den alten Nelle; es war ein Ereignis, an dem eine Weile das ganze Städtchen lebhaften Anteil nahm. Der eine fragte den andern: „Was hat sie denn nur wieder hergetrieben? Sie scheint es da unten doch so gut gehabt zu haben! Einige haben doch sie und das Kind ankommen sehen! Kostbare Kleider haben sie angehabt. Wo ist sie nur damit geblieben? Was in aller Welt ist es nur, daß sie wieder ins Elend zurück muß? Hat der verrückte Naturforscher ihr's so angetan, daß sie nie wieder von ihm los kann?"

Die Krummbiegeln nickte bedeutungsvoll: „Ich hab' gewußt, daß die wiederkommen mußte, paßt mal uf, es kommt ooch noch so weit, daß sie de Molche und Drachen durch de Welt schleppt!"

Aber als der Stadtrichter ihr begegnete, reichte er ihr herzlich die Hand und sagte: „Meine Hoffnung hat sich erfüllt, ich sehe Sie wieder in Ihrer alten Heimat. Die Fremde ist Ihnen nicht schlecht bekommen!"

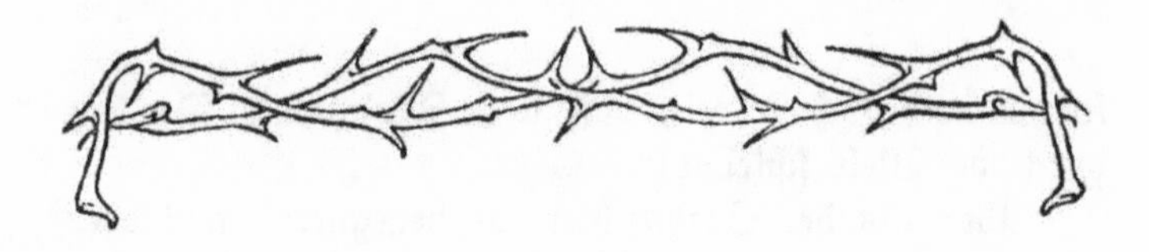

21
Sie nimmt die Last

Emsig wurde nun wieder auf dem Forsthofe gearbeitet. Es wurden Vorbereitungen zu einer gemeinschaftlichen Reise getroffen. Je näher der Zeitpunkt der Abreise heran kam, desto schwerer fiel Amalie die Sorge aufs Herz: „Was wird aus dem Kinde!"

Vater Nelle kränkelte; er bedurfte selbst der Pflege und Schonung; dahin konnte Charitas nicht.

Als Amalie im Kaufmannsladen am Markt einholte, klagte sie Frau Hänel ihre Sorge.

„Nun," meinte die, „als mein Huldinchen vor Jahren plötzlich von Krämpfen befallen wurde und der Doktor über Land war, da holte ich in meiner Angst den Naturforscher. Der kann ja alles, und wie wir meinen, besser als unser Doktor. Freilich, er ist ein wunderlicher Mann, mag nichts mit unsereinem zu tun haben, aber fast auf den Knien habe ich ihn angefleht, er möge doch mitkommen. Endlich hat er sich erbarmt, und was er verschrieb, das hat geholfen. Mein halbes Vermögen hätt' ich ihm damals geben mögen; aber kalt und stolz wies er alles zurück; er sei Naturforscher und nicht Doktor, sagte er, er dürfe nichts annehmen, und er wolle es nicht. Damals dachte ich: ‚Na warte, es kommt wohl mal eine Gelegenheit!' — Also, wenn Sie so weit sind, da bringen Sie das Kind nur her. Viel Federlesens wird nicht mit ihr gemacht, ich nehm' sie streng, sie wird hier zur Arbeit angehalten, solche Herumspielerei auf der Gasse kann ich nicht leiden. Die Frau Diakonussen, bei der ich als Kind war, ist zu mir auch streng gewesen; das tut den Menschen gut. Folgt sie nicht, kriegt sie Haue. Ich will schon mit ihr fertig werden."

Amalie zuckte schmerzlich zusammen, war ihr doch, als fühle sie selbst schon jetzt die „Haue", die man ihrem Kinde zudachte. Sie hatte ja dankbar zu sein; sie konnte der fremden Frau doch keine Anweisung geben, wie sie ihr Kind behandelt wissen wollte. Sie selbst war ja auch streng; aber das Schlagen vermied sie möglichst, fand auch, daß sie ohnedem auskäme.

Auf dem Nachhausewege überlegte sie, welche Arbeit ihr noch an dem Kinde oblag, damit sie ihr möglichst die handgreifliche Strenge ersparte.

Am Tage vor der Abreise packte Amalie die paar Sächelchen in ein Bündel, nahm das Kind an der Hand und führte sie der dankbaren Kaufmannsfrau zu.

„Sie schläft bei der Magd, dahin können Sie die Sachen gleich tragen."

Amalie ging mit Charitas hinauf in das dürftige Kämmerchen, dessen Fenster auf einen unfreundlichen Hof führte. Hier ermahnte sie Charitas zum letztenmal eindringlich, ja nichts anzurühren von all den schönen Dingen, die sie hier sehen würde, immer gehorsam und freundlich zu sein, denn wenn auch niemand bei ihr sei, Gott sähe sie immer. Mit weit geöffneten Augen, die sich unter der Rede der Mutter mit Tränen füllten, versprach Charitas alles, was die Mutter verlangte. Jetzt durfte sie mit hinuntergehen und von der Wohnstube aus, wo am Mittelfenster ein hoher Tritt stand, sehen, wie die Mutter weg ging. Die Frau war im Laden; aber in der Ecke saß Christel und nähte grobe graue Säcke. Als die Mutter sich auf dem Marktplatz weiter und weiter vom Hause entfernte, da war es mit allen guten Vorsätzen einer ruhigen, artigen Haltung vorbei, ach, durchs Fenster hätte sie springen mögen; sie schrie so schmerzlich auf, daß Frau Hänel drohend ihr Gesicht durch die Tür schob.

Ahnte die Mutter das herzbrechende Weh, das den kleinen Körper des Kindes schüttelte? Wie gern hätte sie sich nach dem Mittelfenster umgesehen, aber dann wäre sie vielleicht schwach geworden, und sie brauchte Fassung und alle Kraft zu der schweren Aufgabe, die sie übernommen hatte.

Am nächsten Tage nahm sie den hochbepackten Korb auf den Rücken. Der Körper trug die schwere Last und das Herz das Trennungsweh von dem Kinde.

Die Reise ging zu Fuß durch Thüringen, Hessen, Westfalen, an den Rhein bis nach Köln.

In den Städten wurden Schulen, höhere Lehranstalten, Gelehrte und Apotheken aufgesucht, jede Stätte, wo man vermuten konnte, daß man sich für Naturwissenschaften interessierte. Zunächst führte immer Dietrich das Wort, und Amalie war stumme Zuhörerin. Aber wie hörte sie zu, wie lernte sie! Das Zusammenkommen mit klugen, gebildeten Menschen, das war stets der Glanzpunkt in diesem mühseligen Leben.

Waren die beruflichen Interessen in einer Stadt erledigt, dann kam das Vergnügen, dann wurde alles aufgesucht, was Veranlassung zur Förderung und Belehrung bot. Da wurden Bildergalerien, Museen, alte merkwürdige Häuser und Kirchen besucht. Der Unterricht, den Dietrich Amalie zukommen ließ, ergab sich stets aus der Anschauung.

Diese Fußreise dauerte siebzehn Wochen! Endlich konnte Amalie ihr Kind wieder holen.

Sie waren wieder vereinigt, und eine Zeit emsigen Schaffens lag wieder vor ihnen. Alle Bestellungen wurden erledigt und Vorrat gesammelt für die künftige Reise.

Als endlich wieder Reisepläne entworfen wurden, dachte Amalie mit Angst an den wunden Rücken, und sie kam mit dem Vorschlag, Hund und Wagen anzuschaffen. Das Ziehen sei vielleicht noch eher auszuhalten, als das schwere Tragen. Dietrich hatte hiergegen nichts einzuwenden.

Ja, Hund und Wagen konnten gekauft werden, aber ein Heim für das Kind war nicht so leicht zu beschaffen.

Zu Frau Hänel konnte die Kleine diesmal nicht, die hatte sich kürzlich mit einem Porzellanmaler verheiratet, der ihr vier Kinder mit in die Ehe brachte, daran hatte sie Erziehungsaufgaben genug.

„Da siehst du," sagte Dietrich, „was für eine Last uns das Mädchen ist! Es ist ein Unglück, daß es kein Junge, kein kleiner ‚Gottlieb Dietrich' ist! Der würde jetzt einfach mitgenommen!"

„Sollte ich den etwa auch noch tragen oder fahren?" fragte Amalie scharf.

„Ach was! Der müßte natürlich laufen, den würde ich doch früh in alles einführen, der wäre uns doch eine Freude! Der würde eben tüchtig abgehärtet, damit er mal alles aushielte, was Reisen in fernen Ländern ihm auferlegten."

„Find' dich doch in das Mädchen, es ist nun doch mal da!"

Dietrich zuckte verstimmt die Achseln und schwieg, während Amalie ihre Zärtlichkeiten für Charitas verdoppelte.

* * *

Der Sattler Haubold aus der Niederstadt kam, er brachte den breiten Riemen zum Ziehen für Amalie und das Hundegeschirr für Hektor. Während das Geld zusammengezählt wurde, sah sich der Mann in den vollgestopften Räumen neugierig um und fragte schließlich, ob man denn schon ganz parat zu Reise sei.

„Bis auf das Kind," sagte Amalie seufzend, „wir wissen noch gar nicht, wohin mit ihr."

„Nu," sagte der Sattler, „wenn Se e gutes Kostgeld geb'n, da nehm' ich se, mir hab'n keene Kinder, und se kann e bißel zur Hand gehn."

„Gutes Kostgeld!" sagte Amalie, „wenn wir das zahlen könnten, da brächten wir sie wohl leicht unter."

„Sie soll zu Leuten," sagte Dietrich, „wo sie's nicht schlecht hat, denen es aber weiter nicht auf Geld ankommt."

Dem Sattler schien dieser Ausspruch viel Spaß zu machen, er schlug sich mit der Hand aufs Knie und sagte lächelnd mit hoher, schriller Stimme: „Das laß ich mir gefallen! Nischt geb'n wollen Se und da soll sie's ooch wohl noch recht gut davor hab'n? Na, ich will Se was sagen, wir hab'n keene Kinder, 's wär' mal ene Abwechselung, man könnt's mal versuchen. Viel braucht se wull ni, und se kann Wege loofen und hier und da helfen. Wie alt is'n das Mädel?"

„Sie geht ins siebente Jahr. Sie ist bei Dietze in der Frühschule."

Der Sattler nickte und erklärte sich bereit, nachher mit dem Schiebbock zu kommen und Kind, Bett und Zeug in die Niederstadt zu holen.

Das Kind weinte, und die Mutter seufzte; aber was half's, es war höchste Zeit, und irgend ein Unterkommen mußte man ja haben.

Vater und Mutter setzten das Kind aufs Bett und gaben ihr das Geleit bis an die kleine Forsthofpforte. Die Mutter sah durch den gewölbten Torborgen sehnsuchtsvoll der wunderlichen Fuhre nach, bis sie auf dem Marktplatz ihren Blicken entschwand.

Als es Abend war, als alles im Wagen untergebracht war, eilte Amalie in die Niederstadt, sie mußte doch der Sattlersfrau das Kind ans Herz legen, und — ach, — sie wollte es noch einmal sehen, am liebsten schlafend, damit der Abschiedsschmerz sich nicht wiederholte.

Der Sattler selbst war nicht daheim, Amalie traf seine Mutter am Spinnrocken uud die Frau bei einer häuslichen Arbeit. Das Kind schlief glücklicherweise.

Die Frau öffnete die Tür zur Werkstätte. Der Backofen war in die Stube gebaut, zwischen dem Backofen und der Wand war ein schmaler Gang, hier hatte die Frau Stroh auf die Diele gebreitet, und da lag das Kind, zugedeckt mit dem schönen Bett von der guten Großmutter. Der Raum war angefüllt von Kummeten, allerlei sonstigen Lederwaren und großen Haufen Roß- und Kuhhaaren. Die Luft war stickig und ungesund, so daß Amalie mit tiefem Kummer auf die kleine Gestalt unter sich sah. Konnte sie sie nicht wegnehmen und mit ihr fliehen? Weit, weit weg! Aber wohin? Die Frau machte einen ängstlichen, verschüchterten Eindruck, sie horchte, ob in der Stube nebenan auch die Spindel in Bewegung blieb, dann legte sie ihre Hand auf Amaliens Arm und flüsterte: „Was mer meglich is, will ich machen, aber ich hab's selber ni gut bei meinem Mann und seiner Mutter; o die sein garschtig!"

Das auch noch!

Sie sah sich plötzlich in Bukarest, sie hörte Leankas Bitte um das Kind. Hätte sie doch anders handeln sollen? Ach, welche schweren Aufgaben stellte ihr das Leben!

Schluchzend trat sie den Weg nach dem Forsthof an.

* *
*

Am nächsten Morgen spannte Amalie sich und den Hund vor den Wagen. Beide hatten guten Willen und Ehrgefühl. Wo es bergan ging, schob Dietrich. Die Länge trug aber auch hier die Last, statt des Rückens wurden Brust und Schulter wund, aber vorwärts ging's durch die Lausitz nach Böhmen, von da durch Schlesien bis ganz hin nach Krakau. Ach, es war ein harter, kalter Winter! Dietrich verlor fast den Mut; denn überall klagten die Leute über schlechte Zeiten, es wurden wenige Bestellungen aufgegeben. Vier Monate wanderten sie; überaus ermüdet und mutlos kamen sie endlich zurück. Der erste Weg am nächsten Morgen war in die Niederstadt, aber das Kind war ja in der Frühschule, man würde sie schicken, sobald sie käme.

Und als endlich die eiligen Kindertritte die Treppe heraufstürmten, da lagen sich Mutter und Kind schluchzend in den Armen, und Charitas rief erregt: „Ich will den Haubold nie wieder sehen! — Nie, nie! Ich will in meinem ganzen Leben nie wieder zu fremden, garstigen Leuten!"

22
Amalie an Karl

Lieber Karl!

Seit einigen Tagen bin ich allein. Wilhelm macht eine Reise nach Polen und hat Donath zum Tragen der Sachen mitgenommen. Wilhelm will viel sammeln, es kommt ihm aber diesmal hauptsächlich auf weiße Maikäfer an. Der Donath ist akkurat wie damals der Mendler Fritz, von dem ich Dir in Bukarest erzählt habe. Er war wie verhext und lief Wilhelm auf Schritt und Tritt nach; wie glücklich wird er nun sein, daß er ihn so lange ganz für sich allein hat. Ich bin auch glücklich, daß ich endlich einmal mein armes Kind ganz für mich allein habe, und daß ich neben dem Sammeln mal wieder meine Wirtschaft in Ordnung bringen kann.

Heute kam Dein lieber Brief, der mich sehr aufgeregt hat. Du siehst, ich schreibe sofort, und ich habe auch die Absicht, Dir sehr ausführlich zu schreiben. Du schiltst mich, Du fragst so viel, und Du machst mir so bittere Vorwürfe, daß ich Euch nicht das Kind gelassen habe. Du willst wissen, ob das alles wahr ist, was Vater Dir über unser Leben erzählt hat. Ach ja, der arme, alte Vater ist sehr unglücklich, daß es uns nicht besser geht. Du bietest uns Dein Heim an. Du übst große Geduld an mir, denn so wie Ihr mein Tun auffaßtet, müßtet Ihr ja böse und ungeduldig sein. Lieber Karl! Durch all die Mißverständnisse hindurch habe ich doch immer Deine brüderliche Liebe gefühlt. Deine Fürsorge werde ich Dir nie vergessen, und ich komme zu Dir mit meinem übervollen Herzen. Ich erzähle Dir alles, sind wir doch innerlich verbunden durch unsere gemeinschaftlich verlebte Jugend in unserm Elternhaus in der Niederstadt. Ach das kleine liebe Haus! Mir ist's, als ob Jahrhunderte vergangen wären, seit unsere gute, kluge Mutter in ihrer stillen Weise da schaltete. Wenn ich daran vorbeikomme, möchte ich bitterlich weinen. Wieviel hab' ich gekämpft und gelitten, seit ich die Niederstadt verließ! Wieviel hab' ich gelernt, und wieviel von der Welt gesehen! Ein Zurück gibt's nicht. Nein, lieber Karl, auch nicht zu Dir, trotzdem ich weiß, daß ich bei Euch in bequemen und geschützten Verhältnissen wäre. Nicht zurück!

Sieh, jedesmal, wenn ich Charitas in fremde Hände geben muß, frage ich mich wieder und wieder: „Was ist meine erste Pflicht: soll ich meinem Mann die Gehilfin, oder soll ich dem Kind die Mutter sein?" Aber wie nun auch mein Herz entscheiden mag, die Verhältnisse fragen nicht danach. Wilhelm sagt — und das sehe ich auch ein —, wir müssen reisen, das hängt notwendig mit dem Beruf zusammen; das wußte ich, als ich zurückkam; und ich wußte auch, daß ich die Last durch die Länder schleppen muß. Ich habe mich selbst dazu erboten; Wilhelm hat es nicht von mir verlangt. Der Korb scheuerte mir den Rücken wund, und ich machte den Vorschlag, ob wir es nicht mit einem Wagen und Hund versuchen wollten. Der Wagen bietet den Vorteil, daß wir viel mehr unterbringen können als im Korb, es hat aber anderseits auch seine Schwierigkeiten, denn es ist ein schwerfälliges Vorwärtskommen, selbst wenn Wilhelm dann und wann schiebt. Du fragst erzürnt, weshalb denn nicht Wilhelm trägt, wenn nun einmal getragen werden muß. Habe ich Dir denn nicht oft genug gesagt, daß Wilhelm ein gebildeter, feiner, gelehrter Herr ist, der einen zarten Körper hat. Begreife das doch! — Er kann es nicht. Ich kann es, und warum sollte ich es nicht tun? Hat es doch Stunden für mich gegeben, in denen mir das Leben nichts wert war, — es schien mir damals viel leichter es wegzuwerfen — wofür sollte ich mich schonen? Als ich in Siebenbürgen den Entschluß zur Rückkehr faßte, nahm ich mir vor, alles auf mich zu nehmen. Wilhelm hat mir nichts aufgebürdet; ich habe mich freiwillig erboten; und da wir so arm sind, wüßte ich auch wirklich keinen andern Ausweg.

Denke nun nicht, daß Du uns Geld schicken sollst; ich merke so etwas aus Deinem Brief; sieh, das würde bei uns gar nicht angebracht sein; gründlich helfen könntest Du uns doch nicht, und Wilhelm ist sehr stolz, ich glaube, er verhungerte lieber, als daß er sich auf die Weise helfen ließe.

Der äußere Mensch darbt, das gebe ich zu, nicht aber der inwendige. Lieber Karl, was erlebe ich alles! Bücher könnte ich damit füllen, wollte ich Dir die Eindrücke schildern, die die verschiedenen Länder in meiner

Seele zurücklassen, oder wollte ich Dir die Gespräche wiederholen, die ich hören, oder an denen ich teilnehmen darf. Das ist das Schöne in unserem Beruf; er führt uns immer mit gebildeten und gelehrten Leuten zusammen.

So ganz leicht und einfach ist die Sache nicht, ich gehe jedesmal mit einem gewissen Zagen zu den gelehrten Herren, denn Ihr könnt Euch doch wohl vorstellen, daß mein äußerer Mensch nicht in vornehme Häuslichkeiten paßt. Zu Leanka sagte ich einst: „Rein und heil"; und der Standpunkt erschien ihr zu niedrig. Ach, was würde sie sagen, wenn sie mich jetzt sähe? Ich mag mich manchmal selbst kaum sehen! Wenn ich dann aber meinen Namen nenne und die Botanik ins Feld führe, dann werden die Herren aufmerksam, und fast immer fragen sie: „Hängen Sie etwa mit dem Ziegenhainer Botanikus zusammen?" und wenn ich das bestätige, wollen sie mir im Konversations Lexikon den Stammbaum zeigen. Ich wehre dann lachend ab und sage: „Als ob mir der nicht von Adam an seit meiner Brautzeit bekannt wäre!"

Wir kommen dann auf dies und das, und bald vergesse ich mein dürftiges Äußere.

Man begegnet mir in den gebildeten Ständen überall mit großer Achtung, ich werde mit der Familie bekannt gemacht, und oft wird noch der oder jener Professor dazu geholt. Ich freue mich, daß ich meine Beobachtungen in der Natur mitteilen kann. Es wird dann auch gekauft, bestellt und getauscht; und ein so anregendes Zusammensein entschädigt mich auf lange hinaus für kommende Strapazen.

An meinem Hektor habe ich einen guten, treuen Reisegefährten. Ich bin soweit gekommen, daß ich schon ganz selbständig reisen kann, und da ist es mir lieb, wenn ich ein lebendes Wesen zur Seite habe. Wir beide verstehen einander vortrefflich. Durch die langen, einsamen Wanderungen habe ich mir's angewöhnt mit Hektor zu sprechen, als wäre er ein Mensch. Wenn wir nun stundenlang, ohne uns Ruhe zu gönnen, ohne die mindeste Erquickung, uns abgeplagt haben, steht er plötzlich still, sieht mich keuchend, mit herausgestreckter Zunge ordentlich vorwurfsvoll an; er tut mir dann so bitter leid, und ich sage teilnehmend, während ich ihm das Fell streichle: „Hektor, du weißt doch, wenn ich etwas habe, teile ich es mit dir, sieh, ich habe auch Hunger und Durst, ich bin auch müde, aber es nützt doch nichts, daß wir beide hier stehen und einander unsere Not klagen. Meinst du nicht, wir wollen lieber weiter? Komm, mein alter, guter Kerl, komm, zieh an!"

Er sieht mich dann so klug an, in seinem feuchten Blick liegt Entsagung und guter Wille, und unverdrossen ziehen wir gemeinschaftlich unsere Last weiter.

Welche Eindrücke bekomme ich da! Geht die Reise im Sommer vor sich, so halten wir oft, wenn es etwas zu sammeln gibt. Ich spanne Hektor aus, setze mich in den Schatten an einen Wegrain und lege die Pflanzen sofort in Papier. Hektor liegt zu meinen Füßen und blinzelt müde zu mir herüber.

Es ist viel vorteilhafter, wenn ich allein reise, und Wilhelm arbeitet im Hause. Wenn Wilhelm auch weiter keine Ansprüche macht, so kann er als gebildeter Herr sich nicht so behelfen, wie ich das kann. Daraus mache ich ihm keinen Vorwurf, bewahre! es liegt in der Natur der Sache. Wilhelm muß nachts doch ein Bett haben, mir ist's ganz einerlei; ich bin abends immer so müde, daß ich grade so gut auf einer Schütte Stroh schlafe wie in dem weichsten Bett. — Manchmal freilich bin ich auch recht mutlos.

Wenn ich in gebirgigen Wäldern sammle, sehe ich oft mit Staunen, wie manche Bäume, besonders Birken und Tannen, ohne ein Krümchen Erdreich in die Höhe wachsen. Mit all ihren Wurzeln umklammern sie fest ein kahles Felsstück. Ich sehe sie verwundert an und frage: „Wovon nährt ihr euch? Man sieht euch nicht einmal das Darben, den Hunger an, so streckt ihr eure grünen Wipfel gen Himmel. Ach, mein Los gleicht dem euren, dürr und liebeleer ist auch mein Nährboden, aber ihr sagt mir, daß man trotzdem grünen und gedeihen kann."

Meine Stimmungen wechseln wie das Wetter. Peitscht mich der Regen, und geht es mit dem schweren Wagen bergan, dann beneide ich den Steinklopfer auf der Straße. „Siehst du, Hektor," sag' ich, „der weiß, daß er zur rechten Zeit sein Essen kriegt, und wo er heute abend sein müdes Haupt hinlegt." Hektor sieht mich dann verständnisvoll an und bellt zustimmend: „Ja, ja!"

Komme ich aber von den Professoren, dann fühle ich mich reich und glücklich, und ich sage zu Hektor: „Was fällt dir ein? Schielst du nach den fetten Bauernhöfen! Haben wir's nicht gut, daß wir im Sonnenschein wandern und alles bewundern dürfen, was uns vor Augen kommt?"

Wie findest Du das: in Marburg bat mich ein Professor, doch mit ihm und seinen Studenten eine Exkursion in die Umgegend zu machen, um ihnen zu zeigen, wie man zu sammeln hätte. Das mochte ich aber doch nicht. Ich kann wohl einen einzelnen anleiten, aber eine ganze Schar? Wilhelm kann das. Manchmal kommen die Lehrer mit ihren Seminaristen, oder die Professoren aus Tharand mit den Studenten von der Forstakademie. denen hält Wilhelm Vorträge und geht mit ihnen in den nahen Zellaer Wald, und da wird unter seiner Anleitung gesammelt.

Es verkehrt niemand bei uns, der nicht naturwissenschaftliche Interessen hat. Von den adligen Gütern im weiten Umkreis kommen die jungen Hauslehrer und nehmen Stunden bei Wilhelm. Es sind ihm auch Anträge von Schulen und Museen gemacht, — ach, wie gerne möchte ich, daß er eine derartige Stelle annähme, — er tut es aber nicht. „Meinetwegen Schwarzbrot, — aber Freiheit," sagt er stolz.

D. 10. Juli 1858.

Aus dem Briefe wird ein Buch, wenn ich so fortfahre. Ich hätte abends auch eigentlich noch anderes zu tun; aber wenn das Kind zu Bett ist, und alles um mich so still ist, da kommt mir die Einsamkeit meiner Lage doppelt zum Bewußtsein. Ja, Karl, ich fühle mich hier sehr vereinsamt, trotzdem ich in meiner Heimat bin. Wenn ich von einer Reise zurückkomme, ist's mir immer, als träte ich in eine mir ganz fremde Welt. Ich komme hier ja überhaupt wenig zu Menschen; aber ich muß doch besorgen, was wir brauchen; und das führt mich mit dem einen und anderen zusammen. Wie sie uns auslachen! Manche fühlen sich berufen, offen ihre Meinung auszusprechen; und die nicht sprechen, mustern mich mit spöttischen Blicken.

Aber das alles würde ich ja freudig auf mich nehmen, wenn nur Wilhelm wieder so wäre wie in den ersten Jahren. Wie half da die Liebe die Last tragen! — Immerhin ist es mir doch eine große Freude, daß Wilhelm wenigstens Anerkennung für meine Fortschritte hat; er sagt, ich könnte jetzt schon gut unsern Namen vertreten; und vor allem wäre es praktisch, wenn ich die Sammelreisen im Sommer allein unternähme. Wenn ich reise, fehle ich natürlich hier. Nachtwächter Christel sieht manchmal nach dem Rechten, aber es wird mir doch immer schwer.

Denke nur, vorigen Sommer habe ich ganz selbständig eine Fußwanderung in die Salzburger Alpen gemacht. Wilhelm hat recht; man lernt ganz anders, als wenn man sich in den Dampfwagen setzt und durch die Länder saust. Besonders in unserem Beruf, wo wir so auf das Beobachten und Sammeln angewiesen sind, müssen wir möglichst zu Fuß gehen. Nicht nur das Leben in der Tier- und Pflanzenwelt erschließt sich uns auf Fußwanderungen besser, nein, wir lernen auch Land und Leute ganz anders kennen. —

Die Salzburger Reise machte ich mit dem Tragkorb. In Salzburg ließ ich mir an den Alpenstock ein Schmetterlingsnetz machen. Uns fehlte in den Sammlungen ein Schmetterling, den ich in den Alpen suchen sollte. Da ich ihn nicht kannte, zeigte Wilhelm mir sein Bild in einem Buche und las mir die Beschreibung vor. Damit Wilhelm sieht, daß ich verstanden habe, worauf es ankommt, muß ich die Beschreibung wiederholen. Da der Apollo, so heißt der Schmetterling, besonders auf dem Untersberg vorkommen soll, so bin ich da hinaufgeklettert. Ich bin viel länger da oben geblieben, als ich vorher dachte. Ich habe eine reiche Ausbeute an seltenen Alpenpflanzen gehabt und habe viele von den gewünschten Schmetterlingen gefangen und immer alles gleich nach Hause geschickt.

Wieviel erhebende, großartige Eindrücke habe ich wieder auf dieser Reise aufgenommen. Beschreiben kann ich Dir das nicht alles. Wenn aber die wunderbar schöne Welt zu meinen Füßen liegt, dann mache ich mir Vorwürfe über all die kleinlichen Sorgen, die mir oft die Seele beunruhigen.

Elf Wochen war ich unterwegs. Wilhelm sprach sich anerkennend aus über alles, was ich gesammelt hatte.

Jetzt habe ich immer nur von mir erzählt, und doch schreibst Du ausdrücklich, daß Ihr recht viel von Charitas hören möchtet. Wie kann ich darüber schreiben; Du müßtest uns zusammen sehen. Wie schön ist grade dieser Sommer mit ihr, wo wir uns beide so frei bewegen können. Wenn Wilhelm hier ist, ist es für das Kind nicht leicht. Wilhelm beansprucht alle freie Zeit; sie muß tüchtig helfen. Wenn ich da bin, sorge ich dafür, daß sie wenigstens in der Dämmerung noch ein Stündchen auf die Straße kommt, um mit anderen Kindern zu spielen. Nach dem Abendbrot muß sie im Winter oft bis Mitternacht vorlesen, während wir unsere Papparbeiten machen. Wie könnte ich es aushalten ohne das Kind!

Du solltest die Freude und das Glück sehen, wenn ich von einer Reise zurückkomme. Ich habe mit dem Lehrer gesprochen, habe ihn gebeten, mir Charitas möglichst viel zu lassen, wenn ich grade zu Hause bin. Es wird mit der Schule nicht so genau genommen. Nun wandern wir zusammen. Ich mache oft weite Touren, die manchmal mehrere Tage dauern; da macht sie alles mit mir durch. Sie bekommt dann, grade so wie ich, eine Botanisierkapsel umgehängt und schreitet leichtfüßig und überglücklich über Berg und Tal. Der Schuh drückt sie nirgends, denn sie geht barfuß. Der Tag wird uns nie lang; auf Schritt und Tritt unterrichte ich sie, sie muß beobachten, was sich unserm Auge bietet; ich leite sie zum Sammeln an; und über das Geschaute muß sie Rechenschaft ablegen; ich sage ihr Namen, Klasse und Ordnung. Das, was wir mit so unsäglicher Mühe erarbeitet haben, das soll sie doch einst übernehmen und weiterführen. Ach, hoffentlich wird es ihr einmal leichter werden als uns!

Wilhelm ist bitter, daß er keinen Jungen hat; er sagt, es hat gar keinen Zweck, Charitas für unseren Beruf auszubilden; mit einem Mädchen sei bei dieser Sache doch nichts zu machen. Am liebsten will er damit die Angelegenheit erledigt haben. Da ich mich dieser Ansicht aber nicht ohne weiteres füge, so lasse ich ihm keine Ruhe. Ich möchte wissen, was wir tun können, um Charitas zu heben. Wilhelm lacht dann bitter und sagt: „Wenn wir Geld hätten, würden wir sie in eine Pension schicken, da bekäme sie wenigstens eine allgemeine Bildung. Nach Herrnhut, wie meine Tante Charitas, müßte sie, aber ist daran wohl zu denken? Können wir wohl den Pensionspreis und die Ausrüstung beschaffen?“ Ich muß ja dann endlich still sein, aber wieviel quäle ich mich mit der Frage: Wie verschaffe ich dem armen Kind eine bessere Erziehung? Welchen Händen muß ich sie oft anvertrauen, wenn wir reisen! Alle Saat, die ich während unseres kurzen Beisammenseins in ihr Herz streue: wird die nicht vernichtet, wenn ich sie von mir gebe? —

Habe ich ihr den Sinn für die sichtbare und greifbare Welt erschlossen, so suche ich mit demselben Eifer ihr Empfinden hinüberzuleiten in die unsichtbare Welt. Sie ist so viel auf sich selbst angewiesen; da muß sie wissen, wo sie Trost und Hilfe in Not und Einsamkeit findet. Daß sie ein festes, furchtloses Herz bekäme: das ist mein Wunsch für sie.

Ich rede aber nicht immer auf sie ein; viel lasse ich sie plaudern und gehe möglichst auf ihre Wünsche, die sie mit stürmischer Dringlichkeit vorbringt, ein und suche sie nach besten Kräften zu erfüllen.

Nun höre ich im Geiste, wie Du fragst: „Was hat denn das Kind für Wünsche? Kann ich sie vielleicht erfüllen?“ Nein, lieber Karl, ich wiederhole, schicke nichts, wir müssen lernen uns selbst zu helfen. Außerdem könntest Du für manches doch nicht eintreten. Da in unseren Räumen kein Plätzchen für Charitas übrig ist, wo sie spielen oder sich beschäftigen kann, so hat sie unaufhörlich gequält, ob sie nicht doch ein kleines Fleckchen ganz für sich haben dürfte. Ich sagte: „Gut, komm mal mit, und sieh dir selbst all unsere Stuben und Kammern an, ob du auch nur ein einziges Eckchen findest, das nicht mit Sammlungen allerart, mit Pflanzenpressen, verschiedenen Papiervorräten, Schmelztiegeln und allerlei Kisten und Kasten angefüllt wäre."

Wir gingen von einem Raum in den andern, und sie mußte seufzend zugeben, daß ich recht hatte.

„Aber," meinte sie nachdenklich, „sollte nicht in der Holzkammer Platz zu schaffen sein?"

„In der Holzkammer! Kind, was für ein Einfall! Da kannst du doch nicht sein? Das kleine, blinde Fenster hoch unterm Dach und die braungelben Lehmwände gefallen Dir doch nicht?"

Sie war aber ganz begeistert von dem Plan und zog mich mit in die Holzkammer.

„Sieh mal, Mutter," rief sie, „ich trage alles Holz und die Reisigbündel in die dunkle Ecke, und die große, grüne Truhe hilfst du mir unter das Fenster schieben. Auf die Truhe stelle ich einen Stuhl, das Fensterbrett ist hübsch breit, das wird dann mein Schreibtisch. Hier daneben schlage ich ein paar große Pflöcke ein und lege ein Brett darauf, dann habe ich auch noch einen Nähtisch. Und sieh, diese kleine Kiste hier nagle ich mit dem Boden an die Wand, der Schiebedeckel ist die Tür: da habe ich meinen Bücherschrank, da hinein kommt auch Tinte und Papier. O, und wenn ich dann frei habe, gehe ich in mein liebes, kleines Stübchen und setze mich an meinen Schreibtisch auf dem Fensterthron und schreibe!"

Sie lief jubelnd in dem halbdunklen Raum umher und schleppte, rückte und räumte und rief glückstrahlend: „Einen richtigen Schrank mit einer Schiebetür hab' ich! O, wie wird meine Stube wunderhübsch! Sieh nur, wie schön!“ Und sie führte mich an die Truhe.

„Was willst du denn da schreiben?“ fragte ich lachend.

„O,“ antwortete sie, „wenn du fort bist, bin ich immer so sehr traurig. Wenn ich allein bin, rede ich laut mit dir, ich erzähle dir alles, ich frage dich auch; das will ich nun alles schreiben. Ich lege alles in den Schrank mit dem Schiebedeckel, und wenn du wiederkommst, — dann — ach nein, dann erzähl' ich dir doch lieber. Aber ich glaube, wenn ich schreibe, weine ich nicht so viel. — Und weißt du,“ fuhr sie fort, „Sonntags lade ich mir Kinder ein, dann spielen wir schön. Vater wird dann gar nicht gestört. Nein, was nur die Nendel Ernestine sagen wird, daß ich eine so schöne Stube habe!“

„Und wo soll die sitzen? Auf der Truhe kann nur ein Stuhl stehen.“

„Wir wechseln uns ab!“ Und als sie sah, wie mein Blick prüfend durch den Raum glitt, sagte sie, wie sich selbst tröstend: „Weißt du, Mutter, Nendel Ernestine ist gar nicht wie du, wenn ich der erzähle, daß das eine schöne Stube ist, dann findet sie das auch. Mutter, ich weiß mich vor Freude gar nicht zu lassen!“

Da mußte ich durch Tränen lachen, nahm sie in die Arme und sagte: „Ja, Charitas, du hast ganz recht, du bist ein sehr glückliches Kind.“

Seid auch Ihr beruhigt über uns, denn Ihr seht: wir haben auch unsere Freuden. Lebt endlich herzlich wohl, und behaltet uns lieb.

Eure

treue Schwester

Amalie Dietrich.

23
Alles umsonst

Wieder kam Amalie von einer Reise. Sie war mit dem Wagen in Magdeburg und Berlin gewesen.

Aus der ledernen Geldtasche zählte sie jetzt die harten Taler auf den Tisch. Dietrich zählte mit und rief endlich aufseufzend: „Achtundvierzig Taler! Ich kann mir also endlich das Werk meines Vetters, David Dietrich, kaufen. Du weißt, das vielbändige illustrierte botanische Lexikon. Wie lange habe ich mir's schon gewünscht!"

Amalie langte wortlos ein Heft vom nahen Eckbrett, blätterte darin, legte es aufgeschlagen vor Dietrich hin und sagte kühl „Es ist kein Ding unmöglich. — Vielleicht kommen wir noch einmal soweit, daß dir dieser Lieblingswunsch erfüllt wird. — Von diesem Geld wird das Werk nicht angeschafft, das bekommt zum größten Teil Madame Hänel. — Sieh nur mal her! Seitenlang geht es durch das Heft hindurch, da: Brennöl, — Sirup, — Hering, Salz, Mehl und so fort. — Wenn auch die einzelnen Posten nicht bedeutend sind, so siehst du doch, daß das Heft fast voll ist. — Ich war lange weg, da summt es zusammen," und mit diesen Worten strich sie die vielen Taler zurück in die Tasche und verließ eiligen Schrittes das Zimmer. Von drinnen hörte man den schweren Tritt der sich Entfernenden. — Dietrich sah mit sprachloser Entrüstung nach der Tür.

* * *

„Wollen Sie denn gleich alles bezahlen?" fragte Madame Hänel.

„Ja, alles! Wollen Sie es nur zusammenrechnen."

Madame Hänel warf einen Blick auf Amaliens Kleidung und fragte: „Sie sind wohl erst heute zurückgekommen?"

„Soeben."

„Aber ich bitte Sie! Solche Eile hatte es doch nicht!"

„O doch, es hat Eile. Ich traue mir selbst nicht. Wer weiß, ob ich morgen nicht anders darüber gedacht hätte. Ach, des Menschen Sinn ändert sich!"

Madame Hänel schüttelte den Kopf, hob einen Stuhl über den Ladentisch und sagte: „Na, da werden Sie müde sein, setzen Sie sich derweile, dazu brauche ich Zeit und Ruhe, ich gehe damit in die Stube, wer kommt, muß warten."

Amalie saß noch nicht lange, als das Ladenglöckchen bimmelte. Die alte Krummbiegeln humpelte herein.

„Is die Möglichkeit! — Sieht man dich ooch emal!" rief sie erregt und setzte sich auf den dargebotenen Stuhl.

„Du hast jüngere Beene, du kannst stehen. — Na, gut, daß ich dich mal treff'. Ach, Male, wie du wieder aussiehst! Wenn dich deine selige Mutter so säh! 's geht eich wohl wieder recht schlecht? —" Nach einigem Überlegen: „Soll ich d'r erne (etwa) e gutes Viergroschenstückchen borgen?"

„I bewahre!" sagte Amalie stolz, „ich habe Geld genug."

„Du?!" lachte die Krummbiegeln, „ja, ja, du siehst ooch grade d'rnach aus! — Ach Male, Male! Wie oft denke ich an dich! Was warscht du für e hübsches, ansehnliches Mädel, der ganze Stolz deiner Eltern! Und da mußt du den Mann heiraten, wo du doch den Mehlhändler hätt'st haben können! Siehste, da drüben liegt das schöne, große Haus, was deins hätte sein können! Wenn dem seine Frau nur wollte, goldene Pantoffeln könnte die haben! E Dickkopp bist du! Ich hab' dir alles vorher gesagt. Ja, ja, der Hochmut! Ich wüßt' en Rat, aber du hörst ja uf niemanden."

„Nun, — und."

„Wenn de egal mit Kreitern rum wirtschaften mußt, da fang' doch en Grünwarenhandel an. Sieh mal de Laudel Rieke an, wie anständig die sich und ihre Kleene ernährt. Immer hübsch adrett sieht das Kind aus! — Und deine?"

Gequält sagte Amalie: „Da Ihr keine guten Erfahrungen mit mir gemacht habt, da gebt Euch doch keine Mühe mehr mit mir."

„Nun, da bleib' in deinem Elend! Denkst de denn aber gar ni an dei Kind? Egal läßt de die alleene mit deinem Manne, — und der sieht sich ene Spinne genauer an, wie das Kind, — oder de schickst se zu fremden Leiten. Mit der wirschte ooch noch was derleben!"

„Wieso?" fragte Amalie kalt.

„Wenn de egal weg gehst, werdet ihr eich fremd. Vor längerer Zeit traf ich sie, da reistest du ooch wieder weg. Sie saß am Wiesenrand und weente zum Herzbrechen. Ich sah mich um, da bogst du grade mit dem großen Wagen um die Wegecke. Ich wischte ihr die Tränen vom Gesicht und sagte ihr, sie solle nach Hause gehen, sich das nasse Gesicht waschen und zur Schule gehen. Sie sah mich traurig an und sagte: ,'s is doch schon zu spät.' Bleib doch derheeme, das Kind wird dir fremd."

„Ihr redet, wie Ihr's versteht," sagte Amalie.

Da kam Madame Hänel mit dem quittierten Buch, Amalie griff in ihre Ledertasche und zählte in blanken Talern die Summe auf den Ladentisch. Weit öffnete da die Krummbiegeln ihre Augen, ja sie stand ganz erregt auf, sah erstaunt auf das viele Geld, dann nahm sie einen der Taler in die Hand und warf ihn prüfend auf den Tisch, fast ehrfurchtsvoll rief sie: „Wahrhaftig! gutes, echtes Silber! —"

Sie schüttelte den Kopf und sagte: „Malchen! — So viel Geld habt ihr? Ihr habt ja, weiß Gott, vielmehr wie ich selber! Und ich wollte dir borgen! — Nee, was ihr für närr'sche Leite seid! Haste denn das alles für das dumme eklige Zeig gekriegt? Wer kooft denn nor solchen Quark! Aber da geh doch ooch mal zur Bierrasten nach Roßwein und schaff' eich ordentliches Zeig an, da kriegste alles billig und dauerhaftig. — Aber warum gehste denn schon? Mit dir is gar ni zu reden!

Könntest eenen doch ooch mal was von salte draußen erzählen!"

* * *

„Ist das eine Manier!" grollte Dietrich tief verstimmt, als Amalie zurückkam. „Wieviel hast du denn noch von dem Gelde?"

„Nicht viel," sagte Amalie, „und für den Rest muß ich dir Wäsche, und dem Kind ein Kleid kaufen."

„Braucht die denn schon wieder ein Kleid? Das ist ein ganz unwürdiges Dasein: in Kleider und Brennöl lege ich meine Kraft! Meine berechtigten Interessen werden beiseite geschoben! Und einst meinte ich, bei dir Verständnis zu finden. Alles wolltest du meinen Wünschen opfern! Ja, das war damals!"

Amalie sah Dietrich groß an und sagte: „Ja, damals! Damals als ich noch nicht wußte, daß du kein Heiliger, sondern auch nur ein irrender Mensch bist. — Aber laß uns einander nicht erbittern! Ich habe dir noch kaum von meiner Reise erzählen können," fuhr sie ablenkend fort. „Ich bin in Magdeburg und Berlin gewesen. Außer der Geldsumme habe ich viele Aufträge für Sammlungen bekommen, gewiß für reichlich hundert Taler. Ich habe bedeutende Leute kennen gelernt, in Berlin Dr. Garke. Er hat auch Bücher herausgegeben. Und Alexander Braun. Weißt du, was sie sagen? Das Linnésche System sei veraltet, es sei mechanisch, neue Bahnen werden in der Botanik eingeschlagen. Man beobachtet das Leben der Pflanze, die Entwicklung. Es würde nicht lange mehr dauern und kein Mensch würde sich noch um Linnésche Klassen und Ordnungen kümmern. Auch die Bücher der Dietriche seien schon veraltet. Was also willst du mit dem botanischen Lexikon?"

Dietrich hatte ihr mit sprachlosem Staunen zugehört. — Hörte er recht? Diese kleine Frau, die er sich aus der Niederstadt geholt hatte, die da stand in geflicktem Kleid mit den plumpen Schuhen, die wagte es, in der Weise über die Dietrichs und sogar über einen Mann wie Linné zu sprechen? Das war ja unerhört!

„Linné — bei — seite — geschoben?!" brachte er endlich mühsam heraus. „Linné beiseite geschoben?"

Wie durfte sie es wagen, an diesem festgefügten Gebäude zu rütteln.

„Weißt du wohl, was du tust?" rief er erzürnt, „du durchschneidest sozusagen meinen Lebensnerv! Wenn Linné nicht mehr gelten soll, welchen Sinn hat dann mein Leben gehabt! Wie leichtfertig du so etwas nachsagst! Du hast ja kein Verständnis für das, was du redest!"

Stöhnend stützte er den Kopf in die Hände. Sie wollte über solche wichtige Sachen ein Urteil haben? Lächerlich! Nellen Malchen!

* * *

Ach, die Nacht brachte keinen Schlaf in Amaliens Augen, trotzdem sie von der Reise sehr ermüdet war.

Wie ganz anders hatte sie sich ihre Heimkehr gedacht! Mit leichtem Herzen war sie den Forsthofhügel hinaufgefahren, denn diesmal hatte sie ja Erfolg aufzuweisen. Und nun? — Alles war verwirrt und verschoben! War sie denn so unglücklich veranlagt, daß sie es keinem Menschen in der Welt recht machte? Ach jeder, — selbst die alte Krummbiegeln, — überhäufte sie mit Vorwürfen. — Wie unbeschreiblich schwer war ihr Leben, und doch erreichte sie weniger als die einfachste Handwerkerfrau. —

Wie nüchtern und kleinlich waren ihr einst ihre Jugendgefährtinnen erschienen, weil sie ohne die verzehrende Sehnsucht nach geistigem Wachstum ihren einfachen Weg gegangen waren; und nun mußte sie zu ihrer Beschämung sehen, wie diese schlichten Frauen viel mehr erreichten, viel glücklicher waren als sie. Sie war ja nicht einmal in der Lage, ihr einziges Kind zu erziehen, ihren Mann — den ihre Mutter anspruchslos genannt hatte — zu beglücken. War denn ihr Leben ein verfehltes? War es ein Irrtum gewesen, als sie in Siebenbürgen glaubte, einen Wink Gottes zu vernehmen, als ihr Herz sie wieder zu ihrem Manne trieb? Alle die Not, die sie gelitten, die Mühsal, die sie ertragen hatte, es war niemandem zugute gekommen. — Wohin sie sah, nur Mißerfolge. War alles Kämpfen umsonst?

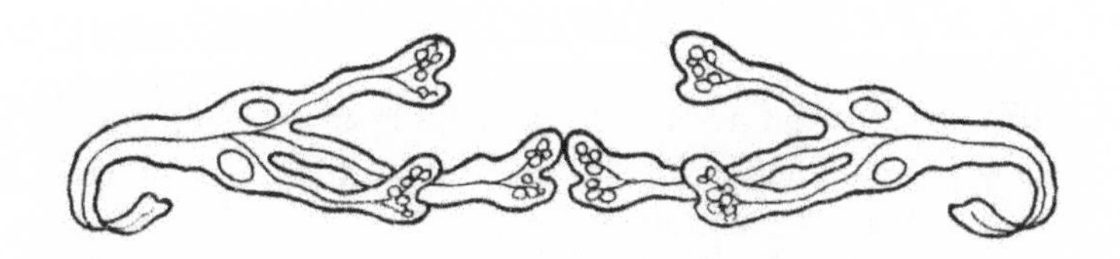

24

Ein Wandern im Nebel

Als Dietrich seine Herbarien durchsah, fand er, daß die Strand- und Meerespflanzen aufgebraucht waren. Er sann nach und kam dann mit dem Vorschlag, Amalie möge doch diesen Sommer eine Reise ans Meer machen, um alles zu ergänzen, was fehlte.

„Laß mich doch diesen Sommer zu Hause," bat sie, „mein Hausstand, aber besonders das Kind braucht mich notwendig."

Sie wollte nicht sagen, wie matt und kraftlos sie sich fühlte.

„Kind und Hausstand!" sagte Dietrich abweisend, achselzuckend, und nach einer Pause: „Ich weiß keinen andern Ausweg, als daß du reisest. Ich kann nicht. Bedenke, daß ich zehn Jahr älter bin als du. Ich fühle mich den Strapazen der Reise nicht mehr gewachsen, habe auch gar keinen Mut mehr zu unsrer Sache. Geh du nur, du kannst es ja sehr gut. Es fehlt uns an Algen und allen Seetangen. Sammle viel fucus vesiculosus. Geh doch einmal nach Holland und Belgien, und nimm auf alle Fälle den Wagen, das ist viel besser, denn darin läßt sich am meisten unterbringen, Hektor hilft ja ziehen.

Wir packen ihn recht voll Sammlungen, die verkaufst du erst und schaffst Platz, und dann füllst du ihn mit allem, was dort vorkommt."

„Wilhelm," rief Amalie erschrocken, „nach Holland und Belgien soll ich mit dem schweren Wagen? Da komme ich ja auch wieder mit der Sprache nicht durch."

„Das kennst du ja schon von Bukarest her, und seitdem hast du doch viele Erfahrungen gesammelt. Übrigens sprechen die Leute, mit denen du zu tun hast, auch deutsch. Also bitte, komm mir nicht immer mit neuen Schwierigkeiten," sagte Dietrich gereizt.

Die Karte, ein Bogen Papier und der Bleistift wurden geholt und die Reise aufgezeichnet.

„Sieh her," sagte Dietrich, „du gehst zunächst nach Bremen, hier suchst du Professor Buchenau auf, von ihm bekommst du weitere Adressen für Bremen. Wenn du da fertig bist, gehst du über Gröningen und Arnheim, Maastricht, Lüttich nach Brüssel. Von hier über Löwen — Mecheln — Antwerpen — Rotterdam — Haag — Leiden bis Haarlem. Hoffentlich hast du bis dahin die Sammlungen möglichst verkauft, denn in dieser Gegend wirst du wahrscheinlich viel Interessantes finden. Hier rate ich dir, an den Strand zu gehen, um fucus vesiculosus und was du sonst etwa an Algen und Strandpflanzen findest, zu sammeln. Dann gehst du über Amsterdam — Krefeld — Kassel — Göttingen durch Thüringen nach Hause."

Dietrich richtete sich auf und gab Amalie die flüchtig aufgezeichnete Skizze der Reise. Amalie seufzte schwer auf. Ja freilich, dachte sie mit Bitterkeit, hier am Tisch, mit Bleistift auf Papier, da ließen sich leicht Reisen machen, aber diesmal fehlte ihr der Mut und die Freudigkeit, die schwere, lange Kiste durch die fremden Länder zu ziehen, nur mit dem stummen Hektor als Begleiter. Sie mochte aber nicht klagen. Was nützte es auch, gereist mußte werden; man mußte eben vorwärts, solange es ging.

Die Reise vollzog sich in all ihren Einzelheiten nach außen hin in der von Dietrich vorgeschriebenen Weise. Unterwegs sammelte Amalie; in den Städten suchte sie Apotheken und Lehranstalten auf; und sie hatte sehr guten Absatz, so daß sie mit der geschäftlichen Seite ihrer Reise ganz zufrieden sein konnte; aber eins war anders als sonst: sie fühlte sich auf dieser Reise körperlich und seelisch matt, alle Spannkraft war wie erstorben, und mit unsäglicher Mühe schleppte sie den schweren Wagen hinter sich her. Der Sommer war kalt und naß, und wenn es nicht regnete, so brauten graue Nebel und wälzten sich in dichten Fetzen über die flachen Länderstriche. — Ach, dieses Wandern im Nebel! So niedergedrückt war ihr Gemüt, so gleichgültig war ihr sogar der äußere Erfolg; und ihre Wißbegierde, die sie sonst bei jeder bedeutenden Begegnung und in jeder größeren Stadt zu befriedigen suchte, schien jetzt durchaus erstorben.

Ein verworrenes Chaos schien ihr die äußere Welt, ein Labyrinth ihr eigenes Leben und dessen Aufgaben. Sie quälte sich mit trüben Vorstellungen und Zweifeln und rang vergeblich nach Klarheit.

Als sie Haarlem erreichte, fiel ihr ein, was Dietrich über das Sammeln von Meerespflanzen gesagt hatte:

„Halte dich nicht mit dem Einlegen der Pflanzen auf, sondern fülle nur deinen Korb. Wenn du damit unter Dach und Fach bist, so trockne alles in der Sonne; hier zu Hause weichen wir jedesmal soviel in Wasser auf, wie wir für das Jahr gerade brauchen. Sei nur darauf bedacht, daß du recht viel bringst; denn es ist für uns nicht so leicht, ans Meer zu kommen."

Aus dem Wagen nahm Amalie den Tragkorb und wanderte an den Strand. In feuchten Massen lag der dunkle Blasentang am Ufer, so daß es nur kurze Zeit dauerte, bis Amalie den Korb gefüllt hatte. Sie war heiß vom weiten Weg, und das Bücken wurde ihr heute besonders schwer.

„Es ist wohl Hunger," sagte sie seufzend und nahm die kalte, feuchte Last auf den Rücken. Ganz sachte rieselten die Tropfen durch den Korb, und ihr müder Körper erschauerte, als würde er von eisiger Hand geschüttelt. Ihr Fuß strauchelte, ihr Blick verdunkelte sich. O, nur nicht fallen! Der weite Weg! — Nur die Stadt noch erreichen! — Wo war die Stadt? Nebel umhüllten sie. Was war das für ein lautes Brausen in ihren Ohren? Waren es die Wellen, die hinter ihr her krochen? Wollten sie sie hinunterziehen in ihre kühle Tiefe zu ewiger Ruh? — Ach, ewige Ruh! — welch wohlige Vorstellung! — Aber für sie gab es keine Ruh! — Nie? — Nein, noch nicht, sie hatte Mann und Kind, die ihre Kräfte brauchten, — die Geld brauchten. — Ja, Geld! Und sie mußte sammeln, immer sammeln. Sehen, sehen mußte sie lernen, so hatte Dietrich vor langen Jahren gesagt, und sie meinte, sie hätte es gelernt; und jetzt konnte sie nichts sehen, nicht die Stadt, in die sie zurück wollte, nicht den Weg, den sie gehen mußte. Hatte sie bei dem dichten Nebel die Richtung verfehlt, oder war ihr Blick so getrübt, das sie nur ein graues Nichts zu sehen meinte? Heißes Angstgefühl wechselte mit kalten Fieberschauern. Hilflos streckte sie die Arme vor sich und rief verzweifelt hinaus in die graue, fremde Einsamkeit: „Ach Gott! ach Gott!"

* *
*

Als Amalie zur Besinnung kam, fand sie sich zu ihrem maßlosen Staunen in einem großen Saal mit vielen Betten, in denen Frauen lagen. Auf ihre Frage erfuhr sie, daß sie im Haarlemer Krankenhause sei. Eine unklare, traumhafte Erinnerung an Meeresrauschen, Nebel und nassen Blasentang tauchte in ihr auf; wie sie aber hierher gekommen, das wußte sie nicht. Ein heftiges Nervenfieber hatte den überanstrengten Körper aufs äußerste geschwächt, und erst nach vier Wochen war sie so weit, daß sie das Bett verlassen konnte.

Mit der wiederkehrenden Gesundung kam eine peinigende Unruhe über Amalie; sie mußte doch schleunig fort; es half nichts, daß der Arzt ihr eine längere Ruhezeit empfahl: daheim warteten sie mit Spannung auf ihre Rückkehr, sie warteten auf das Geld! Ach, welche Täuschung mußte sie ihnen bereiten. Sie hatte eine große Summe eingenommen, und nun blieb ihr nur ein kärglicher Rest, mit dem sie zur Not die Heimat erreichen konnte. Würde sie überhaupt imstande sein, die Reise mit Hektor in gewohnter Weise zu überstehen?

Als sie sich im Spiegel sah, schaute ihr ein blasses, krankes Gesicht entgegen. Und wo war ihr volles, krauses Haar geblieben? —

Sie ließ sich zunächst Papier und Tinte geben und schrieb mit zitternder Hand, was ihr begegnet war; dann nahm sie dankend Abschied von denen, die sie gepflegt hatten und ging wankenden Schrittes nach ihrem Gasthof. Wieviel hatte sie sich um das Schicksal des Hundes gesorgt, aber auch er war währenddessen treu verpflegt worden. Hektors Freude beim Wiedersehen nach so langer Trennung war unbeschreiblich, und als er ihr schwanzwedelnd und bellend die Hände leckte, da wurden ihre Augen feucht; sie drückte zärtlich seinen Kopf an ihr Knie und sagte bewegt: „Du alter, guter Hektor! Freust du dich denn so, daß ich noch lebe und wieder zu dir komme?“

Dann nahm sie seinen Kopf zwischen ihre abgemagerten Hände, schaute ihm ernsthaft in die klugen Augen und sagte: „Wollen wir nach Hause, Hektor? Ach, es wird langsam gehen; und beim Ziehen, Hektor, da mußt du diesmal die Hauptsache tun.“

* * *

Der Nachmittag war schon stark vorgeschritten, als Amalie nach der langen Reise endlich wieder den Kirchturm des Heimatstädtchens auftauchen sah.

Wie lange, — den ganzen Sommer war sie fort gewesen, aber nun endlich wieder daheim! Wie sie sich auf die Ruhe freute! Ermunternd streichelte sie Hektors Fell und ermahnte ihn freundlich, noch die letzte Strecke tapfer auszuhalten. Jetzt war auch der Forsthofhügel überwunden: Amalie zog den Wagen in den Schuppen, spannte Hektor aus und beschloß, das Auspacken erst am folgenden Tage vorzunehmen.

Müden Schrittes stieg sie die breiten Stufen hinan, auf ihrem blassen Gesicht lag ein erwartungsvolles Lächeln. Wenn die da drinnen wüßten, wie nahe sie ihnen war! Nun war er da, der langersehnte Augenblick, den sie sich — ach wie oft! — vorgestellt hatte.

Sie klopfte an und lauschte mit angehaltenem Atem. Wie still war es. — Wilhelm war natürlich ganz ververtieft in seine Schreiberei, sie mußte stärker klopfen; — immer noch keine Antwort. Eine unbestimmte Angst erfaßte sie, sie versuchte die Tür zu öffnen, aber die war verschlossen.

Dietrich würde wohl im Zellwald sein, und das Kind spielte vielleicht draußen. — Enttäuscht stieg sie langsam die Treppe hinunter und klopfte bei den Wirtsleuten an. Frau Clausen prallte erschrocken zurück, als Amalie eintrat, und rief in großer Erregung: „Ist es möglich? — Sie leben noch?!"

„Aber haben Sie mich denn für tot gehalten?"

„Ach, Sie kamen ja gar nicht wieder! Aber setzen Sie sich doch, ich koch' Ihnen ein Schälchen Kaffee."

„Leider finde ich oben die Tür verschlossen: wenn ich hier warten darf, bis mein Mann zurückkommt?" —

Die Frau zeigte eine gewisse Befangenheit und Unruhe, so daß Amalie beklommen fragte, ob sie auch störe.

„Nein," sagte Frau Clausen, „aber ich sehe ja, daß Sie gar nicht wissen, was derweile geschehen ist."

„Es ist doch nichts schlimmes passiert?“ rief Amalie ganz erschrocken.

„Nein, nein, — es geht beiden gut,“ sagte Frau Clausen beruhigend, „Herr Dietrich wohnt hier nur nicht mehr, er ist ausgezogen.“

„Aus — ge — zogen — ? — !“ fragte Amalie. Blitzartig fuhr es ihr durch den Sinn: hatte er wohl wieder ein Anerbieten an eine Schule oder ein Museum bekommen? Dann brauchte sie nicht mehr zu reisen, und man könnte endlich etwas für das Kind tun.

„Und wohin ist mein Mann gezogen?“ fragte Amalie gespannt.

„Nach Herzogswalde.“

„Was will er denn in Herzogswalde? Er geht doch nicht aufs Dorf!“

„Er ist Hauslehrer beim Grafen Schönberg.“

„Irren Sie sich nicht?“

„Nein, nein, ich irre mich nicht! Ich habe selbst den Grafen hier aus- und eingehen sehen; und die Nachtwächter Christel hat mir erzählt, was er wollte. — Übrigens steht oben noch allerlei Hausrat, auch noch mehrere große Kisten mit Sammlungen. Da wir noch nicht vermietet haben, habe ich alles in einer Kammer oben stehen lassen.“

Amalie saß lange in dumpfem Schweigen. Was bedeutete dies alles? Sie mochte denken und überlegen, wie sie wollte, sie kam zu keiner Klarheit. Nur eins stand fest: sie konnte heute nicht mehr nach Herzogswalde. Ach, wie anders hatte sie sich diese Rückkehr ausgemalt! — Aber wohin nun? —

Müde erhob sie sich und wankte hinaus.

Angstvoll blickte sie um sich; da war wieder das unheimliche Brausen und Hämmern in ihrem Kopf. Ihr blieb nichts anderes übrig, als zum Vater in die Niederstadt zu gehen. Wie einst vor Jahren nahm sie die Richtung über die Felder.

Der Vater lag krank im Bett. Ganz erschrocken sah er die Tochter an.

„Kann ich eine Nacht bei dir bleiben?“ sagte Amalie nach der Begrüßung. „Ich komme soeben von einer weiten Reise zurück und bin nicht imstande, heute noch nach Herzogswalde zu gehen.“

„Nur gut,“ sagte Nelle schmollend, „daß dich deine Mutter nicht in diesem heruntergekommenen Zustande sieht. Du hast wohl wieder das Heu durch die Länder gezogen? Hast du denn die Verrücktheit immer noch nicht satt? Und jetzt ist dein Mann Hauslehrer geworden, und du kannst sehen, wo du bleibst. Wenn nichts anderes dabei herauskam, dann hättest du freilich lieber da unten beim Karl bleiben können. Solange ich denken kann, sind wir nie in der Leute Mund gewesen; aber du hast's so weit gebracht, daß man sich schämt, vor die Tür zu gehen. Was wird denn nun aus dir? Es kommt mir nicht so vor, als ob du bei dem Grafen mitwohnen könntest. Würdest schlecht genug hinpassen, fügte er mit einem Blick auf ihre mehr als dürftige Erscheinung hinzu.

„Was aus mir wird, das erfahre ich morgen. Übrigens, Schande hab' ich noch niemandem gemacht,“ sagte sie gequält mit zuckenden Lippen. „Nur bis morgen möchte ich Obdach haben, und dann erzähl' mir, was dir fehlt."

„Ja, ja," sagte Nelle, „du kannst auf dem Kanapee in der Wohnstube schlafen," und dann erzählte er lang und breit von seiner Krankheit. Er wurde ganz gesprächig, ja, fast liebenswürdig, als er all seine Leiden vor geduldigen Ohren auskramen konnte.

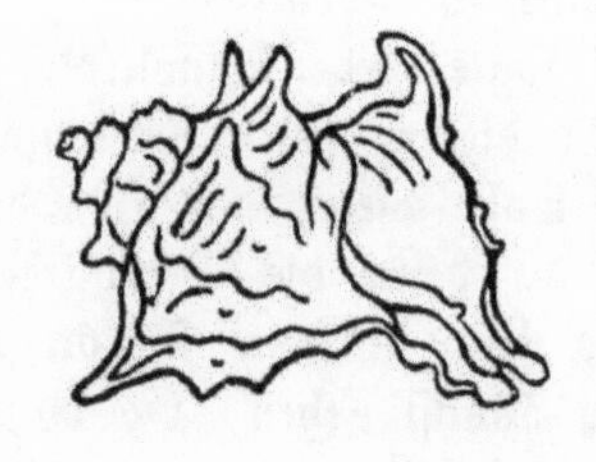

25
Die Nebel verdichten sich.

Am nächsten Morgen wanderte Amalie, ein umfangreiches Paket unterm Arm und von Hektor begleitet, nach Herzogswalde. Als sie bei Dietrich eintrat, erhob der sich erschrocken vom Stuhl und rief erregt: „Wie? Du lebst noch?! — —"

Amalie legte ihr Paket auf die Diele und setzte sich erschöpft auf den dargebotenen Stuhl.

„Wo in aller Welt bist du denn nur so lange gewesen? — Ich hatte die Hoffnung dich je wieder zu sehen, wahrhaftig ganz aufgegeben. Ich mußte annehmen, daß dir ein Unglück zugestoßen sei."

„Aber hast du denn meinen Brief aus dem Haarlemer Krankenhaus gar nicht bekommen?"

„Nein, nichts hab' ich bekommen, weder einen Brief noch Geld. Ich rechnete mir aus, wann ich dich erwarten könnte; als du dann aber immer nicht kamst, da wußte ich nicht mehr, was ich denken sollte. Es ging mir in jeder Beziehung schlecht; ich verlor den Mut, weiterzuleben, und da mußte ich es wie eine Erlösung ansehen, als der Graf kam und mir das Anerbieten machte, Erzieher seiner Söhne zu werden. — Aber wann bist du denn gekommen?"

„Gestern nachmittag. Was meinst du wohl, wie für mich das Nachhausekommen war? — Da stand ich vor verschlossener Tür! — Ob ich dich hierin je begreife? — Aber wo ist denn Charitas? Ist sie nicht hier?“ Amalie sah sich suchend um.

„Hier? — Nein, die ist nicht hier.“

Amalie sah Dietrich einige Sekunden lang sprachlos an, dann rief sie erregt: „Was bedeutet denn das alles? Wo ist sie denn? — Ach Gott! — Ich hab' doch als selbstverständlich angenommen, daß ich sie hier finde. Ihr ist doch nichts passiert? — Wo hast du sie nur?“

„Rede doch nicht so! Man kommt ja gar nicht zu Worte. Ich nehme an, es geht ihr nicht schlechter, als es ihr sonst bei fremden Leuten gegangen ist.“

„Wohin hast du sie gebracht?“

„Gebracht? — Ich habe sie nicht gebracht. Hier ist ihre Adresse.“

„Nicht mehr in Siebenlehn? Wie kommt sie denn nach Nossen?“

„Als ich mit dem Grafen meine Angelegenheiten geordnet hatte, habe ich ihr gesagt, sie möge sich baldmöglichst ein Unterkommen suchen. Ich habe ihr volle Freiheit gelassen; und als sie mir sagte, in Siebenlehn sei nichts zu finden, da gab ich ihr den Rat, doch ihr Heil in Nossen zu versuchen, und da hat sie denn auch bald eine Familie gefunden, die ihr gegen Hilfeleistung ein Heim gibt. Ich habe ihr durchaus freigestellt, was sie sich von den Sachen mitnehmen wollte, ich meine, sie hat Betten und Wäsche mitgenommen weit mehr als sie braucht.“

„Aber das ist ja empörend! — Hast du wirklich keinen Finger für das Kind gerührt? Das ist ja eine Sünde und Schande von dir! — Das arme Kind! — O, Wilhelm, wie konntest du sie so von dir stoßen!"

„Wie oft habe ich dir gesagt, daß es unfein ist, eine so maßlose Sprache zu führen, aber —" fuhr er seufzend fort, „gewisse Dinge änderst du nie, da kann ich mir den Mund wegreden. Was für Zumutungen stellst du an mich! Ich gehe doch nie zu Leuten, wenn mich nicht berufliche Interessen mit ihnen zusammenführen. Hierher konnte ich sie doch nicht mitnehmen, das war ausgeschlossen, sie paßt hier nicht her."

„Das war ausgeschlossen? Hat sie denn etwas Böses getan?"

„Das nicht, aber was sollte ich denn hier mit ihr? Wäre sie mein Sohn gewesen, dann hätte ich sie mit unterrichtet, aber ein Mädchen! — Ich sage dir, — du wirst es freilich widerlegen, denn du hast eine blinde Liebe zu ihr, — sie ist durchaus interesselos. Sie wird nie die Erbin dessen, was ich mit so unendlicher Mühe und Sorge erworben habe."

„Wilhelm, du bist ein ganz merkwürdiger Mensch! Zu dem elendesten Schlamm im Graben beugst du dich nieder und untersuchst seine Eigentümlichkeit, und die Nächsten kennst und liebst du nicht."

„Ja, siehst du — mit der Liebe — —"

„Laß! Sie fehlt dir, da brauch' ich auch keine Begriffserklärung. — Willst du mir sagen, wie du es mit mir zu halten gedenkst? Vielleicht ist es auch ausgeschlossen, daß ich hier bleibe?"

„Der Fall, daß du hier bleibst, ist im Kontrakt nicht vorgesehen. — Oder glaust du, daß du in ein Grafenschloß paßt? —“

Amalie richtete sich auf und sagte mit Stolz: „Allerdings! Ich bin deine Frau, da ist mein Platz an deiner Seite, — da ich aber sehe, daß du anders entschieden hast, sollst du dir meinetwegen keine Sorgen machen.“

„Nicht so! — Nicht so!“ — sagte Dietrich etwas verlegen. „Versteh mich recht, du mußt doch selbst einsehen, daß es so nicht weiter ging. Glaubst du denn, mir wäre es leicht geworden? Sind wir denn vereint vorwärts gekommen? Konnte ich mich weiter bilden? Durfte ich mir anschaffen, was mir nötig war? Sieh doch nur, was aus meinen Schülern geworden ist! Müller ist jetzt Professor in Halle, und ich, durch den soviele Männer zur Naturwissenschaft geführt sind, verkomme im Elend. Laß mal sehen, wenn mich nichts mehr hemmt, wenn ich mein Geld brauchen kann, wie es mir recht scheint, dann — dann kommt vielleicht auch für mich noch eine schöne Zeit. In meiner Jugend fühlte ich mich berufen zu großen Dingen. — Wie haben wir uns gequält — und was haben wir erreicht? — — Übrigens, ich habe mehrere Kisten mit Dubletten auf dem Forsthof gelassen. Geld kann ich dir nicht in Aussicht stellen, aber wenn du noch den Mut haben solltest, auf diesem Gebiet weiter zu arbeiten, so stehen dir jederzeit meine Sammlungen zur Verfügung. Ich selbst, — das fühle ich, — werde leider wohl nie mehr reisen. Wenn du guten Rat brauchen solltest, dann komm nur, ich freue mich, wenn ich dir irgendwie behilflich sein kann."

Dietrich erhielt auf sein freundliches Anerbieten keine Antwort.

Bleich und starr waren Amaliens Züge, die großen, graublauen Augen ruhten fragend und prüfend auf Dietrichs Gesicht, aber kein Wort kam in den nächsten Minuten über ihre Lippen. Dietrich empfand das Schweigen peinlich und ging unruhig einige Male auf und ab.

Auf dem Tisch, vor dem Amalie saß, lag ein Stoß graues Löschpapier; zwischen dieses Papier schob Amalie, von Dietrich unbemerkt, den schlichten Ring, den sie fünfzehn Jahre lang getragen hatte. Sie erhob sich matt und zitternd, und als sie vorwärtsschreiten wollte, stieß ihr Fuß an das Paket. Sinnend sah sie darauf nieder und sagte endlich mühsam mit müder Stimme: „Das da hab' ich dir mitgebracht, es ist fucus vesiculosus. Ich sammelte ihn bei undurchdringlichem Nebel und ahnte nicht, daß das Leben für mich noch viel dunklere Stunden bringen könnte."

Wankenden Schrittes suchte sie die Tür, und ehe Dietrich etwas erwidern konnte, hörte er ihren schweren Schritt auf der Treppe.

26

„Und ob es währt bis in die Nacht —"

Amalie saß bei Madame Hänel in der Stube hinter dem Laden, und die beiden berieten, was nun werden sollte.

„Sie haben noch den Hund und den Wagen —"

„Freilich," fiel Amalie der Madame Hänel trocken in die Rede, „ich bin ja noch Besitzer eines Fuhrwerks! Nun, das muß schleunigst verkauft werden, so schwer mir auch die Trennung von meinem kleinen, treuen Gaul werden wird," und Amalie streichelte zärtlich den Hund zu ihren Füßen.

„Nein," sagte Madame Hänel, „ich dachte an etwas anderes. Wollen Sie sich nicht jetzt noch mal den Vorschlag der alten Krumbiegeln überlegen? Die Laudel-Rieke steht bei ihrem Grünhandel wirklich nichts aus, sie hat ihr gutes Brot; und nicht wahr, man muß doch Grund unter den Füßen haben?"

Aha, wieder die alte Geschichte!

Amalie stand erregt auf, streckte abwehrend die Hand aus und sagte fest: „Nicht das! Sie haben doch auch gehört, es soll ein jeglicher dienen mit der Gabe, die er empfangen hat."

„Ach was! — Da kommen Sie immer mit Ihrem überspannten Kram! Jetzt mal hübsch bei der Stange geblieben! Gabe hin, Gabe her! Bei der Laudel-Ricke ihrem Geschäft brauchen Sie weiter keine ‚Gabe'. Das ist so einfach: wenn Sie's in die Hand nehmen, dann können Sie's. Ich will damit nicht sagen, daß jedes Geschäft so einfach ist. Bewahre! Ich würde Ihnen doch nicht zumuten, daß Sie etwa mein Geschäft übernehmen, dazu gehört mehr. Aber so nehmen Sie doch um Gottes willen Vernunft an, und hören Sie auf Menschen, die's gut mit Ihnen meinen. Sie sitzen doch wahrhaftig jetzt tief genug drin; was wollen Sie denn noch mit dem albernen Blümchenkram? Strecken Sie endlich die Hand aus nach gutem Brot."

Amaliens Blick war abwesend, wie in weite Fernen gerichtet. Sie setzte sich, stützte den Kopf seufzend in die Hände, und Madame Hänel, die da meinte, sie ließe sich die Sache durch den Kopf gehen, störte sie nicht in ihrem Sinnen.

Brot! — Liebes Brot! — Gutes Brot! — So sprachen die Leute; dem jagten sie nach; das stellten sie in den Mittelpunkt allen Strebens. Ach, aber der Mensch lebt doch nicht vom Brot allein! — Schon in der Niederstadt hatte man von ihr verlangt, daß sie ihr Bestes — ihr Herz — für äußere Dinge verkaufte, und noch soeben hatte der Vater ihr Vorwürfe gemacht, daß sie damals nicht den reichen Mehlhändler genommen hätte: ‚Wie man sich bettet, so liegt man', hatte der Vater gemurrt.

Ja freilich, Greifbares konnte sie nicht vorzeigen, aber bedeutete ihr Innenleben nicht doch einen Aufstieg?! — Ach, wie ihre Bekannten lachen würden, wenn sie ihr Leben einen Aufstieg nennen würde! Die Leute im Armenhaus besaßen ja mehr als sie in diesem Augenblick. Und doch, — wenn ihr Brot auch hart und nicht „lieb und gut" war: sie wollte sich in ihrer Armut die Freiheit wahren, es zu erwerben, wie sie selbst es für gut fand. Sie richtete sich jetzt auf, reichte Madame Hänel die Hand und sagte: „Seiner Überzeugung muß man treu bleiben. Über meinen Beruf wollen wir nie mehr sprechen, aber dankbar wäre ich Ihnen, wenn Sie mir sagen könnten, wo ich unter den augenblicklichen Umständen ein Unterkommen für Charitas und mich finden könnte."

„Das müssen wir mal überlegen. Sie wollen Charitas nicht in Nossen lassen?"

„O, auf keinen Fall! Ich hab' das Kind schon durch das ewige Reisen so viel zu fremden Leuten geben müssen; außerdem könnte ich ihre Hilfe bei meinen Arbeiten gar nicht entbehren."

Madame Hänel schüttelte mißbilligend den Kopf, sagte aber trotzdem: „Na, da muß ja Rat geschafft werden. Die kleine Wohnung im Hinterhause steht leer, ich will sie Ihnen überlassen. Sie machen ja keine Ansprüche, da helfe ich Ihnen erstmal zurecht."

„Das wollten Sie doch tun?" rief Amalie lebhaft. „Aber bedenken Sie, ich kann Ihnen keinen Zeitpunkt angeben, wann Sie Ihr Geld bekommen können. Ich habe auch niemanden, der für mich eintritt und ‚gut sagt'."

„Na, lassen Sie nur!“ sagte Madame Hänel, „meinen Sie denn, ich hätte keine Menschenkenntnis? Glauben Sie nur, bei meinem Geschäft lernt man viel. Ich sage mir, Sie haben allerdings sehr verschrobene Ansichten, aber auf Ihr Wort kann man sich verlassen. Hab' ich nicht recht? Ich behaupte, Sie bezahlen, sobald Sie Geld haben. Sie sagen kein Wort; aber die, welche schweigen, sind mir lieber als die, welche viel reden.“

Amalie reichte Madame Hänel tiefbewegt die Hand, und während ihre Augen feucht schimmerten, sagte sie lächelnd: „Nun wollen wir hoffen, daß die ‚albernen Blümchen‘ mich nicht im Stich lassen.“

In der Stille der Nacht aber faltete sie ihre Hände und seufzte:

„Und ob es währt bis in die Nacht
Und wieder an den Morgen,
Doch soll mein Herz an Gottes Macht
Verzweifeln nicht, noch sorgen.“

* *
*

Mit fieberhaftem Eifer arbeiteten nun Mutter und Kind im Hinterhause von Madame Hänel.

„Wir müssen uns die Arbeit einteilen,“ sagte Amalie zu Charitas. „Ich stelle die Sammlungen zusammen, und du besorgst die Unterschriften. Nun gib dir aber beim Schreiben rechte Mühe!“

„Weshalb nehmen wir denn nicht wie früher gedruckte Etiketten?“ fragte Charitas.

„Weil die alle in Herzogswalde sind,“ sagte Amalie kurz. — „Jetzt komm! Hast du noch das Schema der Etiketten im Kopf, oder muß ich dir alles diktieren?“

„Es ist wohl sicherer, du diktierst.“

„Kennst du denn diese Pflanze?“

Charitas besann sich einen Augenblick und sagte dann zögernd: „Ist es nicht — Sym—phy—tum—off—i — —“

„Diese Unsicherheit! Wenn du's nicht genau weißt, greifst du zu „officinale“. Das ist es nicht, sieh doch genau zu! Sag' mal, vergißt du denn alles wieder? Man sollte doch meinen, du kämest weiter; aber du hast früher mehr Interesse gehabt und hast einen besseren Blick für die feinen Unterschiede gezeigt. Wenn man die Pflanzen so viel unter den Händen hat wie wir, dann sollte man sich nicht mehr irren! Also schreib, — aber halt! Probier' erst auf einem Stück Papier, damit du mir nicht die Pflanzen verunzierst:

Symphytum tuberosum. L.
Knollentragende Wallwurz.
S. L. Klasse V, Ord. 1.
Familia naturalis: Asperifoliaceae.
Kommt vor: Sachsen, Schlesien, bei Salzburg.
Wächst in Wäldern und Gebüschen.“

Amalie seufzte. Was war das für eine Stümperarbeit mit dem Kinde! Ach und welcher Unterschied zwischen der Handschrift des Kindes und der Wilhelms! Wenn für eine selten vorkommende oder eine eingetauschte Pflanze grade keine gedruckte Etikette vorhanden war, — wie zierlich, wie sicher und schnell hatte er die Unterschrift hingesetzt; und jetzt diese Umständlichkeit! —

Pflanzenpressen waren für die verschiedensten Bedürfnisse in allerlei Größen ein halbes Dutzend dagewesen: jetzt mußte sich Amalie mit Brettern und Steinen behelfen. — Ach es war für ihren Eifer und ihre Ungeduld eine schwere Prüfung, daß ihr durch all diese Entbehrungen so viel Hemmungen entgegentraten. Dieses langsame Vorwärtskommen, wenn es einem so auf den Fingern brannte. Und die heranwachsende Tochter war auch nicht das, was Amalie sich wünschte. Sie ging keineswegs durchaus in botanischen Interessen auf. Sie half willig und freundlich, aber sie geriet nicht außer sich vor Freude über eine seltene Pflanze, und die Zeit für die Hilfe war nur knapp bemessen, da die Schule und die Konfirmandenstunden viel Zeit in Anspruch nahmen.

Gleich nachdem Charitas aus Nossen gekommen war, hatte Amalie sie auf den ganzen Ernst der Lage aufmerksam gemacht und ihr die Notwendigkeit vorgestellt, daß sie jede Minute ausnützen müßten. Charitas hatte ihre Bereitwilligkeit zugesagt, aber dann war sie stürmisch auf die Mutter zugeflogen, hatte die Arme um ihren Hals geschlungen und eindringlich gerufen: „Wenn ich alles tue, was du von mir verlangst, gibst du mir dann auch etwas dafür?"

Befremdet hatte Amalie gefragt: „Dir etwas dafür geben? Wie kommst du darauf, da du doch weißt, ich habe nichts zu geben!"

„Doch Mutter, du kannst ganz gut, wenn du nur willst. O, wenn du doch wolltest!"

„Nun?"

„Schenk' mir die Singstunde, die der Pastor am Mittwoch nachmittag denen gibt, die kommen können und mögen."

„Das kann ich nicht! Du hast schon so vieles, was du mußt, woran sich nichts ändern läßt, aber — das würde ja drei Stunden kosten mit dem Weg. Der ganze schöne Nachmittag würde mir zerrissen."

„Gib mir den Nachmittag, Mutter! Es ist das beste, was du mir schenken kannst; ich will es wieder einholen. Sieh, Mutter, die Konfirmandenstunden und die Singstunden sind das Schönste in meinem Leben!"

„Geht ihr denn alle aus der Schule in die Singstunde?"

„Nein — eigentlich nur die Vornehmeren."

„Siehst du, das dachte ich mir! Die anderen haben keine Zeit. Du meinst aber, du mußt diesen Luxus mitmachen. Du, mit deinen bloßen Füßen, paßt ja gar nicht zu den andern."

„Nein, Mutter, das tu' ich auch nicht, es spricht auch keine mit mir, und das tut mir vor der Stunde sehr weh; aber wenn der Pastor kommt und mir so freundlich die Hand reicht und mich von der Tür wegführt zu den andern hin, dann — dann wird mir so wohl, obgleich ich immer weinen möchte. So wunderschöne Lieder singen wir, daß ich über dem Singen alles Schwere vergesse und ganz glücklich werde. Nicht wahr, du läßt mir die Stunde?"

„Gut," sagte Amalie, „ich lasse dir die Stunde. Jetzt aber geh, und sei desto fleißiger!"

Dieses heiße Sehnen und wehe Ringen und Kämpfen, das kannte sie so gut. Dieses Streben nach Zielen, die eigentlich jenseits des Erreichbaren waren, würde

Enttäuschungen und Schmerzen bringen. — Aber auch Glück und Freude — hoffentlich! —

* * *

Was sollte aus Charitas werden, wenn Amalie wieder reisen mußte? Wer konnte ihr hierin einen Rat geben? Sie ging zum Pastor, der Charitas konfirmierte. Aber der konnte ihr nicht helfen. Amalie sann und sann; endlich kam ihr der Gedanke, daß vielleicht die Pastorsleute auf dem Lande, von denen sie jeden Sommer Pflanzen aus dem Garten bekommen hatte, etwas wüßten. Sie ging den weiten Weg und setzte dem Ehepaar auseinander, was sie suchte.

Der Pastor schüttelte den Kopf. In Callenberg gäbe es ja freilich ein Lehrerinnenseminar, aber ob man da eine Freistelle bekommen könnte? Jedenfalls würde es schwer sein, da anzukommen, wenn man gar keine Konnexionen hätte.

„Aber," meinte der Pastor endlich, „da kann Ihnen doch Graf Schönberg in Herzogswalde sicher helfen. Ihr Mann muß sich um Fürsprache an ihn wenden."

„Nein," sagte Amalie kurz. „Wenn Sie keinen anderen Weg wissen, dies ist ausgeschlossen."

Pastors schwiegen betroffen. Endlich meinte die Frau Pastorin, sie könnte sich vielleicht in Meißen oder Dresden in einem Putzgeschäft umhören. Aber da kam Leben in Amalie.

„In ein — Putz—geschäft?!" rief sie entsetzt. „Nein! — Soll sie etwa in einer dumpfen Hinterstube sitzen und all ihr Sinnen und Denken in Tand und Plunder stecken? Da soll sie womöglich mit künstlichen Blumen zu tun haben, mit diesen Karikaturen ohne Duft und Leben! Das nenne ich doch kein Heben der Persönlichkeit! Dann doch lieber Kuhmagd als so etwas!"

Die Frau Pastorin schlug entrüstet die Hände zusammen und rief: „So was ist mir noch nicht vorgekommen! Ist das eine Mutter! — Kuhmagd?! — Reden Sie doch nicht Dinge, die Sie gar nicht meinen."

„Das meine ich," sagte Amalie trotzig. „Als Kuhmagd hat sie wenigstens für lebende Wesen zu sorgen. Auf der Weide hat sie den blauen Himmel über sich und darf ihr Sinnen und Denken höher richten, als wenn sie tagaus tagein mit Hüten und Federn zu tun hat. Das dürftigste Stück Natur bietet ihrem Gemüte mehr Nahrung als was Sie mir vorschlagen."

„Nun," sagte die Frau Pastorin gekränkt, „wenn Sie nichts Besseres für Ihr Kind wissen —"

„Finden Sie wirklich meine Auffassung so verächtlich?" fragte Amalie, während ein schalkhaftes Lächeln über ihr Gesicht huschte. „Haben Sie nie gehört, daß der Bürgermeister von Leipzig in seiner Jugend die Kühe gehütet hat? Ich wüßte nicht, daß man ihm grade daraus je einen Vorwurf gemacht hätte. Aber zu meiner vollständigen Rechtfertigung muß ich Sie noch an das Lied erinnern, das ich — vielleicht auch Sie? — in der Schule gesungen habe:

Was kann schöner sein,
Was kann edler sein
Als von Hirten abzustammen;
Da zu alter Zeit
Arme Hirtenleut
Selbst zu Königswürden kamen!

Moses war ein Hirt mit Freuden,
Joseph mußt' zu Sichem weiden;
Selbst der Abraham
Und der David kam
Von der Hürd' und grünen Weiden."

Der Pastor hielt sich lachend die Ohren zu und rief mit komischem Entsetzen: „Ach, wenn Sie alle die Erzväter zu Zeugen gegen uns anrufen, da müssen Sie ja recht behalten! Sie knüpfen, wie es scheint, an Ihre kleine Kuhmagd ganz hochfahrende Hoffnungen. Meinen am Ende gar, die arme Hirtin könne sich in eine Prinzessin verwandeln? Sie sind uns zu sehr für die Extreme: tief unten oder hoch oben! Wir sind für die goldene Mittelstraße, geht man da nicht am sichersten? — Nun, wir wollen jedenfalls hoffen, daß bei Ihren sonderbaren Ansichten ein brauchbarer Mensch aus Ihrer Tochter wird."

Schweren Herzens schied Amalie. ‚Ach,' dachte sie seufzend, ‚die Welt kann man durchjagen, ehe man Verständnis findet.'

Das, was sie in der Erregung als Trumpf ausgespielt hatte, die Kuhmagd, das mußte bittere Wahrheit werden, einfach, weil sie keinen anderen Ausweg sah.

27

Die Nebel zerreißen, — Der Himmel wird helle!

Amalie reiste nach Hamburg. Sie hatte durch kleinere Reisen in Sachsen so viel verdient, daß sie die Reise mit der Bahn machen konnte. Bei der biederen Madame Piepenbrink in Stubbenhuk, dicht am Hafen, fand sie ein bescheidenes Unterkommen.

Die Spuren ihrer Krankheit hatte sie gänzlich überwunden. Fest war ihre Haltung, aufrecht ihr Gang; auf ihren Wangen blühte Gesundheit. Auch das Haar war wieder gekommen, es fiel ihr in dichten, dunklen Locken bis auf die Schultern herab. —

Sie war überrascht, wie viele sich hier fanden, die nicht nur Interesse, sondern auch das Geld hatten, um ihre Sammlungen zu kaufen. Eines Tages kam es allerdings auch anders. Ein Apotheker empfahl sie an einen Herrn Walter, der in einem Hinterhause vier Treppen hoch wohnte. Er interessierte sich besonders für Kryptogamen, und als er die Moose sah, geriet er in Entzücken.

„Ich möchte alles haben!" rief er lebhaft, „was kostet eine solche Sammlung?"

„Sechs Taler," sagte Amalie.

Da wurde Herr Walter verlegen, legte die Moose hin und sann ein Weilchen nach, dann sagte er: „Frau Dietrich, ich habe keine sechs Taler, können Sie mir die Sammlung nicht hier lassen, bis Sie mal wieder nach Hamburg kommen? Ich gebe Privatstunden und bin augenblicklich sehr schlecht besetzt.“

„Wie kann ich mich darauf einlassen,“ sagte Amalie, „ich weiß gar nicht, ob ich überhaupt je wieder nach Hamburg komme,“ und sie nahm die Sammlung wieder an sich.

„Nein! nein!“ rief Herr Walter, „packen Sie sie nicht wieder ein, lassen Sie mich mal überlegen, ob ich nicht einen Ausweg finde.“

„Wenn Sie nicht bezahlen können, gibt's keinen Ausweg!“ sagte Amalie.

Ohne die Einwendung zu beachten, fuhr Herr Walter nach einigem Besinnen fort: „O, ich weiß etwas! Sehen Sie, ich gebe Ihnen eine Adresse, und sollte die, was ich bestimmt hoffe, Ihnen von Nutzen sein, dann lassen Sie mir die Moose!“

„Ich denke nicht daran! Da könnte ich viel verschenken! Täglich empfiehlt mich ein Herr dem andern, aber keinem fällt es ein, sich das zunutze zu machen!“

„Nun ja, die können eben bezahlen, und ich kann das nicht. — Nein, — packen Sie sie nicht weg. Hören Sie doch nur! — Sollten Sie in dem Hause, dessen Adresse ich Ihnen gebe, etwa nicht vorgelassen werden, oder gar nichts ausrichten, dann können Sie noch immer Ihre Moossammlung wieder holen; sollte aber mein Wink für Sie zum Guten ausschlagen, so können

Sie mir doch dafür auch einen Gefallen tun. Denken Sie mal, wenn der Herr nun viele von Ihren Pflanzen nimmt, dann brauchen Sie gar nicht mehr herumzulaufen; ich wette, Sie geben mir die Laubmoose noch drauf zu!"

Herr Walter lachte, als er das sagte, Amalie aber schüttelte unentschlossen den Kopf und zögerte mit dem Wegpacken. Der Herr schrieb eilig ein paar Worte auf einen Zettel und überreichte ihn Amalie, die las:

Doktor H. A. Meyer.
An der Alster 24 a.

Amaliens Blick ruhte fragend auf den paar Worten und richtete sich dann auf Herrn Walter.

„Ja, ja, das genügt," sagte der, „da gehen Sie nur hin, und wenn er Sie vorläßt, sollen Sie mal sehen, der hat einen Blick für Ihre schönen Pflanzen!"

„Ist der Herr Arzt?"

„O nein! Der Herr Doktor ist Kaufmann, Fabrikbesitzer, ein gebildeter, humaner Herr; sein Vater hatte die bekannte Stockfabrik, jetzt ist der Sohn Besitzer. — Ist Ihnen nicht beim Berliner Bahnhof ein Denkmal aufgefallen? Nein? Dies Denkmal hat die Stadt dem Vater H. C. Meyer errichtet. —

„Und Sie meinen, ein Fabrikbesitzer interessiert sich für Botanik?" fragte Amalie zögernd.

„Gewiß tut er das! Er beschäftigt sich freilich hauptsächlich mit der Fauna der Ostsee und arbeitet jetzt in Gemeinschaft mit Professor Möbius an einem großen Werke. — Überhaupt, wo es die Förderung gemeinnütziger Unternehmungen gilt, da stellt er sich opferfreudig an die Spitze. Jetzt spricht man von der Gründung eines zoologischen Gartens; und Doktor Meyer ist ein Hauptförderer dieses Planes."

„Ach, so einer wird sich auch gerade um meine Sammlungen kümmern!"

„Na ja, wissen kann ich es auch nicht, aber wieviel vergebliche Gänge machen Sie wohl, da versuchen Sie's doch wenigstens! Wir wollen Ihret- und meinetwegen hoffen, daß es gut ausschlägt. Jedenfalls auf Wiedersehn!"

* * *

Aus dem dunklen Hof ging Amalie sofort hinaus an die schöne Alster. Sie stutzte, — freilich: in solche Häuser führte sie ihr Weg sonst nicht.

Auf ihr Klingeln erschien ein Diener in schwarzem Frack und mit weißer Krawatte. Aha, nun kam's drauf an! —

Auf die Frage nach dem Herrn Doktor zuckte der Diener die Achseln und sagte höflich abweisend: „Der Herr ist um diese Zeit nicht zu Hause."

„Und wann ist er zu sprechen?"

Der Diener besann sich und musterte Amalie, dann sagte er: „Hier läßt der Herr sich überhaupt nicht gern sprechen; vielleicht treffen Sie ihn in seinem Kontor, Neue Burg 13."

Aber gerade, als er die Tür schließen wollte, trat aus einem Zimmer eine junge, elegante Dame. Sie trat an die Windfangtür, ließ einen prüfenden Blick über Amaliens Gestalt schweifen und fragte: „Wen wünschen Sie zu sprechen?"

„Ich habe gehört, Herr Doktor Meyer interessiere sich für Botanik. Ich bin Frau Dietrich aus Sachsen und wollte dem Herrn Doktor meine Sammlungen vorlegen."

„Bitte Frau Dietrich, treten Sie hier herein, und zeigen Sie mir einmal etwas von Ihren Pflanzen. In wessen Auftrag reisen Sie denn?"

„Ich reise in Niemandes Auftrag, dies sind meine eigenen Sammlungen."

Amalie öffnete eine der Mappen, die Dame besah interessiert die Pflanzen, ihr Blick ruhte lächelnd auf der Unterschrift, und sie fragte: „Wer hat denn die Namen geschrieben?"

„Mein Kind," sagte Amalie errötend.

„Daß es ein Kind geschrieben hat, sieht man der Schrift an. Kennt das Kind denn die Pflanzen so genau?"

„Sie ist nicht ganz sicher, ich diktiere."

Jetzt flog wieder ein langer, prüfender Blick von den Pflanzen zu Amalie, dann sagte die Dame lebhaft: „Mein Mann ist jetzt nicht zu Hause, aber wollen Sie heute Abend um acht Uhr wiederkommen? Diese Pflanzenpakete lassen Sie nur gleich hier; damit sollen Sie nicht noch einmal schleppen. Haben Sie auch Kryptogamen?"

„Gewiß," sagte Amalie erfreut, „die bringe ich heute Abend mit."

„Nun, auf Wiedersehen, Frau Dietrich!"

Die Dame reichte Amalie die Hand, und leicht und

ledig wanderte Amalie nach Hause. Sie dachte lächelnd an Walter, ob der wohl seine Moossammlung bekam? —

* *
*

Das junge Ehepaar empfing Amalie abends mit natürlicher, schlichter Herzlichkeit. Amalie zeigte ihre Pflanzen. Die angegebenen Fundorte gaben Veranlassung, von den verschiedenen Reisen zu erzählen. Da meinte der Doktor zu seiner Frau gewandt: „Johann könnte Heinrich und seine Frau herüberholen."

Frau Doktor Meyer nickte, und nach einigen Minuten trat des Doktors Bruder mit Frau ein. Nun brachte der Diener Wein und Kuchen, und alle vertieften sich in das Besehen der Sammlungen.

„Haben Sie denn viel Pflanzen mit in Hamburg?" fragte der Doktor.

„O ja, sehr viel!" sagte Amalie, fünf Tragkörbe voll."

Und als alle sie fragend ansahen, sagte sie erklärend: „Auf die Weise kann ich sie am besten vom Bahnhof in meine Wohnung tragen."

Die vier sahen einander staunend an, und Heinrich Meyer meinte: „Geben Sie mir alles, was Sie an Kryptogamen bei sich haben, und stellen Sie mir außerdem eine Sammlung von Gräsern und von Giftpflanzen zusammen; denn besser präparierte Herbarien sah ich noch nie."

Amalie sah ihn ganz erschrocken an.

„Aber — entschuldigen Sie," sagte sie stockend, „das würde fünfundzwanzig Taler ausmachen."

„So, fünfundzwanzig Taler sind es grade? Nun gut," sagte Herr Meyer mit einem liebenswürdigen Lächeln.

„Und wohin darf ich es Ihnen bringen?" fragte Amalie.

„Aber bitte, Frau Dietrich, was denken Sie denn? ich werde alles durch einen Arbeiter aus der Fabrik holen lassen."

Amalie war's, als träume sie. War denn das möglich? Konnte eine Privatperson soviel für Sammlungen ausgeben? Sie fürchtete, Frau Meyer würde Protest erheben; das erlebte sie vielfach, wenn die Professoren kaufen wollten. Aber nichts dergleichen; — sie schien dem großen Einkauf gar keine weitere Bedeutung beizulegen.

Beim Abschied sagten ihr Doktors, sie möge doch öfters abends wiederkommen und weiter von ihren Reisen erzählen. Ach wie gern tat sie das! Freilich schien es ihr ganz unbegreiflich, daß diese hochgebildeten, reichen Leute ihr soviel Teilnahme entgegenbrachten.

Als sie über den Vorplatz ging, bemerkte Amalie mit Schrecken, daß es schon längst nach zehn Uhr war. O weh! nun mußte sie am Ferdinandstor einen Schilling zahlen.

Welch ein wunderbarer Tag war dies gewesen! Während sie an der stillen Alster dahinschritt, zogen die Ereignisse alle noch einmal an ihrem Geiste vorüber.

„Wahrhaftig," sagte sie lächelnd vor sich hin, „Walter bekommt doch seine Moose!"

* * *

Eines Abends sagte der Doktor in seiner gewinnenden Weise: „Frau Dietrich, wir können uns gar nicht beruhigen, wenn wir uns vorstellen, wie Sie reisen; und ich habe viel darüber nachgedacht, ob man Ihnen da nicht irgendwie helfen könnte. Wäre es nicht doch leichter, wenn Sie sich von jemand anstellen ließen?"

Amalie sah den Doktor verständnislos an und fragte erstaunt: „Anstellen, Herr Doktor! Ich weiß nicht, was Sie meinen. Wer würde mich wohl anstellen?"

„Wer das tun würde, das kann ich Ihnen natürlich in diesem Augenblick auch nicht sagen, aber ich denke dabei an einen meiner Bekannten, — er ist Kaufmann, — der ein ganz ungewöhnliches Interesse für Naturwissenschaften hat. Da er sehr reich ist und hauptsächlich Beziehungen nach der Südsee hat, so stellt er Leute an, die in den Tropen für ihn sammeln. Dieser Zweig seines Unternehmens ist allerdings noch in den Anfängen, aber es wundert mich doch, daß Sie noch nichts vom Museum Godeffroy gehört haben, denn unter Fachleuten ist dieses Unternehmen schon sehr ehrenvoll bekannt; und wenn sich die Hoffnungen erfüllen, die Godeffroy an sein Museum knüpft, so wird dasselbe eine unerschöpfliche Fundgrube, sowohl für die Geographie, wie für die Natur- und Völkerkunde der gesamten Südseeländer. Sie sehen mich ganz erschrocken an und wundern sich wohl, daß ich Ihnen eine derartige Aufgabe zumute, und ich habe ja tatsächlich meine großen Bedenken, ob ein Sammeln in den Tropen grade eine Erleichterung Ihrer Arbeit genannt werden könnte. Das müßten wir ja natürlich erst nach allen Seiten hin überlegen, ehe wir Schritte in der Sache tun. Ein Freund von mir, Doktor Gräffe aus Zürich, ist von Godeffroy nach Samoa geschickt, das brachte mich auf den Gedanken."

Amalie konnte vor Aufregung kaum sprechen, endlich fragte sie: „Meinen Sie, daß er eine Frau anstellen würde? Und da er Doktor Gräffe schon ausgeschickt hat, komme ich doch zu spät mit meiner Bewerbung."

„Ob er eine Frau anstellen würde, weiß ich nicht, aber das alles liegt in so weiter Ferne und bedarf selbstverständlich erst ernster Erwägung. Ich wollte Sie nur einmal darauf aufmerksam machen, damit Sie so etwas auch überlegen. Doktor Gräffe würde Ihnen jedenfalls nicht im Wege stehen, denn wie ich Ihnen sagte, Godeffroy ist reich, der kann noch mehr Leute anstellen. Von solchen Unternehmungen, wie ein Hamburger Großkaufmann sie sich leisten kann, können Sie sich trotz Ihrer vielfachen Erfahrung doch gar keinen Begriff machen. Der arbeitet mit Millionen. Bedenken Sie nur, daß er fünfundzwanzig große Seeschiffe hat, die den Verkehr zwischen Australien und Europa vermitteln. Der gesamte Handel zwischen Hamburg und der Südsee liegt in dieses Mannes Händen. Wie ein Fürst ist der hier angesehen, ja er wird tatsächlich ‚der Fürst der Südsee' genannt."

Amalie war aufgesprungen und fragte erregt: „Wo wohnt der denn? Daß man von so etwas gar nichts weiß!"

„Er wohnt: Alter Wandrahm 26," sagte der Doktor lächelnd. „Na, aber nun setzen Sie sich doch, Frau Dietrich; heut Abend wollen wir ihn nur lieber in Ruhe lassen."

„Nein, nein! ich muß jetzt nach Hause," sagte Amalie aufgeregt.

An der Alster stand sie still und ließ ihren Blick über den märchenhaft erleuchteten Spiegel gleiten. Dieser Sturm in ihrem Innern! Wilde, phantastische Bilder traten vor ihre Seele: Fürst der Südsee? — Australien? — Tropenlandschaft! Palmen! Ein weinendes Kind, — ihr Kind! — O, Charitas, das würde eine lange Trennung bedeuten! Aber denk' mal, dann könntest du das erreichen, was ich mir immer ersehnt habe; dann könnte ich wirklich etwas für dich tun.

Still, du unruhiges Herz! Das alles sind ja unerfüllbare Vorstellungen. Fürst der Südsee und Nellen Malchen aus der Niederstadt? Wie konnte man so lächerlich verwegene Träume haben!

28
Cäsar Godeffroy

Der Gedanke an Godeffroy ließ Amalie keine Ruhe; wenigstens die Straße und das Haus wollte sie sich ansehen, wenn auch nur von draußen. Sie war in fieberhafter Aufregung. Welche Pracht würde den Fürsten der Südsee umgeben! Aber konnte denn dies die richtige Adresse sein? Der „Alte Wandrahm" war eine düstere Straße mit hohen, großen Häusern, die die Giebelseite der Straße zukehrten.

Da drüben lag Nr. 26. Das ganze Haus hatte etwas so Ernstes, Verschlossenes. Hier, das ahnte Amalie, wurde ernst gearbeitet; dies war eins der alten Patrizierhäuser, von denen sie oft gehört hatte. Wie es sie hinzog zu dem alten, würdigen Hause. Ob sie es wagte hineinzugehen? —

Da drüben waren aber zwei Eingänge, welchen sollte sie wählen? Zu der Haustür links führte eine kurze Treppe mit blank geputztem Messinggeländer; diese Tür war verschlossen. An der rechten Seite führte zu ebener Erde ein offener Torweg in einen langen Gang. Amaliens Blicke irrten von dem einen Eingang zu dem anderen.

Sollte sie? — Der offene Eingang war entschieden einladender als der verschlossene. Was konnte ihr denn passieren? — Sie wagte es. — Sie sah, daß weiter hinten im Gange Fässer, Ballen und Kisten standen. Die Tür dem Eingang gegenüber gewährte den Ausblick auf einen geräumigen Hof, der von hohen Speichern eingeschlossen war. In der Mitte des Ganges führte links eine kurze Treppe in ein Hochparterre. Unsicher erstieg Amalie die wenigen Stufen und befand sich nun vor einer Tür, an der „Kontor" stand. Auf ihr schüchternes Klopfen rief jemand sehr laut: „Herein!"

Der große Raum, in den sie jetzt trat, war durch eine Schranke in zwei ungleiche Teile geteilt. In der geräumigeren Hälfte standen eine Anzahl hoher Pulte, an denen viele junge Leute eifrig mit Schreiben beschäftigt waren. Einer der Herren trat an die Schranke und fragte in geschäftsmäßigem Ton nach Amaliens Begehr. Verlegen und verwirrt fragte sie nach Herrn Godeffroy. Der junge Mensch ließ seinen Blick erstaunt flüchtig über Amaliens Gestalt gleiten und ging in einen Nebenraum. Gleich darauf erschien ein hoch gewachsener, stattlicher Herr. Sein charakteristisches, scharfgeschnittenes Gesicht war glatt rasiert, die Züge hatten etwas Festes, Strenges. Die ganze Haltung drückte Hoheit und Würde aus, und der Eindruck des Unnahbaren wurde durch den tadellosen Anzug sowie durch die hohen, steifen Vatermörder noch verschärft.

Das war Cäsar Godeffroy.

„Sie wünschen mich zu sprechen?“ fragte er kurz.

Was lag alles in den paar Worten. Mißbilligung, — Staunen, — Ungeduld. Alles, was Amalie hatte sagen wollen, war plötzlich wie weggeblasen. Ihr war zu Mute, als stände sie vor ihrem Richter, und als sie nun noch bemerkte, daß die jungen Leute alle die Köpfe nach ihr drehten, wurde ihr nicht leichter ums Herz. Verworren und ungeschickt erzählte sie, wer sie sei und was sie wünsche. In das strenge, gebietende Gesicht jenseits der Schranke kam keine Bewegung; kurz, in geschäftsmäßigem Ton, fielen die Worte wie Hammerschläge an ihr Ohr: „Was denken Sie denn? Glauben Sie, daß wir Leute, die mal eben von der Straße hereinkommen, gleich anstellen? Wünschen Sie fremde Länder zu sehen, so bezahlen Sie einen Platz auf einem unserer Schiffe. Unsinn! — Noch dazu eine Frau! Was machen Sie sich wohl für einen Begriff von unseren Forderungen!“

Fest, sicher, hocherhobenen Hauptes schritt Godeffroy wieder ins Nebenzimmer.

Beschämt, gedemütigt, schweren Herzens trat sie den Heimweg an. War ihre Hoffnung so stark gewesen, daß sie sich jetzt so enttäuscht fühlte? —

Am Abend ging sie an die Alster und erzählte, wie es ihr ergangen war.

Doktors hörten teilnehmend zu, und als sie geendet hatte, sann der Doktor eine Weile nach, dann sagte er: „Die Sache ist ja nun aus; und da ist es zwecklos, Ihnen jetzt zu sagen, daß Sie es verkehrt angefangen

Cäsar Godeffroy

haben. Schade, daß wir die Einzelheiten nicht vorher besprachen. So ging es ja natürlich nicht. Vielleicht ist's auch wirklich nichts für Sie. — Jetzt schlagen Sie sich die Sache aus dem Sinn. So wie Sie vorgegangen sind, konnte Godeffroy gar nicht anders handeln. Er kennt Sie nicht; niemand hat ein gutes Wort für Sie eingelegt. Nein, — Sie hätten nicht hingehen dürfen, ich hätte gelegentlich an der Börse ein vorbereitendes Wort sagen können. Ja, so hätten wir's machen müssen. Aber geben Sie sich zufrieden, Godeffroy will keine Frau ausschicken, und kein Mensch kann ihn überreden, Leute anzustellen, zu denen er nun mal kein Zutrauen hat."

„Ist wirklich alles vorbei?"

Der Doktor sah Amalie erstaunt an und sagte: „Ja, Sie selbst erzählen es mir doch soeben!"

„Könnten wir es nicht noch einmal versuchen? Wenn Sie nun jetzt noch an der Börse das Wort sagten?"

„Aber Sie sind doch endgültig abgewiesen! Haben Sie denn wirklich Lust und Mut, Godeffroy Ihre Dienste noch einmal anzubieten?!"

„Ach, was würde ich nicht tun, um in meinem Beruf weiter zu arbeiten!"

Ein Blick warmer Teilnahme traf Amalie, der Doktor stützte den Kopf in die Hand und sann eine Weile nach, dann sagte er lebhaft: „Wenn Sie wirklich diesen Plan weiter verfolgen, so müssen wir uns überlegen, wie wir Godeffroy das Vertrauen stärken können. Vorläufig hat er es doch nicht! — Sie sind ja mit so vielen Botanikern bekannt, wie wäre es, wenn Sie einigen dieser Herren schrieben und sie, nach Darlegung der Sachlage, um eine Art Zeugnis bäten. Diese Herrn haben doch gerade so gut einen Eindruck von Ihnen bekommen, wie wir es haben? Diese Meinung können sie doch in kurzen Worten aussprechen!"

Amalie seufzte. Würden sie das tun? Aber sie wollte nichts unversucht lassen.

* *
*

In den nächsten Tagen saß Amalie in Madame Piepenbrinks Stube. Hier war es ruhig, denn die Fenster gingen nach dem Fleet hinaus. Mit Hoffnung und bangem Zagen schickte sie ihre Briefe in die Welt und wartete mit fieberhafter Ungeduld auf die Antwort. Endlich kam der erste Brief. Er war aus der Heimat, aus Tharand, von Professor Moritz Willkomm. Wie Amaliens Hand zitterte, als sie das Kuvert öffnete. — Zwei kurz gefaßte Schriftstücke fielen ihr entgegen. In dem Briefe sprach der Professor seine freudige Bereitwilligkeit aus, ihr zu helfen. Das andere Schreiben lautete:

„Seit einer Reihe von Jahren ist mir Frau Amalie Dietrich als tüchtige Botanikerin bekannt. Als Schülerin ihres Mannes: Wilhelm Dietrich, der der altbekannten botanischen Familie angehört, hat sie eine vortreffliche Anleitung gehabt. Die Sammlungen, welche von Wilhelm und Amalie Dietrich in den Handel kamen, waren stets empfehlenswert, sie waren sorgfältig präpariert und mit Geschmack und Verständnis geordnet. Frau Dietrich hat für ihren Beruf eine ungewöhnliche Begabung, einen scharfen, gut geschulten Blick für alles, was die

Natur bietet, und eine große Sicherheit im Bestimmen des gesammelten Materials. Auf ihren weiten und meist sehr beschwerlichen Reisen hat sie stets große Ausdauer und Tapferkeit bewiesen. Ich kann ihr nur wünschen, sie möge eine Tätigkeit finden, wo ihre große Begabung die rechte Betätigung findet.

Professor Dr. Moritz Willkomm."

Forstakademie Tharand, 1862.

*

O, welcher Zauber ging von dem Stückchen Papier aus! So dachte man über sie? —! Ganz überwältigt legte sie den Kopf auf den Tisch und schluchzte, daß ihr Körper bebte.

In den nächsten Tagen liefen die übrigen Antworten ein, und alle waren in demselben Sinne abgefaßt wie die erste. Als sie alle beisammen hatte, ging sie an die Alster.

Johann wollte sie melden, sie schob ihn aber erregt beiseite und sagte: „Lassen Sie mich gleich zu Herrn Doktor!" Der saß in seiner Bibliothek, und zwar so, daß er der Tür den Rücken kehrte. Er war so in seine Arbeit vertieft, daß er Amaliens Kommen nicht bemerkt hatte. Amalie trat von hinten her an ihn heran, legte ein umfangreiches, dick angefülltes Kuvert vor ihn hin und sagte mit bebender Stimme: „Hier! — Meine Zeugnisse! —"

„Hallo! — Sind Sie es, Frau Dietrich? —! Aber so setzen Sie sich doch!"

Er las alles durch, dann reichte er Amalie bewegt die Hand und sagte Das ist eine Freude! — Ich muß sagen, ich hatte es so erwartet; aber man mag seine Erwartungen doch gern bestätigt sehen. — Sehen Sie, nun haben wir's wohl richtig gemacht. — Damit," und der Doktor reichte ihr das Kuvert zurück, — „gehen Sie nun morgen zu Godeffroy, — ich habe ihn übrigens auf Ihr Kommen vorbereitet."

„Ach, das haben Sie getan!" rief Amalie erregt.

„Ja wohl! Aber nun machen Sie's richtig! Wählen Sie auch den rechten Eingang!"

Mit einem freundlichen Scherzwort wehrte er jeden Dank ab.

* *
*

Am nächsten Tage meldete der Diener bei Godeffroy: „Frau Dietrich aus Sachsen mit einer Empfehlung von Herrn Dr. Meyer."

„Sie mag kommen."

Der Diener wies sie in den kleinen teppichbelegten Nebenraum, Godeffroy stand hoch aufgerichtet an seinem Schreibtisch.

„Würden Sie, bitte, einen Einblick in diese Papiere tun?"

„Papiere? — Setzen Sie sich! — Na, Sie kommen doch wieder? Nicht bange geworden, hm? — Na, lassen Sie mal sehen!"

Godeffroy setzte sich auch, und eine lange Weile hörte man nichts als das regelmäßige Ticken des Regulators. Vergebens suchte Amalie in den Zügen Godeffroys zu lesen, sein Gesicht blieb ernst und unbeweglich. Endlich aber legte er die Hand auf die

Papiere und sagte: „Gute Namen! — Leunis, — Hofrat Reichenbach, — Garke, — alles gute Namen. Und was die Herren über Sie aussagen, ist auch gut, sehr gut sogar! Ihr Entschluß steht fest, wie ich sehe. Nun, gesund sind Sie, das ist ja auch in Betracht zu ziehen. Die Papiere lassen Sie vorläufig hier, ich werde sie meinem Sohne zeigen. Kommen Sie in den nächsten Tagen wieder vor, damit wir der Angelegenheit näher treten. Sie sind einverstanden, wenn wir Sie nach Australien schicken?"

„Ja, ich bin einverstanden," sagte Amalie fest.

„Nun, dann auf Wiedersehen!"

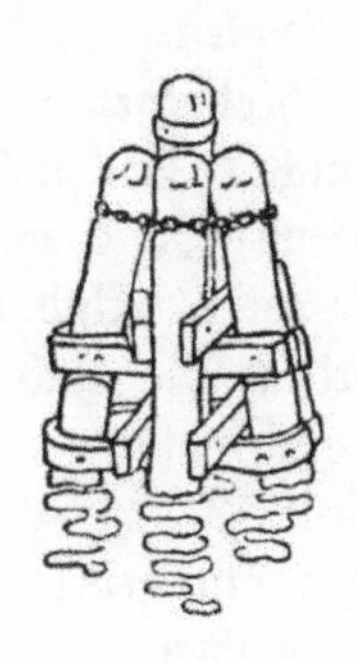

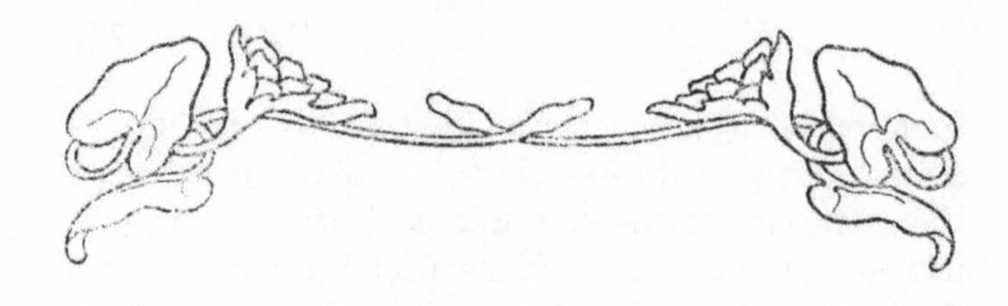

29
Charitas

Die Arbeit an den Sammlungen war erledigt, damit hatte Amalie nichts mehr zu tun. Nachdem sie sie geordnet hatte, waren sie an ihren Bestimmungsort abgeholt worden. Nun fand sie es an der Zeit, endlich zu Lehrer Walter zu gehen, um ihm in aller Form die Moossammlung zu schenken.

„Wie mich das Ihretwegen freut," rief der, „aber sagte ich es Ihnen nicht? Sie sind nicht die Erste, der Doktor Meyers helfen! Na? war die Adresse nicht mehr als sechs Taler wert. Und nun wollen Sie nach Australien? Da werden Sie auch Moose finden!"

„Das denke ich auch," sagte Amalie lachend, „aber die gehören nicht mir!"

„Ich bin zufrieden mit dem, was ich habe, „aber Sie müssen mir versprechen, daß Sie mir von Ihren Erlebnissen erzählen, wenn Sie wiederkommen."

„Ja, wenn ich wiederkomme!" sagte Amalie ernst.

* * *

Die Empfindungen fluteten in Amaliens Seele während dieser Zeit auf und ab. Bei weitem vorherrschend war doch das Gefühl des Glücks. Ihr war zumute, als berührten ihre Füße nicht mehr den Erdboden, als wären ihr Flügel gewachsen, die sie hinüber trügen in eine andere Welt. Wie war es nur möglich, daß die gelehrten Herren sie so hoch einschätzten? In der Heimat, wo man sie doch von Kindheit an kannte, war sie seit Jahren verhöhnt und verspottet worden, hatte ein jeder sich die Freiheit genommen, sie zu schelten; ja selbst Leute, wie Madame Hänel hatten stets gemeint, sie nach ihrem Sinn ummodeln zu können. Ach, wie war sie im Kampf gewesen! Nun kam ein so sieghaftes Glücksgefühl über sie, das durchglühte und erwärmte ihr ganzes Dasein. O, jauchzen hätte sie mögen! Einer großen Aufgabe wurde sie gewürdigt! Aber grade bei diesem Punkte setzte auch ihre Sorge ein. Wenn die Stimmen des Tages verrauscht waren, wenn die Stille der Nacht sie umgab, dann kam aus der Tiefe ihres Herzens die beängstigende Unruhe, ob die gute Meinung, die man von ihr hatte, ob ihr Glaube an sich selbst, nicht doch auf Täuschung beruhe.

„Wir können nichts Halbes brauchen!“ so hatte Godeffroy bei der Abfassung des Kontraktes gesagt.

„Nichts Halbes!“ Nein, nein! sie wollte ja auch ihr ganzes Herz der neuen Aufgabe widmen! Um das zu können, durfte nichts Vergangenes sie mehr fesseln oder beunruhigen. Und da war wieder ein Etwas, das seine mahnende Stimme erhob, das den Schlaf von ihrem Lager scheuchte. Und das war Charitas, ihr Kind. —

Als sie mit dem unterschriebenen Kontrakt an die Alster ging, merkten Doktors bald dieses Zwiespältige in ihrem Wesen; sie wußten ihr nur nicht recht beizukommen.

„So glücklich sind Sie —“ sagte Frau Doktor, „aber da ist noch irgend etwas nicht ganz nach Ihrem Wunsch. Können wir Ihnen helfen? Ist irgend etwas im Kontrakt übersehen, oder überkommt Sie nun doch die Furcht vor dem unbekannten Erdteil? Sagen Sie es nur, wir denken darum nicht schlechter von Ihnen. Sie sind doch eine Frau; und es wird Mannesmut von Ihnen erwartet!“

„Daß mir trotz des Glückes das Herz schwer ist, das haben Sie richtig erraten, aber es ist nicht die Furcht vor Australien. Mich beunruhigt die Zukunft meines Kindes. Was soll aus meiner Charitas werden, wenn ich auf Jahre hinaus so weit fortgehe?“

„Das ist allerdings sehr schlimm,“ sagte Frau Doktor bestürzt, „wie konnten Sie denn unterschreiben, ehe Sie Ihr Kind gut versorgt wußten!? Haben Sie denn nur die eine, und ist es die, welche die Namen unter die Pflanzen geschrieben hat?“

„Ja, die ist es, Charitas,“ sagte Amalie seufzend.

Es folgte eine lange Pause, dann sagte Frau Doktor: „Wie können Sie nur Ihr einziges Kind ganz allein zurücklassen? Wo haben Sie sie denn jetzt? — Ist sie gut untergebracht? Was ist es denn für ein Kind? Wie sieht sie aus? Wozu hat sie Lust? Wie alt ist sie? Hat sie eine gute Erziehung genossen? Ist sie gut geartet? Erzählen Sie uns einmal von ihr!“

Amalie ließ Frau Doktor ruhig ausreden, dann sagte sie bekümmert: „Erzählen kann ich nicht weiter von ihr.

Sie ist vierzehn Jahre alt, und sie ist vor kurzem konfirmiert. Sie ist, was ihre Erziehung und ihren Unterricht anbetrifft, weit im Rückstand; jedes Kind der Großstadt wird ihr weit überlegen sein, aber in ihren Empfindungen ist sie sehr gereift. Unser beider Leben war ein beständiges Losreißen und kurzes Beisammensein,. das hat ihr tiefen Ernst gegeben. Nun, da ich eine bestimmte Einnahme habe, möchte ich so gern Versäumtes nachholen. Ich könnte nicht frei und glücklich meine neue Aufgabe erfüllen, wenn ich nicht vorher überzeugt wäre, daß auch für sie ein besseres Leben anfinge. Die Schwierigkeit für mich ist aber, daß ich mir in dieser Sache nicht zu helfen weiß. Ich kann nur die Mittel zu ihrer Ausbildung zur Verfügung stellen. Erzählen will ich sonst nichts von ihr; ich bin als Mutter parteiisch und würde sie in zu günstigem Lichte darstellen. Wenn Sie mir auch hierin raten könnten und wollten, dann wäre es schon das beste, ich ließe sie baldmöglichst kommen, und Sie sähen sie selbst. Soll ich sie nicht mal kommen lassen?"

„Aus dem erzgebirgischen Dorf wollten Sie sie kommen lassen? Wird sie sich denn hierher finden? Scheuen Sie denn nicht das teure Reisegeld? Und wenn sie nun kommt, und wir finden, sie paßt doch nur aufs Dorf, dann müßte sie die weite Reise wieder zurückmachen. Wer weiß, ob sie das Lernen glücklicher macht? Ist es nicht leichter, sie bleibt zwischen den Menschen, mit denen sie aufgewachsen ist?"

„O nein! Ich könnte nicht ruhig fortgehen! Nun es mir besser geht, soll sie es auch gut haben. Ich meine allerdings, ich gebe ihr das Beste, wenn ich ihr Gelegenheit zum Lernen gebe. Ich weiß das an mir. Was hätte ich darum gegeben, wenn man mir die Möglichkeit geboten hätte."

„Sie haben doch durch Ihre Verheiratung Gelegenheit zur Weiterbildung gehabt."

„Freilich, aber wie mühsam habe ich das wenige erworben. Mein Kind soll es leichter haben. Wenn ich nur wüßte, wie das anzufangen ist."

„Nun," sagte Frau Doktor, „wollen Sie sie wirklich auf Ihr Risiko kommen lassen, so bringen Sie sie einmal mit her, damit wir sie sehen, nicht wahr Adolf?"

Der Doktor nickte, und seine Frau fuhr fort: „Damit wir sie in ihrer Unbefangenheit kennen lernen, müssen Sie ihr vorher gar nichts, weder von uns noch von Godeffroy sagen. Diese Mitteilungen würden sie erregen und befangen machen. Je nachdem wie wir sie finden, entwickelt sich dann das übrige. Natürlich soll sie bald aufgeklärt werden. Sollte der erste Eindruck etwa so sein, daß wir finden, sie paßt nur aufs Dorf, dann würden Sie sie ja gleich wieder mitnehmen. Und in dem Falle ist es ratsamer, daß sie von unseren Beratungen nichts erfährt."

Dem stimmte Amalie zu; und schon am nächsten Tage schrieb sie Charitas einen Brief, legte sechs Taler Reisegeld dazu und schickte beides an einen Siebenlehner Bekannten, den sie bat, Charitas beim Fortgehen behilflich zu sein. Von nun an wartete sie täglich mit großer Spannung auf die Ankunft ihres Kindes.

In der Zwischenzeit hatte sie am „Alten Wand-

Doktor H. A. Meyer

rahm" zu tun. Die Ausrüstung mußte überlegt und beschafft werden. Sie hatte auch für ihre künftigen Pflichten noch allerlei zu lernen. Man zeigte ihr, wie sie mit Waffen umzugehen habe. Aber auch in bezug auf das Konservieren verschiedener Tiergattungen mußte sie sich noch mancherlei Belehrung einholen, sie lernte das Abbalgen von Vögeln, das Ausnehmen und das Einpökeln der Säugetiere und Fische.

* * *

Eines Tages, — es war noch früh am Morgen, Amalie wollte gerade wieder an den „Alten Wandrahm" gehen — da hörte sie, wie unten an der Treppe Madame Piepenbrink lebhaft ihren Namen rief, und als sie herzukam, sah sie, wie unten Madame Piepenbrink mit Charitas stand. Amalie wußte kaum, wie sie die paar dunklen Stufen herunterkam. Charitas warf jauchzend ihr Bündel von sich und fiel der Mutter halb lachend, halb weinend in die Arme.

„Du Kind!" rief Amalie in heftiger Erregung, „was wählst du dir für eine Zeit zum Ankommen!? Man kommt doch abends an! Wie oft, seit ich dich erwarte, bin ich an den Berliner Bahnhof gegangen, immer aber mußte ich getäuscht den Rückweg allein antreten. Wo kommst du denn heute früh schon her? Beinah hättest du mich nicht zu Hause getroffen!"

„In Wittenberge ging gestern der Zug nicht weiter, da habe ich in einer Fuhrmannskneipe übernachtet. Ach Mutter, wie froh bin ich, daß ich dich endlich wieder habe! Nicht wahr, nun bleibe ich aber immer bei dir? Ich kann dir bei allem schon helfen."

„Komm," sagte Amalie ablenkend, „du mußt mir ja von der Reise erzählen; und wie ich aus Siebenlehn höre, ist es dir in Voigtsberg so schlecht gegangen? Ich habe bei Rüdiger Heinrich nach dir gefragt, und was sie mir über dich schrieben, hat mir so weh getan."

„Ach Mutter," sagte Charitas, indem sie sich leidenschaftlich an Amalie klammerte, „nur nicht wieder weg von dir! Es war so schwer, daß ich mir oft wünschte zu sterben. Jeden Tag mußte ich den schweren Wagen mit Waren von Voigtsberg nach Siebenlehn ziehen. Oft bekam ich ihn kaum den Berg hinauf, so schlecht waren die Wege. Ich hab' dann immer laut mit dir gesprochen, oder die schönen Gedichte über Joseph in Ägypten auswendig gelernt. Wenn es schneite und stürmte, dann rief ich weinend:

O Morgenland, o Palmenland,
Wie grünt und blühet doch dein Strand!
Der Norden hat mir wehgetan,
Nicht kann sein Licht mich mehr erwärmen,
Er schaut mit kaltem Blick mich an,
Zur Ferne die Gedanken schwärmen
Und suchen eine Ruhestatt,
Mein Aug' ist trüb, mein Geist ist matt,
Du Land des Lichtes, nimm mich auf! —

Wenn ich das so traurig und sehnsüchtig über die weiten Felder hinausrief, dann war's mir immer, als müßtest du mich hören; denn siehst du: wie ich meinte, ich könnte nun gar nicht mehr, weil mir immer mehr Arbeit aufgepackt wurde, da kam der Rüdiger-Heinrich mit dem Brief und dem vielen Gelde."

„Na, da freutest du dich aber," sagte Amalie und setzte sich mit Charitas auf das kapute Roßhaarsofa der Madame Piepenbrink.

„Denk' dir, Mutter," erzählte Charitas, „in der Scheune, wo ich gerade Holz holen sollte, hat er mir alles gegeben. Wir saßen jeder auf einem Strohbündel, als er mir die sechs Taler in den Schoß zählte. O, so viel Geld! Und damit sollte ich ganz allein fertig werden! Ich hatte ordentlich Angst!"

„Viel hast du mir wohl nicht zurückgebracht," sagte Amalie lachend.

„Ach nein, hier ist es!" und Charitas schüttete einige Kupfermünzen aus ihrem Portemonnaie vor der Mutter Platz.

Ab und zu setzte Madame Piepenbrink sich an die andere Seite von Charitas, küßte sie herzhaft ab und strich ihr das dunkle Haar aus der Stirn. Madame Piepenbrinks Plattdeutsch verstand Charitas nicht, dafür desto besser die handgreiflichen Liebkosungen, die sie aus der Fülle ihres liebebedürftigen Herzens erwiderte.

Amalie drängte zu einem frühen Essen, sie hatte heute noch allerlei vor, und vielleicht hatte sie nur heute noch unumschränkte Macht über ihr Kind. Ein bißchen eifersüchtig war sie auch, sie hatte ihr Kind so lange entbehrt; und da sie nun sah, daß Madame Piepenbrink allerlei äußere Mittel zu Gebote standen, um ihr Liebeswerben bei Charitas zu unterstützen, da wollte sie sich ihr Eigentumsrecht wahren. Ihr Kind war es! Was dachte denn Madame Piepenbrink? Heute, ach die paar armseligen Stunden wollte sie ihr Kind mit niemandem teilen, nein, nein, mit niemandem! Darum fort aus dem engen Stübchen, hinaus in die laut bewegte Stadt, wo kein Mensch einen Blick für ihr Kind hatte. Charitas dachte ganz anders, sie war müde von der Reise, ihr war es hier behaglich, kein Platz der Welt konnte ihr mehr Glück gewähren; hier endlich hatte sie die lang und schmerzlich entbehrte Mutter. Sie, die während der letzten Monate lieblos herum gejagt, gepufft und gescholten war, sie war wie durch einen Zauber plötzlich zum Mittelpunkt der beiden liebebedürftigen Frauen geworden, nichts konnte süßer sein, als von den beiden sich verhätscheln zu lassen.

„Komm,“ sagte Amalie, als das Essen vorüber war, „komm, wir wollen ausgehen, ich will dir das schöne, wunderbare Hamburg zeigen.“

„Wat!“ rief Madame Piepenbrink empört: „De Lütt schall utgahn? — Nix da! — De bliwt bi mi! — Se hett de lange Reis' vun Sachsen hierher makt, da is se doch mäud! — So'n dumm Tüg, hüt dat lütt Gör dörch Hamborg to slepen! Bliw du man bi mi, min söte Deern. Ik hew schäune Kauken to'n Kaffee! Kumm, sett di dal, ik bün so alleen!“

Charitas sah fragend von einer zur anderen, aber die Mutter blieb fest, und Charitas wußte aus Erfahrung: Müdigkeit vorschützen nützte bei der energischen Mutter gar nichts. Amalie war gegen sich selbst bis zum Äußersten hart und streng, da war es ganz natürlich, daß sie es gelegentlich auch zu ihrem Kinde war.

Zunächst an den Hafen! — Ja, da riß das Kind aus dem sächsischen Bergwerksdorf die Augen auf. Wie weit dehnte sich hier die Welt vor den verwunderten Blicken! Diese Kolosse von Dampfern und Segelschiffen! Dieses Gewirr von Masten und Tauen! Und in und vor diesem Chaos kribbelte und krabbelte es von rührigen Menschen; es war, hier vom Stintfang ausgesehen, ein Bild, das sich unvergeßlich dem Gedächtnis einprägen mußte. Und da! — — Wirklich und wahrhaftig ein Schwarzer! — Wie das aussah, als der mit seiner rot- und weißgestreiften Hose mit affenartiger Behendigkeit an dem hohen Mast emporkletterte. Und hier unten, dicht vor den beiden, schwebte langsam und würdevoll ein riesiger Eisenarm in der Luft, er holte schwere Säcke aus dem geräumigen Bauch des großen Schiffes. Charitas hatte nicht Augen genug, um all den fremdartigen Vorgängen und Erscheinungen genügend folgen zu können, denn von den großen Schiffen wanderte ihr staunender Blick zu den vielen kleineren Dampfern, die, — es ist gerade als ängstete sich einer vor dem andern, — mit markdurchdringenden Pfiffen geräuschvoll aneinander vorüber stampfen. Dann wandert der Blick weit hinaus, wo draußen im Westen der herrliche Elbstrom in ruhiger Majestät dem Meere entgegen wallt. Dort sinkt gerade die rote Sonnenscheibe in die bewegte Flut und hinterläßt auf der breiten Wasserfläche einen blutig roten Streifen. Neben ihr tönt die Stimme der Mutter, die alles zeigt und erklärt. Aber es ist etwas fieberhaft Aufgeregtes und Unruhiges im Wesen der Mutter.

„Mutter, nach Hause!" bettelte Charitas.

Ach, wie konnte man so schlafmützig sein! Es gab ja noch so viel zu sehen und zu erleben! Im Vorbeigehen wollte Amalie noch ein paar bekannte Apothekerfamilien aufsuchen, sie möchte doch wissen, mit was für Augen „gebildete" Hamburger so ein sächsisches Dorfmädchen ansehen. Sie mußte sich dadurch ja Mut holen für ihren wichtigen Gang an die Alster. Also vorwärts! — Weiter! —

Der Schein der angezündeten Gaslaternen, verbunden mit dem dichten Nebel hüllte die Stadt in einen rötlichen Dunstkreis und erhöhte den Zustand des Traumhaften, in welchem Charitas sich durch ihre Müdigkeit und den beständigen Wechsel der Eindrücke schon vorher befand. Nach den Besuchen ging's an die Alster.

„Jetzt paß mal auf!" ermahnte die Mutter, „hast du dir je etwas ähnlich Schönes auch nur vorstellen können?" und Charitas schaute hinunter in die sanft bewegte Flut, wo sich die Gasflammen bis in unendliche Tiefen als zitternde Feuersäulen spiegelten.

Und weiter wanderten sie, bis sie plötzlich in dem ruhigen, mit Marmorstatuen geschmückten Windfang landeten. Johann öffnete die große Glastür.

Ach, wie Amalie das Herz klopfte!

Nun ein kurzes Warten in der halbdunklen Bibliothek. Verwundert, staunend sieht Charitas die Pracht um sich. Bis an die hohe, reich verzierte Decke stehen dunkle Glasschränke, angefüllt mit Büchern. In der Mitte steht ein großer, mit grünem Tuch beschlagener Tisch, an der Fensterwand sieht man einen Riesenglobus und ein großes Fernrohr. Dicht über den beiden schaut ein kluges, schönes Männergesicht aus breitem, reichem Goldrahmen auf die Beschauenden nieder. Das Gesicht ist so lebendig, die großen braunen Augen sehen fragend, aber freundlich auf das fremde Kind.

Das alles sieht Charitas, und gerade will sie fragen, wer der Herr ist, da hört sie draußen heiteres Lachen und lebhaftes Sprechen. Erschreckt flüchtet sie sich hinter die Mutter.

Da wird von demselben feingekleideten Herrn mit den glänzenden schwarzen Löckchen und den roten Backen, der vorhin die Glastür öffnete, eine hohe Schiebetür zur Seite gerollt, das Gas hochgeschraubt und ein paar Stühle an den großen Tisch gerückt, dann verschwindet er, und durch die geöffnete Tür tritt ein junges, bildschönes Paar.

Das offene, gütige Gesicht des Herrn ist von einem dunklen Vollbart umrahmt, aber unwillkürlich bleibt des Kindes Blick an der anmutigen Gestalt an seiner Seite hängen. Auf der schlichten schwarzen Sammettaille funkeln zahllose dunkle Perlen, die im Glanz des Lichtes den Eindruck von unzähligen Tautropfen machen.

„Ach, Sie sind hier, liebe Frau Dietrich!" sagt die Dame mit großer Herzlichkeit und streckt Amalie freundlich die Hand entgegen.

„Haben Sie denn noch keine Nachricht von Ihrer Tochter?"

„Hier ist sie," sagt Amalie mit vor Aufregung bebender Stimme, und zu Charitas gewandt, die sich gern verstecken möchte, flüstert sie leise: „Sei nicht so albern! Gleich nimm dich zusammen!" und laut fährt sie fort: „Komm, sag' Herrn und Frau Doktor guten Abend!"

„Sie ist heute früh angekommen," sagt sie zu Frau Doktor gewandt.

„Heute früh?" fragt Frau Doktor erstaunt, „bist du denn die Nacht gereist?" und sie reicht Charitas, die jetzt verlegen und unbeholfen vorwärts stolpert, freundlich die Hand. —

Charitas ist jetzt von der Gasflamme hell beleuchtet. Das runde Kindergesicht ist von einem rotwollenen Kopftuch eingerahmt. Dieses Kopftuch ist das Erbe der verstorbenen Lehmann-Christel aus Voigtsberg, die sie nie anders als im Tode gesehen hat. Das kurze, graue Mäntelchen, — ihr ganzer Stolz — die Mutter hat es ihr mit aus Holland gebracht, — ist mit schottischem Wollstoff eingefaßt. Das Konfirmationskleid ist auf ferne Zukunft eingerichtet, es ist so lang, daß sie stolpert, vorsichtshalber ist aber noch ein handbreiter Aufsäumer darin, sie kann noch viel wachsen, und sie hat es nötig, denn sie ist noch recht klein und schmächtig für ihr Alter. — Die Schuhe, die sie anhat, sind plump und mit Nägeln beschlagen; da suchen die Füße vergeblich nach einem Fleckchen, das nicht mit dem dicken, schön geblümten Teppich belegt ist. — Ach, — und nun steht sie so in der erbarmungslosen Helligkeit; sie kann ihre verlegene Gestalt nicht verbergen, und da schauen nun sowohl lebendige wie gemalte Augen auf das arme Kind herab. —

Einige Fragen werden an Charitas gerichtet, und dann wird sie in ein Nebenzimmer geschickt, die große Tür schließt sich hinter ihr, und sie sieht sich mutterseelenallein in einem ebenso vornehmen Raume. So

Frau Marie Meyer

weltentrückt kommt sich das Kind vor. Die Stimmen, die sie soeben vernommen, klingen fremd und traumhaft in ihrer Seele nach. Die Bilder an den Wänden stellen Dinge dar, für die sie keine Anknüpfung hat, selbst die Luft, die sie hier atmet, hat etwas vornehm Fremdes an sich, alles, alles kommt ihr durchaus unwirklich vor. Ja, auch sogar die Menschen haben für ihre Vorstellung etwas Traumhaftes, sie bewegen sich in prächtigen Festgewändern so unhörbar, sie bedienen sich einer so ungewöhnlich schönen Sprache, sie sprechen viel schöner als die Könige und Edelfräulein auf dem Siebenlehner Theater, das seinerzeit doch so unauslöschlichen Eindruck auf Charitas gemacht hatte. Jawohl, so etwa kam es ihr vor, wie im Theater. Man sah sich das Stück staunend an, aber man war nur Zuschauer, denn wenn es zu Ende war, ging man wieder hinaus in die rauhe Wirklichkeit und träumte von all der Pracht. Ach den warmen, weichen, feuchten Duft, der aus dem geöffneten „Wintergarten" ins Zimmer strömte, den möchte man mitnehmen, den möchte man festhalten. O, was würde die Lehmann Gustel in Voigtsberg oder die Nendel Ernestine in Siebenlehn wohl sagen, wenn sie ihnen von den heutigen Erlebnissen erzählen würde? Sie hörte sie: „Ach du!" würden die sagen, „jetzt denkst du dir aber wieder mal was aus, so was gibt's doch gar nicht!"

So versunken war sie in ihre Träumereien, daß sie heftig zusammenschrak, als sich plötzlich hinter ihr die Tür öffnete und Herr und Frau Doktor hereintraten. — Ja, es waren nur die beiden, die Mutter kam nicht mit. Da wollte Charitas natürlich zu ihr in die Bibliothek, aber sie wußte mit der Tür nicht Bescheid, und die Dame schien ihre Bemühung nicht zu verstehen, sie sagte: „Wie? du stehst noch immer? Aber so setz' dich doch, komm hierher an den Tisch."

O weh! Sie sollte noch mehr in die Helligkeit, näher den prüfenden Blicken! Und wieder wurde gefragt, und sie antwortete wie im Traum.

Ja, wo war die Mutter? Die ging unterdessen einsam, tiefbewegt durch die Straßen in ihr kleines, ärmliches Stübchen zu Madame Piepenbrink. Sorgen und Zweifel, wie Charitas die plötzliche, unaufgeklärte Trennung ertragen würde, verscheuchten den Schlaf aus ihren Augen.

* *
*

Am nächsten Tage konnte Amalie den Abend nicht erst abwarten, schon am Nachmittag mußte sie heute an die Alster und ihr Kind aufklären.

Als Johann ihr die Tür öffnete, sagte er ihr, Charitas sei mit Frau Doktor ausgefahren, oben im Turmzimmer könne sie sie erwarten, und er zeigte ihr den Weg dahin.

Und bald danach stürmte Charitas die Treppe herauf und lag im nächsten Augenblick in den Armen der Mutter.

„Aber Kind!" rief die Mutter erregt, und die dicken Tränen liefen ihr die Backen herunter, „wie siehst du denn aus? Das ist ja gar nicht mehr meine Charitas! Wer hat dich denn so herausgeputzt? Wie eine kleine Dame siehst du ja aus! Auf der Straße wäre ich sicher an dir vorbeigegangen, so fremd erscheinst du mir!"

„Das sind alles Frau Doktors schöne Sachen, Hut,

Mantel, Stiefel, alles ist zu groß für mich, aber ich durfte ja mit ausfahren, und dafür hat sie mir das alles geborgt, ich trage es wieder in die Stube, wo der große Spiegel ist. Aber Mutter! Fortgegangen bist du gestern und hast mir nichts gesagt, und hier wagte ich niemanden zu fragen. Nun erzähl' mir aber, was das alles bedeutet. Heute gehe ich doch mit dir?"

„Ich habe dir freilich viel zu erzählen, komm, setz' dich ganz nahe zu mir," und Amalie rückte auf dem kleinen Rohrsofa zur Seite, um Charitas Platz zu machen. Und nun erzählte sie ihr alles.

„Was aus dir wird," schloß sie, „das weiß ich demnach augenblicklich selbst noch nicht, das kommt auf dich an; gewiß ist aber, daß ich auf Jahre hinaus nach Australien gehe, und daß es mir dadurch möglich wird, etwas für deine Erziehung zu tun. Staunst du nicht? Unsere Not war so groß, und nun sieh mal, wie Gott durch Menschen geholfen hat: Weg hat er allerwegen, an Mitteln fehlt's ihm nicht! — „Wenn es nun so geht, wie ich mit dir hoffe und wünsche, so kannst du endlich dazu kommen, viel zu lernen. Hast du dir das nicht immer gewünscht, und bist du nun nicht sehr glücklich, wenn es dir geboten wird?"

„Ach," sagte Charitas schluchzend, „freilich habe ich es mir gewünscht, und ihr habt es mir früher auch immer versprochen, aber ich bin so dumm geworden, ich bin nun wohl zu alt, und ich möchte auch doch lieber bei dir bleiben. Ich bin ja noch so wenig bei dir gewesen. Frag' doch lieber den Herrn, der dich so weit wegschickt, ob ich nicht mit darf. Sag' ihm, ich hätte dir in Sachsen auch geholfen. Nimm mich mit! Bitte, bitte, nimm mich doch mit!"

„Das geht nicht," sagte Amalie streng, „du bist töricht und kurzsichtig! Was sollte denn da aus dir werden? Hab' doch Vertrauen zu mir! Ich will ja doch nur dein Bestes. Ich möchte dir heute soviel sagen, denn mir ist's, als müßte ich fürs Leben Abschied von dir nehmen und dir noch einmal alles ans Herz legen. Sieh mal, du mußt nicht so viel an deine Sehnsucht denken. Setz' dir ein Ziel, das du erreichen willst. Denk', daß du Lehrerin werden willst. Diesem Ziel jage ernstlich nach. Dazu gehört vor allen Dingen, daß du dich selbst erziehen läßt. Du wirst sehr viel nachzuholen haben, denn es ist vieles versäumt, und da wird es dir wahrscheinlich nicht leicht werden. Wenn andere keine Geduld haben, so verlier du selbst sie nicht mit dir. Schenkt man dir aber Vertrauen, so sei das ein besonderer Sporn; suche es zu rechtfertigen. Vertrauen legt doppelt Verpflichtungen auf, das fühle ich jetzt. Ich würde mich zu Tode schämen, wenn ich die Erwartungen, die man auf mich setzt, nicht erfüllen könnte. Ich wünsche, daß du auch so empfindest. Kommen schwere Stunden, so denke, daß sie deinem Herzen ebenso notwendig sind, wie der Regen dem Erdreich. Achte auf die Winke Gottes in deinem Leben!"

Schluchzend versprach Charitas alles, was die Mutter verlangte.

* * *

Nach einigen Tagen sagte Frau Doktor zu Amalie: „Charitas ist noch so unentwickelt, sie ist wirklich noch ein ganzes Kind, da halte ich es für das beste, ihre Konfirmation vorläufig ganz zu ignorieren. Ich meine damit, wir ziehen ihr wieder kurze Kleider an, geben ihr einen Schulranzen und schicken sie hier erst mal ein Jahr in eine höhere Töchterschule. Für manche Fächer, wie z. B. für Sprachen, müßte sie Privatstunden bekommen. Das ist so fürs erste meine Ansicht, was dann weiter wird, muß abgewartet werden. Reisen Sie denn schon bald?

„Ich gehe nächste Woche erst noch einmal nach Sachsen."

„O wirklich! Das ist ja gut. Inzwischen bleibt Charitas bei uns, wir lernen sie besser kennen und können uns bis zu Ihrer Rückkehr schon eine Meinung über sie bilden."

Das sah Amalie ein.

* *
*

An einem der darauf folgenden Tage holte Amalie Charitas ab, um mit ihr an den „Alten Wandrahm" zu gehen. Sie traten in das kleine Privatzimmer von Godeffroy.

„Da ist sie!" sagte Amalie.

Godeffroy sah belustigt auf und sagte: „So, so! — Das ist sie? — Wie ich höre, willst du hier tüchtig lernen? — Tu das! — Hier in Hamburg wirst du Gelegenheit genug finden. — Ja, mach' deiner Mutter Freude; und wenn erst die schönen Sachen aus Australien kommen, dann sehe ich dich wohl öfter, du wirst dir doch alles ansehen wollen? — Ja, sei brav und fleißig! — Frau Dietrich, hier ist ein Verzeichnis von den Sachen, die wir bis jetzt für Sie besorgt haben, es wäre ganz gut, wenn Sie auf dem Speicher einmal nachsehen möchten, ob das, was auf dem Papier steht, auch wirklich da ist; fragen Sie Hermann, wo er Ihre Sachen hingelegt hat."

Godeffroy schüttelte beiden die Hand, und Amalie nahm Charitas mit über den geräumigen Hofraum hinten nach dem Speicher. Auf dem Boden lagen überall Waren aufgespeichert, durch eine Luke fiel das nötige Licht herein. Vor der Luke hing ein ungewöhnlich dickes Tau, an dem ein starker eiserner Haken befestigt war. Es machte einen unvergeßlichen Eindruck auf Charitas, als sie zu der Luke heraussah. Die unendlich hohe Hauswand endete unten direkt im Wasser. Also diese laute Stadt, in der Charitas vor wenigen Tagen am Hafen ein so sinnverwirrendes Rufen, Läuten, Pfeifen und Stampfen gehört hatte, diese selbe Stadt barg auch Stätten in sich, wo es ganz still war, wo man träumen konnte? Wie der Blick gehalten wurde von der trüben, träge dahinfließenden Flut! Schwerbeladene Fahrzeuge wurden von hünenhaften Gestalten langsam vorwärts bewegt, stehend lenkten sie sie mit langen Stangen, die sie tief ins Wasser senkten. Und das alles ging schweigend vor sich, kaum einen Laut hörte man von dieser Luke aus. Während Charitas ganz versunken in den Anblick des Fleetes war, ging die Mutter suchend auf dem Boden umher, dann rief sie

Charitas zu sich und sagte: „Sieh dir mal an, was hier liegt. Das kennst du nicht. Das sind zerschlagene Kokosnüsse, man nennt das ‚Kopra'. Diese Kobra ist der Haupthandelsartikel, den die Firma Godeffroy von der Südsee importiert. Von hier kommt die Ware in die Fabriken und wird zu Öl verarbeitet. Ganze Schiffsladungen Kopra kommen hierher. Sieh, hier liegen nun Waren, die mit hinübergenommen werden: bunte Kattune, große Perlen, Spiegel und dergl. mehr, die werden drüben zum Tausch verwandt.

So, und hier sind wohl meine Sachen. Nimm du mal das Verzeichnis und lies vor, ich sehe nach, ob alles da ist."

Und Charitas las:

Rebau, Naturgeschichte.
Müller, Pflanzenstaat.
Leunis, Pflanzenkunde, 4 Bände.
Wildenow, Kräuterkunde.
Willkomm, Pflanzenatlas.
David Dietrich, Pflanzenlexikon.
Williams, englisches Wörterbuch.
3 englische Lehrbücher.
1 Lupe.
1 Mikroskop.
25 Stück Blasen.
6 Insektenkästen.
10 Ries Papier.
Lumpen zum Verpacken.
6 Blechdosen mit Spiritus.
20 Pfund Gips.
20 Pfund Heede.
1 Schachtel Insektennadeln.
3 Buch Seidenpapier.

5 Buch Packpapier.
4 Beutel Hagel.
10 Pfund Pulver
1 Schachtel Zündhütchen.
2 Kisten Gift.
4 Kisten für lebendige Schlangen und Eidechsen.
3 Fässer Salz.
100 Gläser mit großen Stöpseln.

„Es stimmt,“ sagte Amalie, und die beiden traten den Heimweg an.

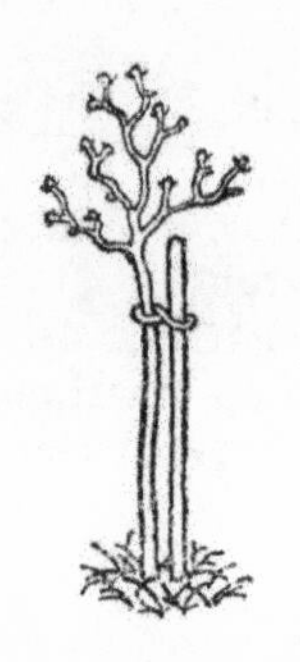

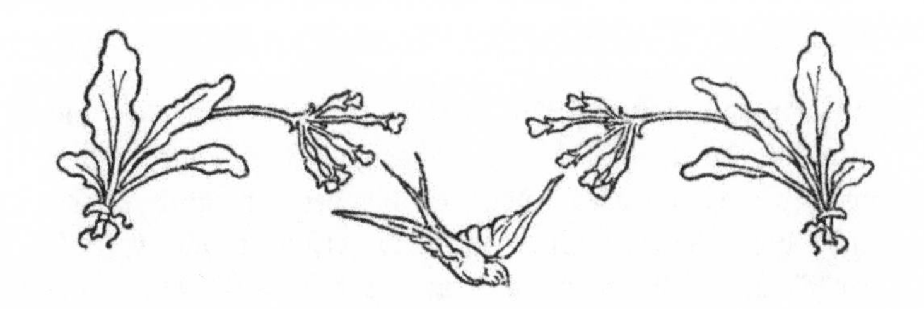

30

Abschied von der Heimat

Nachdem in Hamburg alles geordnet war, reiste Amalie nach Sachsen. —

Ihr erster Gang in Siebenlehn war zu Madame Hänel, hier zählte sie ohne weitere Einleitung das Geld auf den Tisch, das sie schuldig war. Die schlug in maßlosem Staunen die Hände zusammen und rief triumphierend: „Na! — Hab' ich's nicht immer gesagt, wenn alle an Ihnen zweifelten und mich bange machen wollten. Ich hab' gesagt: ‚Sobald die was hat, bezahlt sie,‘ und ich hab' recht gehabt!“

* * *

Bei Madame Hänel litt es Amalie nicht lange, sie suchte den alten kranken Vater auf, der noch immer das Bett hütete.

„Du bist mal wieder da?“ fragte er, „alle meinten, da du die Charitas hast so weit hinausreisen lassen, nun würden wir keinen von euch je wieder sehen, — und nun bist du doch da? — ! Aber wie siehst du denn nur aus? Ganz anders! Geht es dir denn plötzlich gut?" und des Vaters Blick musterte erstaunt die Gestalt der Tochter. Es war nicht nur die bessere Kleidung, die ihm auffiel, nein, die ganze Erscheinung trug den Stempel ruhiger, sicherer Würde. Eine nie vorher gesehene Reife und Milde lag über dem Wesen der Tochter. Was konnte ihr nur passiert sein; sie hatte doch wahrhaftig keinen Grund, so glücklich und zufrieden auszusehen?! —

„Vater," sagte Amalie weich und herzlich, „ich komme, um Abschied von dir zu nehmen!"

„Du? Wieso? — Willst du denn schon gleich wieder fort? Du mußt doch erst deine Sammlungen fertig machen!"

„Diesmal nicht, Vater, jetzt haben andere es übernommen, mich für die Reise auszurüsten."

Der Vater sah sie verständnislos an, und da erzählte sie ihm von ihren Hamburger Erlebnissen.

Unverwandt ruhte der Blick des Alten auf der Tochter, seine Stimme zitterte als er nach langem Sinnen sagte: „Ach Malchen! — Seine Gedanken sind wahrlich nicht unsere Gedanken, und seine Wege nicht unsere Wege! — Ach Gott, wie schwer haben wir dir's alle gemacht! Wie hab' ich dich immer nicht begreifen können! Wie hab' ich innerlich oft mit dir gehadert, weil ich immer meinte, du seiest nur dickköpfig und eigensinnig! Die gute Mutter! Ach, was würde die sagen! Über das große Meer mußt du? — Deine Mutter ist nicht einmal bis Dresden gekommen, und unsere beiden

Kinder so weit fort! Fürchtest du dich denn gar nicht?"

„Ach Vater, kann es mir denn schlimmer ergehen als hier? Ich hoffe doch, es soll für Charitas und mich ein besseres Leben anfangen."

Der Alte nickte, und immer wieder mußte Amalie sowohl von Charitas wie von sich selbst erzählen.

Beim Abschied sagte der Vater mit bebenden Lippen: „Malchen, bis mir nich mehr böse! Ich bin meist hart zu dir gewesen, — ich hab' dich wohl nie recht gekannt, und nun, — nun ist's wohl zu spät. Nun gehst du, und wir sehen einander in diesem Leben nicht wieder. Geh' mit Gott! Es geh' dir gut!"

* * *

Als Amalie über den Markt ging, kam die alte Krummbiegeln dahergehumpelt. Als sie Amalie sah, blieb sie stehen und rief lebhaft: „'s is de Meglichkeet! Das bist ja du, Male? —! Dich kennt man aber heite doch gar ni! Wie siehste denn nur aus? Haste 's große Los gewonnen? Oder? — Na — was denn?"

„Ja," sagte Amalie lächelnd, „freilich hab' ich 's große Los gewonnen."

Die Krummbiegeln sah sie unsicher von der Seite an, sie schüttelte den Kopf und befühlte den Stoff von Amaliens Kleid.

„Recht hibsch, aber nor leichte Ware, keene reene Wolle."

„Kann ich jetzt auch nicht brauchen, ich gehe in warme Länder.“

„Wieder mal weit weg? Etwa da runter, wo dei Bruder is, zu den Derken?“

„Ach, viel weiter!“

„Geh! Du bist ni gescheit! Was das mit dir wohl noch emal für e Ende nehmen wird! Wo willst'n hin?“

„Nach Australien.“

„Das is wohl weit draußen?“

„Ach ja, es geht!“ lachte Amalie.

„Wie de dich nor getraust! Und de Kleene is ja jetzt ooch so weit draußen.“

Amalie nickte.

„Wo is'n die?“

„In Hamburg.“

„Is'n das weit, von wo du hingehst?“

„Ach, furchtbar weit!“

„Is de Möglichkeit! Da könnt ihr eich nich manchmal Sonntags sehen?“

„Kein Gedanke! Ich hoffe, in etwa zehn Jahren sehen wir einander wieder.“

„O, du bist eine hartherzige Mutter, das hab' ich egal gesagt. Was soll denn das arme Kind so weit draußen, wo sie unter fremden Leiten is? Die kriegt dochs 's Heemweh?“

„Viel lernen soll sie.“

„Ä', dummes Zeig! Egal hast du gelernt, und wie is der'sch denn gegang'n? Arm biste, aber e Dickkopp biste ooch! Was man von dir wohl noch mal hört!"

Damit humpelte die Krummbiegeln kopfschüttelnd davon.

* *
*

Am nächsten Tage wanderte Amalie nach Herzogswalde. Sie kam spät am Nachmittag da an, sie meinte, Dietrich sei dann am ersten frei. Dicht am Hause glitt eine Gestalt, fest in ein Tuch gehüllt, an ihr vorüber. Amalie wußte, wer sich unter dem Tuche verbarg. Sie seufzte tief auf. Die da vorüberglitt, sie bedeutete ihr heute nicht mehr, als ein Schatten auf ihrem Wege. War sie so über ihr Leid hinausgewachsen? —

Dietrich saß am Tisch und ordnete Moose. Bei Amaliens Eintritt drehte er sich um, er sah überrascht, fast erschrocken aus.

„Du hier?" rief er, „woher kommst du denn? Willst du Pflanzen haben? Bitte, such' dir nur aus, was du brauchst."

„Ich brauche keine Pflanzen mehr."

„Nein? — Keine Pflanzen —?"

„Ich komme, um Abschied von dir zu nehmen und um dir zu danken."

„Mir?" sagte Dietrich verlegen.

„Ja, Wilhelm! Ich weiß ganz gut, was ich dir zu danken habe. Siehst du, einst habe ich mir ein ganz anderes Bild von meinem Glück gemacht! Ach, ein ganz anderes! — Ich stehe jetzt an einem Wendepunkt meines Lebens, da läßt man die Vergangenheit noch einmal an der Seele vorüberziehen. Welche Wandlungen haben meine Empfindungen im Laufe der Jahre durchgemacht! — Du gabst mir großes Glück! Dann kamen die schweren, ach so schweren Jahre! Und nun kommt wieder das Glück. Eine Aufgabe habe ich! Eine große Aufgabe! Wenn ich sie löse, so danke ich es dir. Was wäre ich ohne dich geworden?"

Und nun erzählte sie von Godeffroy. — Dietrich hatte den Kopf in die Hände gestützt und hörte schweigend zu, und als Amalie geendet hatte, rief er erregt: „Dir?! Dir! wird der Auftrag? — Nicht mir? — Ich bin doch der aus dem alten Botanikergeschlecht! — Eine Frau schicken die hinaus? Meine Frau!?? Das Schicksal verfährt hart mit mir! — Gehst du denn schon bald?"

„Mit dem nächsten Segler, der nach Australien geht. Meine Ausrüstung liegt parat."

„Eine Ausrüstung bekommst du?"

„O, und was für eine!"

„Was ich von klein auf als das Begehrenswerteste erträumte, dir fällt es in den Schoß!"

„Du wärest geeigneter für den Posten."

„Ist das deine aufrichtige Meinung?"

„Da ist ja gar keine Frage!"

Dietrich sah sinnend vor sich hin, plötzlich sagte er: „Wo ist Charitas?"

„In Hamburg."

„In Ham—burg? Durch dich?"

„Ja natürlich, ich konnte doch nicht fortgehen und sie so im Elend lassen."

„Was tut sie da?"

„Sie lernt. Ihr wird endlich das geboten, was wir ihr immer versprochen haben, wozu es aber nie kam."

„Wir waren so arm," flüsterte Dietrich, „sie kam nicht zu mir, um Abschied zu nehmen."

„Nein," sagte Amalie kurz und herb, „ruf sie nicht zu dir, störe sie nicht, sie hat auch Aufgaben zu erfüllen."

„Nein, ich störe sie nicht, das verspreche ich dir."

Da legte Amalie plötzlich beide Arme um Dietrichs Hals, küßte ihn mit einer Art mütterlicher Zärtlichkeit und sagte tief bewegt: „Leb' wohl mein armer Wilhelm! Glücklich, — unglücklich — glücklich bin ich durch dich geworden. Für alles Glück danke ich dir, in dem Sinne werde ich stets deiner gedenken!"

* *

Von der weinenden Charitas begleitet, ging Amalie am 15. Mai 1863 an Bord des Segelschiffes: „La Rochelle." Ein Herr trat zu ihr, nannte seinen Namen und sagte: „Ich bin der Kapitän des Schiffes. Der Chef hat angeordnet, daß ich Ihnen eine Kajüte erster Klasse anweise. Ich habe die Weisung, ganz besonders gut für Sie zu sorgen."

Amalie traten die Tränen in die Augen. Sie sah sich um, welch ein Gewühl!

„Wir haben 450 Zwischendeckspassagiere," sagte der Kapitän.

Wie schwer hatten es wohl die Armen; und sie war nicht dazwischen, sie hatte man der besonderen Obhut des Kapitäns empfohlen! — —

Die Schiffsglocke gab das Zeichen zur Abfahrt. Noch ein eiliger, letzter Kuß, und Charitas eilte an Land. — Nun löste sich der mächtige Segler und glitt stolz den Strom entlang. Solange er sichtbar war, ließen Mutter und Kind die Tücher im Winde flattern.

Zweiter Teil

1

Brisbane, 1. 8. 1863.

Meine liebe Charitas!

Im Mai war es, als wir Abschied voneinander nahmen, und erst Weihnachten wirst Du diesen Brief von mir erhalten. Der Brief ist mein Weihnachtsgeschenk, hoffentlich macht er Dir Freude, da Du daraus siehst, daß ich wirklich in Australien angekommen bin. Ach, denk doch, — von Siebenlehn nach Australien! Kannst Du's Dir eigentlich vorstellen? Mir ist oft, als ob ich das alles geträumt hätte. — Wieviel habe ich auf der langen Seereise erlebt, gesehen und empfunden! Wie neu war mir alles, und wie unbegreiflich ist mir hier alles! — Nach unserer Trennung in Hamburg sah ich noch lange Deine kleine, einsame, traurige Gestalt, die mir nachwinkte. — Glaub' nur nicht, daß ich weniger traurig war, ich war es nicht so sehr für mich selbst, als im Gedanken an Dich. Wie wirst Du Dich in den neuen Verhältnissen zurechtfinden? Sei gehorsam, und habe Geduld! Ja Geduld tut uns not! —

Auf der Seereise habe ich gemerkt, daß sie auch mir noch sehr fehlt. Mit welcher Ungeduld erwartete ich das Ende der Reise. Wir waren 81 Tage unterwegs. Stell' Dir das nur mal vor, das ist fast ein Vierteljahr! Und doch hatte ich keinen Grund zur Klage, ich hatte es im Gegenteil ganz besonders gut, ich fuhr ja erster Klasse, gerade als ob ich eine reiche, verwöhnte Dame sei. Mit welchen Gefühlen sah ich oft hinüber zu den Armen, die eingepfercht im Zwischendeck fuhren. Warum war ich nicht bei denen? Begreifst Du, — je besser Godeffroy zu mir ist, desto mehr Verantwortungsgefühl habe ich. — Aus diesem Gefühl entsprang auch meine Ungeduld. Während der 81 Tage nichts tun, als warten, — und ich brannte darauf, loszulaufen und zu sammeln, damit sie sehen, daß ich tun will, was in meinen Kräften steht. Ja, das ist mein täglicher, ernster Vorsatz! Auf dem Schiffe aber konnte ich nicht wandern, war auf einen so kleinen Raum beschränkt, konnte weder Hindernisse überwinden, noch besondere Gefahren bestehen, ausgenommen die Gefahren, die uns Sturm und Unwetter brachten; aber dabei konnten wir uns ja nur abwartend verhalten. Ein recht faules Leben war es, was wir führten. Wir beobachteten die Delphine, die dem Schiff zur Seite schwammen; wir freuten uns, wenn der herrliche Albatros hoch in den Lüften schwebte, und wir sprachen über die Veränderungen, die Himmel und Wasser boten. Aber wir konnten bei allem nur müßige Zuschauer sein.

Im Atlantischen Ozean erlebten wir einen Gewittersturm. Das war schrecklich! Der Sturm peitschte das

Wasser, daß unsere Rochelle haushoch geworfen wurde. Nie werde ich den Anblick vergessen! Es war mitten am Tage, und doch war der Himmel stockdunkel. Das Wasser war schwarz, und es brüllte und kochte, und der Donner krachte. Der Blitz schlug in einen Mast, und wir alle meinten, unsere letzte Stunde sei da.

Aber das Wetter beruhigte sich und damit auch unsere erschreckten Gemüter.

Weiter ging's ums Kap der Guten Hoffnung. Wir sahen vom Schiff aus wieder feste Berge.

Endlich, endlich erreichten wir die australische Küste! Wir kamen an Inseln vorbei, deren dunkle Palmenwälder sich scharf gegen den blauen Himmel abzeichneten. Denk' Dir nur, ganze Wälder von diesen herrlichen Palmen!

Am Eingang der Moreton-Bai hatten wir noch mit einer starken Brandung zu kämpfen, und dann ging's auf dem vielfach gewunden Brisbane River etwa 20 englische Meilen landeinwärts, bis wir bei Brisbane landeten.

Endlich hatten wir wieder festen Boden unter den Füßen. Wir waren aber so an das Schwanken gewöhnt, daß wir auch auf dem Lande noch hin und her taumelten. —

Eine große Menge Menschen stand am Strande und erwartete mit Spannung das Schiff. Viele von den Passagieren wurden von Verwandten und Bekannten in Empfang genommen. Wie bewegt waren wir alle! Mir war ganz feierlich zumute. Da lag sie vor mir, die hochgebaute Stadt. Die untergehende Sonne tauchte die Neue Welt in glühendes Gold. Ich konnte mich ganz der Bewunderung hingeben. Aber trotz der Freude über die endliche Erfüllung meiner Wünsche wollte ein Gefühl ängstlicher Spannung, ein wehes Gefühl der Vereinsamung mich übermannen. Wie ich mich sinnend umschaute, wollten mich Bekannte aus der ersten Kajüte mit in ihr Hotel nehmen, aber ich nahm von allen, besonders von unserm guten Kapitän, bewegten Abschied und suchte mir ein billiges Wirtshaus. Endlich, — so sagte ich mir, — muß doch das Schlaraffenleben mal ein Ende nehmen! — Trotzdem ich mich unterwegs viel mit meinen Büchern beschäftigt hatte, merkte ich nicht, daß ich mit meinem bißchen Englisch etwas ausrichten konnte. Das kommt wohl mit der Zeit. Schwer ist mir's immer geworden, wenn ich mit der deutschen Sprache nicht weiter konnte. —

Am nächsten Morgen suchte ich gleich den Agenten, Herrn Heußler, auf. Da holte ich mir Geld und guten Rat. Ach, sich so Geld holen zu können! Gar keine Sorgen mehr um's tägliche Brot! — Ein Gefühl frohen Stolzes erfüllte mich bei dem Gedanken, Angestellte eines solchen Hauses zu sein.

O, wie leicht und frei fühlte ich mich einerseits, und anderseits fühlte ich mich in dem fremden Weltteil einsam und unsicher. Herr Heußler sagte mir, Australien sei noch wenig durchforscht, und ich würde auf Schritt und Tritt Neues und Interessantes finden. Ferner sagte er mir, ich möge mich mit jedem Anliegen nur vertrauensvoll an ihn wenden; auch wenn ich Geld brauche, solle ich es nur sagen, Godeffroys hätten ihm den Auftrag gegeben, mir in jeder Weise beizustehen. Kannst Du das fassen? Ich nicht! Ich bin tief bewegt und — o, — so dankbar!

Wie sind Gottes Wege doch wunderbar! Ich muß immer staunen, wie merkwürdig er mich geführt hat. —

Ich werde eine europäische Niederlassung am Brisbane River aufsuchen, und sobald ich eine Wohnung habe, schickt mir Herr Heußler mein Material. Wir sprachen dann noch manches, was mir hier auffällt, er erklärte mir alles.

Die Häuser sehen nämlich aus, als hätten sie Beine und wollten davonlaufen. Als ich das Herrn Heußler sagte, lachte er und erklärte mir, man baue die Häuser auf Pfählen, der weißen Ameisen wegen, die hier eine große Plage sind. — Ich dachte: ‚Na, da gibt's ja gleich was zu sammeln!'

Brisbane River, den 20./8.

Jetzt bin ich an meinem neuen Wohnort, der am Brisbane River liegt. Ich fand hier ein Häuschen, was grade leer stand, das habe ich gemietet. Bis meine Sachen kamen, wohnte ich in einer Squatter-Familie, dann richtete ich mich mit meinen Kisten, Decken und Tonnen ein. Etwas Kochgeschirr habe ich mir in Brisbane noch besorgt. — Nun kann ich endlich mit meiner Arbeit anfangen! —

Am ersten Morgen, nachdem ich in meinem Haus geschlafen hatte, ging ich auf die Suche nach Wasser. Nicht allzu weit von meiner Wohnung entfernt kam ich an eine Art Bassin und schöpfte mein Kesselchen voll, aber denke Dir, da trat ganz unvermutet ein gelbes Männchen mit geschlitzten Augen und mit einem langen, dünnen Zopf versehen, auf mich zu, hielt die Hand hin und schnarrte: „Three Pence m'am!"

„Ach was!“ sagte ich, „da behalt dein bißchen Wasser,“ damit schüttete ich den Inhalt wieder zurück.

Der gelbe Kerl, Du kannst Dir wohl schon denken, daß es ein Chinese war, sah mich aus seinen Schlitzaugen sehr verdutzt an, sprach sehr eifrig und gestikulierte dabei. Na, ich ließ ihn reden. —

Freilich, Tee gab's nun vorläufig nicht, aber ich konnte warten, bis ich Wasser fand. Ich hätte mir ja bei den Squatters etwas holen können, aber wo ich irgend kann, mag ich lieber auf mich selbst gestellt sein. Ich muß ja doch lernen, mir in der Einsamkeit selbst zu helfen. — Mit einem wahrhaft feierlichen Gefühl rüstete ich mich für meine erste Sammeltour im neuen Erdteil. Ich hing mir die Kapsel über die Schulter, steckte Mehl, Salz, Tee und Streichhölzer hinein, setzte den großen Strohhut auf und begab mich auf die Wanderschaft. Mit Herzklopfen unternahm ich diesen ersten Gang, ich hatte auch doch etwas Angst, daß ich mir die Richtung einprägte, damit ich mich nur ja wieder in die Ansiedelung zurückfand. Die Gefühle, die mich auf dieser ersten Excursion bewegten, kann ich Dir nicht schildern; war mir doch zumute, als möchte ich mich wohl an diesem ersten Tage von bekannter, lieber Hand führen lassen, als möchte ich Belehrung haben über all die fremden, neuen Erscheinungen. Wie weit, unheimlich, undurchdringlich war mir einst der Zellwald erschienen, da hätte ich mich gefürchtet, stundenlang allein zu sammeln, ich mochte als junge Frau nie ohne Deinen Vater botanisieren gehen, ach — und nun! Ich mußte mich immer selbst fragen: „Bin denn ich das, die hier so allein im australischen Wald herumwandert?" — Es glückte mir endlich, Wasser zu finden. Ich sammelte dürres Holz, machte ein Feuer, suchte mir eine starke Baumrinde, reinigte sie gut, rührte das Mehl mit Wasser an, formte flache, kleine Kuchen, etwa von der Größe eines Quarkkäses und buk die in der heißen Asche, als ich sie für gar hielt, pustete ich die Asche ab, machte Tee und hielt zum erstenmal die Mahlzeit, wie ich sie von nun an wohl oft halten werde.

Dann ging's ans Sammeln. Erst füllte ich die Kapsel. Neu ist ja alles, und eine Fülle von Material wächst einem hier entgegen, daß man gradezu in Verlegenheit gerät, wo man zuerst zugreifen soll. Für Insekten hatte ich nur kleine Gläser mit Spiritus zu mir gesteckt. Man muß sich ja alles erst mal ansehen, und mit der Zeit findet sich's, wie man sich praktischer ausrüstet. Leider muß ich immer einen Schleier tragen; es ist mir sehr ärgerlich, immer so einen albernen Lappen vorm Gesicht zu haben, und ich denke manchmal, das ist wohl die Strafe dafür, daß ich mich über andere Frauen immer so lustig gemacht habe, die sich so ein Ding vor die Augen hingen; aber die Moskitos würden mich zu sehr plagen, sie sind so schlimm, daß ich sogar mit dem Schleier mein bißchen Essen koche. Nachts schlafe ich unter einem großen Netz. — Das Sammeln macht mir viel Freude. Was kommt einem hier auch alles entgegen! Nur zuzugreifen braucht man. Ich stelle mir immer vor, was sie wohl in Hamburg sagen werden, wenn die Sendungen kommen, sie sind doch gewiß ein bißchen ängstlich, ob ich auch der

Aufgabe gewachsen bin. Ich selbst bin es doch auch. — Paß doch ein bißchen auf, und frag' mal, wann Schiffe von Australien einlaufen, geh mal hin, und sieh Dir an, was ich geschickt habe. Ich habe gemerkt, ich darf nicht zuviel auf einmal nach Hause schleppen. Es ist zu heiß, die Pflanzen welken zu schnell, und dann muß ich sie fortwerfen. Erwarte nicht zu oft lange Briefe, dazu habe ich gar keine Geduld, denn es gibt glücklicherweise sehr viel Arbeit für mich. — Wie lange werde ich in Australien zu tun haben? Wir müssen uns auf lange Jahre gefaßt machen. Aber sei nicht traurig! Wenn die Sehnsucht über Dich kommen will, dann stelle Dir nur immer vor, wie es einst sein wird, wenn Du wieder am Hafen stehst, wenn Du winken wirst beim Anblick des einlaufenden Schiffes. Dann gibt's für uns auf Erden keine Trennung mehr! Damit tröste Dich nur immer. —

Für heute lebe wohl. Bitte Gott, daß er ein recht gutes Kind aus Dir macht; nur dann kannst Du ein glücklicher Mensch werden.

Mit herzlichem Kuß

Deine Mutter.

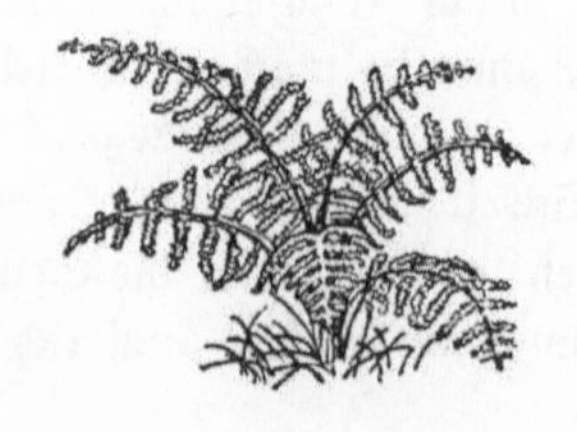

2

Hamburg, 4. Januar 1864.

Meine liebe Mutter!

Wie freute ich mich, zu sehen, daß Du wirklich glücklich in Australien angekommen bist. Ganz wie Du es Dir gedacht hattest: am 24. Dezember bekam ich Deinen lieben Brief. Ich hab' ihn mir selbst vom „Alten Wandrahm" geholt. Denke Dir, ich bin nicht mehr „An der Alster". Ich bin, bald nachdem Du abgereist warst, nach Hamm in Pension gekommen zu einer alten Dame, die zwei Töchter hat. Eine der Töchter gibt mir französische und deutsche Stunden. Ich gehe aber auch zur Schule, habe einen tüchtigen Weg von Hamm nach Hamburg in die Theaterstraße. Weihnachten aber wurde ich eingeladen, das Fest an der Alster zu verleben. Darüber habe ich mich sehr gefreut, denn ich war sehr traurig, als ich von Dr. Meyers fort sollte. Als ich in Hans' Stube saß und in einem seiner schönen Bücher las, kam Fräulein Elise herein und sagte: „Geh doch mal an den ‚Alten Wandrahm' und frag', ob vielleicht ein Brief von Deiner

Mutter da ist!“ Ich sah sie mir genau an, und mir schien, sie lachte ein ganz klein wenig, — sollte sie etwas gewußt haben, daß ein Schiff aus Australien angekommen war? Ich ging eilig hin. Es war so frisches Frostwetter, und ich freute mich so auf einen Brief, daß ich ganz lustig war. Und richtig! einer der jungen Herren im Kontor gab mir den Brief. Das war doch ein schönes Weihnachtsgeschenk! Wie oft habe ich ihn gelesen, bis ich ihn auswendig konnte. Frau Doktor sagte, nun müßte ich Dir bald wieder schreiben, ich könne Dir doch das Fest beschreiben. Ja, das will ich auch, denn ich dachte immer, wenn Du doch dabei wärest und alles mit erleben könntest. Fräulein Elise kam um fünf Uhr zu uns und sagte: „Heute dürfen die Kinder mit den Großen essen. Charitas, mach' Dir noch einmal sorgfältig das Haar, und wasch Dir die Hände.“ Mir war ganz feierlich zumute, als es zu Tisch klingelte. Es war das erstemal, daß ich mit den Erwachsenen essen durfte. Ich war ganz verwirrt, als ich die große, schön gedeckte Tafel sah. Es war sehr viel Besuch da, vier Schwestern und ein Bruder von Frau Doktor, und denke Dir nur: eine Familie aus England! Wirkliche Engländer sah ich! Sie hatten ein dreijähriges Kind bei sich, das konnte auch nur englisch sprechen und verstehen. Ich mußte es immer ansehen, denn es sah genau so aus wie eins von den vielen Engelchen, die wir in Dresden in der Bildergalerie sahen. Es hatte ein so rundes, liebes Gesichtchen, rote, zarte Bäckchen und goldschimmernde Löckchen. Ach, wie ich mich sehnte, dieses schöne Kind nur einmal in die Arme zu schließen, aber es wäre gewiß bange vor mir geworden, und da sah ich es nur immer von weitem an. Das lebendige Engelchen fand ich noch viel schöner als das gemalte. Es war auch so entzückend angezogen, es trug ein kurzes, duftiges Kleidchen, das reich mit Spitzen besetzt war, ganz wie es zu dem kleinen Märchenprinzeßchen paßte. Herr und Frau Doktor sprachen auch englisch. Es ist mir ganz unbegreiflich, wie man eine fremde Sprache sprechen kann. Es muß einem ja wunderbar zumute sein, wenn man es kann. Ob ich es wohl so weit bringe, daß ich einst eine fremde Sprache sprechen kann? Es war ein Abend wie ein Märchentraum; alles blitzte und funkelte: das viele Silber, die schön geschliffenen Gläser, ja sogar die Augen all der fröhlichen Menschen erstrahlten vor Freude. Aber es kam noch immer schöner! Als wir fertig waren mit essen, boten die Herren den Damen den Arm, Johann öffnete die Türen zum großen Gesellschaftssaal, und nun hättest Du mal sehen sollen! Ich hatte manchmal ganz heimlich mit Hans durch die Türspalte geguckt, und da war mir der große Saal immer so unheimlich erschienen; es war kalt, und alles was drinnen war, war mit grauen Decken zugedeckt, und die Fenster waren ganz dunkel, weil dichte Läden davor waren. Desto größer war nun mein Staunen. Du kannst Dir nicht denken welche Pracht! Ich stand ganz geblendet. Die Kronleuchter brannten, und an den Kronleuchtern hingen eckige Glaszapfen, und die glänzten in allen Farben. Ein großer Tannenbaum, der bis an die Decke reichte, hatte viele, viele große Lichter, und an den Wänden waren Tannenlauben, davor war ganz groß der Name, und drinnen stand Tisch und Stuhl mit vielen schönen Sachen. Und dann all die schönen und freundlichen, glücklichen Menschen! Ich mußte aber immer das Engelchen und Herrn und Frau Doktor ansehen. Wie schön waren die drei! Dicht bei der Tür war auch ein Tisch für mich aufgebaut. Ich bekam ein schottisches Kleid, einen Nähkasten und einen Regenschirm. Denk' mal, einen Regenschirm, den ich nun ganz für mich allein haben darf! In der Mitte lag ein schönes Buch. Ach, nun fiel mir ein, weshalb Frau Doktor mal gefragt hatte, ob ich mir wohl ein Buch mit Gedichten wünsche? Ich sagte ja, ich möchte wohl Klopstocks Gedichte haben. „Warum denn gerade die?" fragte sie. „Die haben wir gerade in der Schule gehabt, und da war ein Gedicht, das hat mich zu Tränen gerührt. Doktor Zimmermann hat es uns in der Literaturstunde vorgelesen, es heißt: O, wie war glücklich ich, als ich noch mit Euch war, sahe sich röten den Tag, schimmern die Nacht." Zitternd vor Freude griff ich nach dem Buch, aber es war nicht Klopstock, es waren Schillers Gedichte. Frau Doktor trat zu mir und sagte lachend: „Du bist sentimental genug, du brauchst nicht noch Klopstock zu lesen, Schiller ist dir besser."

„Schiller haben wir noch nicht gehabt," sagte ich leise, aber ich dankte für alles. Es war so viel, und alles so schön, ich fand nur gar keine Worte, die andern konnten sich alle so laut freuen. — Ich mag immer am liebsten die wehmütigen Gedichte, das kommt wohl, weil ich meist so traurig bin, und mich so nach Dir sehne. Mir ist oft, als wolle mir das Herz vor Weh zerspringen, und ich möchte mich dann ganz weg weinen. Die Damen in Hamm sagen, das sei undankbar, ich hätte alles, was ich brauchte, und wenn ich nur recht fleißig lernte, dann würde mir schon die Sehnsucht vergehen, aber ich sei noch lange nicht fleißig genug, ich solle tüchtig französische Verben lernen. Ich lerne, aber die Sehnsucht nach Dir bleibt doch. Sie sagen, ich solle nur mal sehen, wie mit den Jahren die Sehnsucht verschwände, denn Du bliebest ja noch lange weg, und je länger es dauerte, desto ruhiger würde ich. Das glaube ich aber niemals. Damit es nicht undankbar aussieht, verstecke ich meine Trauer und scheine ganz gleichgültig, aber wenn ich nur jemanden hätte, dem ich mal ordentlich sagen könnte, wie mir um's Herz ist! Ich sollte mich ja wohl mehr über alles freuen, was mir hier geboten wird, aber Mutter, ich brauche ja gar keine so schönen Sachen, ich will ja auch gar nicht so gutes Essen, wenn ich nur mit Dir zusammen sein könnte, wenn ich nur wüßte, daß mich jemand recht lieb hätte! Aber es kommt mir immer so vor, als wären sie hier alle viel zu vornehm, als dürfte man es nicht einmal zeigen, wenn man jemanden gern hat; denn sieh mal, die einzige, die mich hier manchmal in die Arme nimmt und küßt, ist die gute, alte Köchin Lisette bei Doktors, die ruft mich wohl mal einen Augenblick herein, wenn ich auf meinem Schulweg ins Kellerfenster gucke, und hat mich lieb, fast wie eine gute Mutter. Aber sie tut es immer ganz heimlich, und sowie sie hört, daß jemand kommt, schiebt sie mich ganz schnell zur Tür hinaus. Ist's denn ein Unrecht, sich lieb zu haben?

Ich verstehe das alles gar nicht, aber es macht mir Unruhe, daß wir's so heimlich tun müssen.

Ich hab' ein kleines Buch, darin lese ich viel; es ist so klein, daß ich es in die Tasche stecken kann, es heißt: „Die Nachfolge Christi." Der Weg zur Schule ist so weit, und „Oben Borgfelde" ist es so einsam, da kann ich bei gutem Wetter jeden Tag einen Abschnitt lesen, das macht mich ruhiger und gibt mir auch Antwort auf allerlei Wünsche, die wohl nicht recht sind. So schlug ich neulich auf, wie ich mich auch so nach jemand sehnte: „Von der Neigung zu geliebten Personen mußt du so frei sein, daß du, so viel dich anbelangt, ohne alle menschliche Verbindung zu sein wünschest. Um so näher kommt der Mensch Gott, je weiter er sich von allem irdischen Troste entfernt." Ob ich das wohl je lernen werde?

Ich glaube, ich werde mich immer danach sehnen, daß mich jemand recht lieb hat. Ach komm doch bald zurück, Du weißt gar nicht, wie ich mich nach Dir sehne.

Es küßt und umarmt Dich

Deine Charitas.

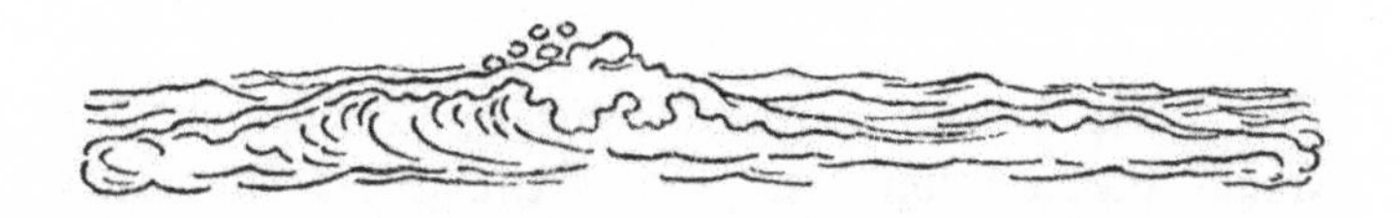

3

Hamburg, 3. 1. 1864.

Frau Amalie Dietrich.

Sehr hat es uns gefreut, daß Sie glücklich und wohlbehalten in Australien angekommen sind. Sie schrieben uns, daß Sie schon tüchtig sammeln, darüber freuen wir uns. Wir werden unserseits dafür sorgen, daß Sie stets mit Kästen, Tüten, Benzin, Werg, Salz usw. aufs beste versehen sind. Über das Sammeln der Schmetterlinge möchten wir bemerken, daß Sie dieselben in Tüten schicken können. Selbst die größten Nachtfalter, wenn Sie ihnen die Flügel zusammenklappen, können Sie ruhig in dieser Weise absenden. Wir möchten Ihre Aufmerksamkeit auch besonders auf das Sammeln von F i s c h e n lenken. Sammeln Sie von Fischen, was Sie nur können, alle haben das größte Interesse für uns, sowohl Süßwasser- wie Seefische. — Die Fische, die zu groß sind, um in Spiritus versandt zu werden, müssen Sie in Salz gut verpökelt schicken. Die Bauchhaut ist vorsichtig aufzuschneiden, damit der Pökel gut zu den Eingeweiden eindringen kann.

Alte Fleischfässer werden sich besonders zum Verpacken der Fische eignen. Bei sehr großen Fischen können

Sie sogar zu einem Teilen derselben schreiten und die Stücke gepökelt absenden. Die Teilung des Rückgrates bedarf ganz besonderer Vorsicht!

Es darf übrigens nur im äußersten Notfall zu einem Zerlegen geschritten werden, da der Fisch natürlich dadurch an Wert verliert.

In der Hoffnung, daß wir bald Sammlungen von Ihnen erhalten, grüßen wir Sie aufs freundlichste.

J. C. Godeffroy & Sohn.

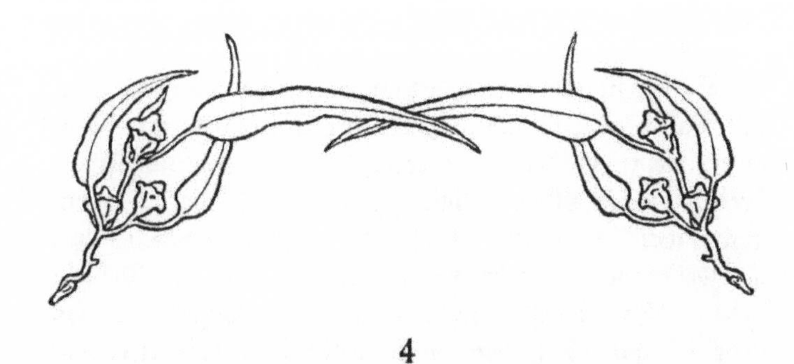

4

Rockhampton, 12. 4. 64.

Liebe Charitas!

Deinen lieben Brief, worin Du mir das Weihnachtsfest so ausführlich beschreibst, habe ich erhalten. Du schreibst mir darin auch sehr viel von Deiner Sehnsucht. Glaubst Du etwa, ich sehne mich nicht auch? Aber, — laß uns einander nicht weich machen. Du neigst so sehr dazu. Hast Du das von mir? Vielleicht. — Es ist aber nicht gut, wenn man so viel in seinen Gefühlen herumwühlt. Während Du sie mir aussprichst, bohrst Du Dich wieder frisch in den Schmerz, den Du vielleicht schon etwas überwunden hattest, und machst ihn nun noch einmal durch. Es gibt Schmerz genug, dem wir auf keine Weise aus dem Wege gehen können; ich meine deshalb, wo wir ihn uns ersparen können, müssen wir das tun. — Ich muß für meine Aufgaben Mut, Freudigkeit und innere Ruhe haben. Mit einem schweren, bedrückten Herzen geht keine Arbeit flott vonstatten, weder bei Dir noch bei mir! Ich sage mir aus eigner Erfahrung: Stimmungen und Gefühle wechseln täglich in uns. Welche lange Zeit vergeht, ehe wir die

Briefe voneinander in den Händen haben, da ist es möglich, daß Du, während ich hier über Deine traurige Stimmung weine, wieder sehr vergnügt durch Wald und Wiese streifst. Schreib mir mit jedem Schiff einen, wenn auch noch so kurzen Brief, dann aber mache es wie mit dem Weihnachtsbrief, gib mir ein Bild aus Deinem Leben. Ich meine nicht: schreib ein Tagebuch, das liebe ich gar nicht, denn nicht jeden Tag passiert etwas, das des Aufschreibens wert ist. Schreib aber, wenn Dir wirklich etwas begegnet, was sich von dem täglichen Leben abhebt. Das schreib grade wie Du Zeit und Ruhe hast, und das schick', wann Du willst. Laß es uns mal so versuchen. Ich will Dir auch in dieser Weise schreiben. Es kann auch bei mir vorkommen, daß ich Dir mal lange Zeit nicht ausführlich schreiben kann, eine kurze Nachricht sollst Du aber möglichst oft haben. —

Neulich habe ich zwölf Kisten nach Hamburg geschickt und bin nun sehr gespannt, wie sich die Herren darüber äußern. Die Fahrt am Brisbane River hat mir so reiche Ausbeute gebracht. Mit der Umgegend von Gladstone war ich dagegen gar nicht zufrieden. Gladstone ist eine der ältesten Niederlassungen und hat etwa 30 Häuser. Ich hielt mich nur drei Monate da auf. Im Vergleich zu andern Landstrichen ist die Gegend für den Sammler armselig und dürftig. Ich unternahm eine Fußwanderung von etwa 25 Meilen. In der Ansiedelung hatte man mir Aussicht auf allerlei interessante Funde gemacht. Das war aber ein Irrtum. Die Ausbeute stand in keinem Verhältnis zu den Anstrengungen. —

Ehe ich eine weitere Wanderung unternehme, lasse ich mir in der Ansiedelung von einem Wegkundigen Bescheid sagen. Mein Ratgeber nimmt ein Stöckchen und zeichnet mir den Weg auf die Erde. Zuerst wurde es mir schwer, mich danach zu richten; aber man lernt alles, und schließlich, — auf Irrgänge kommt gerade bei mir nicht so viel an, die Hauptsache ist, daß ich mich immer wieder nach Hause finde. Die oben erwähnte Wanderung steht in schlechtem Andenken bei mir, denn die Vegetation war geradezu trostlos! Das Land war gebirgig, ich hatte über totes, steiniges Geröll zu wandern, und nur selten wurde die Einöde durch ein Myrtenwäldchen oder durch einige Eukalypten belebt. Eine Überraschung hatte ich aber doch. Als ich einen steinigen Hügel abwärts wanderte, sah ich unter mir eine Anzahl Zelte. Pfähle waren in die Erde gerammelt, darüber Segeltuch gespannt, und mitten dazwischen war eine Bude aus Baumrinde verfertigt. Ich war zuerst in Zweifel, ob hier Eingeborene hausten und ging vorsichtig auf die Bude los. Ein Deutscher hatte hier eine Art Wirtshaus errichtet, die Zelte gehörten Goldgräbern. Nachdem ich mich gestärkt und geruht hatte, ging ich an den nahen Fluß und sah mir die Sache an.

Wild aussehende Männer mit nacktem Oberkörper standen am Fluß, je zwei und zwei arbeiteten zusammen: der eine grub, der andere wusch das Gegrabene. Die Männer mit den gierigen Blicken flößten gerade kein Vertrauen ein, und ich eilte, daß ich weiter kam. Von dieser beschwerlichen Wanderung kam ich recht mutlos zurück. —

Von Gladstone zog ich nach Rockhampton, hier ist wieder viel mehr für mich zu tun, und ich glaube, daß ich hier nicht so bald wieder wegkomme. — Du sagst, Du sorgst Dich um mich, Du hast gehört, daß die Papuas Menschenfresser sind. Du fragst, ob ich noch gar nichts mit ihnen zu tun hatte? Bei Brisbane habe ich nicht viel von ihnen gesehen, manchmal habe ich mich aber sehr amüsiert über sie. Die Regierung hat angeordnet, die Papuas dürfen nicht unbekleidet in die Stadt gehen, da ist es denn sehr drollig, wenn sich der eine einen alten Zylinder, der andere einen Strumpf und ein dritter das Gestell einer Krinoline anzieht. — Die Hitze hier ist unerträglich, dadurch aber eine Üppigkeit der Vegetation, daß mir buchstäblich alles über den Kopf wächst. O, Du kannst Dir keine Vorstellung machen, wie hier alles wächst und treibt. Das eine verdrängt das andere. Unter Riesenbäumen wachsen Farren, unter denen ich ganz verschwinde, und mir wird manchmal ganz angst, wenn ich mich zwischen üppigen Schlingpflanzen, Farren und Gesträuch hindurcharbeiten muß. Große Orchideen hängen an fast unsichtbaren Fäden von den Bäumen herunter, sie sind so wunderbar geformt, sie haben so schöne Farben, und sie sehen mich so geheimnisvoll an, daß meine Hand sie nur mit einer gewissen Scheu pflückt, als seien es lebende Wesen, die mir Vorwürfe machen, daß ich ihr ruhiges Dasein störe.

Und wie interessant ist hier auch die Tierwelt! Alles ungefähr umgekehrt wie bei uns. Die Schwäne sind schwarz, und viele Säugetiere haben Schnäbel, die

Bienen dagegen haben keinen Stachel, und eine Bachstelze habe ich beobachtet, die hebt den Schwanz nicht auf- und abwärts, sie bewegt ihn von links nach rechts. Es gibt Laubbäume, deren Blattränder nach oben gerichtet sind. Andere Bäume verlieren statt des Laubes die Rinde, und es macht einen traurigen Eindruck, wenn man die nackten Riesen gleichsam frierend zwischen den anderen Bäumen sieht. Ich fand eine kirschenartige Frucht, der Kern aber saß draußen an der Beere. Eine andere Beere hatte Ähnlichkeit mit unserer Stachelbeere. Als ich sie aß, merkte ich, daß die feinen Haare, mit denen sie bedeckt ist, brennen, als ob ich Brennnesseln im Halse hätte. Die rühr' ich also künftig nicht wieder an.

In der Nähe der Ansiedelungen grasen auf meilenweiten, üppigen Ebenen viele Tausende von Schafen, Pferden und Rindern. Und wie schön ist die Wolle dieser Schafe!

Ein hoher Gebirgszug, man nennt ihn: „The great deviding Range," zieht sich vom nördlichen bis zum südlichen Teil der Ostküste, und dieser Höhenzug sorgt für Wasser.

Ich wollte, Du könntest mal einen Blick in diese Märchenwelt tun, könntest mal die Palmen am Fitzroy-River sehen, aber vor allen Dingen die Riesenbäume des Eucalyptus amygdalina. Es sollen die höchsten Bäume der Erde sein. Das Geäst dieser Riesen ist im Verhältnis zu ihrer sonstigen Größe fast dürftig.

Am Fitzroy-River habe ich Krokodile gefunden von 22 Fuß Länge. Als ich sie ausnahm, fand ich handgroße Steine in ihrem Magen. Ich fand hier auch Wasserschlangen, die lebendige Junge zur Welt bringen.

Denk Dir nur, Fleisch hat hier gar keinen Wert, aber man macht sich auch gar nichts daraus bei der großen Hitze, man möchte nur immer trinken. Ich trinke, — wenn ich nicht die schönen Früchte habe, — kalten Tee. Neulich kam ich in der Dunkelheit nach Hause, ich war so verschmachtet, daß ich eilig ein Stück Zucker in den Mund nahm und Tee nachtrinken wollte, aber — o der Schreck! Am Zucker saß eine Riesenameise, die biß sich im Halse fest, ich hatte furchtbare Schmerzen und konnte das Tier weder hinunterschlucken noch heraushusten. Ich war wie von Sinnen vor Schmerz, machte nun den Tee heiß und versuchte das Tier zu verbrühen; es muß mir ja auch schließlich gelungen sein, denn endlich konnte ich es loshusten, und Du siehst, es ist gut gegangen. — Ich bin hier allerdings mehr Gefahren ausgesetzt, als wenn ich in der Heimat reiste, aber ich meine, Gott kann mich hier grade so gut schützen wie zu Hause. Furcht habe ich nicht. Die vorhergehenden Jahre waren so schwer, daß ich doch finde, ich habe es jetzt, im Vergleich zu früher, sehr gut. Ach, wenn ich zurückdenke, wie ich mit dem guten, treuen Hektor durch die Länder zog! Der Wagen so schwer, die Wege oft so schlecht; Hunger, Frost und Hitze hatten wir zu leiden, und immer die drückende Sorge ums tägliche Brot und um Dich! Wie oft im Traum ziehe ich noch an dem Wagen, und wenn ich träume, daß es bergauf geht, strengen Hektor und ich uns ganz besonders an; ich erwache dann in Schweiß gebadet und empfinde, o wie dankbar, daß ich es so gut habe. Ich sitze sozusagen an einem reichen Tisch, die denkbar schönsten Früchte, Ananas, Bananen, Potaten (eine Art süßer Kartoffel), Ipomoea batatas, stehen mir jederzeit zur Verfügung. Welche Freiheit habe ich hier beim Sammeln! Kein Mensch setzt meinem Sammeleifer irgendwelche Schranken. Ich durchschreite die weiten plains, durchwandere die Urwälder, ich lasse Bäume fällen, um die Holzarten, Blüten und Früchte zu sammeln, ich durchfahre im schmalen Kanoe Flüsse und Seen, suche Inseln auf und sammele, sammele!

Die Unbequemlichkeiten, die mir die Hitze und die Moskitos bereiten, vergesse ich leicht über dem unendlichen Glücksgefühl, das mich beseelt, wenn ich auf Schritt und Tritt Schätze heben kann, die vor mir keiner geholt hat. Ich habe keine Angst, daß ich die Erwartungen, die Godeffroys in mich setzen, täuschen könnte. Wenn ich so ungehemmt das weite Gebiet durchwandere, dann meine ich, kein König kann sich so frei und glücklich fühlen wie ich, mir ist dann zumute, als hätte mir Godeffroy den ganzen großen Erdteil zum Geschenk gemacht. Auf allen Gebieten Neues, Unbekanntes! Und alle diese Naturwunder, ob es nun unscheinbare Moose, Nacktschnecken, Spinnen und Tausendfüße oder Gerätschaften, Schädel und Skelette der Eingeborenen sind, alle, alle dienen dazu, mich mit der alten Heimat zu verknüpfen. Unsichtbare Fäden ziehen dadurch hinüber und herüber; von mir zu all den Gelehrten, die die Sachen bearbeiten, von ihnen wird mir Anerkennung. Glaube nicht, daß ich unempfindlich oder gleichgültig dagegen bin; ich habe in den Jahren meiner Demütigung schwer gelitten, wie dankbar empfinde ich jetzt den Gegensatz! Mir fehlen die Worte, Dir den Reichtum zu schildern, der mir auf jedem Gebiet entgegentritt. Wie oft wünsche ich Dich an meine Seite, damit Du meine Freude, mein Entzücken teilen könntest.

Wir wollen doch alles Große und Schöne, was uns geboten wird, recht dankbar aufnehmen, dann bleibt uns gar nicht soviel Zeit, trüben Gedanken nachzuhängen.

Für heute sei herzlich gegrüßt von

Deiner glücklichen Mutter.

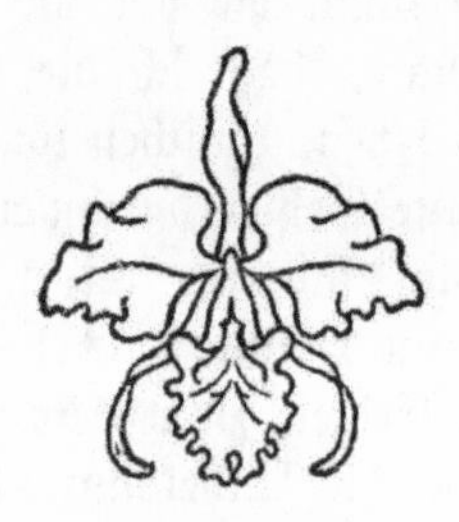

5

Hamburg, 12. 5. 64.

Meine liebe Mutter!

Wieviel hast Du mir erzählt! Ich versuche, mir eine Vorstellung von Deinem Leben zu machen, aber es wird mir schwer. Herr und Frau Doktor und alle übrigen Hausbewohner nehmen lebhaft teil an Deinem Ergehen. — Von mir habe ich Dir auch schon wieder allerlei Neues zu erzählen. Ostern war mein Jahr in der Schule zu Ende, und da kam ich von Hamm erst mal wieder ein paar Monate hierher, aber Frau Doktor hat mir neulich gesagt, wenn Fräulein Elise erst weg sei, dann müsse ich auch bald meinen Koffer packen und wieder auf die Reise. Ich bin erst mal auf ein Jahr in Eisenach angemeldet, da werde ich in eine kleine Pension kommen zu einem Fräulein Trabert. Ich bin recht traurig, daß ich nicht hier im Hause bleiben kann, aber Frau Doktor sagt, ich müsse unter junge Mädchen, ich sei zu trübselig und schwerfällig, und Spiel und Tanz sei für die Jugend ebenso notwendig wie das Lernen. — Ja, denke Dir nur, das gute Fräulein Elise geht fort! Ich war ganz erschrocken, und als sie meine Betrübnis sah, zog sie mich auf das kleine Rohrsofa und erzählte mir von ihrem Vorhaben. Sie will auch so weit weg, ganz nach Amerika, also auch übers Meer! Sie geht zu einer Familie Schurz, da wird sie Erzieherin der beiden Mädchen. Frau Schurz ist eine Schwester von unserm Herrn Doktor. Die Familie ist hier zum Besuch gewesen, da haben sie einander kennen gelernt, und Fräulein Elise freut sich auf ihre neue Aufgabe. Sie hat die Bilder von den Eltern und den Kindern in ihrem Album, die zeigte sie mir, und dabei sagte sie: „Ja, Charitas, sieh dir nur den Herrn Schurz recht genau an, du wirst vielleicht noch viel Merkwürdiges von ihm hören, vielleicht hast du noch einmal das Glück, ihn persönlich kennen zu lernen, er nimmt in Amerika eine hohe Stellung ein." Und dann erzählte sie mir viel, was ich noch nicht recht begriff, von einem Aufstand in Süddeutschland, und daß er einen Mann aus dem Kerker befreit hat, der Kinkel hieß. Sie sagte: „Du wirst von diesen Dingen noch öfter hier im Hause hören, deshalb ist es gut, wenn du schon ein wenig davon weißt." — Nun grade muß sie weggehen, wo ich nicht mehr eine so große Scheu vor ihr habe. Aber sie sagte: „Schurzens kommen sicher wieder zum Besuch hierher, und dann sehen auch wir einander wieder, und dann bist Du auch weiter, gehst vielleicht selbst mal als Erzieherin weit fort." Ach, ob ich je so weit komme? — Ich will jede Minute mit Fräulein Elise noch recht auskosten.

Nun hab' ich Dir etwas zu erzählen, was Dich gewiß sehr interessieren wird.

Neulich, am 17. Mai, wurde der Zoologische Garten eingeweiht. Den Tag vorher, es war an einem Sonnabend, war hier im Hause ein großes Herrendiner. Alle die Herren waren hier, die in irgend einer Weise mit dem Zoologischen Garten in Verbindung stehen. Zur Aufwartung waren mehrere Lohndiener da, und vom Eßzimmer aus ordnete Frau Doktor selbst alles an, und ich durfte ihr helfen. Ich trug mit herunter und herauf. Unten wirtschaftete eine ganz fremde Kochfrau, und die gute Lisette schien an dem Tage nur zur Bedienung für die Fremde da zu sein. Das viele Laufen und Herumwirtschaften machte mir viel Spaß, und ich freute mich so, daß ich so lange mit Frau Doktor zusammen zu tun hatte. Im großen Saal war eine lange Tafel gedeckt, die Türen vom Eßzimmer nach dem Saal standen offen, und jedesmal, wenn eine Rede gehalten wurde, stellte ich mich in die offene Tür und hörte zu. Mir klopfte das Herz, und ich war ganz stolz, als mein Herr Doktor sprach, und erst recht, als nachher die andern so viel Gutes von ihm zu sagen wußten, wie sie sein Interesse und seinen Opfermut rühmten.

Einmal wagte ich mich zu weit an die offene Tür, ich sah zu meinem freudigen Staunen zwei bekannte Gesichter außer unserm lieben Herrn Doktor, die beiden waren Godeffroy und Dr. Karl Möbius. Der letztere kommt täglich ins Haus, er hat immer viel mit dem Aquarium zu tun, setzt sich auch oft in die Bibliothek und schreibt und liest da. Ich vergaß mich ganz, bis plötzlich Frau Doktor sehr erregt rief: „Aber Charitas! — Willst du mal gleich da weg, was denkst du denn?

Wenn Dich nun jemand sieht! Hier, trag mal gleich die Flaschen in den Keller."

Dann, als die Herren fertig waren, kamen viele Wagen vor die Tür, Frau Doktor hatte sich schnell umgezogen, und nun fuhren alle miteinander in den Zoologischen Garten. Wir hörten, es sei schönes Feuerwerk da gewesen. Hans und ich waren im Ankleidezimmer und sahen aus dem Fenster, und die Alster sah im Abendschein aus wie lauter Gold.

Als wir später zum Gutenachtsagen hinuntergingen, sagte Frau Doktor sehr freundlich zu mir: „Na, du hast ja heute tüchtig geholfen, — ein bißchen naseweis bist du freilich auch gewesen, — das soll dir aber verziehen sein. Du und Hans dürft morgen, — denkt mal, gleich am ersten Tage, — in den Zoologischen Garten gehen. Geht nur recht früh hin, es wird voll werden, und ihr werdet lange bleiben wollen; bis ein Uhr habt ihr Zeit, dann müßt ihr zum Essen hier sein." — Ich konnte vor Freude kaum schlafen.

Sehr früh, an dem herrlichen Sonntagmorgen, wanderten wir zusammen an der Alster entlang aus dem Dammtor, wo wir gleich im Zoologischen Garten waren. Einträchtig hatten wir einander angefaßt und betraten voll froher Erwartung den schön angelegten Garten. Hans war sehr lebhaft und belehrte mich über vieles, denn da er öfters bei seinen Eltern war als ich, wußte er mehr. Er erzählte sehr stolz, sein Papa sei Präsident, er habe auch die schöne Eulenburg bauen lassen. Gleich links vom Eingange waren die drolligen Maskenschweine, da standen wir still. Alles war so neu und frisch, die

Bäume und Sträucher im ersten Grün, da waren auch wir sehr glücklich und fröhlich. Als ob wir ein besonderes Recht auf die schöne Eulenburg hätten, erstiegen wir sie; wie staunten wir über die vielen, schönen Eulen, wenn sie uns aus den dunklen Felsnischen mit großen, klugen Augen würdevoll ansahen. Was gab's da alles zu sehen, wir konnten es kaum bewältigen! Die drolligen Affen, die merkwürdigen Vögel und schließlich die entzückenden und wunderbaren Tiere im Aquarium. Wir waren aber endlich ganz ermüdet von dem vielen Sehen und Herumstehen.

Liebe Mutter, wie hübsch wäre es, wenn Du auch mal was für den Zoologischen Garten schicktest; ich denke, das würde Herrn Doktor gewiß sehr freuen.

Hast Du noch viel da zu tun? Bitte komm doch bald wieder! Für heute sage ich Dir Lebewohl und bleibe mit herzlichem Kuß

Deine Dich liebende Charitas.

6

Eisenach, d. 12. Juni 1864.

Liebe Mutter!

Jetzt möchtest Du wissen, wie es mir in Eisenach geht. Es geht mir ganz ausgezeichnet, und doch hatte ich solche Angst, als wieder mein Koffer gepackt wurde. Du hättest aber nur mal sehen sollen, wie gut Frau Doktor zu mir war. Über ihr schönes, schwarzseidnes Kleid band sie sich eine weiße Schürze, und nun half sie mir eigenhändig beim Packen. Ich holte alles herbei, und Frau Doktor legte die Sachen in den Koffer. Dabei sagte sie dann wohl: „Hast du außer den Schulbüchern nur die paar andern? Hast du nicht mehr Röcke? — Nicht mehr Strümpfe?" — und dann ging sie und holte von ihren Sachen, um meine zu ergänzen. Auch Bücher schenkte sie mir, ich vermutete, daß es hübsche Geschichten seien, und das waren es auch. Aber was mich sehr aufregte, das war ein Sonnenschirmchen Frau Doktor erzählte mir, ihr Vater hätte ihn ihr vor vielen Jahren aus Paris mitgebracht. Sie nahm ihn aus einer länglichen Schachtel, man kann ihn also klein und groß machen, und wenn man oben an eine Feder drückt, dann kann man das Schirmdach so stellen, daß es ganz senkrecht steht. Sie sagte, es sei ein „Knickerchen“, und wir lachten beide über das drollige Wort. Frau Doktor sagte, diese hübschen, graziösen Schirmchen seien ganz aus der Mode gekommen. Ich nahm ihn neugierig noch einmal aus seinem Kästchen und besah ihn mir eilig; er hat ein elfenbeinernes Stöckchen, von außen ist er aus schwarzer, von innen aus weißer Seide, und eine schöne, breite Frange hat er. Nein! Ich konnte es doch nicht glauben, daß ich nun außer einem Regen- auch einen Sonnenschirm habe. Und einen so überaus prächtigen! Stell' Dir mal vor, wie ich mit dem Sonnenschirm gehe! Wie schön, dachte ich, wenn ich das erst alles auspacken kann! Ich hätte so gern Frau Doktor recht warm für alles gedankt, grade so, wie ich es fühle, aber ich bin dann verlegen und ungeschickt.

Herr und Frau Doktor entließen mich mit vielen guten Wünschen. Ich war recht traurig. Würde ich nun nie wieder hierher kommen? Davon sagte niemand etwas. Lisette war sehr traurig. Als die Droschke kam, steckte sie mir ein Paket Butterbrot und eine Flasche Wein in den Wagen. Ach, die gute Lisette! Johann und Hans brachten mich an die Petrikirche, da hielt der Omnibus, der nach Harburg fährt. Die Fähre brachte uns über die Elbe, und in Harburg mußte ich durch den schrecklichen Zoll. Ich hatte ja nichts, aber sie rissen alles heraus und wühlten alles durch, und während es da alles lag, rief der Portier: „Einsteigen!“

Na, hier stand die offene Kiste, da stand das Kästchen mit dem kostbaren Schirm, und daneben lagen alle meine

Briefe, die von Dir und die von meinen Freundinnen aus Sachsen. Ich dachte, wenn nun die Zollbeamten die lesen! Mir wurde ganz heiß bei dem Gedanken, aber ich rief nur meine Adresse, dann stürzte ich in fliegender Eile ins Coupé, und fort ging's. Ich dachte immer an meine offene Kiste, wenn ich die nun vielleicht nie wieder sah, was fing ich dann nur an?

Es war eine sehr lange Reise!

Um 8 Uhr früh war ich von der Petrikirche abgefahren, und nachts 3 Uhr kam ich in Eisenach an. Ich war sehr aufgeregt. Als ich ausgestiegen war, sah ich mich ratlos um, da trat eine hochgewachsene Dame auf mich zu, der eine derbe Magd mit einer mächtig großen Laterne folgte. Die Dame sagte sehr freundlich: „Sind Sie wohl Fräulein Dietrich —?"

Ich erschrak. Ach, die hatte ein „Fräulein" erwartet, und ich war doch vor noch ganz kurzer Zeit in die Schule gegangen. Ich bat sehr verwirrt, sie möge mich doch ‚du' nennen, ich sei nur Charitas Dietrich.

Die Dame nickte und sagte: „Gib der Rose deinen Schein für die Sachen."

„Hier ist der Schein," sagte ich, „aber die Sachen sind in Harburg," und während wir weiter gingen, klagte ich ihr meine Not; aber sie sagte, die würden sich wohl wieder finden.

Die nächtliche Wanderung beim Schein der Laterne kam mir sehr merkwürdig vor, besonders als wir durch einen dicken Torbogen gingen. Wir traten auf einen freien Platz, seitwärts sah ich trotz der Dunkelheit einen stumpfen Turm, und weiter hin hörte ich ein leises Plätschern und vermutete einen Brunnen. Eine Art feierlichen Gefühls zog durch mein Herz. Ging ich hier nicht auf geweihtem Boden? Luther, die Wartburg, Frau Cotta, das waren ja vertraute Namen, an die dachte ich, als wir weiter wanderten. Jetzt bogen wir in ein Haus, gingen durch einen schmalen, langen Gang und überschritten endlich einen häßlichen, rummeligen Hof und landeten in einem Hinterhaus, in dem wir zwei Treppen hinanstiegen. Auf dem letzten Absatz stand ein junges Mädchen, das eine Lampe in Kopfeshöhe hielt, so daß der Lichtschein ihr frisches Gesicht, das von schweren schwarzen Flechten eingerahmt war, hell beleuchtete.

„Das ist Charitas!" sagte Fräulein Trabert, „sie wünscht von uns ‚du' genannt zu werden. Und das ist Sophie Heinze. Und nun komm herein, eine Tasse Tee nach der langen Reise wird dir gut tun." Der Empfang war so herzlich, daß ich mich gleich sehr wohl fühlte. Die jungen Mädchen, drei sind es, sind vom Lande und sollen hier allerlei lernen: Tanzen, Schneidern und Putzmachen. — Da wir ganz verschiedenen Unterricht haben, auch zu ganz verschiedenen Zeiten in und außer dem Hause sind, so ist ein Befreunden nicht so leicht. Ich weiß auch gar nicht, wie ich Dir sagen soll, wie sie sind. Sie stehen immer beieinander und flüstern. Sie erzählen einander so sonderbare Dinge: daß junge Herren sie grüßen, daß sie sich mit ihnen verabreden, wenn sie in die Stunden gehen und dergleichen Dinge, die ich nicht mag. Wenn ich zu ihnen trete, sehen sie mich böse an und sagen: „Das Gänschen ist noch zu grün." Mir kommen dann die Tränen in die Augen, und ich gehe still weg. Aber neulich! O, neulich habe ich eine kleine Freundin gefunden und auf so wunderhübsche Weise. Ich stand in unserm Gärtchen und guckte neugierig durch die Holunderbüsche, denn nebenan saß im duftigen Sommerkleidchen auf einer Veranda ein Kind von etwa dreizehn Jahren. Mit ihren großen braunen Augen sah sie so fröhlich um sich. Sie hatte einen Teller mit roter Grütze und Milch auf den Knien. Plötzlich sah sie, wie ich durch den Zaun guckte. Ich wurde ganz verlegen und wollte mich verstecken, aber sie hatte mich gesehen, sie nickte mir lachend zu, o wie lieb sah das Gesichtchen aus, und sagte lebhaft: „Du, lauf mal nicht weg! Warte, ich komm' gleich zu dir. Du bist wohl die Neue bei Fräulein Trabert?" Sie kam mit ihrem Teller an das Loch im Zaun und sagte: „Daß du nicht weggehst! Magst du wohl rote Grütze? Ja? Warte, dann essen wir die miteinander, und dann schließen wir Freundschaft!" und dann fuhr sie lachend fort: „Weißt du, die Männer trinken einander zu, sie trinken Brüderschaft. Wir essen Schwesterschaft. Willst du? Du einen Löffel — ich einen Löffel. Du mußt aber deinen Kopf ordentlich hier durchstecken, sonst läuft die Milch aus dem Löffel. So!"

Da aßen wir die Grütze, dann sagte das reizende Mädchen: „Den Teller stelle ich da auf die Treppe, nun gib mir die Hand, und laß mich ‚du' zu dir sagen. Erzähl' mir, wie du heißt und woher du kommst, und wenn du Zeit hast, rufst du mich. Ich heiße Käthchen Kunkel und bin aus Frankfurt. Und du?"

War das nicht eine hübsche Art, eine Freundin zu finden? Sie spricht gar nicht von solch albernen Sachen wie die anderen, und wir haben einander ewige Treue geschworen. Fräulein Trabert lächelte etwas ungläubig, als ich ihr das erzählte, aber sonst meint sie auch, ich passe viel besser zu Käthchen als zu den anderen. Du kannst Dir gar nicht denken, wie gut Fräulein Trabert zu mir ist. Mein Schlafzimmer liegt neben dem ihrigen, und wenn sie abends oben nachgesehen hat, ob die Anderen ihr Licht gelöscht haben, dann ruft sie mich in ihr Schlafzimmerchen, und während sie ihr blondes Haar in dünne Zöpfchen flechtet, erzählt sie mir aus ihrer Jugendzeit. Mir wird dann ganz wehmütig zumute, wie merkwürdig man sich wohl fühlt, wenn man aus seiner Jugendzeit erzählt! Ach, sie hat sehr viel erlebt, und ich höre ihr mit wahrer Andacht zu. Sie hat in den unteren Räumen einen Kindergarten, und das Schönste, was sie erlebt hat, ist ihr Zusammensein mit „Fröbel". Fräulein Trabert wird ganz begeistert, wenn sie von ihm erzählt, und oft kramt sie in den Fächern ihres messingbeschlagenen, alten Sekretärs herum und liest mir aus vergilbten Papieren vor. Sie hat alte Stammbücher, da haben Middendorf, der mit Fröbel zusammen arbeitete, und viele andere kluge und gute Männer sehr ernste, schöne Dinge hinein geschrieben. Ich strenge mich sehr an, diese Aussprüche zu verstehen, aber grade was Fröbel sagt, verwirrt mich ganz. Das wage ich aber kaum zu sagen; als ich es aber doch gestand, sagte Fräulein Trabert: „Ja, ja! Fröbel legt so tiefen Sinn in seine Aussprüche, die erfaßt man nicht so im Vorübergehen."

Ob wohl mal eine Zeit kommt, in der ich das auch verstehe? Erst mal hab' ich ganz genug mit dem zu tun, was Frau Doktor für mich eingerichtet hat. Hier meine Stunden: Nähen, Plätten, Literatur, Kunstgeschichte, Zeichnen, Musikverein und Französisch. —

Fräulein Trabert und ich finden, daß ich recht viel zu tun habe!

17. Juni.

Neulich abends sagte Fräulein Trabert: „Weißt du was, mein Charichen, du könntest eigentlich ganz und gar bei mir bleiben. Du mußt Kindergärtnerin werden! Sieh mal, der unvergeßliche Fröbel hat ja nicht nur den Kindern eine unendliche Wohltat erwiesen, nein, auch uns alleinstehenden Frauen. Wir sind nicht mehr auf den Mann angewiesen. Unsere Liebe, die in jedem Frauenherzen schlummert, die kann nun ihre Betätigung finden. O, wir alleinstehenden Frauen sind ihm viel Dank schuldig! Was sollte ich wohl anfangen, wenn ich Fröbel nicht gehabt hätte! Eigene Kinder kann ich nicht ans Herz schließen, aber jeden Morgen kommen dreißig Kinder, denen ich meine Liebe schenken kann. Wenn dein Jahr um ist, wirst du meine Gehilfin. Du kannst bei mir alles lernen, was du nötig hast. Ich sorg' mich sowieso immer, was aus der Sache werden soll, wenn ich mal nicht mehr kann. Sieh mal, da wär' für deine Zukunft gesorgt. Du hättest ein Heim und einen Beruf, und du ständest geachtet und geliebt da. Findest du meinen Beruf und mein Heim nicht sehr schön?"

Ja, ich fand beides sehr schön, über den Beruf konnte ich freilich noch nicht urteilen, den sollte ich ja erst kennen lernen, aber das behagliche Heim sah ich ja täglich vor mir. Unwillkürlich flog mein Blick durch die geöffneten Räume. Die gute Stube ist der Inbegriff eines idealen Altjungfernstübchens. Zu jedem Gegenstand kann Fräulein Trabert eine Geschichte erzählen, dadurch wird alles so belebt und interessant. Am Fenster grünt eine entzückende Efeulaube, und darin steht ein Armstuhl. „Wer den Armstuhl auszunützen verstände," sagte Fräulein Trabert, „der könnte viele Bücher schreiben!"

Und sie hat recht. In den schwarzen Wollstoff sind bunte Sträußchen gestickt, und zwar jedes Sträußchen von einer anderen Pensionärin. Fräulein Trabert kann bei jeder Stickerei die Lebensgeschichte derjenigen erzählen, die sie ausgeführt hat.

29. Juni.

Wenn ich Zeit habe, gehe ich jetzt manchmal in den Kindergarten. Fröbels Bild und sein Motto: „Kommt, laßt uns unsern Kindern leben," hängen an der Wand. Einmal spielten die Kinder grade Kreisspiele, und aus dreißig kleinen Kehlen ertönte:

Der Rose woll'n wir gleichen,
Der Liebe schönem Zeichen,

Ich mußte lachen, denn ich dachte an unsere derbe, häßliche Magd. Fräulein Trabert aber war ein bißchen böse und schickte mich hinaus.

7. Juli.

Du kannst Dir nicht denken, was ich erlebt habe! Eines Tages saß ich in meinem kleinen Stübchen am Schreibtisch, — ich kann ihn auch Wasch- oder Nähtisch nennen, je nachdem er mir dient, — da seh' ich in den Hof, und was meinst Du, wen ich da sehe? Herrn Doktor! Unsern Herrn Doktor aus Hamburg! Na, wie ich hinunter stürmte! Auf dem Treppenabsatz stand Hans. Ich war ganz von Sinnen vor Freude, umarmte ihn flüchtig und stürzte weiter. Herr Doktor lachte, als ich so aufgeregt auf ihn zustürzte und sagte: „Na, na, nur immer ruhig!" Dann fragte er sehr freundlich nach meinem Ergehen und sagte mir, in einer Stunde möge ich Hans nach dem „Rautenkranz" bringen. — Du hättest nun sehen sollen, wie ich Staat machte mit Hans. Man kann doch auch Staat machen mit ihm, er ist ja ein so schöner, feiner Junge. Er erzählte mir, daß auch Mama, die Jungfer Hannchen und Johann im Hotel seien, sie waren alle auf der Rückreise von Kissingen. Ich war vor Freude ganz berauscht.

Am nächsten Tage durfte ich im offenen Wagen mit nach der „Hohen Sonne", da stiegen wir aus und lagerten uns an einem schönen Aussichtspunkt. Wie glücklich war ich in der Stunde! Wie gut hat es Hans, der darf seine Liebe zeigen!

Als wir zurückkamen, ging ich nach Hause, um Fräulein Trabert zu sagen, daß nachher Frau Doktor alle zu treffen wünsche, von denen ich Unterricht bekomme. Da sank mir der Mut, und ich fürchtete mich sehr. Fräulein Trabert strich freundlich über mein Haar und sagte: „Sei doch nicht so albern! Ich bin ganz froh, daß ich Frau Doktor kennen lerne, ich werde sie gleich fragen, ob du nach Ablauf deines Jahres hier bleiben kannst."

Dann kam Frau Doktor. O, was ich für Herzklopfen hatte! Sie wurde von Fräulein Trabert in die Efeulaube auf den gestickten Stuhl genötigt. Das alles sahen wir noch, aber dann sagte Frau Doktor: „Die jungen Mädchen gehen wohl eine Weile in den Garten."

Es war mein Trost, daß ich im Nachbargarten Käthe Kunkel sah, der sprach ich meine Angst und Spannung aus, und sie tröstete mich.

Die Besprechung mußte nicht so schlecht ausgefallen sein, denn Frau Doktor war sehr freundlich zu mir und erlaubte mir, sie an den Bahnhof zu begleiten, wo sie mit den andern zusammentreffen würde.

Ich fragte schüchtern, ob Fräulein Trabert mit ihr über meine Zukunft gesprochen habe?

Sie sagte: „Ja."

Als ich sie erwartungsvoll ansah, fuhr sie fort: „Dein Jahr darfst Du hier bleiben."

„Länger nicht?"

„Wenn du hier fertig bist, bist du siebzehn. Möchtest du dich mit siebzehn Jahren schon zur Ruhe setzen? Etwa in die niedliche Efeulaube auf das gestickte Stühlchen?"

Diese Vorstellung! Ich mußte lachen, obgleich mir gar nicht nach Lachen zumute war.

„Nein, mein Kind," sagte Frau Doktor, „der Mensch muß hinaus ins feindliche Leben! Meinst du denn, daß ein so unerzogener Mensch wie du schon andere erziehen kann?“

„Fräulein Trabert will mich anlernen,“ sagte ich schüchtern.

Frau Doktor lächelte ein wenig und sagte: „Bei Fräulein Trabert würdest du nicht er-, sondern verzogen. Dies Jahr mag dir so hingehen, aber dann heißt's in eine höhere Klasse. Du willst doch nicht etwa schon fertig sein? Sieh mal, wie lange ein Mann lernen muß, ehe er einem Berufe vorsteht; und deine Erziehung weist so große Lücken auf, daß noch viel geschehen muß, ehe du dich an die Bildung von Menschen wagen darfst. Vielleicht habe ich noch in diesem Jahre Gelegenheit, dich länger zu sehen und zu sprechen, dann will ich mal selbst urteilen, wie weit du bist; und danach werde ich mir überlegen, wo ich dich unterbringe, damit die Lücken möglichst ausgefüllt werden.“

Dann nahm sie kurz und herzlich Abschied, und ich wanderte traurigen Herzens den einsamen Weg zurück. In Frau Doktors Nähe fühle ich mich immer so angeregt, auch aufgeregt, jedenfalls sind alle Geister in mir wach, ich möchte lachen und weinen. Wie sie nun alle wieder fort waren, ergriff mich eine tiefe Niedergeschlagenheit, alles kam mir nüchtern vor, und ich hätte vor Sehnsucht vergehen mögen. Was ich liebe, weicht immer zurück, ich bleibe immer allein. Nun ist's auch mit Fräulein Trabert nichts. Was wird aus mir? —

Fräulein Trabert nahm mich in die Arme, wir weinten ein bißchen: sie wußte aber nicht, daß meine Tränen augenblicklich mehr dem Abschiede von Frau

Doktor galten. Sie sagte etwas gekränkt: „Sie könnte dich gut hier lassen! Ich bin doch persönlich von Fröbel ausgebildet! Und älter war ich auch nicht, als ich in Keilhau war. Heutzutage wird alles so hochgespannt! Da war's in meiner Jugend besser. Na, wenn du nach Frau Doktors Meinung fertig bist, dann kommst du zu mir."

Nun, Du siehst liebe Mutter, alle Hoffnung ist mir noch nicht abgeschnitten, damit muß ich erst mal zufrieden sein. Für heute lebe wohl, liebe Mutter! Hoffentlich geht es Dir immer gut!

Mit herzlichem Kuß

Deine Charitas.

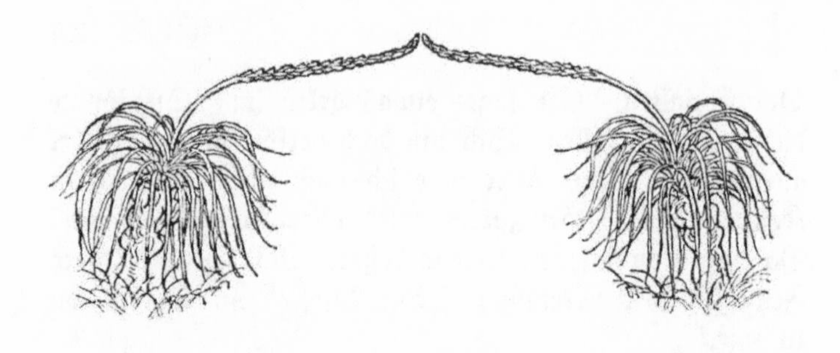

7

Rockhampton, d. 12. 10. 64.

Liebe Charitas!

Du magst Dich gewundert haben, daß Du so lange gar nichts von mir gehört hast, aber denke Dir, ich bin sechs Wochen sehr krank an Wechselfieber gewesen, und kaum habe ich mich davon etwas erholt, da brennt mir hier mein Häuschen auf!

Ja, woher ich die Krankheit hatte, das weiß ich ganz genau, wie aber das Feuer entstanden ist, das bleibt mir ein Rätsel!

Hier in der Ansiedelung sagen sie, das hätten die Eingeborenen getan, das glaube ich aber nicht; ich halte sie nicht für bösartig, nur für ungezogen und unerzogen. Ich lasse nichts auf die Wilden kommen, sie haben mir neulich das Leben gerettet.

Wie das alles kam, sollst Du gleich hören.

Was den Brand anbetrifft, so konnte ich leider nichts retten als das nackte Leben. So ein Häuschen aus Bambusstäben, gedeckt mit Palmenblättern, das ist ja im Nu niedergebrannt. Die Spirituspräparate gaben der Flamme neue Nahrung. Ich war nach der Krankheit noch sehr schwach, und nun kam der große Schreck und Kummer dazu. Ich verlor alle Besinnung. Ach, alles ist zerstört! Das viele Papier für die Herbarien und der teure Spiritus!

Vor meiner Krankheit hatte ich schon wieder soviel schöne Sammlungen zusammen, daß ich damals an baldiges Abschicken dachte. Hätte ich es doch nur getan! Ich sorg' mich so, was Godeffroys sagen. Wenn sie nun das Vertrauen verlieren? Wenn sie mich nun zurückrufen? Ach dieses letzte Unglück hat mich wieder ganz zurückgebracht! Ich bin schreckhaft, matt, zittrig in den Beinen, so daß ich, wie ich jetzt bin, gar nicht arbeiten könnte, selbst wenn ich schon Material hätte.

Ich bin also vorläufig heimatlos. Die deutsche Squatterfamilie hat mich erst mal bei sich aufgenommen, ich fühle mich sehr unglücklich und niedergeschlagen. Ich sitze faul herum. Weit gehen kann ich noch nicht. Ohne Spiritus und Papier kann ich ja nichts tun; und die Tiere so lange lebendig um mich haben, bis ich wieder in Ordnung bin, das geht auch nicht, solche Leute haben ja kein Verständnis für meine Interessen; sie mögen es nicht, daß ich Schlangen und Eidechsen in der Stube habe. Kann ich auch wohl eigentlich nicht verlangen, muß froh sein, daß sie mich dulden.

Ach, ich bin furchtbar ungeduldig! Es quält mich Tag und Nacht, daß ich nichts von Godeffroys hören kann. Ich empfinde diesen langen Stillstand in meiner Tätigkeit als ein schweres Schicksal. —

Mit der Krankheit aber kam es so: Ich machte eines Tages eine weite Tour hinaus in die ungeheuren plains, wo Tausende von Schafen und Rindern weiden.

Der Eindruck ist eigentümlich: weite Ebenen dehnen sich in unabsehbare Fernen, hie und da wird die Einförmigkeit durch Riesenbäume unterbrochen, auf denen sich oft wieder Schmarotzer eingenistet haben, deren Wurzeln von schwindelnder Höhe herab wie ein Gewirr von dicken Stricken herunterhängen. Diese baumartigen Schmarotzer krallen sich in der Krone fest und saugen ihrem Wirt Mark und Leben aus, bis er schließlich daran zugrunde geht. Das ist ein trauriger Anblick. Stundenlang kann man durch diese plains wandern, ohne andere Eindrücke zu empfangen.

Nur unauffällig hebt und senkt sich das Erdreich; in den Niederungen sammelt sich das Wasser und bildet Sümpfe, in denen herrliche Wasserpflanzen wuchern, die wieder von den schönsten Insekten umgaukelt werden.

Ich wollte damals Gräser und Halbgräser sammeln, die hier meist so hoch wachsen, daß ich ganz darin verschwinde. Dadurch verlor ich den Überblick, und plötzlich merkte ich, daß ich in einen Sumpf geraten war. ‚Na, kommt man hinein, so kommt man auch wieder heraus,‘ dachte ich, bin ich doch in meinem Leben schon mit manchem Sumpf fertig geworden. Ja, wäre ich da nur sofort umgekehrt, so wäre wohl noch alles gut gegangen, aber da schimmerte in einiger Entfernung eine herrliche blaue Wasserlilie. Die mußte ich notwendig haben! Unvorsichtig und unbekümmert um den scheinbar flachen Wasserspiegel stürzte ich darauf los.

Jawohl, ich bekam sie auch, aber o Gott! um welchen Preis! Ich wollte umkehren, aber da gab es kein Zurück. Tief und tiefer sank ich. Sobald ich mich rührte, stieg das Wasser höher. Was sollte nur in dieser großen Einsamkeit aus mir werden? Es wurde später und später. Weit und breit kein menschliches Wesen, nur die Rieseneukalypten hoben sich nach der einen Seite in weiten Abständen aus der Ebene ab, während vor mir, jenseits des Sumpfes, ein dunkler Wald lag.

Ich lauschte gespannt. Viele Sumpfvögel, auch der Lachvogel, der mir sonst soviel Spaß gemacht hatte, ließen ihre Stimme hören, während neben mir zahllose Frösche quakten. Kein menschlicher Laut, „Ha ha ha!" rief der Lachvogel. Verspottete er mich? „Ha ha ha! Ha ha ha!" Immer wieder dieses höhnische Lachen.

Eine entsetzliche Angst packte mich, zumal da sich nun weiße Nebel um mich lagerten und die ganze Gegend einhüllten. Ich fürchte mich nicht leicht; aber da fürchtete ich mich.

Obgleich ich wußte, daß mein Rufen nichts half, so rief ich doch angsterfüllt in die weite Einsamkeit hinaus, vielleicht hatte Gott doch einen Retter bereit. Ach, wie angestrengt lauschte ich auf jeden Laut, wie spähte ich nach Menschen aus! — Kalte Schauer durchrieselten meinen Körper, mir vergingen fast die Sinne vor Angst. —

Plötzlich sah ich durch den Nebel hindurch in der Ferne einen roten Schein im Walde, und zugleich hörte ich einen wilden Lärm. Ich dachte nach: In diesen Tagen mußte Vollmond sein, und dann versammeln sich die Papuas zu ihrem Tanz. Gesehen hatte ich es noch nicht, aber in der Ansiedelung hatten sie mir davon erzählt. O, wenn es mir doch gelingen möchte, ihre Aufmerksamkeit auf mich zu lenken! Ich schrie aus Leibeskräften um Hilfe; ich sagte mir, wenn sie auch das Wort nicht verstehen, wenn ich nur ihre Neugier wecken kann. Tatsächlich wurde es plötzlich still da drüben; und ich sah wie sich durch die Bäume hindurch flackernde Feuerbrände mir näherten. Ich rief lauter und dringender, um ihnen auch die Richtung anzugeben, denn es war inzwischen ganz dunkel geworden. Aber — was war das? Besannen sie sich anders? Wichen sie wieder zurück? — Sie standen still, und ich konnte aufgeregtes Sprechen unter ihnen hören. Fürchteten sie sich etwa vor mir? Was konnte ich anderes tun, als rufen? Nach einiger Zeit — sie kam mir unendlich lang vor — näherten sich die Feuerbrände und die wilden Stimmen wieder. Ich war in höchster Aufregung, endlich konnte ich sehen, wie eine ganze Schar Papuas, Männer und Weiber, sich durch hohes Gras und Schilf hindurch arbeitete. Sie zogen und schoben ein schmales Kanoe zu mir hin, stießen, als sie mir nahe waren, ein wildes Geheul aus, schwenkten ihre Feuerbrände, nickten mir grinsend zu, hoben mich aus dem Sumpf, setzten mich ins Kanoe, und fort ging's. — Daß auch sie tief ins Wasser sanken, schien sie nicht zu kümmern, es war ein buntes Gewühl, einer stand dem andern bei. Jedenfalls war ich gerettet!

Sie brachten mich in das Haus einer Squatterfamilie und haben wahrscheinlich nachher beim Schein des Vollmondes ihren Tanz fortgesetzt.

Das Ganze war wie ein wilder Traum! Das lange

Stehen im Wasser und die furchtbare Angst hatten ihre Folgen. Ich wurde sehr krank, bekam Wechselfieber. Im Ochsenwagen wurde ich nach meiner Station gebracht. Die Frau, von der ich Milch und was ich sonst brauche, nehme, bot mir an, mich bei sich zu behalten, damit ich nicht so verlassen sei. Das wollte ich aber nicht, nichts ist mir peinlicher, als andern zur Last zu fallen. — Die Frau sah aber doch manchmal nach mir, kochte mir auch gelegentlich eine Suppe und schickte täglich ihr Mädchen Lucy, die stellte einen Topf Milch auf die Kiste an meinem Bett, und dann kam meine Katze, setzte sich zu meinen Füßen, und mit ihr teilte ich die Milch. Ich kurierte mich aus meiner mitgenommenen Apotheke, ich wandte besonders Chinin an. Du siehst, die Krankheit habe ich ziemlich überwunden, aber sechs Wochen habe ich nichts tun können, und nun muß mich noch das Unglück mit dem Feuer treffen. Hätte ich doch nur das abgeschickt, was ich fertig hatte!

Ja, von meiner Katze muß ich Dir noch erzählen, sie verdient es! Du weißt, daß ich sehr gern Tiere um mich habe, ich beobachte sie gern, sie machen mir viel Spaß, und wenn sie danach sind, bring' ich ihnen gern allerlei bei. Meine Katze ist nicht nur sehr anhänglich, sie ist auch sehr klug. Sie geht manchmal ein Stück mit, klettert auf Myrten und Gummibäume und macht Jagd für ihren Vorteil. Aber spaßig ist's, sie sammelt auch für mich. Es ist ganz rührend, was sie mir alles herbeischleppt, Frösche, Kröten, Eidechsen und all dergleichen Zeugs. Die kleinen Säugetiere und Vögel behält sie für sich. Ihrer Natur gemäß sammelt sie am liebsten nachts, ich aber schlafe dann lieber; nun machte sie aber so lange Lärm, bis ich aufstand und sie hereinließ. Das paßte mir nicht, da ließ ich die Türen einen Spalt offen; wenn sie nun etwas hat, legt sie's vor mein Bett, springt zu mir herauf und weckt mich sehr sanft, ich muß dann Licht machen und ihr die Beute abnehmen. Soviel habe ich ihr nicht beibringen können, daß sie die Tiere unterscheidet, sie bringt mir natürlich meist gewöhnlichen Kram. Ich geb' den Tieren die Freiheit, und Mieze sammelt unverdrossen weiter, stört freilich meinen Schlaf, aber ich mag ihr nicht weh tun.

Deinen Brief aus Eisenach habe ich erhalten und mich sehr gefreut, daß es Dir so gut da gefällt. Aber gewundert habe ich mich doch sehr über Dich! —

Kannst Du denn noch immer nicht Großes und Kleines auseinander halten? Du bist doch ein recht oberflächlicher Plundermatz! Ich mußte beim Lesen Deiner Schirmgeschichte soviel an Deine Tante Leanka in Bukarest denken, der hättest Du Deine Sorge vorklagen müssen, da hättest Du Verständmis gefunden. Erwartetest Du es von mir? Da kennst Du mich noch wenig!

Da fährst Du einen ganzen langen Tag durch fremde, schöne Gegenden, sie werden Dir vor die Augen geführt, Du brauchst Dich nicht mal darum anzustrengen, nur hinausschauen und in Dich aufnehmen sollst Du, aber Du beschwerst Deine Seele mit kleinlichen Dingen. „Seele, was ermüd'st Du Dich!" Warum man wohl so etwas lernt, wenn man's nicht anwendet!?

Ich bin natürlich ganz Frau Doktors Meinung:

„Der Mensch muß hinaus ins feindliche Leben!“ Wäre ich in meiner Jugend besser auf den Kampf vorbereitet gewesen, ich hätte wohl nicht so gelitten!

Ich bin sehr gespannt, was mir Dein nächster Brief erzählen wird.

Hoffentlich bekomme ich bald Material und meine alten Kräfte, damit ich wieder tüchtig sammeln kann.

Sei auch Du mutig, und schreib mir wieder so ausführlich.

Es umarmt und küßt Dich

Deine Dich liebende Mutter.

8

Eisenach, 3. 2. 65.

Meine liebe Mutter!

Wie traurig hat mich Dein letzter Brief gestimmt! Du bist so krank gewesen, und ich kann nicht zu Dir, um Dich zu pflegen! So mutlos kenne ich Dich ja gar nicht. Hoffentlich höre ich im nächsten Brief wieder nur Gutes.

Wieder hab' ich ein Weihnachtsfest gefeiert, und wieder war es sehr schön. Wir feierten es unten im Kindergarten. Fräulein Trabert schenkte mir ein Armband, geflochten aus ihren eignen blonden Haaren. Es lag ein Zettel dabei, darauf stand: „Meiner lieben Charitas, von ihrer alten Freundin: Julie Trabert." War das nicht schön?

Gleich nach Weihnachten wurde ich von Frau Doktor eingeladen, sie auf acht Tage in Würzburg im Hotel zum Kronprinzen zu besuchen. Du kannst Dir denken, wie ich mich darüber freute!

Deine Mahnung habe ich mir diesmal zu Herzen

genommen, ich habe fleißig ausgeschaut nach all den Städten, Dörfern, Burgen, Bergen, Kirchen und ach, nach den stillen Friedhöfen, an denen ich vorüber fuhr. Gegen Abend kam ich in Würzburg an. O, wie mir das Herz klopfte vor Freude, Frau Doktor wieder zu sehen!

Wir gingen täglich am Main spazieren. Auf diesen einsamen Gängen examinierte mich Frau Doktor. Ich sagte meine gelernten Gedichte auf, Frau Doktor prüfte mich aber auch in Französisch und in den andern Fächern. Eines Tages waren wir im Schloßpark, da sagte Frau Doktor: „Für Ostern habe ich dich in der Nähe von Wolfenbüttel angemeldet.“ Ich stand vor Schreck still und sah sie groß an. Sie fuhr fort: „Neulich habe ich in Berlin mit einer Dame gesprochen, die in Gemeinschaft mit einem Bruder und mehreren Schwestern in der Nähe von Wolfenbüttel ein Institut leitet. Nach allem, was ich von Fräulein Breymann sah und hörte, habe ich den Eindruck gewonnen, daß dieses Institut der denkbar beste Aufenthalt für ein junges Mädchen ist, die, wie du, sich auf den Beruf einer Erzieherin vorbereiten will. Die Dame ist eine nahe Verwandte von Fröbel, ist von ihm selbst ausgebildet, und ich habe bis jetzt noch niemanden mit solchem Verständnis über seine Ideen sprechen hören. — Sieh es als ein großes Glück an, wenn dir ein Aufenthalt mit geistig so hoch stehenden Menschen geboten wird! Du weißt ja, daß du ganz allein in der Welt stehst, daß du ganz arm bist! Da gibt es ja nichts besseres, als daß du dir einen Schatz an Kenntnissen und an Verständnis für einen Beruf erwirbst, der dich unabhängig macht und dir die Achtung der Menschen sichert. Ehe es aber so weit ist, mußt du viel Fleiß und Mühe aufwenden. Sage dir, du mußt so werden, daß du vorbildlich auf künftige Zöglinge wirken kannst. In deinem Wesen und in deinem Wissen sind noch große Lücken! Freue dich, wenn du in eine Gemeinschaft strebender junger Mädchen aufgenommen wirst, wo deinen Mängeln nachgeholfen wird. Ich hoffe, nur Gutes von dir zu hören. Sei sehr fleißig und gehorsam. Willst du das?"

Ich versprach unter Tränen alles, was Frau Doktor verlangte. Bald darnach reiste ich ab.

Als ich Fräulein Trabert meine Reiseerlebnisse erzählte, schüttelte sie energisch den Kopf, nahm mich in die Arme und sagte: „Nein, nein, mein Charichen: Du bist nicht allein in der Welt! Ich hab' dich lieb, du kommst wieder zu mir, und — das halte fest — wo wir liebend wirken, da sind wir überall daheim!"

Ja, ich komme natürlich wieder hierher, sobald ich ausgelernt habe! Das gute Fräulein Trabert! Für heute lebe wohl, liebe Mutter! Hoffentlich höre ich bald nur Gutes von Dir.

Treu Deine Charitas.

9

Hamburg, d. 20. 1. 65.

Frau Amalie Dietrich!

Wir empfingen Ihren lieben Brief mit den sehr betrübenden Nachrichten über Ihre Krankheit und das stattgehabte Feuer. Was Ihre Krankheit anbetrifft, so hoffen wir, daß Sie wieder hergestellt sind. Wir beunruhigen uns aber doch sehr um Sie und wünschen, daß Sie nicht länger ganz ohne Hilfe bleiben. Kennen Sie vielleicht jemanden aus früherer Zeit, dem Sie zutrauen, daß er Ihnen so helfen könnte, wie Sie und wir es brauchen? Für den Fall möchten wir Ihnen raten, daß Sie bald Schritte in der Sache tun. Arbeiten, die körperliche Kräfte beanspruchen, wie das weite Tragen von Pflanzen und Tieren, das Packen der Kisten und Tonnen, kann ein anderer tun. Wir wünschen aber ausdrücklich, daß die Leitung des Unternehmens, ebenso wie die Führung der Kasse durchaus in Ihren bewährten Händen bleibt.

Was nun das Feuer anbetrifft, so tut es uns natürlich sehr leid, daß all das schöne Material, sowie die kostbaren Sammlungen ein Raub der Flammen wurden.

Wir können uns nur zu gut denken, wie unglücklich Sie hierüber sind, und auch wir beklagen diesen Verlust aufs tiefste. Solche Unglücksfälle liegen aber nicht in menschlicher Hand, und wollen mit Ergebung und Kraft getragen sein. Sie werden dort alles getan haben, was in Ihren Kräften steht, um keine längere Unterbrechung in Ihrer Tätigkeit eintreten zu lassen, und haben wir bei Empfang dieser traurigen Nachrichten uns sofort mit der Anschaffung einer ganz neuen Ausrüstung beschäftigt. Sie sehen hieraus, daß wir in jeder Weise gern bereit sind, Sie aufs kräftigste zu unterstützen. Wir geben Ihnen nur zu gern diese Beweise unseres großen Vertrauens.

Die Ausrüstung werden wir, da wir in nächster Zeit kein eignes Schiff nach Australien senden, via England von Sydney an Herrn Heußler & Co. für Sie abrüsten, und mit unserm ersten Frühlingsschiff werden wir dann ferneres Material folgen lassen.

Arbeiten Sie nur so treu und fleißig, meine gute Frau Dietrich, wie bisher, und der pekuniäre Verlust so wie das sonst Verlorene wird bald wieder eingeholt sein!

Wir freuen uns, daß Sie nördlicher gehen wollen, und möchten wir Sie nochmals bitten, nicht nur Skelette von dort vorkommenden großen Säugetieren, sondern auch möglichst Skelette und Schädel von den Eingebornen, sowie auch deren Waffen und Geräte zu senden. Diese Sachen sind sehr wichtig für die Völkerkunde.

Wir haben das gute Zutrauen zu Ihnen, daß Sie das Alles machen werden.

Unser Museum zieht immer mehr Beachtung auf sich, und es ist der wissenschaftlichen Welt wohl bekannt, wieviel Amalie Dietrich zu dessen steter Ausdehnung beiträgt.

Von den Landschnecken war die eine, und von den eingesandten Fischen waren mehrere neu, auch teile ich Ihnen mit, daß zwei Wespen nach Ihnen benannt sind.

Ohne ein mehreres für heute grüßen Sie freundlichst

J. C. Godeffroy & Sohn.

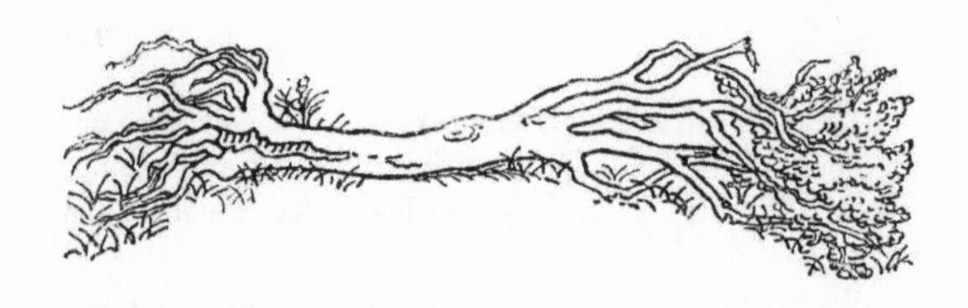

10

Herzogswalde, 1865.

Liebe Amalie!

Es ist mir ganz unmöglich, Dir den Eindruck zu schildern, den es bei mir hervorrief, einen Brief von Dir zu erhalten. Daß der Postbote überhaupt einen Brief für mich hatte, rief schon eine große Erregung bei mir hervor. Ich habe schon lange mit der Außenwelt abgeschlossen. Ich habe mein Leben als ein verfehltes anzusehen, was habe ich der Welt dann noch zu sagen? Ich meinte, für mich gäbe es keine Überraschungen mehr, und siehe da, Dein Brief war in jeder Beziehung eine große Überraschung für mich. Du sagst: Godeffroy habe Dir angeboten, Du mögest Dir Hilfe nehmen. Also der fremde Mann bietet Dir Hilfe an. Freilich, so gut hattest Du es in der Heimat nicht. — Und nun meinst Du, niemand könne sich besser dafür eignen als ich?! Ich bin so erregt, daß ich kaum meine Gedanken sammeln kann. Du willst mich wieder haben? —! Du sagst, Du stellst es Dir so schön vor, wenn wir unser Leben so beschließen könnten, wie wir es anfingen, in gemeinsamer, fördernder Arbeit, unter einer ewig lachenden Sonne. Keine kleinlichen Sorgen ums tägliche Brot, keine lästige Rücksicht auf die Meinung der Menschen würde uns drücken oder einengen, wir dürften nur gerade das tun, wozu unsere Neigung uns treibt, sammeln, was uns auf Schritt und Tritt entgegenwächst. Wie jung Du noch fühlst! Welche Kraft, welchen Eifer Du noch haben mußt! Kannst Du wirklich glauben, daß etwas so Schönes, wie unsere ersten Ehejahre, sich wiederholen könnte? Ich glaube es nicht, es liegt für uns zuviel dazwischen, das hat seine unauslöschlichen Spuren hinterlassen. Nie mehr scheint mir die Sonne! — Aber Dir scheint sie, und Dein Herz, das ich in so unbegreiflicher Weise verkannte, das strahlt sie zurück. Du sammelst feurige Kohlen auf mein Haupt, und glaube mir, sie brennen! Wie Schuppen fiel es mir von den Augen, als Du Abschied nahmst, als ich sah, daß andere Deinen Wert erkannten. Schon damals war es zu spät! Einsam stehe ich hier, — und ob ich auch sehnsüchtig die Arme ausstrecke, — sie bleiben leer. — Nein, nein, — ich kann nicht zu Dir kommen, niemanden wäre jetzt noch mit meinen Kräften gedient, denn ich habe keine mehr! Ich bin matt und krank an Leib und Seele, — Du siehst es an der Handschrift, — es macht mir Mühe, Dir diese Zeilen zu schreiben. — Weshalb dankst Du mir immer wieder? Ahnst du denn nicht, wie schmerzlich mir das ist? — Also Charitas ist in Wolfenbüttel! Ich wußte nichts von ihr. Auch dies ist Dir gelungen. Grüß' sie von mir, es wird wohl der letzte Gruß sein.

Bitte sie, mir nicht zu zürnen. Gut machen kann ich nichts mehr. —

Mit welchem Interesse durchflog mein Blick den von Kustos Schmeltz verfaßten Katalog Deiner gesammelten Sachen, und mit welch seltsamen Gefühlen sehe ich, daß so viele Arten den Namen „Dietrich" tragen. Es kommt mir wie ein letztes Aufleuchten unseres Ruhmes vor, und nicht durch mich, wie ich in meiner Jugend hoffte, sondern durch Dich, durch das Malchen aus der Niederstadt! —

Wie lange hat mein Blick auf Acacia Dietrichiana und auf Bonamia Dietrichiana geruht. Der Katalog berichtet weiter: „Von Wespen sandte Frau Dietrich zwei neue Arten: Nortonia Amaliae und Odynerus Dietrichianus." Aber auch von eingesandten Nestern, Vögeln, Eiern, Schnecken usw. lese ich. Daß Du für die Botanik immer eine besondere Begabung zeigtest, das wußte ich längst, aber wie staune ich, daß Du Dich auch mit all dem übrigen, was Australien bietet, abgibst. Du sagst, Godeffroys erziehen Dich, sie erweitern Deinen Interessenkreis. Du fühlst Dich beglückt durch ihre Anerkennung. Ja, so ist's! Alles was mir versagt blieb, Dir ist's gelungen. Und doch meinte ich, — Tor, der ich war, — ich sei in diesen Dingen der Berufene und Auserwählte. Was würde der Onkel ‚Hofrat' in Eisenach nur dazu sagen, wenn er noch lebte? Wie unzufrieden war er mit meiner Wahl, ich sprach die Hoffnung aus, Dich mit der Zeit zu mir hinauf zu ziehen. Schon damals glühte ein Feuer in Deinem Blick, ich verstand es nur nicht zu deuten.

Ich hielt mich in der Beurteilung Deines Wesens immer an Äußerlichkeiten, an Unwesentliches.

Jetzt reich' mir im Geiste noch einmal Deine tapferen, fleißigen Hände, und denke ohne Groll an

Deinen Wilhelm Dietrich.

11

Wolfenbüttel, 2. 5. 1865.

Meine liebe Mutter!

Seit Ostern bin ich hier! Der Abschied von Fräulein Trabert wurde mir sehr schwer. Ihre letzten Worte waren: „Na, mein Charichen, nun sei hübsch fleißig, daß du bald fertig wirst, und dann komm! Wir wollen ein frohes Wiedersehen feiern, so Gott will! Wenn du kommst, back' ich Kuchen!" ‚Ach,' dachte ich, ‚wenn's nur erst so weit wär'!'

Mein äußerer Mensch wurde einer gründlichen Veränderung unterzogen. In Eisenach lief ich noch immer in meinem kurzen schottischen Kleidchen herum. Ich machte wenig Umstände mit meiner Kleidung, aber das wurde nun alles anders! Ich bekam eine große Krinoline, ein langes Schleppkleid, einen Kapothut und eine umfangreiche Beduine. Fräulein Trabert gab mir eine Menge Verhaltungsmaßregeln, sie sagte, ich habe mich nun zu benehmen wie ein erwachsener Mensch, ich müsse nun auch ja immer daran denken, Handschuhe anzuziehen, wenn ich ausginge; bei ihr hätte ich es immer vergessen.

Dieser viele neue Kleiderkram war mir sehr ungemütlich. Alles war mir zu groß und zu weit, und wenn ich an dem einen Ende raffte, so schleppte es am andern, und ging ich nicht ganz sittsam, so machte mir die dumme Krinoline zu schaffen.

Dann kam der schwere Abschied von Fräulein Trabert. O, wie schwer mir der wurde! ‚Aber,‘ so sagte ich mir, ‚bald komme ich wieder!‘ Dann dampfte ich dem neuen Heim entgegen. Erst am Nachmittag kam ich in Wolfenbüttel an. Der stille Bahnhof war bald übersehen. Ein Bahnbeamter mit nur einem Arme fragte mich, ob ich vielleicht ins Institut wolle? Ja, das wollte ich. Da winkte er einen Jungen heran, dem gab ich meine Hutschachtel. „Die Sachen," sagte der Beamte, „kommen gelegentlich mit anderen Koffern hinaus, jetzt kommen mehr Neue, da ist leicht Gelegenheit."

Nun ging ich an der Seite des schweigsamen Jungen durch die stille Stadt. Wir kamen an hübschen Landhäusern und an vielen schönen Gärten vorbei, bis wir vor einer hohen Holzplanke halt machten.

„Hier is es!" sagte der Junge.

‚So, hier ist es!‘ dachte ich aufseufzend, verabschiedete den Jungen und ging klopfenden Herzens durch die Pforte. In einem schönen, großen Garten, der im Hintergrunde mit einem Wald abschließt, liegt ein langes, einstöckiges Haus, das dicht mit Wein bewachsen ist.

Vor dem Hause, der Straße zugekehrt, stehen mehrere schlanke Birken. Über Wald und Garten schimmerte das erste junge Grün.

Ich öffnete die Haustür und befand mich in einer geräumigen Vordiele, wo ein langer Tisch gedeckt war. Von der Tür aus hatte ich einen Blick in einen noch größeren Raum, wo in Hufeisenform wieder gedeckte Tische standen. Junge Mädchen, die weiße Schürzen vor hatten, gingen geschäftig ab und zu. Ich stand in großer Verlegenheit. — — Sollte ich eins der jungen Mädchen anreden, oder sollte ich an der Klingel ziehen, die links am Eingang angebracht war?

Nein, das Warten half nichts, sie waren so beschäftigt, es sah mich keine, da zog ich zaghaft und leise an der Klingel. Sofort standen alle still und sahen überrascht nach mir hin. — Eine trat zu mir und fragte, was ich wünschte.

„Ich möchte zu Fräulein Breymann," stotterte ich.

Als sie sich fragend umsah, riefen mehrere: „Im Mittelzimmer!"

Wir gingen nun eine Treppe hinauf, hier öffnete das junge Mädchen eine Tür, und ich trat in einen sehr behaglichen Raum, in dem eine Dame am Tisch stand und mit Büchern hantierte. Das junge Mädchen schloß die Tür, und ich war mit der Dame allein. Ja, wenn ich nun nur Worte fände, sie Dir zu schildern. Wie eine Fürstin stand sie da am Tisch. Sie ist groß und schlank, alles an ihr ist einfach aber vornehm. Reiches, aschblondes Haar umrahmt das kluge und geist-

Charitas

reiche Gesicht, das sie jetzt mit fragend erstauntem Blick mir zukehrte. Wie klein und wie unbeholfen fühlte ich mich dieser würdevollen Erscheinung gegenüber. Bei ihr war alles, wie es sein mußte, kein Zuviel und kein Zuwenig; das dunkle Kleid fiel in weichen, schönen Linien um die hohe Gestalt. Ich war so versunken in diesen Anblick, daß mich erst die Frage aufschreckte: „Was wünschen Sie?"

Ich fuhr zusammen. — Was ich wünschte? Ach, wie sollte, wie konnte ich das wohl in einem Augenblick in Worte fassen? Ich sah hilflos zu der imposanten Dame hinüber und raffte mich endlich zu der Antwort auf: „Ich möchte Fräulein Breymann sprechen."

„Das bin ich! — — Und wer sind Sie?"

„Ich — ich bin Charitas Dietrich," stotterte ich.

„Ach? —! Charitas Dietrich?" Mir schien, ein Ausdruck von Enttäuschung glitt über das ausdrucksvolle Gesicht mir gegenüber, dann aber trat sie auf mich zu, bot mir die Hand, — ich mußte erst die Hutschachtel hinsetzen, — und sagte: „Wir nennen einander hier alle ‚du'. Ich wußte nicht, daß du jetzt ankamst, sonst wärest du abgeholt worden. Aber jetzt komm mit mir, ich werde dir drüben im Schlafsaal deine Zelle anweisen. Ich bin Henriette. Meine Geschwister wirst du bald kennen lernen." Sprache und Tonfall hatten etwas Getragenes, eine gewisse Würde und Feierlichkeit, die wohl zu der Erscheinung, aber kaum zu dem gleichgültigen Inhalt der Worte paßten. Und dann! — Ich mußte mich doch wohl verhört haben; daß wir „du" genannt wurden, war natürlich und selbstverständlich, daß aber auch wir die Damen „du" nennen würden, das war wohl ein Mißverständnis. Wie im Traum folgte ich meiner königlichen Führerin. Der große Schlafsaal war durch Leinwandwände in viele kleine Zellen eingeteilt. In der Nebenzelle hatte ein junges Mädchen den Vorhang zum Eingang zurückgeschlagen, so daß wir sahen, wie sie sich vorm Spiegel die braunen Locken ordnete.

„Annette," sagte Fräulein Breymann, „dies ist Charitas Dietrich. Willst du ihr ein bißchen zurecht helfen?"

Das junge Mädchen trat in meine Zelle und sagte, nachdem sich hinter Fräulein Breymann die Tür geschlossen hatte: „Nun mach dich schnell fertig, es wird gleich zu Tisch klingeln!"

Zitternd, eilig machte ich mich zurecht. Annette wartete auf mich, und dann gingen wir hinunter, über die große Diele in den noch viel größeren Eßsaal.

„Habt ihr schon für Charitas Dietrich gedeckt?" fragte Annette.

„Ja," rief eins der jungen Mädchen, „sie sitzt hier neben Mademoiselle." Dabei lachte sie schelmisch.

„Na! — Warum denn nun grade neben Mademoiselle?" sagte Annette mit einem leichten Vorwurf.

Und nun strömten sie herein die vielen, vielen fremden Menschen! Würde ich wohl jemals so weit kommen, diese vielen auch nur mit Namen kennen zu lernen? Würde wohl je eine Zeit kommen, in der ich mich ebenso sicher und unbefangen in diesen großen Räumen bewegen würde, wie jetzt alle die anderen? — Von einem Herrn wurde das Tischgebet gesprochen. Ich sagte mir, das würde der Bruder von Henriette sein, den Frau Doktor in Würzburg erwähnt hatte. Eine ältere Dame mit einem jungen Mädchen saß zwischen den Geschwistern; aus der Unterhaltung merkte ich, daß es eine Mutter war, die ihre Tochter hierher brachte. Ob das junge Mädchen wohl ahnte, wie unaussprechlich gut sie es hatte, daß sie von ihrer Mutter gebracht wurde? Während ich noch in meine Träumereien versunken war, wurde ich plötzlich von meiner Nachbarin, — einer nicht mehr jungen Dame, — auf französisch angeredet. Mein Schreck war so groß, daß ich mich nur hilflos umsah, und nun erst merkte ich, daß alle jungen Mädchen an diesem Tisch französisch sprachen. — Gewiß, ich hatte französisch gehabt, hatte aus dem Plötz Übersetzungen geschrieben, Verben und Vokabeln gelernt, aber ich konnte weder sprechen noch verstehen. Ich stotterte verlegen und freute mich, als endlich die Tafel aufgehoben wurde. Alle jungen Mädchen gingen in den Garten, ich auch. Aber da war auch wieder Mademoiselle, und sie blieb mir treu, so unbequem mir das auch war. Nur zuletzt traf ich noch mit Annette zusammen. Ich fragte sie, weshalb wohl Fräulein Breymann so enttäuscht ausgesehen hätte, als sie hörte, wer ich sei? — Annettes Blick glitt prüfend über meine Gestalt, dann sagte sie zögernd: „Ich weiß es nicht, aber ich könnte mir denken, daß sie sich unter einer ‚Charitas' etwas sehr anderes vorgestellt hat, als was du bist. Der Name macht gewisse Ansprüche."

Damit verließ sie mich. Im Bett grübelte ich lange. Der Name macht Ansprüche! Ach, sollte man hier überhaupt Ansprüche machen, die ich vielleicht nie erfüllen würde, — nie erfüllen könnte? Alles ist zu groß, zu weit, grade wie meine neue Kleidung. Werde ich je hineinwachsen? Ach, wieviel übersichtlicher und leichter war es in Eisenach! — Mit schmerzlichem Heimweh weinte ich mich in Schlaf.

9. 5.

Am nächsten Morgen bekam ich meinen Stundenplan. Ach, ich hatte mir eingebildet, ich hätte viel zu tun in Eisenach; das ist ja aber gar nichts gewesen, im Vergleich zu dem, was ich hier zu tun bekomme.

Schon am ersten Tage hatten wir mehrere Stunden bei Fräulein Breymann.

Mutter, so habe ich noch niemanden sprechen hören! Ich saß dicht bei ihr, aber ich rückte unwillkürlich immer näher zu ihr heran, damit mir nur ja kein Wort verloren ging. Ich hätte immer hören mögen. Aber welche Anforderungen! Was verlangt sie in Bezug auf unsere Erziehung von uns selbst! Als Motto für unsern künftigen Beruf gibt sie uns das Wort Goethes mit auf den Weg:

Der kann sich manchen Wunsch gewähren,
Der kalt sich selbst und seinem Willen lebt,
Allein wer andre wohl zu leiten strebt,
Muß fähig sein, viel zu entbehren.

In ihren Stunden reihen sich große und gute Gedanken in herrlicher Form aneinander, und solange ich mich dem Zauber dieser Rede hingeben kann, fühle ich mich wie in eine höhere, bessere Welt gehoben. Glaube aber nicht, daß das so bleibt! — Plötzlich ertönt die Klingel.

die Stunde ist aus, und damit wird man jäh auf die Erde gestellt, und dann fühle ich, wie armselig ich bin. „Vermittelung der Gegensätze!“ hört man vielfach in den Stunden. Wenn Fräulein Breymann sich erhebt und von uns verlangt, wir sollen das Gehörte schriftlich wiedergeben, so habe ich nur das entmutigende Gefühl, daß ich überall auf Gegensätze stoße. Henriette — und ich — welche Gegensätze, mein Wollen und mein Können! Gegensätze! Gegensätze! Werde ich je die Vermittelung finden? Äußerliches soll innerlich und das Innerliche soll wieder äußerlich gestaltet werden. Ach, wie stümperhaft fallen meine Versuche aus. Bei Herrn Breymann haben wir Aufsatzstunde. Das erste Thema war: „Der Frühling, ein Bild der Jugend.“ Alles wird besprochen, und wir bekommen die Disposition. Grade jetzt grünt und blüht alles. Die Fenster stehen offen und Bäume und Sträucher senden ihren Duft in die Lehrsäle. Beim Schreiben des Aufsatzes verlor ich mich in Träumereien. Gleicht mein Leben, meine Jugend, dieser Blütenpracht da draußen? Ich fühlte mich einsam. Ich mußte weinen. Nichts Gescheites kam auf das Papier. Das Zeugnis war dementsprechend: „Die Arbeit ist verfehlt.“

Verfehlt! Mein Blick ruht auf dem Wort. Wird es so bleiben? Wird mein Aufenthalt hier ein verfehlter werden? Werde ich nur träumerisch genießend aufnehmen, nichts um- und aus mir heraus schaffen können? Überall fühle ich Lücken, überall fehlt etwas, was hier als selbstverständlich vorausgesetzt wird. Das macht mich mutlos und verzagt. Die anderen gehen so sicher und glücklich ihren Weg, aber überall ist bei mir ein Mißverhältnis. Trotz der vielen Menschen, zwischen denen ich lebe, fühle ich mich recht einsam. Ich sehne mich immer so! Ich sehne mich, daß mich jemand recht lieb hat. Die mich lieb haben, sind so weit weg! Könnte ich zu Dir, oder nach Eisenach. —

Sei bitte nicht böse, daß ich wieder über meine Gefühle spreche, aber gegen wen soll ich mich denn aussprechen?

Wünsche mir, daß ich hier glücklich durchkomme.

Für heute lebe wohl! In treuer Liebe

Deine Charitas.

12

Hamburg, 12. 6. 1865.

Frau Amalie Dietrich!

Mit Freuden erfuhren wir von den Herren Rabone Feetz & Co. in Sydney, daß daselbst achtundzwanzig Kisten und zwei Fässer Naturalien, sowie zwei Kisten mit Pflanzen von Ihnen angekommen sind, die mit unserm Schiffe „Wandrahm" nach Europa verschickt werden.

Mit der „Susanna" sind neulich fünf Kisten angekommen, und zwar zwei Kisten Spirituspräparate, eine Kiste Herbarien, eine Kiste Vogelbälge, und eine Kiste mit trocknen Seeconchylien, Eiern, Seesternen und Insekten.

Holzsorten: Wir möchten gern von Ihnen Holzsorten haben. Probeblöcke der dort vorkommenden Arten, vier Stück von jeder Sorte, zwölf Zoll hoch und einmal gespalten. Das Hobeln und Polieren kann hier geschehen, wie auch das Durchsägen und Spalten. Senden Sie also die Stücke zwei Fuß lang und in Bündel geschnürt oder in einer sonst noch billigeren

Versandsart. Die Blöcke müssen alle mit eingeschnittenen römischen Ziffern numeriert und so im Register aufgeführt sein; und numerierte Zweige und Blätter müssen diejenigen Nummern begleiten, deren lateinische Namen Sie nicht mit voller Bestimmtheit beifügen können.

Samen: Die mit Ihrem letzten Brief geschickten Samen von Azolla empfingen wir sehr gern, und haben wir dieselben dem hiesigen botanischen Garten zur Aussaat übergeben. Senden Sie uns bitte noch mehr von dieser Sorte, die Pflanze ist sehr interessant. — Überhaupt wollen Sie uns Samen allerart schicken, zumal von Kräutern und Gräsern. Sie können sie in Kisten, zwischen pulverisierte Holzkohle verpackt, senden.

Lebende Pflanzen: Senden Sie uns auch von solchen, was Sie irgend erlangen können, besonders Zwiebeln und Knollen, welche ebenso wie Samen verpackt werden können. — Orchideen hätten wir sehr gern lebend. Von solchen müssen nach der Blütezeit die unterirdischen Triebe ausgehoben und auf ähnliche Weise wie Samen verpackt werden.

Zoologische Bemerkungen:

Säugetiere: Wir betonen, daß das Skelett und die Eingeweide in den kleineren Arten zu belassen sind. Die Sachen erhalten dadurch mehr denn den doppelten Wert, und haben wir das Fehlen sowohl des Skeletts als auch der inneren Teile mit besonderem Bedauern bei den zwei, diesmal gesandten Exemplaren von Echidna hystrix bemerkt, — die im übrigen wahre Prachtexemplare sind. Von dem „flying fox“ sind uns ebenfalls eine größere Anzahl mit Skelett erwünscht. Suchen Sie uns auch Stachel- und Schnabeltiere sowie Exemplare des australischen Bären, — in Spiritus präpariert, — zu schicken.

Vögel allerart werden wir gern empfangen, besonders Taubenarten, Papageien, Kakadus; senden Sie uns sowohl von den weißen wie von den schwarzen, je zwölf Exemplare. Gern hörten wir, daß Sie endlich in den Besitz von Talegalus gelangt sind!

Heute ohne ein mehreres grüßen wir Sie freundlichst.

J. C. Godeffroy & Sohn.
Im Auftrag: Schmeltz, Kustos.

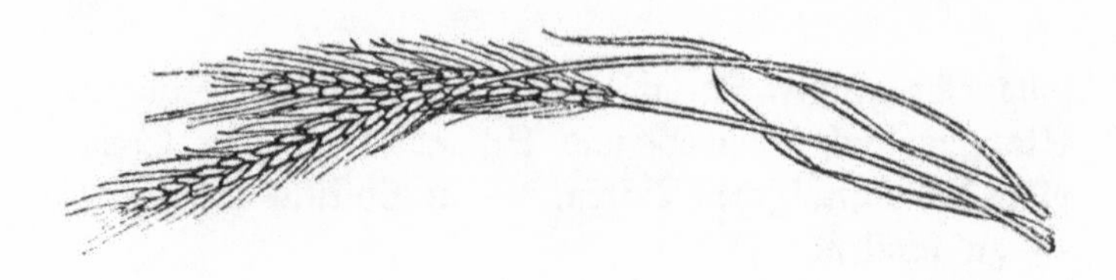

13

Wolfenbüttel, d. 12. Aug. 65.

Meine liebe Mutter!

Wie selten schreibst Du mir! Wieviel Angst habe ich um Dich, und wie sehne ich mich nach Dir! — Der Sommer ist ungewöhnlich heiß, und wir dürfen uns deshalb mittags ein Stündchen aufs Bett legen. Erst wenn's am Abend kühl wird, fühlt man sich etwas wohler, da dürfen wir länger aufbleiben und in dem schönen, großen Garten spazieren gehen. Du solltest nur mal sehen, welche bunte Welt auf verhältnismäßig engem Raum sich da vermischt und einen Austausch anstrebt. Hier sind Schülerinnen aus Rußland, aus Schottland, aus Frankreich, der Schweiz, und eine ist sogar aus Algier. Wenn man aneinander vorübergeht, hört man, wie hier fleißig repetiert wird und wie da Freundschaften geschlossen werden. O, es ist eine ganz merkwürdige und interessante Welt. Ich habe mich sehr an Annette angeschlossen. Außerdem verkehre ich viel mit einer niedlichen Pastorentochter, die hier aus der Nähe ist, sie heißt Johanna.

Neulich fragte mich Johanna, wo ich meine großen Ferien verleben würde. Daran hatte ich schon oft gedacht, aber wissen konnte ich darüber nichts, ich sagte, ich würde wohl hier bleiben.

„Warum gehst du denn nicht zu deinen Eltern?“ fragte Johanna.

„Nein,“ sagte ich, „das kann ich nicht.“

„Hast du denn gar keine Eltern mehr?“ fragte sie weiter, da erzählte ich ihr einiges. Sie war danach sehr herzlich zu mir, gab mir einen Kuß und sagte: „Sei nur nicht traurig! Gleich morgen schreibe ich meinen Eltern und frage sie, ob ich dich mitbringen darf, sie sind gut, und du sollst sehen, sie erlauben es gern.“

Da es dunkel war, konnte sie nicht sehen, wie bewegt ich war. — Mit großer Spannung erwarteten wir den Brief, und wie Johanna vermutet hatte, so war es, — ich darf mit nach Ampleben!

Wenn doch nur nicht solche Hitze wäre! Ich habe fast immer Kopfschmerzen, und als ich es Johanna klagte, gestand sie mir, daß es ihr ebenso gehe. Das ist schlimm in den Stunden! Wenn ich dem Lehrer noch so nahe sitze, so ist mir doch immer, als wenn die Stimme aus weiter Ferne zu mir käme. Ich bin wie in einem Traum. Wenn das so bleibt, komme ich in den Stunden schwerlich mit!

* * *

20. September 1865.

Wieviel hat sich ereignet, seit ich Dir die vorstehenden Zeilen schrieb! Hätte ich sie doch im August fortgeschickt, denn Du wirst Dich ja gesorgt haben, daß Du so lange ohne Nachricht bliebst. —

Mutter, ich bin sehr krank gewesen. Die Kopfschmerzen wurden immer schlimmer, und wenn ich die Treppe hinauf- oder hinunterging, hatte ich das Gefühl, als ob sich im Kopf etwas losgelöst hätte. Es war ganz unheimlich, und mir war oft zumute, als müsse ich den Kopf festhalten. — Eines Morgens stand ich am Waschtisch und wollte mir die Hände waschen, da wurde mir so sonderbar, — ich konnte plötzlich nicht mehr sehen, ich streckte voller Angst die Arme aus, — und dann muß ich umgefallen sein. Als ich wieder zum Bewußtsein kam, lag ich nicht in meinem Bett, sondern in einem kleinen Zimmer, das ich noch gar nicht kannte. Ich war sehr schwach, und es war mir alles einerlei. Der Doktor kam, er fühlte den Puls, fragte allerlei, auch ob ich noch Eltern hätte. Er schüttelte den Kopf, zuckte die Achseln und gab seine Verhaltungsmaßregeln. — Nicht lange nachdem er fort war, hörte ich, daß man draußen mit allerlei herumschleppte, und dann hörte ich weiter, wie mit eintöniger Stimme gezählt wurde: sechs Schürzen, sechs Paar Strümpfe, zwölf Taschentücher usw. Das ging lange so, aber immer zählte eine andere Stimme. Zuerst dachte ich angestrengt darüber nach, was das zu bedeuten hätte, da mir aber vom Denken der Kopf wieder weh tat, sah ich mir nur noch das Tapetenmuster an und ärgerte mich, wenn die Sterne nicht genau aneinander paßten. Dann kam eine von unseren Vorsteherinnen, dieselbe, die mit dem Doktor da gewesen war, und brachte mir Milch und Zwieback.

Ich fragte sie, was das Zählen bedeutete, sie sagte, die jungen Mädchen reisten alle nach Hause, sie hätten unter ihrer Aufsicht die Koffer gepackt.

Ich war sehr erstaunt und verwirrt und sagte: „Aber es sind doch noch keine Ferien?"

Anna sagte: „Laß nur das Denken und Grübeln, und frag nicht soviel, du bist krank, und der Doktor sagt, du brauchst Ruhe."

„Ist denn Johanna auch schon weg?" Anna seufzte und kehrte sich ab. „So!" sagte sie dann, „iß deine Milch, und dann schlaf."

Täglich kam der Doktor. Schmerzen hatte ich nicht, mir war sehr leicht zumute, gerade als ob ich gar keinen Körper mehr hätte. Eines Morgens wachte ich auf, und wie erstaunte ich, als auf dem Stuhl an meinem Bett die Kammerjungfer von Frau Doktor saß.

„Hannchen!" sagte ich, „wo kommen Sie denn her, und was wollen Sie denn hier im Institut?"

„Ich komme aus Kiel, wo meine Herrschaften diesen Sommer sind, und ich bleibe jetzt bei Ihnen, bis Sie so gesund sind, daß Sie mit mir nach Kiel reisen können. Sie sollen mal sehen, wie schön es da ist! Da an der Ostsee werden Sie sich bald wieder erholen."

„Wissen Sie, ob schon Ferien sind?" fragte ich.

„Nein," sagte sie, „fragen Sie auch nichts, was mit Ihrem Institut zusammenhängt, denn davon kann ich doch nichts wissen."

„Ob wohl alle jungen Mädchen schon fort sind?"

„Ich glaube ja."

„Ich sollte mit Johanna nach Ampleben."

Hannchen zuckte die Achseln und sagte: „Ich habe nur den Auftrag, Sie mit nach Kiel zu bringen, sobald Sie reisen können."

Wie lange Hannchen hier war, weiß ich gar nicht, aber eines Tages durfte ich hinunter ins Mittelzimmer, ein paar Tage danach in den Garten, und endlich kam der Reisetag.

Hannchen sorgte gut für mich. In Hamburg ruhten wir ein paar Tage in dem Hause an der Alster. Ein Arzt kam und gab allerlei Verordnungen. Endlich ging's weiter nach Kiel. —

Hier sah ich zum erstenmal das Meer! O wie prachtvoll! Weit draußen vor der Stadt haben Doktors ein sehr schönes Haus in einem großen Park. Von den Fenstern hat man den Blick auf das Meer. Ich wurde von Herrn und Frau Doktor sehr freundlich empfangen. Du brauchst Dich also nicht zu sorgen. Und was meinst Du, wen ich traf? Denke nur! — Elise mit der ganzen Familie Schurz ist hier! Elise nahm mich mit in ihr Stübchen, ach, es war ein ganz bewegtes Wiedersehen! Sie war so lieb zu mir, fragte teilnehmend nach meinem Ergehen, und dann erzählte sie mit großer Wärme von der Familie Schurz. Die beiden Mädchen, die sie zu erziehen hat, werden Handy und Pussy genannt. Von Herrn Schurz erzählte sie besonders viel, und was sie erzählte, war wie ein Stück aus einem spannenden Roman. Ich war ganz aufgeregt und sagte begeistert: „Ach, ich wollte, ich dürfte Herrn Schurz einmal die Hand geben!" Elise lachte sehr belustigt und sagte: „Na, der Wunsch kann dir vielleicht bald erfüllt werden." Da ertönte die Tischglocke, Elise legte zärtlich meinen Arm in ihren und sagte: „Nenne mich doch auch „du", und dann gingen wir, sie noch immer von Schurzens plaudernd, die Treppe hinunter. Auf dem Absatz der ersten Etage trafen wir mit allen Schurzens zusammen. Elise stellte mich eilig vor, und — denke Dir meinen Schreck, — sie erzählte sofort lachend meinen soeben geäußerten Wunsch. Herr Schurz nickte mir freundlich zu, kam mir ein paar Schritte entgegen, streckte mir beide Hände entgegen und sagte: „Gern mein liebes, kleines Fräulein, drücke ich ihnen die Hand, hier sind sie gleich alle beide!"

Ich war ganz verwirrt, erfaßte aber doch mit einem eiligen Blick die ganze Erscheinung. Schurz ist groß, schlank, fast überschlank. Haar und Bart sind rötlich. Aus dem fein geschnittenen Gesicht blitzten durch einen schwarz eingefaßten Kneifer die klugen Augen auf mich herab. Sein ganzes Wesen trägt den Stempel großer Einfachheit und Natürlichkeit. Als ich später mit Elise darüber sprach, sagte sie: „Paß mal auf, je gebildeter die Menschen sind, desto einfacher und natürlicher geben sie sich."

Frau Schurz ist eine imposante, elegante Erscheinung, sie erinnert sehr an das Gemälde von H. C. Meyer, was so lebenswahr in der Bibliothek hängt. Sie hat dieselben großen, braunen Augen, den schönen, freien Blick, der einen so unaussprechlichen Zauber auf die Umgebung ausübt. Bei Tisch saß ich Schurzens gegenüber und hatte täglich Gelegenheit sein geistvolles Gesicht zu sehen, sein lebhaftes Minenspiel zu beobachten und seinen interessanten Erzählungen zu lauschen. Ich sage Dir, der Atem stockt einem, wenn er erzählt von dem Badener Aufstand, wie er durch Siele gekrochen ist, um seinen Verfolgern zu entfliehen, und nun erst gar, wie er die Flucht Gottfried Kinkels ins Werk setzt, wie er nach dieser Tat, steckbrieflich verfolgt nach Schottland flieht. Und nun sitzt er da hoch geehrt und in der alten und neuen Welt anerkannt und viel genannt. Ist ein solcher Lebenslauf nicht ein großes Wunder? Ich möchte Dir so viel von ihm erzählen, aber ich soll noch nicht so viel schreiben.

Ich sitze viel am Strande, und die schöne Luft kräftigt mich sehr. — Wenn Frau Doktor Zeit hat, darf ich bei ihr französisch lesen. Zuerst war ich recht ängstlich, aber nach und nach werde ich freier und sicherer.

5. Oktober.

Endlich reisten wir wieder nach Hamburg. Herr Doktor ging eines Tages mit mir ins Museum. Herr Kustos Schmeltz empfing uns sehr freundlich und war unermüdlich uns alles zu zeigen und zu erklären, was Du geschickt hast. Herr Schmeltz muß hinüber geschickt haben, denn plötzlich erschien Herr Godeffroy und unterhielt sich mit Herrn Doktor über Dich. Du kannst Dir gar nicht denken, wie gespannt ich aufhorchte, als er mit so warmer Anerkennung von Dir sprach. Er sagte, Du hättest ein merkwürdiges Verständnis fürs Sammeln und Präparieren, Du hättest Dich mit bewunderswerter Energie in die ganz neuen Aufgaben gefunden, er könne nur sagen: „Hut ab vor solcher Tapferkeit und solchem Fleiß!" Ach Mutter, als ich das hörte, mußte ich weinen. Wie liebenswert erschien mir in diesem Augenblick Godeffroy! Ich mußte immer verstohlen sein charakteristisches, festes Gesicht ansehen. Es liegt etwas Großes in diesen scharf geschnittenen Zügen. Wie gern hätte ich ihm meine dankbare Verehrung ausgesprochen, aber das wagte ich nicht. —

Herr Doktor ging allein fort und sagte, ich möge mir nur die Sammlungen noch in aller Ruhe weiter betrachten. Aber denke Dir, als Herr Doktor fort war, sagte Herr Godeffroy: „Na, mein liebes kleines Fräulein, nun kommen Sie mit hinüber zu uns, ich möchte Sie meiner Frau vorstellen."

Herr Godeffroy sagte: „Sieh mal, liebe Emmy, da bringe ich dir die Tochter von unserer guten Frau Dietrich!"

Frau Godeffroy ist eine elegante Dame, die einen vornehmen Eindruck machte; sie war sehr freundlich zu mir, fragte mich allerlei nach meinem eignen Leben, und beide wünschten mir beim Abschied alles Gute für mein weiteres Fortkommen. Sie meinten, wenn ich nach Dir artete, dann müsse etwas Rechtes aus mir werden. Ach, dachte ich seufzend, sie sollten nur wissen, wie schwer mir alles wird, wie klein und unsicher ich mich fühle, und daß ich weder Lust noch Mut zu einem großen Kampf und Streben habe, wie ich mich vielmehr nach behaglichen, übersichtlichen Verhältnissen sehne, wo man nicht so große Anforderungen an mich stellt. Sehne ich mich denn nicht täglich nach Eisenach zurück? Ein kleines, bescheidnes Heim mit viel Liebe, das ist meine Sehnsucht. Ich werde ganz ängstlich, wenn die Leute von Dir auf mich schließen wollen. Der Tag aber im Museum und bei Godeffroys wird mir unvergeßlich bleiben, mir war so froh und leicht zumute, ich hatte ein Gefühl, als müsse ich gewachsen sein. Aber hab' nur keine Angst, im Institut schrumpfe ich schon bald wieder zusammen.

17. Oktober.

— Ja, und da bin ich wieder. Das ganze rege Leben umflutet mich wieder. Neue sind da, und mit den Alten knüpfte ich wieder da an, wo wir vor der Krankheit aufgehört hatten. Mit Freuden begrüßte ich Annette wieder, dann suchte ich die liebe Johanna.

Ach Mutter! Denk Dir mal, Johanna fand ich nicht wieder! Gestorben! Gestorben, während ich noch hier krank lag. Niemand hat es mir sagen mögen, weil ich selbst sehr in Lebensgefahr geschwebt habe. Ich bin sehr traurig. Ich denke viel darüber nach, wie wunderbar doch Gottes Wege sind. Warum ließ Gott sie sterben, die doch der Stolz und die Freude ihrer Eltern war, sie, die so tief betrauert und so schmerzlich vermißt wird! Nach menschlichem Ermessen wäre es doch viel verständlicher gewesen, wenn von uns beiden ich gestorben wäre, ich hätte niemandem gefehlt, um mich hättest nur Du geweint, und Dir konnte es eigentlich einerlei sein, wo Du mich mit Deinen Gedanken suchen solltest, wir haben doch nichts voneinander. Wirklich, liebe Mutter, es wäre mir auch sehr recht gewesen, denn ich fühle mich oft so unglücklich und einsam, so heimatlos. Welche schöne Zukunft hätte aber wohl Johanna vor sich gehabt! Ach, liebe Mutter, solche Gedanken trägt man so mit sich herum, sie sind doch in meinem Falle ganz natürlich, nicht wahr? Ich bin oft so niedergeschlagen, daß es mir ordentlich auffällt, wenn ich mal so von Herzen glücklich bin wie neulich, wo ich im Museum war.

Mit welchem Interesse sehe ich mir die armen Neuen an, denen das Heimweh auf dem Gesicht geschrieben steht. Einen kleinen Vorteil habe ich schon vor ihnen, und den will ich zu ihren Gunsten ausnutzen, ich kann ihnen doch hie und da mit gutem Rat beistehen.

Nun aber lebe wohl! Hoffentlich tun Dir die Papuas nichts.

Schreib bald Deiner

Charitas.

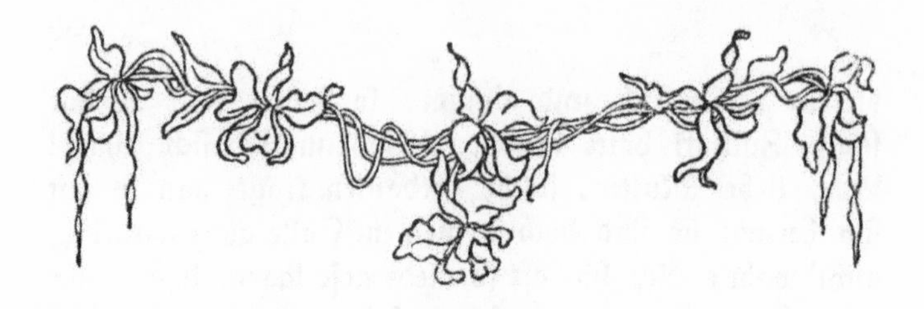

14

Rockhampton, 2. 2. 1866.

Liebe Charitas!

In welche Aufregung hat mich Dein letzter Brief versetzt! Mit derselben Post erhielt ich grade auch die Nachricht von Vaters Tod. Ich habe weder Platz noch Zeit Dir jetzt zu schreiben, aber ich bin so erregt, daß ich Dir doch in aller Eile einiges sagen muß. Du bist krank gewesen! — Der Gedanke, Dich auch verlieren zu können, läßt mich nicht los! Ein Zittern überfiel mich, als ich das las. Ich bin Dir furchtbar böse! Was hast Du für alberne, schlechte Gedanken, daß Du meinst, Du hättest leichter entbehrt werden können als die Pastorentochter! Du hast doch gar nicht an mich gedacht! Ich habe in der weiten Welt jetzt doch niemanden als Dich, und meine Hoffnung ist doch, daß mich Gott gesund erhält, damit ich in ein paar Jahren heimreisen kann. Welchen Sinn hätte meine Heimkehr, wenn ich nicht dann mit Dir zusammen sein könnte! Endlich, endlich gibt's dann keine Trennung mehr für uns! Bis dahin bist Du wohl leicht so weit, daß Du auch verdienen kannst, und ich habe inzwischen so viel gespart, daß wir bei bescheidnen Ansprüchen miteinander leben können. Aber, — das sage Dir doch, ohne Kampf kein Sieg! Selbst dann wird das Leben weiter ein Kämpfen und Ringen sein. — Was für matte Ansichten Du hast! — Es wäre Dir ganz recht gewesen, wenn Du gestorben wärest, so meinst Du! Ja, das glaube ich! Mir wär's auch manchmal bequemer gewesen! Dazu sind wir nicht da, daß wir, wenn wir leiden, gleich die Flinte ins Korn werfen. Du mußt leben wollen! Du mußt Dich fragen: kann ich eine Aufgabe erfüllen? Habe ich vielleicht Gaben und Kräfte in mir, die entfaltet werden müssen, damit sie anderen zugute kommen? — Wenn Du die Krankheit überwunden hast, so werde kampf- und leidenswillig! Schiele nicht nach der Efeulaube! Mein liebes Kind, die kommt noch lange nicht! Sollte Dir wirklich kein Pfund gegeben sein, womit Du zu wuchern hast? Blicke nicht rückwärts! Vielleicht ist Eisenach nur eine Station auf Deinem Lebenswege, die nur dazu da war, Dich vorwärts zu bringen. Vorwärts! Aufwärts!

Alles übrige, was Du mir schreibst, hat mich sehr gefreut und interessiert. Wieder und wieder habe ich Deine Zeilen gelesen, und o, wie glücklich macht es mich, daß Godeffroy mit mir zufrieden ist. Wenn er mir so unbegrenztes Vertrauen entgegenbringt, so freut mich das mehr, als ich sagen kann, aber es befällt mich auch immer ein Gefühl der Bangigkeit. Meine Verantwortung wird dadurch doppelt groß. Bei jedem Unternehmen, was Geld kostet, erwäge ich zaghaft, ob es der Sache dient; wenn ich davon überzeugt bin, so wage ich es. Ich nehme mir Hilfe, denn ich kann dadurch die Zeit meines Hierseins abkürzen. Neulich hat mir Godeffroy angeboten, ich möge mir Pferd und Wagen anschaffen. Ja, ja! Mit Fuhrwerk sollte ich eigentlich Bescheid wissen!

Ich bin mitten im Aufbruch, reise nach dem nördlicher gelegenen Makay. Ich war zwei Jahr hier, da muß alles wegexpediert werden, was ich irgend loswerden kann, damit ich mir die Weiterreise vereinfache. Ich reise mit dem Dampfschiff. Du glaubst nicht, wie es bei mir aussieht, schlimmer noch als gewöhnlich! Was hier alles herumliegt! Vögel, Säugetiere, Muscheln, Korallen, Insekten und Pflanzen. Vieles wartet noch aufs Abbalgen und Präparieren, zwischendurch krabbelt mir noch allerlei lebendiges Getier zwischen den Füßen herum. Die Pflanzen muß ich noch durchsehen, Du weißt, wenn die Stengel nicht trocken sind, schimmeln sie, und sie sollen die lange Reise machen! Die Arbeit brennt mir auf den Fingern, aber es hilft alles nichts, ich mußte Dir noch von hier aus schreiben. Wer weiß, hoffentlich gibt es in Makay recht viel Arbeit für mich, und dann komme ich noch schwerer zum Schreiben. Gib mir bald Nachricht, wie es Dir geht, und gehe Deinen Weg tapfer! Wenn Du dem Kampfe nicht aus dem Wege gehst, wird Dir der Weg leichter, Übung macht auch hier den Meister!

Für heute lebe wohl, und vergiß nie, was wir trotz allem Schweren Vater zu danken haben. Schick' nur wie immer den Brief an Godeffroy, sein Schiff bringt ihn mir, wo ich auch sein mag.

In treuer Liebe

Deine Mutter.

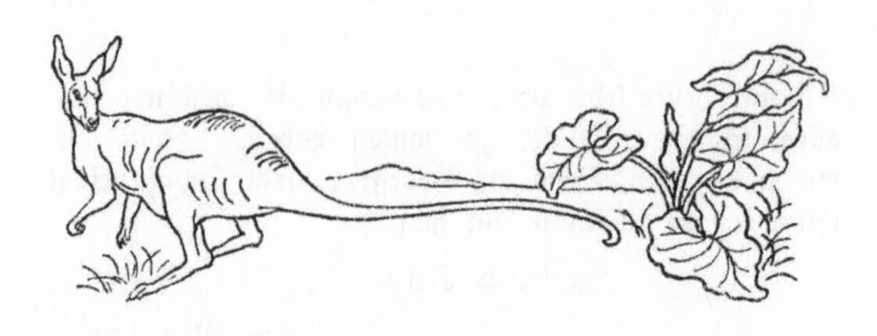

15

Hamburg, d. 8. 4. 1866.

Frau Amalie Dietrich.

Wir haben das Vergnügen, Ihnen den richtigen Empfang von fünfzehn Kisten per „Susanne“ zu bestätigen. Die Sachen sind sämtlich sehr gut konserviert, und es sind viele schöne, interessante und neue Arten von Tieren und Pflanzen in der Sendung.

Säugetiere: Känguruhs wollen Sie in Zukunft nicht mehr in Spiritus, sondern nur in trockenen Skeletten oder in Bälgen senden.

Vögel: Wir bemerkten unter den Vögeln, die sehr gut präpariert sind, mit Vergnügen mehrere Exemplare von zwei Megapodien-Arten.

Fische: Unter den früher von Ihnen gesandten Fischen befindet sich ein ganz neuer. Die Beschreibung desselben erfolgt in Wien. Wir werden Ihnen mit nächstem Schiff den Namen und die Zeichnung schicken.

Insekten: Was an Insekten vorhanden war,

zeigte sich als recht gut konserviert, und fanden sich darunter mehrere sehr gute und interessante Arten, so z. B. der große, weiße Maikäfer wie der schwarze Laufkäfer.

Seeigel wollen Sie nie getrocknet, sondern nur in Spiritus konserviert senden.

Wenden Sie Ihre Aufmerksamkeit auch auf Geräte und Waffen der Eingebornen. Sammeln Sie davon, was Sie können. Schicken Sie wenn möglich auch ein Kanoe. Teilen Sie uns die Namen der betreffenden Waffen und Geräte mit, und wenn Sie beobachten können, wie die Sachen angefertigt werden, so teilen Sie uns Ihre Wahrnehmungen mit. — Versäumen Sie ja nicht, über die Lebensweise der dort vorkommenden seltenen Tiere Ihre Beobachtungen zu machen und sie uns mitzuteilen, wir werden dieselben im Vorwort unseres nächsten Katalogs drucken lassen.

Wir grüßen Sie aufs freundlichste.

Im Auftrag: Schmeltz, Kustos.

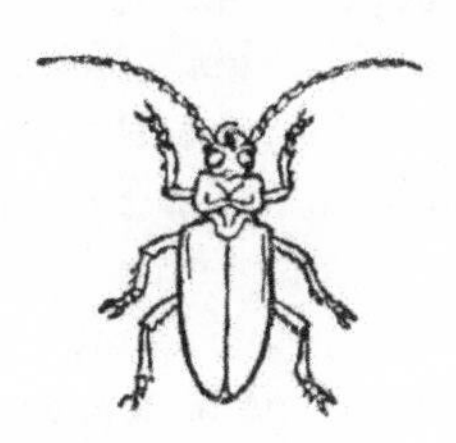

16

Wolfenbüttel, d. 5. 8. 1868.

Liebe Mutter!

Meine verschiedenen kurzen Briefe wirst Du erhalten haben, nun will ich mal wieder ausführlicher schreiben. Wie ich Dir schon sagte, geht es mir jetzt körperlich besser, und dadurch ist's auch mit dem Lernen leichter. Wirklich, ich hätte nie gedacht, daß auch für mich eine Zeit kommen könnte, wo ich mich sicher und ruhig in diesem Hause bewegen kann. Das tue ich jetzt. Die Schulglocke ist geradezu meine Stütze, mein Halt. Ich weiß jetzt genau, wohin ich gehöre, wenn sie durchs Haus schallt. Nichts kann regelmäßiger sein als unser Leben hier. Ich habe nun, da ich mitkann, viel Freude an allen Stunden. Oft borge ich mir von unsern Vorsteherinnen Bücher, die mich in der einen und andern Sache privatim noch weiter fördern und das Verständnis klären. Du solltest nur einmal hören, wenn Annette und ich Sonntags oder auf Spaziergängen uns stundenlang über das unterhalten, was wir in den

Stunden gehabt haben. In der Geschichte der Pädagogik hatten wir Schleiermacher. Annette und ich lasen daraufhin sein Leben, viele seiner schönen Briefe und ein kleines Buch, seine Monologe. Wie schön drückt er alles aus! Wir sind über vieles ganz entzückt. Höre nur, wie schön: „In nahen Bahnen wandeln oft die Menschen und kommen doch nicht einer in des anderen Nähe; vergebens ruft der ahnungsreiche, den nach herzlicher Begegnung verlangt: es hört der andere nicht!" O, so ist es doch! So gern habe ich mich oft anschließen wollen, aber — „es hört der andere nicht."

Annette und ich lesen auch in der Bibel und sprechen uns über das Gelesene aus. Wie gesagt, ich wachse hinein in die Anforderungen dieses Hauses, und sobald wir nur Herr über die Verhältnisse um uns werden, da kommt eine Leichtigkeit der äußeren und inneren Bewegung über uns. Ich sehne mich, das, was ich lerne, bald anzuwenden, und Henriette macht mir Hoffnung, daß ich in nicht allzu ferner Zeit unterrichten darf. Sie ist sehr unternehmend. In Wolfenbüttel hält sie Vorträge über Fröbel, und daraus hat sich ein Verein gebildet, der einen Kindergarten und eine Elementarklasse gründet. Sie hat das Wolfenbüttler Schloß für diese Zwecke überwiesen bekommen, und sobald ich so weit bin, darf ich mich da üben.

Augenblicklich freilich ist in der Stadt ein Stillstand, was diese Dinge anbetrifft, denn denke Dir nur, es ist Krieg zwischen Preußen und Österreich. Bei uns hier draußen geht freilich alles seinen gewohnten Gang, unser Unterricht erfährt keine Unterbrechung, wir hören nur bei Tisch, wie die Zeitungsberichte besprochen werden. Im Schloß, wo sonst die Kinder sind, liegen verwundete Krieger. In manchen Stunden: französische und englische Konversation, zupfen wir Scharpie. Wir mustern alle unsere Leib- und Bettwäsche, und was schadhaft ist, wird den Kriegern geopfert.

Für heute lebe wohl, und sei herzlich gegrüßt von

Deiner **Charitas**.

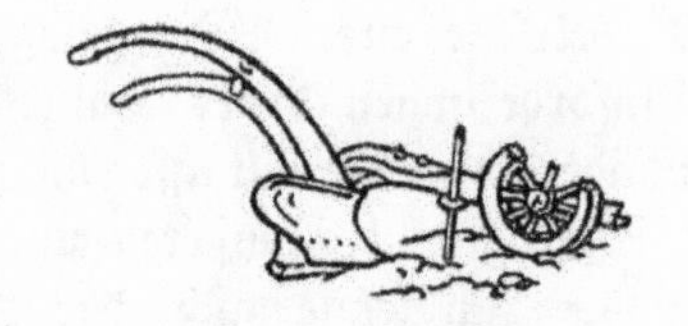

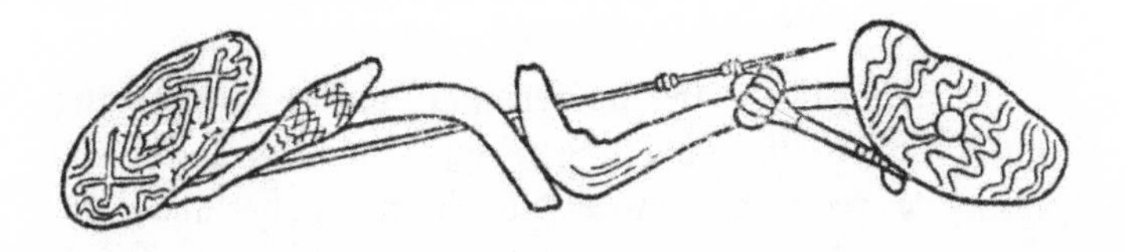

17

Makay, 3. 1. 1867.

Liebe Charitas!

Zu meiner großen Freude sehe ich, daß Du jetzt so gern in Wolfenbüttel bist und daß Du endlich Deine Aufgabe richtig erfaßt hast. Du wirst je länger desto mehr erfahren, daß einem das Beste und Höchste im Leben nicht mühelos in den Schoß fällt, sondern daß man sich diese Güter durch Ringen und Kämpfen erwirbt. Glaube mir, nur solche Güter haben bleibenden Wert für uns.

Ich bin in der Nähe von Port Makay. Die Ansiedelung, in der ich mich aufhalte, wird von Europäern bewohnt, die sich hauptsächlich mit dem Anbau von Zuckerrohr beschäftigen. Du solltest mal solche Zuckerplantagen sehen, das Zuckerrohr würde einen Reiter hoch zu Roß noch weit überragen. Wundervoll ist der hier gewonnene Zucker, er hat eine erfrischende, angenehme Süßigkeit.

Die Ansiedler verwenden zur Arbeit in den Plantagen Eingeborene. Die Hitze zwischen dem Zuckerrohr soll für Europäer unerträglich sein. Die Eingeborenen, die sie für diese Arbeit verwenden, sind kräftige, stark gebaute Menschen, man nennt sie „Kanakas“.

In nicht allzuweiter Entfernung von der Ansiedelung dehnen sich große Waldungen aus, die durch ihr gebirgiges Terrain und durch die vielen Wasserfälle, die man hier findet, reizvolle Abwechslung bieten. Durch die Vereinigung von Wald und Wasser ist hier eine große Mannigfaltigkeit in der Tier- und Pflanzenwelt, so daß es für mich viel zu tun gibt. Aber eins findet man hier nicht, und das ist Gold! Diesem Umstand ist es zu danken, daß hier keine goldgierigen Europäer die Gegend überfluten. Die Eingeborenen können hier noch ungestört ihr Wesen treiben, und ich habe oft Gelegenheit, ihr Tun und Treiben zu beobachten. Sie fühlen sich hier in den Wäldern so lange sicher, bis — — nun, bis sie unversehens einen Kampf mit einem anderen Stamme auszufechten haben.

Einen solchen Kampf nennen sie hier Vorbobi, und den habe ich neulich mit angesehen. —

Ich wurde durch das wilde Schlachtgeheul, was durch den Wald schallte, aufmerksam und suchte mir einen sicheren, versteckten Platz auf einer nahegelegenen Anhöhe, von wo ich, ungesehen von den Wilden, den Kampf beobachten konnte.

Sie bedienen sich dabei der Wurfkeule, die sie Nolla-Nolla nennen, und die bei den einzelnen Stämmen verschieden geformt ist. Daneben haben sie lanzenartige Spieße und vor allem die interessanten Bumerangs. Der Bumerang hat eine entfernte Ähnlichkeit mit einer Sichel, er ist aus hartem, schwerem Holz verfertigt und hat die Eigentümlichkeit, daß er wieder zu seinem Ausgangspunkt zurückkehrt, wenn er richtig vorwärtsgeschleudert wird. Das Holz wird hierfür ganz besonders präpariert. Nachdem es in Wasser geweicht ist, geben die Eingeborenen ihm die eigentümlich gedrehte Form und trocknen es dann in glühender Asche. Freilich gehört immerhin noch große Übung und ein kräftiges Handgelenk dazu, um den Bumerang mit Erfolg werfen zu können.

Die Kämpfenden haben auch Schilde aus Holz, die sie sich in ganz primitiver Weise mit Pflanzensaft oder einer braunen Erdart anmalen. Auf der Rückseite haben sie einen Handgriff eingeschnitzt. Sie stecken sich hübsche bunte Federn in ihr üppiges Wollhaar. Die Weiber sind auch beim Kampf gegenwärtig, sie sammeln die Waffen auf und bringen sie den Kämpfenden zurück.

Schon von Rockhampton aus habe ich ja vielerlei Waffen ins Museum geschickt. Hast Du sie Dir ordentlich angesehen?

Um die Papuas willig zu machen, mir diese Dinge zu geben, habe ich immer eine Menge Tauschartikel bei mir, mit denen ich sehr haushalten muß, denn wenn ich ihrem Begehren nachgeben wollte, dann hätte ich sehr bald nichts mehr. Ich muß alles gut verstecken, sonst stiehlt mir die Bande meine Vorräte. Alles lockt sie, und immer betteln sie um Tabak, Kalkpfeifen, buntes Zeug, Mehl, Spiegel, aber ganz besonders auch um bunte Farbe. Natürlich je greller desto besser. Daß sie damit in kurzer Zeit so überraschende Wirkungen hervorbringen können, versetzt sie in geradezu wildes Entzücken. Ich glaube, neulich habe ich mir mit Farbe mein Leben gerettet. Sie müssen mir irgend etwas sehr übel genommen haben, denn eines Tages kamen sie sehr zahlreich und belagerten drohend mein Haus. Sobald ich mich zeigte, brüllten sie und gebärdeten sich ganz wütend. Ich suchte auf allerlei Weise mit ihnen zu verhandeln, aber sie wiesen störrisch jeden friedlichen Verkehr von sich. Sie taten mir nichts, aber sie ließen mich nicht heraus. Wollten sie mich aushungern?! — Die Ansiedler kamen und suchten sie versöhnlich zu stimmen, alles vergeblich! — Ich zeigte ihnen durchs Fenster: Mehl, Spiegel, Tabak — sie schüttelten grinsend den Kopf. Da kam ich endlich mit Farbe. Ich rührte sie aus und zeigte ihnen die Wirkung auf einem Stück Holz. Sie stutzten, beruhigten sich, verhandelten untereinander und wurden durch die Farbe endlich versöhnt. Wie froh war ich! Ich gab ihnen alles, was ich hatte. —

Du solltest mal sehen, wie überaus komisch sie sich benehmen, wenn ich ihnen einen Spiegel gebe. Ich muß oft laut lachen, wenn ich das Erschrecken und Staunen sehe, wenn sie plötzlich ihr Gesicht gleichsam in der Hand halten. Eilig gucken sie hinter den Spiegel, da steht der Kerl nicht, — sie gucken von vorn hinein, da ist er ja wieder! Verwirrt schütteln sie den Kopf und wiederholen den Spaß immer wieder.

Kalkpfeifen nehmen sie auch gern, in denen sie ein unmögliches Kraut rauchen. Viele haben ein Loch in der Nase, und wenn sie nicht rauchen, stecken sie die Pfeife in die Nase. Natürlich gehen sie nicht sehr sorgsam mit den Sachen um und verlieren sie daher oft. Da sah es nun ganz drollig aus, als ich neulich an den Strand kam, wie plötzlich eine Pfeife ganz ehrpusselig auf mich loswackelte. Zuerst dachte ich: ‚Na, was ist denn das für ein neues Wunder!' Ich ging dem Ding zu Leibe, und nun sah ich, daß ein Krebs hineingekrochen war und sich damit fortbewegte.

Eine Verständigung mit den Eingeborenen wird immer eine schwere Sache bleiben, zumal ich auch immer wieder mit verschiedenen Stämmen zusammenkomme, aber ich bekomme nach und nach eine gewisse Gewandtheit darin, durch Gesten auszudrücken, was ich von ihnen will. Und wohl oder übel kommen wir ja zurecht miteinander.

Ich hatte mir ein Gerät von ihnen geben lassen, es war eine Art Steinbeil, das mit einer Schnur aus Haaren und mit Wachs oder Harz am Stiel befestigt war. Wie mochten sie die Schnur herstellen? Auf meine Frage zeigten sie nach dem Kopf einer Frau. Bei nächster Gelegenheit, als mich gerade ein paar Weiber in meiner Wohnung aufsuchten, schnitt ich der einen kurz entschlossen das Haar ab und gab ihr zu verstehen, sie möge jetzt gleich eine Schnur drehen. Ich wollte doch sehen, wie sie das machen. Das Weib knotete das Haar an ihrer großen Zeh und drehte mit erstaunlicher Gewandtheit daraus eine Schnur, die ich mir gegen etwas Mehl ausbat.

Mehl mögen sie sehr gern. Wenn ich ihnen in meiner Wohnung etwas in einer Tüte schenke, schütten sie es auf den Tisch, spucken darauf, rühren es mit dem Finger um und essen es. Sie streichen sich grinsend den Magen und rufen: „Putcheri—keikei! Putcheri—keikei!" Wenn sie nichts bekommen, streicheln sie sich winselnd den Magen und bettelnd klagen sie: „Ammeri! — Ammeri!“ Ich nehme an, daß sie damit ihren Hunger bezeichnen.

Du kannst Dir wohl denken, daß sie mit ihrer eignen Mahlzeit nicht viel Umstände machen. Sie machen sich im Walde ein Feuer, was sie mit bewunderswerter Geschicklichkeit zustande bringen. Sie nehmen dazu zwei Stücke Holz, am liebsten Korkholz. Das eine Stück wird auf die Erde gelegt, die flache Seite nach oben; das andere ist ein runder, gerader Stock, der wird senkrecht auf das Liegende gehalten und wie ein Quirl zwischen den Handflächen gerollt, wobei sich das obere Stück Holz in das untere bohrt. Schon nach kurzer Zeit fängt es an zu rauchen, und bald fangen die trocknen, zusammengeschichteten Zweige an zu brennen. Ihr originelles Feuerzeug führen sie immer bei sich. In das Feuer werfen sie Fische, Frösche, Eidechsen, Käfer, Schlangen und Wespenlarven, — die letzteren sind besonders beliebt. Wenn das eben angebraten ist, verzehren sie es mit großem Appetit.

Sammeln kann ich hier, daß ich das verschiedene Material kaum bewältigen kann. Pflanzen sammle ich am liebsten, aber die Tierwelt bietet hier so viel Interessantes, daß ich mit Freuden meine Aufmerksamkeit allen verschiedenen Gebieten zuwende. Hier gibt's besonders viel Vögel, und von dem einen muß ich Dir erzählen. Ich habe diese Art nie vorher gesehen, auch nie etwas darüber gehört. Ich hatte eines Tages eine weite Tour in den Wald gemacht, da sah ich plötzlich etwas ganz Allerliebstes vor mir. Auf der platten Erde stand eine kleine niedliche Laube, die aus Zweigen fein gefügt war. In der Mitte war ein kleiner Gang frei gelassen, der hübsch mit bunten Steinchen und Muscheln belegt war. Rings herum war der Erdboden ordentlich von dürrem Laub gesäubert, und auch hier lag eine kleine Umfassung von Muscheln und Steinen.

Ich war ganz entzückt von dem kleinen Kunstwerk, und nun entdeckte ich auch die Baumeister. Zwei unscheinbare, graue Vögel von der Größe unsrer Drosseln liefen eilig auf den geschmückten Gängen hin und her, als ob sie „Haschen" spielten. Das Männchen hat ein rosa Diadem auf dem Kopf, einen kleinen Federkranz, der hinten offen ist, während dem Weibchen dieser Schmuck fehlt.

Vögel und Laube mußte ich natürlich haben, aber ich sagte mir gleich, daß es nicht so leicht sein würde, die Laube fortzutransportieren. Jedenfalls brauchte ich dafür andere Vorkehrungen, und so versuchte ich nur, mir den Weg genau zu merken, denn es war meilenweit von der Ansiedelung entfernt. Natürlich ließ mir aber meine Entdeckung keine Ruhe, und gleich am nächsten Tag machte ich mich wieder mit meinem Gehilfen, der einen Spaten und ein breites Brett trug, auf den Weg. Glücklicherweise fanden wir noch die Spuren im Farnkraut, und richtig entdeckte ich auch bald wieder meinen Laubengang.

Vorsichtig gruben wir die Laube vom Erdboden und schoben sie auf das Brett. Auch das Vogelpaar mußten wir haben, und mit dieser kostbaren Beute begnügten wir uns diesmal. Wie mühsam war der Transport in meine

Wohnung! Stundenlang mußten wir die Laube auf dem Kopfe tragen, wobei wir uns abwechselten. Es war besonders mühsam, weil wir nicht ungehindert vorwärts konnten, denn eine eigentümliche, stachlige oder vielmehr dornenbesetzte Palme, man nennt sie die Prokuratorpalme, versperrte uns überall den Weg. Der Stamm dieser Pflanze ist nur fingerdick, aber Zweige und Blätter sind mit Dornen besetzt, mit denen sie sich an Bäumen und Sträuchern anklammert. Sie schlingt sich streckenweise mehrere hundert Fuß weit und erstickt die von ihr Überfallenen. —

Du kannst Dir vorstellen, wie mühsam ein Wandern in einem solchen Walde ist, nun aber gar mit einer so leicht zerstörbaren Last!

Jetzt sorg' ich mich, ob die Laube auch gut in Hamburg angekommen ist. Solltest Du einmal nach Hamburg kommen, so frag' doch danach, sieh sie Dir selbst an, und schreibe mir darüber, ob sie nicht lädiert ist.

Für heute lebe wohl. Sei herzlich gegrüßt von

Deiner Mutter.

18

Hamburg, 12. 2. 1867.

Frau Amalie Dietrich!

Durch beifolgendes Diplom hat der entomologische Verein in Stettin Sie zu seinem ordentlichen Mitglied ernannt!

Wir teilen Ihnen ferner mit, daß Ihre Sammlung „australische Hölzer" auf der Gartenbau-Ausstellung die goldene Medaille erhalten hat.

Die Zeitungen sagten: „Diese aus fünfzig Blöcken in halber Stammesdicke bestehende Sammlung ist in ihrer Art ein Unikum und wurde von der seit Jahren den Nordosten Australiens bereisenden, unerschrockenen Frau Amalie Dietrich zusammengebracht. Es dürfte das erste Mal sein, daß australische Hölzer in solcher Vollständigkeit in Deutschland zur Ausstellung gelangen. Die Bestimmung ist durch Herrn Hofrat Professor Schenk in Leipzig absolviert. Es sind sehr interessante Sachen dabei. Diese Sammlung ist mit dem ersten Preise gekrönt worden."

Der Geist, der aus Ihren Briefen spricht, macht uns viel Freude, und wir machen uns ein Vergnügen daraus, Ihnen zu wiederholen, daß wir mit allen Ihren Einrichtungen sowie mit Ihrer Tätigkeit sehr zufrieden sind, und daß wir Ihnen nach wie vor von Herzen gern das größte Vertrauen schenken. Es ist uns lieb, daß Sie zwei Gehilfen angestellt haben. Wir wissen, wie sparsam und praktisch Sie alles einrichten. Wenden Sie sich nur an Herrn Heußler, er hat Anweisung, Sie stets mit dem nötigen Geld zu versehen. — Wir betonen hiermit nochmals ausdrücklich, daß das Unternehmen, die Leitung desselben, jede Anordnung, auch die Kasse, einzig und allein in Ihren Händen zu bleiben hat.

Ihren ferneren Bemühungen besten Erfolg wünschend, grüßen wir Sie freundlichst.

J. C. Godeffroy & Sohn.

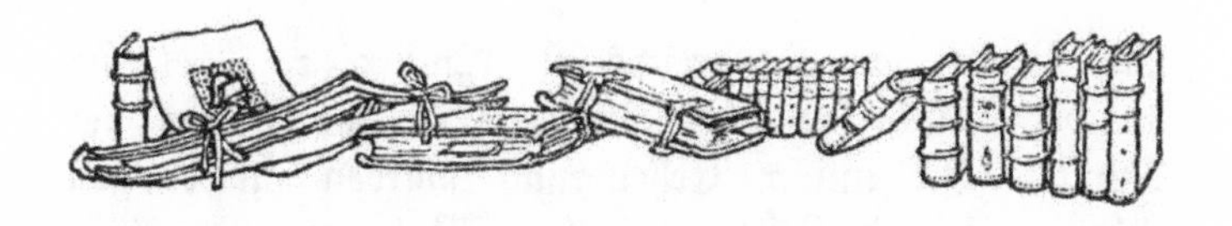

19

Wolfenbüttel, 28. 7. 1867.

Liebe Mutter!

Wie hat mich Dein letzter Brief erschreckt! Ich habe ihn gleich Annette vorgelesen. Davon kann man ja träumen! Ich konnte mir so lebhaft vorstellen, wie die Papuas Dein Haus belagerten. Nun hast Du doch nicht mehr so viel Vertrauen zu ihrer Harmlosigkeit! Wie gut, daß Du die bunten Farben hattest. — Alles, was Du mir sonst schriebst, hat mich sehr interessiert, und ich bitte Dich, schreibe mir doch wieder recht ausführlich über Dein Leben in Makay.

Mir geht es hier je länger desto besser. Ich lebe mich ganz ein in dieses regelmäßige Institutsleben. Breymanns gehen ganz in ihrem Beruf auf und machen das Goethe'sche Wort, das sie uns als Motto mitgeben, erst mal an sich selbst wahr; sie verzichten auf alles, was sich sonst die Menschen leisten. Sie haben nur Verkehr, soweit er für uns förderlich ist, sie gönnen sich keine Bequemlichkeit, sind von früh bis spät nur für uns da. Wer etwa als Besuch ins Haus kommt, wird veranlaßt, von seinen Kenntnissen uns mitzuteilen.

Ein Bruder von Heimreichs ist Künstler, er führt uns an der Hand seiner Zeichnungen in das Gebiet der Kunst. Zu unsrer Erheiterung wurden an einigen Abenden lebende Bilder gestellt. Mich verwandte Herr Breymann als Rotkäppchen. Wir waren sehr vergnügt. —

Ein andrer Bruder, der Arzt ist, erklärte uns das Auge, er hatte ein Modell dafür, und außerdem zeichnete er uns alles an die Wandtafel. An der Wolfenbüttler Bibliothek — weißt Du, einst war Lessing daran, — ist ein Bibliothekar, der uns während des ganzen Winters Vorträge über Baukunst gehalten hat. Überall ist Herr Dr. Beetmann selbst gewesen, in Rom, in Griechenland, ja sogar in Ägypten, da kann er uns alles recht anschaulich schildern. Er zeigt uns schöne Bilder, und zuweilen gehen wir sogar in die Bibliothek selbst und sehen uns Werke an, die Bezug auf die Vorträge haben. Diese Bibliothek! Davon macht man sich doch keinen Begriff, wenn man keine gesehen hat.

Aber auch auf anderen Gebieten wird uns Großes und Schönes geboten. Neulich war Wilhelm Jordan hier, er ist der Dichter der Nibelungen. Aus dieser herrlichen Dichtung trug er uns einige der schönsten Gesänge vor. Wie uns das begeisterte! —

Jetzt darf ich auch schon im Schloß unterrichten. Das habe ich mir schon lange gewünscht, denn man möchte doch gern anwenden, was man gelernt hat.

Ich habe die Kinder sehr lieb, und ich glaube, auch sie mögen mich gern; neulich gab mir ein liebes, kleines Mädchen einen Zettel, darauf stand mit großen, steifen

Buchstaben: „Liebe Tante! Ich habe immer solche Langeweile nach Dir!"

O, wie mich das freute, daß sich jemand nach mir sehnt!

Im Schloß zu unterrichten kommt mir sehr merkwürdig vor. Ich muß mir immer vorstellen, wie das wohl früher hier gewesen ist, als noch Herzöge und der ganze Hofstaat sich in diesen Räumen bewegten. So manches erinnert noch an vergangene Pracht. In den Sälen sind noch bunte Deckengemälde mit reicher Stuckverzierung, und an den Wänden hängen Gobelins, die biblische Stoffe veranschaulichen. So sehe ich z. B. immer eine Stadt mit schönen, griechischen Säulen vor mir, das Bild stellt Paulus dar, wie er in Athen den unbekannten Gott predigt.

Nun will ich nur hoffen, daß Dich mein Brief gesund antrifft.

In treuer Liebe

Deine Tochter **Charitas.**

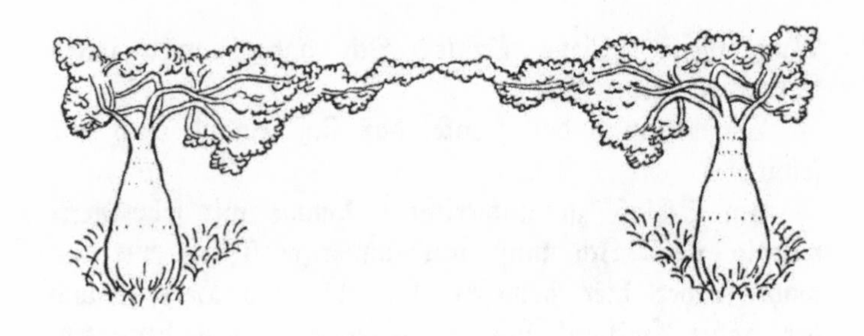

20

Lake Elphinstone, 8. 3. 1868.

Liebe Charitas!

Beim Lesen Deines letzten Briefes ging mir so mancherlei durch den Kopf. Was wird Dir alles geboten! Du setzt Dich hin und packst ein. Wenn ich erst wieder in Europa bin, will ich nachholen, was mir fehlt. Wie verschieden sind unsere Lebenswege! Ich bin jetzt gerade ganz in der Einsamkeit.

Bis jetzt hatte ich mich ja möglichst an der Ostküste aufgehalten und war nur immer weiter nordwärts gezogen, aber schon lange wollte ich gern einmal tiefer in das Innere. Da hörte ich, daß von Makay aus eine Expedition nach Lake Elphinstone unternommen werden sollte, um Waren dahin zu bringen und vor allem Wolle an die Küste zu holen. Ich fragte, ob ich mich nicht anschließen könnte, und der Treiber meinte, wenn ich den Mut hätte, fast ein Jahr lang dort in der kleinen Ansiedelung zu bleiben, bis wieder eine Expedition dorthin unternommen würde, so sollte ich nur mitkommen.

Es wurden zwei Karren mit Lebensmitteln bepackt und vor jeden zwölf Ochsen gespannt. Auf dem einen Wagen war ein Leinendach aufgeschlagen, unter dem die zwei Kinder von Mr. Craik, unserm Treiber, untergebracht wurden; seine Frau lenkte den zweiten Wagen und schwang die Peitsche so kühn wie der beste Treiber. Mr. Craik ist Besitzer der Ochsen und der beiden Wagen und zieht jahraus jahrein mit Proviant von der Küste nach den verschiedenen Ansiedelungen und wieder mit Wolle zurück an die Hafenorte.

Natürlich kamen wir nur sehr langsam weiter. Die Hauptschwierigkeit bestand darin, daß dieses Gebiet so sehr wasserarm ist. Sobald wir Wasser fanden, wurden die Ochsen ausgespannt; es wurde Feuer gemacht, „dampers" gebacken und etwas gekocht oder gebraten. Manchmal hatten wir unterwegs Eier gefunden, oder Mr. Craik schoß uns einige Vögel, und nun gab's eine feine Mahlzeit. Die Vögel wurden gerupft, ausgenommen und mit glühenden Steinen gefüllt, um die wir Blätter gewickelt hatten. Sie wurden dann auf glühende Steine gelegt, und in kurzer Zeit waren sie zart und saftig. Meist benutzte ich auch den Aufenthalt, um meine Sammlungen zu bereichern, aber im ganzen war die Vegetation hier sehr dürftig. Wir kamen freilich auch durch bewaldete Strecken, aber diese dürren, schattenlosen Wälder mit ihren grauen oder braunen Bäumen machen einen so traurigen Eindruck. Alles ist still, dürr und heiß, und nur selten wird die Einförmigkeit durch den Schrei eines Vogels unterbrochen.

In diesen Wäldern sah ich auch zuerst den Flaschenbaum — Bottle-tree, der eine ganz drollige Erscheinung in der Pflanzenwelt ist; sein Stamm sieht aus wie eine Riesenkaraffe, unten ist er bauchig ausgeschweift, nach oben verjüngt er sich wie der schlank verlaufende Hals einer Flasche. Er ist sehr porös und hält dadurch die Feuchtigkeit sehr lange. Die Squatters benutzen das fleischige Holz zur Fütterung des Viehs.

Nach drei Wochen erreichten wir endlich Lake Elphinstone. Es machte einen ganz wunderbaren Eindruck nach der langen Reise durch das dürre, trostlose Gebiet, als wir eine Höhe erreichten und sich der große, schöne See, der sich meilenweit erstreckt, vor unseren Blicken ausbreitete.

Der Ort liegt in einem Kessel und ist von schroffen, zum Teil bewaldeten Bergen umgeben.

Ach, könntest Du doch nur einmal diese Wasservögel hier sehen! Tausende nisten an den schroffen Bergen. Besonders schön ist der Javiru, ein großer, fast schneeweißer Vogel, dessen Hals aber ganz metallgrün schillert. Sein Schnabel ist fast eine Elle lang und glänzt wie poliertes Holz. Auch Tausende von Enten tummeln sich am See, und ich werde hier wohl hauptsächlich auf das Sammeln von Vögeln angewiesen sein, denn die Ausbeute für die Botanik ist hier verhältnismäßig gering, wenn ich auch einige Gräser und Halbgräser gefunden habe, die ich sonst noch nicht hatte.

Die Ansiedelung besteht eigentlich nur aus drei Familien: einem Sattler, einem Gastwirt und einer Familie Hesse. Der Gastwirt hat zugleich einen Laden, in dem man alles Nötige bekommen kann, soweit der Vorrat reicht. Herr Hesse, bei dem ich wohne, ist Squatter und hat viele schwarze Arbeiter unter sich, deren einfache Hütten neben der eigentlichen Ansiedelung eine Art Dorf bilden.

Für mich ist es besonders wichtig, daß ich durch Herrn Hesse allerlei über das Leben der Eingeborenen erfahren kann, denn er lebt schon jahrelang hier und kann sich ganz gut in ihrer Sprache mit ihnen verständigen. Er sagte mir, daß die Sprache dieses Stammes kein c, f, s, z, v kennt. Mir erscheint sie überhaupt recht unartikuliert, aber das kommt natürlich besonders daher, weil ich sie noch nicht verstehe.

Neulich forderten Hesses mich auf, mir einen Festtanz der Eingeborenen mit anzusehen. Du kannst Dir denken, wie ich mich freute, eine Gelegenheit zu haben, etwas mehr von dem Leben der Papuas kennen zu lernen.

Diese Festtänze finden nur bei Vollmond statt, und aus der Ferne hatte ich ja schon damals in Rockhampton etwas von dem wilden Treiben geahnt.

Der Tanzplatz war sauber gefegt, und an der einen Seite hatten die Wilden ein großes Feuer errichtet, dessen rote Glut den phantastischen Eindruck des Ganzen noch erhöhte.

Mit wildem Geheul tanzten etwa zwanzig Eingeborene in der Mitte des Platzes, während die Weiber einen Kreis gebildet hatten und den Takt schlugen, indem sie mit den flachen Händen auf ihre Schenkel klatschten.

Die Tanzenden waren grell bemalt und trugen wunderbaren Federschmuck im Haar, ja einige hatten sich sogar Muschelschalen mit Wachs an den Bart geklebt.

Während der Gesang aus einer einfachen Wiederholung derselben Strophen bestand, herrschte einige Abwechslung im Tanzen, da verschiedene Touren und Aufzüge wechselten. Bei einigen Touren schlugen die Männer mit einem Tomahawk oder Bumerang den Takt und marschierten in geschlossenen Gliedern vorwärts, dann wieder spreizten sie die Beine, stemmten die Hände in die Hüften und hüpften grunzend umher.

Der Tanz wird die ganze Nacht hindurch fortgesetzt, und erst beim Morgengrauen ruhen die Tänzer sich etwas aus, fangen dann aber bei Sonnenaufgang wieder an, bis die zunehmende Wärme sie endlich zum Aufhören zwingt.

Hoffentlich gelangt dieser Brief richtig in Deine Hände, ich gebe ihn durchziehenden Ochsentreibern mit, die in diesen Tagen in der Ansiedelung Rast machen, um ihr Lederzeug hier beim Sattler in Ordnung bringen zu lassen. Mein Mr. Craik wird wohl erst in einem halben Jahr wiederkommen, und ich bin froh, daß ich noch bei Hesses bleiben kann. In dieser großen Einsamkeit schließt man sich doppelt aneinander an, und seit ich in Australien bin, hab' ich es noch nirgends so gut gehabt; Frau Hesse sorgt wie eine Schwester für mich, und alle versuchen, mir in jeder Weise beim Sammeln und Jagen behilflich zu sein. Hier gibt es nämlich außer den herrlichen Wasservögeln auch allerlei interessante Säugetiere, vor allem ein Känguruh, das auf Bäumen lebt und von dem der Sattler mir neulich mehrere Exemplare verschafft hat.

Du siehst also, daß ich es hier sehr gut habe und daß Du gar keinen Grund hast, Dich um mich zu sorgen.

In treuer Liebe

Deine **Mutter.**

21

Wolfenbüttel, 2. 9. 1868.

Liebe Mutter!

Du schreibst mir doch zu selten! Ich weiß ja freilich, daß Du mehr ins Innere wolltest, aber fast ein ganzes Jahr auf einen Brief zu warten, das ist doch schlimm. Du kannst Dir doch denken, daß ich mich um Dich sorge. Ach, immer dieses vergebliche Hoffen und Harren! Ich werde so neidisch, wenn ich sehe, daß alle anderen Briefe auf ihrem Teller haben, wenn wir zu Tisch gehen. Jetzt überwinde ich aber die Niedergeschlagenheit eher, da ich große Freude an den Kindern in der Schule habe. —

Ich habe Dir heute eine ganz große Neuigkeit zu erzählen.

In den großen Ferien wurde ich wieder von Frau Doktor nach Kiel eingeladen. Den Tag nach meiner Ankunft sagte sie zu mir: „In einer Stunde kannst du mal zu mir kommen, ich möchte dich sprechen."

Ach, ich war sehr aufgeregt! Das bin ich nämlich immer, wenn Frau Doktor mich sprechen will. Auch wenn ich gar nichts getan habe, werde ich doch von einer unbestimmten Angst gequält, daß sie etwas zu tadeln haben könnte; oder ich denke, es könnte einen Wechsel in meinem Geschick bedeuten. Jedenfalls ging ich mit klopfendem Herzen zur bestimmten Zeit zu Frau Doktor. Die saß an ihrem großen, schönen Schreibtisch, von wo sie den Blick auf das schillernde Meer hat. Im Vordergrunde neigt sich ein saftiger Rasenplatz dem Ufer zu, der von herrlichen Hain- und Blutbuchen eingerahmt ist. Dieser Blick ist unbeschreiblich schön und wirkte befreiend auf mein aufgeregtes Gemüt.

Ich setzte mich, Frau Doktor drehte sich zu mir und sagte: „Nun, wie geht es dir denn eigentlich jetzt in Wolfenbüttel?"

Ich versicherte, daß ich endlich alle Schwierigkeiten überwunden hätte und daß ich mich täglich auf die Kinder freute, und ich ließ hindurchblicken, daß ich hoffte, noch recht lange da zu bleiben.

Frau Doktor ließ mich ausreden, dann sagte sie: „Hast du denn gar keine Lust, dir mal die Welt anzusehen? Wie lange bist du denn nun schon in Wolfenbüttel?"

„Vier Jahre."

„Vier Jahre schon! Das ist eine lange Zeit. Nun mußt du anfangen, Menschen und Dinge nicht durch andrer Leute Brille sondern mit eignen Augen anzusehen."

Darauf wußte ich nichts zu erwidern und knetete verlegen meine Hände. Ich war in höchster Spannung, wo das hinaus sollte. Dann fuhr Frau Doktor fort: „Ich habe dir heute zwei Vorschläge zu machen, du kannst sie dir beide überlegen. Am Paulsenstift in Hamburg sucht man eine Lehrerin für die Elementarklasse. Da wir sowohl mit Frau Wüstenfeld wie mit Fräulein Wohlwill bekannt sind, so könntest du durch Herrn Doktors Fürsprache gewiß die Stelle bekommen. Solltest du Lust dazu haben, so könntest du jetzt, da in Hamburg keine Ferien mehr sind, dahin reisen und täglich hospitieren. Ich würde sofort eine Pension für dich besorgen." —

Nach einer längeren Pause nahm Frau Doktor wieder das Wort und sagte: „Der andere Vorschlag bezieht sich auf London."

London! — ? — London? — O, die Stube drehte sich mit mir! London, — ich nach London! Kannst Du Dir wohl so etwas vorstellen? Mir war zumute, als wenn jemand gesagt hätte: ‚Stürz' dich ins Meer!' Während ich die Hand auf das heftig klopfende Herz preßte, fuhr Frau Doktor fort: „Ich habe in London eine Nichte, es ist sogar möglich, daß du sie bei uns gesehen hast, sie heißt Mrs. Burton."

„Mrs. Burton!" rief ich lebhaft, „ja, ja, die kenne ich! Das sind doch die Leute, die das entzückende kleine Mädchen hatten, das ich Weihnachten vor sechs Jahren im Hamburger Hause gesehen habe."

„Ganz recht! — Die sind es! — Nun, du hast wenigstens eine Vorstellung von der Familie. Die kleine Mabel ist mittlerweile herangewachsen und soll wieder eine deutsche Erzieherin haben. Es sind außerdem noch zwei kleinere Kinder da, mit denen würdest du am Nachmittag eine Art Kindergarten einrichten.

Mrs. Burton wünscht noch etwa sechs bis acht Kinder dazu zu bitten. Das aber würde zu besprechen sein, nach deiner Entscheidung. Überleg' dir die Sache, und dann sag' mir Bescheid."

Da war für mich nicht viel zu überlegen. Das fast verblaßte Bild dieses Engelskindes zog mich mit geheimnisvoller Macht, und ich sagte fest: „Ich gehe nach London!"

„So," sagte Frau Doktor lebhaft, „ich bin ja ganz überrascht, daß du so schnell weißt, was du willst!"

Sie reichte mir die Hand und sagte: „Ich werde noch heute an Mrs. Burton schreiben, daß sie dich Ostern erwarten kann. Viel Glück zu deinem Vorhaben!"

Ja, entschlossen hatte ich mich wohl schnell, aber nachher kamen all die Zweifel und Bedenken. Ach, es ist alles wieder so neu und fremd!

Jeder Abschied wird mir schwer, auch der von Wolfenbüttel, und all das Neue, auch die Reise steht mir so bevor. Und doch sollte im Vordergrund nur der Gedanke stehen: Bin ich auch fähig und würdig an der Seelenentwicklung von Kindern zu arbeiten?

Gott gebe es!

Mit herzlichen Grüßen

Deine Tochter Charitas.

22

Makay, 16. 2. 1869.

Liebe Charitas!

Bei meiner Rückkehr nach Makay fand ich endlich Deinen Brief vor, in dem Du mir von Deinen Plänen berichtest. Ich habe mich ganz besonders gefreut, daß Du nun auch etwas von der Welt zu sehen bekommst. Aber wie kannst Du nur sagen, daß Dich die Reise so erschreckt? Dir wird doch alles so leicht gemacht, und Du kommst nicht einmal in ganz fremde Verhältnisse. Denk' doch nur, wie ich früher gereist bin. Du kannst Doktors gar nicht dankbar genug sein für alles, was Dir geboten wird. In welche Umgebung wirst Du doch gehoben! Nun hab' wenigstens offene Augen, und nimm all die neuen Eindrücke recht gut in Dich auf.

Ich bin eben von Lake Elphinstone zurückgekommen, wo ich im ganzen elf Monate war. Der Abschied von Hesses wurde mir wirklich recht schwer. Ich bin es nicht gewohnt, von so viel Liebe und Fürsorge umgeben zu werden.

Die Rückreise dauerte diesmal vier Wochen, und wir hatten sehr unter Hitze und Trockenheit zu leiden.

Hier habe ich in diesen Tagen viel mit dem Verpacken all meiner Sammlungen zu tun, denn ich habe sehr viel Material nach Hamburg zu schicken.

Ich werde hier wohl noch eine Weile bleiben, um eine größere Raupenzucht anzulegen, da in dieser Gegend mehrere sehr schöne und seltene Schmetterlinge vorkommen, die ich sonst nicht unlädiert erhalten kann.

Godeffroys schreiben mir so anerkennende Briefe, daß ich mich ganz beschämt fühle. Das ist mir ein neuer Sporn, daß ich mich doppelt anstrenge. Sag' Dir das auch immer, wenn man Vertrauen in Dich setzt. Komm mir nun nicht mit Heimweh oder ähnlichen Gefühlen.

Du hast eine schöne Aufgabe, geh mit Mut und Freudigkeit daran!

Mit herzlichen Grüßen

Deine Mutter.

23

London, d. 5. April 1869.

Liebe Mutter!

Du glaubst gar nicht, liebe Mutter, mit welchen Gefühlen ich Dir diesen Brief schreibe. Das was ich mir seit Monaten vorgestellt habe, es ist Wahrheit geworden, ich bin tatsächlich in London! Ein ganz, ganz kleines Tröpfchen in dem unermeßlich großen Meer von Menschen. Wenn ich so allein durch die Straßen gehe, vorüber an dem Strom von Fremden, von denen kein einziger mich kennt, mich beachtet, da wird mir oft so bange. Häuser — Straßen — Menschen! Ach, so unendlich viele Menschen!

In Wolfenbüttel war ich schließlich durch die Schule so bekannt, daß einmal eine Dame, die mit mir ging, ärgerlich lachend sagte: „Es ist schrecklich, mit Ihnen durch die Stadt zu gehen, man kommt ja gar nicht zur Ruhe vor dem vielen Grüßen und Händchenschütteln all der Kinder.“

Ich lachte und freute mich. — Ach, und hier? — ! Mir ist oft zumute, als würde ich von der gefühllosen Masse unter die Füße getreten.

Der Abschied von Breymanns, von all den jungen Mädchen, besonders aber von all den Kindern aus dem Schloß, wurde mir sehr schwer.

Beim Abschied standen mir die Eindrücke meiner Ankunft so deutlich in der Erinnerung. Ich mußte lächeln, wie sich die Meinung ändert. Damals meinte ich doch, ich würde nie lernen, mich in dem großen Institut zurecht zu finden, und nun war mir im Lauf der Jahre alles so vertraut geworden, daß mir jetzt war, als könne ich mich im Schlaf zurechtfinden.

Aber aus diesen geschützten, genau geregelten Verhältnissen sollte ich nun hinaus in die ungemessene Weite! Jeder gab mir zum Abschied noch einen guten Rat, und ich bekam genaue Anweisung, was ich in Hamburg für Schritte zu tun hätte.

Frau Doktor schrieb aus Florenz, — wo die beiden den Winter zugebracht haben, — ich möge ihr genau den Tag meiner Abreise und die Stunde meiner Ankunft in Hamburg mitteilen. Das tat ich.

Am Nachmittag kam ich mit dem Omnibus bei der Petrikirche an, mit all meinem Gepäck, das im Lauf der Jahre einen ziemlichen Umfang angenommen hat. Ich muß ja immer alles bei mir haben, wo soll ich es denn lassen. Ich merkte zu meinem eignen Staunen: ‚Besitz bringt Sorgen.‘

Als ich ausstieg, sah ich einen Herrn und einen Mann da stehen. Der Herr trat auf mich zu, zog höflich den Hut und sagte fragend: „Fräulein Dietrich? Ich bin Henning, Buchhalter von Herrn Doktor Meyer. Ich habe von Frau Doktor den Auftrag, für Ihre Abreise zu sorgen. — Hier ist Geerts, der wird Ihr Gepäck ans Schiff besorgen. Bitte, nehmen Sie Ihr Billett zu sich. Für Ihre Beköstigung während der Überfahrt ist bezahlt. Mrs. Burton ist heute von mir benachrichtigt, wann der „Castor“ in London eintrifft. Ich nehme an, daß man Sie Sonntag früh an der Landungsbrücke abholt. — Haben Sie hier Bekannte, bei denen Sie sich bis zum Abend aufhalten können?“

Ja, ich wollte zu Doktor Sonders.

„Gut,“ sagte Herr Henning, „geben Sie Geerts Ihre Adresse, er wird heute Abend kommen und Sie ans Schiff holen. Sie brauchen sich um nichts zu kümmern, bis London ist alles für Sie arrangiert.“ Herr Henning zog den Hut, und ich stand allein. —

Mir war sehr sonderbar zumute, und ich mußte mich besinnen, wie denn das nun wurde, da ich gar nicht selbst für mein Weiterkommen zu sorgen hatte. Wo blieb ich denn nun gleich mit all den vielen Ratschlägen und Anweisungen? Null und nichtig war plötzlich geworden, womit sich meine Gedanken soviel beschäftigt hatten.

Bei Sonders, wo ich mit großer Herzlichkeit aufgenommen wurde, lachten sie doch sehr über mich und sagten: „Nein, was bist du doch für eine umständliche alte Jungfer geworden! Es ist die höchste Zeit, daß du in die Welt hinaus gestoßen wirst, dir geht's ja wie den Soldaten, die sich haltlos und schwindelig fühlen, wenn sie ihren schweren Tornister nicht mehr auf dem Buckel haben! Na, wie soll dir das in London gehen, wenn du so schwerfällig bist!“

Der Mann kam zur richtigen Zeit, und Anna Sonder begleitete mich ans Schiff. Nun war ich geschieden von jedem vertrauten Gesicht. —

Die „Stewardeß“ riet mir, gleich zu Bett zu gehen und womöglich bald einzuschlafen. Zu Bett ging ich, — aber, na Du kennst ja das Gefühl, wenn die Wellen dicht am Kopfe vorbei rauschen, wenn man im Wasser dahintreibt, nur durch die dünne Glasscheibe von der unheimlichen Flut getrennt. Allerdings versuchte ich einzuschlafen, aber ein brennendes Weh, das mir das Herz abzudrücken und die Kehle zuzuschnüren drohte, quälte mich. Eine heiße Angst vor der unbekannten Zukunft machte mich ganz elend. Das Stoßen der Schraube, eine sonderbar dicke Luft, die einen Geruch nach Öl oder Teer an sich hatte, machte mir übel, und ich wurde seekrank.

So verging die Nacht — der Tag — und auch noch der halbe nächste Tag, dann kam die Stewardeß herein und sagte: „So Fräulein, nun heraus mit Ihnen! Es ist nicht mehr erlaubt noch länger seekrank zu sein! Stehen Sie auf, essen Sie endlich, und danach halten Sie von Deck aus Umschau, wir sind in der Themse, da gibt's schon allerlei zu sehen.“

Beim Essen sah ich mir meine Reisegesellschaft an. Außer mir waren zwei sehr unsympathische Männer und ein fein gekleideter Herr anwesend. Der Herr, er saß mir grade gegenüber, war von auffallender Schönheit, eine wahrhaft vornehme Erscheinung mit blassem, schmalem Gesicht und dunklen, schwermütigen Augen, die es an sich hatten, daß man wieder und immer wieder hinsehen mußte. Die beiden häßlichen Männer mochte man nicht ansehen.

Nach dem Essen nahm ich „Die weite, weite Welt", einen englischen Kinderroman und vertiefte mich in die Schicksale der kleinen Heldin. —

Die zwei Männer traten zu mir und fragten, ob ich ihnen nicht eine kleine Gefälligkeit erweisen wolle. Obgleich sie mir sehr zuwider waren, sagte ich doch, das wollte ich sehr gern tun, wenn es in meiner Macht stünde. Sie erzählten mir, sie hätten gar keinen Platz für ihre Zigarren, ob ich sie wohl bis London in meinem Koffer unterbringen könnte.

„Gewiß," sagte ich, „das kann ich leicht, ich habe Platz genug."

Die Männer dankten lebhafter, als es der kleine Dienst verdiente, sie sagten, noch habe die Sache Zeit, und dann gingen sie auf Deck.

Der bleiche Herr saß auch jetzt mir gegenüber, er schrieb sehr eifrig und bediente sich dabei eines goldnen Federhalters mit goldner Feder. Unwillkürlich folgte mein Blick oft der schreibenden Hand, die weiß und wohlgepflegt war. Plötzlich redete er mich auf englisch an. Wie ich erschrak! Er sagte mir: „Sie dürfen auf keinen Fall die Zigarren in Ihren Koffer nehmen."

Ich sah ihn erschrocken, ratlos an, ich riskierte es nicht, ihm auf englisch zu antworten, da fuhr er fort: „Geben Sie nur lieber mir Ihre Kofferschlüssel, bis wir durch den Zoll sind, dann entgehen Sie allen Weitläufigkeiten mit diesen schlechten Menschen."

Ich erschrak. Also schlechte Menschen waren das, und ich wäre fast von ihnen übertölpelt worden. — Ich griff jetzt schweigend in die Tasche und überreichte dem Herrn meine Schlüssel.

Der Herr sagte: „Wenn die Männer sich wieder an Sie wenden, dann weisen Sie sie nur an mich."

Das tat ich. Die waren wütend, grob, sie sagten, was das für eine Manier sei, ich hätte ihnen doch mein Versprechen gegeben, auf mich sei ja gar kein Verlaß; was der fremde Herr mit meinem Koffer zu tun hätte; wie ich dem meine Schlüssel anvertrauen könne, solche Zumutung würden sie mir nie gemacht haben, sie würden die Zigarren mir anvertraut haben. O, ich fühlte mich in eine Sache verwickelt, die mich sehr beunruhigte, aber wenn mein Blick auf das ruhige, vornehme Gesicht fiel, dann wurde auch ich ruhig. ‚Ach,' dachte ich, ‚wie muß es wunderbar schön sein, wenn man jemanden hat, der durchs ganze Leben hindurch für einen sorgt und für einen eintritt, wenn man Dummheiten macht."

Am Abend erschienen plötzlich mehrere englische Zollbeamte, die unser Gepäck nachsahen und sich danach mit den Männern hinsetzten und Grog tranken und sehr laut wurden.

Ich ging für den Rest des Abends auf Deck. Der Herr kam auch herauf, gab mir meine Schlüssel und seine Visitenkarte. Ich las ‚Angus Macdonald. Marine-Villa. Aberdeen. Scotland.' Er sagte, jetzt möge ich ihm doch auch meine Adresse geben.

Das tat ich, dann unterhielten wir uns. Es ging meinerseits nur mäßig, da ich mich scheute, englisch zu sprechen, aber ich freute mich nicht wenig, daß ich, wenn ich recht aufpaßte, ihn schon ganz gut verstehen konnte.

Endlich ging ich zu Bett. Der Herr sagte: „Wenn Sie morgen früh auf Deck kommen, sehen Sie London." Am nächsten Morgen kein Stoßen der Schraube, — das Schiff stand still. Eilig zog ich mich an und eilte auf Deck. Es war ein herrlicher, sonniger Sonntagmorgen, feierliches Glockengeläut tönte von drüben herüber, wo das große Häusermeer sich dehnte, soweit das Auge reichte. Uns gegenüber lagen schwere, massige Bauten. Mr. Macdonald trat zu mir und sagte, das da drüben sei der Tower. Da erschauerte ich. — O Mutter, weißt Du wohl noch, daß ich Dir einst auf dem Siebenlehner Forsthofe eine Geschichte von Gustav Nieritz vorlas? Oliver Cromwell! Da war so viel vom Tower die Rede. Ich machte mir die phantastischsten Vorstellungen von dem alten, merkwürdigen Bau. Ich sah ihn damals leibhaftig vor mir, mit den undurchdringlich dicken Mauern, dem eisernen Tor, das hart an der Themse lag, durch das die Gefangenen vom Fluß aus ins Gefängnis geschleppt wurden, um in den dumpfen Towerkerkern elend zu verschmachten. So deutlich sah ich das alles als Kind vor mir, ich hörte das verzweiflungsvolle Schreien der armen Opfer, und ich erinnerte mich, daß ich die schrecklichen Vorgänge so drastisch wie möglich der Nendel Ernestine und der Schubert Anna erzählte, die sahen mich kopfschüttelnd an und sagten bedächtig: „Ä, das lügst du mal wieder!"

Und jetzt sahen meine leiblichen Augen, was ich mir im Geiste schon vor so langer Zeit ausgemalt hatte!

Nach dem Frühstück verließen alle das Schiff. Der Herr gab mir die Hand und sagte: „Möge es Ihnen gut gehen in der Fremde. Sie werden von mir hören."

Jetzt werde nicht böse. Ich hörte immer und überall: „Sie werden von mir hören." War das nur eine Redensart? Er sah doch gar nicht danach aus, als könne er Redensarten machen. Aber noch viel unwahrscheinlicher war es doch, daß er je wieder an mich denken würde. Ich ging in die Kajüte, setzte mich auf das kleine, rote Plüschsofa und weinte herzbrechend. Da kam die Stewardeß herein und sagte lebhaft: „Da sitzen Sie wahrhaftig in aller Ruhe, — (ach, ich war doch gar nicht ruhig!) und weinen! Was fällt Ihnen denn ein? Wann wollen Sie eigentlich mal an Land? Kommen Sie doch, das Boot setzt Sie hinüber. Wir können Sie nicht länger haben, wir wollen nun das Schiff rein machen."

„Aber," sagte ich zögernd, „ich dachte ich wollte warten, bis ich abgeholt würde."

Da fing die Stewardeß laut an zu lachen und sagte: „Na, da können Sie wohl lange warten! Drüben steht keine Droschke mehr, weder eine, die Sie holt, noch eine, die Sie mieten können. Die denken doch nicht, daß noch jemand an Bord ist!"

Wir standen jetzt im Eßsaal, und der Kapitän sah kopfschüttelnd, wie ratlos ich da stand.

„Ja," sagte er, „so kommen wir nicht weiter."

„In Hamburg sagte man mir, ich würde abgeholt," stotterte ich.

„Manchmal kommt's doch anders, als es auf dem Programm steht, und da muß sich der Mensch zu helfen wissen. Sie scheinen aber recht unselbständig zu sein. Haben Sie denn wenigstens Ihre Adresse?"

„Ja, natürlich," sagte ich, mit den Tränen kämpfend.

„Na," sagte er, „dann kommen Sie nur, ich will lieber selbst mit. Ihnen kann ja hier sonst was passieren. Wenn Sie an den verkehrten Kutscher kommen, fährt der Sie, ich weiß nicht wohin. Na, — erschrecken Sie nur nicht, und verzagen Sie nicht! Sollten Sie es hier schlecht treffen, dann gehen Sie wieder nach Hause. Alle vierzehn Tage kommt der ‚Castor' nach London. Ich nehm' Sie wieder mit zurück."

Nach Hause?! Ach, wo war denn eine Heimat für mich?

Wir fuhren mit der Droschke, die der Kapitän besorgt hatte, weite Strecken entlang. Rechter Hand sah ich Häuser, linker Hand aber herrliche Parkanlagen mit wunderbar kräftigen, ungewöhnlich hohen, schönen Bäumen.

Ich hatte mir die Straßen sehr lebhaft vorgestellt, aber es war still, nur viele Kirchgänger, die ein winziges Gesangbuch in der Hand hielten, sah ich. Der Kapitän sagte, morgen, am Werktag, würde ich einen ganz anderen Eindruck bekommen. Er erklärte mir, als wir durch ein imposantes Tor fuhren, das sei Marble Arch im Hydepark, und bald danach kamen wir durch Kensington Gardens.

Plötzlich hielt die Droschke. Ich verabschiedete mich dankend von meinem menschenfreundlichen Kapitän und schritt durch einen hübschen Vorgarten, der sanft ansteigend zu Mount-House führt, meiner neuen Heimat entgegen. Das freundliche zweistöckige Haus steht in vornehmer Ruhe ganz allein mitten in dem hübschen Garten.

Mein Blick blieb an einem Fenster der zweiten Etage haften. Das war doch wirklich wie ein Bild aus der Dresdener Galerie! An eines der Fenster drückten sich drei blonde Lockenköpfchen, eins entzückender als das andere. Wenn die Kinder so lieb wie schön waren, dann mußte ich in Mount-House ja ein Stück Himmel auf Erden finden. Ein sauberes Mädchen ging an mir vorüber, um sich um mein Gepäck zu kümmern. An der geöffneten Haustür empfing mich Mrs. Burton. Mit einem Anflug von fremdem Akzent sagte sie: „Willkommen, Fräulein! Nun? Noch sehr krank und elend von der Reise? Kommen Sie mit hinauf zu den Kindern."

Und dann stand ich den drei engelsschönen Kindern gegenüber. Sie heißen: Mabel, Ethel und Harrald. Möchte es mir gelingen, ihre Liebe zu gewinnen! —

Als ich noch mit den Kindern sprach, kam eine hübsche, schlanke Dame auf mich zu und sagte lachend: „Die Überraschung ist vollständig gelungen. Sie haben dir in Wolfenbüttel also nichts verraten. Kennst du mich denn nicht mehr?"

Ich sah ihr erstaunt in die lachenden, braunen Augen, dann fragte ich zögernd: „Kä—the — Kunkel? — !"

„Natürlich!" rief sie, nahm mich herzlich in die Arme, küßte mich und sagte: „Ich bleibe noch ein paar Tage mit dir hier und mache dich ein bißchen mit allem bekannt, dann gehe ich erst mal auf ein Jahr nach Wolfenbüttel, aber dann komme ich wieder, und dann wollen wir beiden Deutschen treu zusammen halten." Das war eine ganz unvorhergesehene Freude und eine große Erleichterung.

Und nun ... Was denkst Du? Donnerstag nach dem Frühstück kommt das Mädchen ins Schulzimmer und legt ganz gleichgültig einen Brief und ein Buch vor mich hin. Es waren englische Marken drauf, und die Adresse war von fremder Hand geschrieben. Es war gut, daß Mabel noch nicht da war, da konnte sie doch nicht sehen, wie verwirrt ich war. Es war ein steifes, dickes Kuvert, und die Handschrift war kühn und großzügig. Ich sah im Geiste, wie eine blasse, wohlgepflegte Hand mit einer goldenen Feder diesen kurzen Brief geschrieben hatte. Die Stube drehte sich mit mir. Der Brief lautete:

„Liebe Miß Dietrich!

Es hat mich gefreut, Ihre Bekanntschaft auf dem ‚Castor' gemacht zu haben. Hoffentlich haben Sie Ihren Bestimmungsort ebenso sicher erreicht wie ich den meinigen. Ich traf Eltern und Geschwister im besten Wohlsein an.

Beifolgend schicke ich Ihnen eine Erinnerung an unsere gemeinschaftliche Reise, es ist ‚Valerie' von Captain Marryat. Beim Lesen der Geschichte mußte ich an Sie denken. Hoffentlich macht Ihnen das Buch ein wenig Freude. Würden Sie mir wohl das Vergnügen machen und mit mir in Briefwechsel treten? Ich komme zuweilen nach London und würde mich freuen, Sie wieder zu sehen. Herzliche Grüße, liebes Fräulein Dietrich.

Ihr

aufrichtiger

A. Macdonald.

Nach der Stunde gingen die Kinder in den Garten. Ich ging auf den Boden, las im Halbdunkel noch einmal den Brief durch, den ersten Brief, den mir ein Herr schreibt und der einen heißen Sturm von Freude und Sehnsucht in mir wachruft. Dann nahm ich behutsam alle Einsätze aus meinem großen Koffer und legte ihn ganz zu unterst, packte viel Zeug, das schwere Winterzeug darüber, und ging langsam und traurig hinunter. Ich durfte nicht antworten, ich mußte diese Erinnerung begraben. Damit genug für heute!

Treu

Deine Charitas.

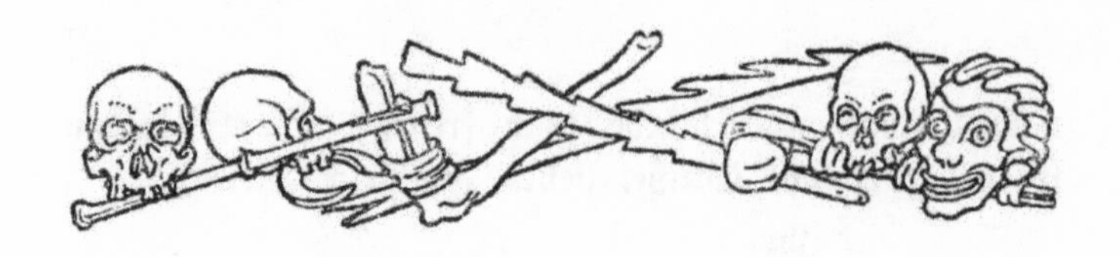

24

Bowen, d. 20. September 1869.

Liebe Charitas!

Deinen Brief aus London habe ich mit sehr gemischten Gefühlen gelesen. Ich freue mich, daß Du glücklich in Deinem neuen Heim angekommen bist. Aber Deine Reiseerlebnisse haben mir doch viel zu denken gegeben. Wie konntest Du so leichtgläubig sein? Wenn fremde Menschen einem mit Vorschlägen kommen, so prüft man doch und verspricht nicht ins Blaue hinein. Wenn du jedem Ansinnen anderer gleich nachgeben willst, wirst Du im Leben noch schwere Erfahrungen machen. So trachte nun, daß Dein Herz fest werde! Über den Teil Deines Briefes, der Dir selbst wohl als der wichtigste erscheint, bin ich in Wahrheit recht erschrocken. Willst Du wohl Deine Gefühle im Zaum halten!! — So ein Kind wie Du bist, kommst eben aus dem Institut heraus, und da verlierst Du wahrhaftig sofort Dein Herz an den ersten Mann, der Dir entgegentritt. Ich habe solche Angst und Sorge um Dich! Was Du dir gleich einbildest! Was hat er denn gesagt? Was hat er denn geschrieben, das Dich im mindesten berechtigen könnte, Dich im Geiste mit ihm zu beschäftigen? Einen kühleren, sachlicheren Brief kann man doch schwerlich schreiben, aber Deine Phantasie baut wieder einmal Luftschlösser. Höchstens, daß Dich der Herr zum Briefschreiben auffordert, das ist der einzige Satz, der Dir eine kleine Berechtigung zum Nachdenken geben könnte. Ich rate Dir aber, laß seine goldene Feder in Ruhe, soweit sie Dich angeht. Das einzig Gescheite bei der ganzen Sache ist, daß Du den Brief im Koffer vergrubst, da wo er am tiefsten ist, da laß ihn nur ruhig liegen, das dicke Winterzeug wird seine eigentümliche Wirkung dämpfen. — Jetzt faß mal Deine Aufgabe ins Auge! — Wozu bist Du nach London gegangen? Doch wohl nicht in erster Linie, um da Dein Glück zu suchen, was doch so, wie Du Dir's ausmalst, in Wolkenkuckucksheim hängt. Man hat Dir doch gesagt, daß Du da Pflichten zu erfüllen hast. Mir schreibst Du sehr weise:

Wer andere wohl zu leiten strebt,
Muß fähig sein, viel zu entbehren!

Das präg' Dir doch recht ein!

Macht Dir denn Deine Aufgabe nicht Freude? Es ist doch eine ehrenvolle Aufgabe. Ich kann von mir sagen, mich macht mein Beruf ganz glücklich, ich kann mich so sehr freuen, wenn Godeffroy mir seine Zufriedenheit ausspricht, das ist mir jedesmal ein solcher Sporn, ich weiß dann gar nicht, was ich alles für ihn tun könnte. Je sicherer ich auf den verschiedenen Gebieten werde, desto reicher fühle ich mich. Du bist viel besser für

Deinen Beruf vorbereitet als ich, daraus folgt, daß man mit Recht von Dir mehr verlangen kann, aber was tust Du statt dessen? Du träumst Dich in eine unwirkliche Welt. Wach' auf! Was wird Dir alles geboten! Das ganze große London! Brauchst Du nicht alle Deine Sinne, um mit Nutzen aus diesem reichen Strom zu schöpfen? Dein Geschick, Deine Zukunft überlaß Gott und der Zeit. Laß Dich nicht von jedem biegen, wie er will, sondern werde zielbewußt und treu in der Arbeit!

Seit sechs Wochen bin ich hier in Bowen, wo ich auch wieder viel mit den Eingeborenen zusammenkomme. Vor allem habe ich nun auch einen recht brauchbaren Gehilfen gefunden, einen Deutschen, der schon jahrelang in Australien lebt und sich daher auch ganz gut mit den Papuas verständigen kann. Dadurch ist es mir geglückt, hier recht viele Gebrauchsgegenstände einzutauschen. Schade, daß Du nun wohl so bald nicht wieder nach Hamburg kommst, wo Du sie sehen könntest.

Die Kultur dieses Stammes, wie überhaupt der Festlandbewohner, steht auf einer recht tiefen Stufe, und nur bei Herstellung ihrer Waffen und der Gegenstände, die zur Jagd und Fischerei dienen, zeigen die Papuas eine gewisse Geschicklichkeit. So habe ich hier z. B. Angelhaken aus Schildpatt bekommen und einige Wurfbretter, die sie benutzen, um den leichten Speeren größere Flugkraft zu verleihen. Die Papuas können nämlich keine Metalle verarbeiten, und daher bestehen all ihre Waffen entweder aus hartem Holz oder aus Stein. So habe ich hier auch mehrere Steinmesser eingetauscht, die aus dreikantigen grünlichen oder schwarzen Steinen hergestellt sind. Oft ist am Griff ein Stück Känguruhfell befestigt. Als Kitt benutzen die Papuas eine Art Baumharz, das mit Wachs und Honig verknetet wird und sehr gut hält.

Sehr geschickt zeigen sich die Eingeborenen beim Flechten von Körben. Hierzu verwenden sie gespaltene Zweige, meist die der Prokuratorpalme, die erst sorgfältig mit Muscheln und Steinen geglättet werden.

Du solltest nur einmal sehen, welch drolligen Eindruck es macht, wenn die Frauen bei aller Arbeit immer ihren Babykorb mit auf dem Rücken tragen. Als ich neulich eine schwarze Mutter anredete und mir ihr „piganini" zeigen lassen wollte, zog sie es einfach an den Füßen heraus, und das kleine Ding schien diese Behandlung durchaus nicht als etwas Ungewöhnliches zu empfinden. Herr Hesse sagte mir, daß ein Schwarzer nie sein Kind schlagen würde. Wenn die Kinder eben laufen können, so werden sie gleich sich selber überlassen, dafür sind dann aber auch die Erwachsenen noch ganz wie unerzogene Kinder.

Schon lange hatten Godeffroys geschrieben, ich möchte ihnen doch Skelette der Eingeborenen besorgen, das war aber für mich allein gar nicht so einfach. Kinderskelette allerdings konnte ich leicht bekommen, denn die Leichen der Kinder werden meist nur in einen hohlen Baum gesteckt, der mit rot und weißer Farbe bestrichen wird. Krieger dagegen werden sehr feierlich bestattet. Meist baut man auf zwei nahestehenden Bäumen oder auf einem eigens dafür hergerichteten, gabelförmigen Gestell ein breites Graslager, auf dem die Toten aufgebahrt werden und hier so lange liegen, bis die Sonne die Gebeine bleicht. Jetzt fürchten die Papuas, daß ihre Angehörigen ‚weiße Männer' werden und als solche schwer arbeiten müssen, darum begraben sie sie nun in flachen Hügeln, häufig in Ameisenhaufen, vor deren Eingang sie dann einige große Steine legen, oder sie sammeln die Knochen und legen sie in einen hohlen Baum. Die Angehörigen knüpfen aus gelben Grashalmen eine lange Schnur, die sie sich mehrfach um den Hals winden als Zeichen der Trauer, und sie enthalten sich eine ganze Weile bestimmter Speisen, weil sie fürchten, daß sonst der Geist des Verstorbenen ihnen etwas zuleide tun könnte. Überhaupt ist die Geisterfurcht bei allen Wilden sehr stark ausgeprägt, deshalb werden auch oft den Verstorbenen die Beine zusammengebunden, damit sie nicht als Gespenster wiederkommen können.

Ich schicke nun mit diesem Schiff dreizehn Skelette und mehrere Schädel nach Hamburg. Hoffentlich werden Godeffroys damit zufrieden sein. Bei den männlichen Schädeln fehlt immer oben ein Vorderzahn; der wird nämlich mit vielen Zeremonien den Knaben ausgeschlagen, wenn sie ins Jünglingsalter treten.

Ich habe hier überhaupt wieder sehr reiches Material gewonnen. In den Wäldern findet man in dieser Gegend den „native bear", ein sehr harmloses, niedliches Tierchen, das freilich nicht zur Familie der Bären gehört, sondern ein Beuteltier ist, aber durch sein tollpatschiges, plumpdrolliges Wesen an einen jungen Bären erinnert. Zu niedlich ist es, wenn das Junge groß genug ist, um den Beutel zu verlassen, so setzt es sich gewöhnlich auf den Rücken der Mutter, die ihr Kindchen auch ebenso geduldig auf den Buckel nimmt wie die schwarzen Mütter ihr piganini.

Aber wenn mich auch so ein harmloses Tierchen oft rührt, es hilft nichts, Godeffroys wollen es für die Sammlungen haben, da darf ich mein Gefühl nicht fragen.

Nun leb' wohl für heute. Tu auch Du freudig Deine Pflicht, und stell' Dir vor, daß es jetzt gar nicht mehr lange dauert, dann komme ich zurück, und dann hat für uns beide die Zeit des Entbehrens und Sehnens ein Ende. Daran hab' ich all die Jahre gedacht, darauf hoffe auch Du.

In treuer Liebe

Deine Mutter.

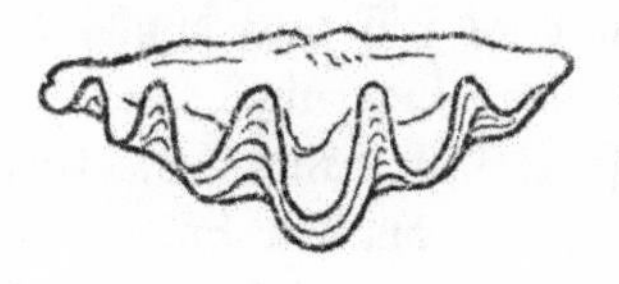

25

London, d. 30. Juli 1870.

Liebe Mutter!

Mit Schrecken sehe ich, daß ich Dir ewig lange keinen ausführlichen Brief geschrieben habe. Mir ist immer, als müsse ich im Geiste jedesmal die weite Reise nach Australien machen, wenn ich Dir schreiben will; und wenn ich mich wirklich zu einem Brief an Dich aufraffe, so bin ich fast in Verlegenheit, was ich Dir eigentlich schreiben soll, denn meist hat sich meine Stimmung ganz verändert, wenn Deine energisch ausgesprochenen Ratschläge in meine Hände kommen. Denk mal, nur wenn alles still und dunkel um mich her ist, kann ich mir Deine Züge noch wieder vor die Seele zaubern. Ich sehe Dich dann, wie Dein Gesicht, — umrahmt von dichten, dunklen Locken, — so zuversichtlich und unternehmend aussah, und ich möchte wohl wissen, ob Du noch so aussiehst? —!

Es gefällt mir hier so gut, daß ich mir vorstellen könnte, ich möchte immer hier bleiben. Ach Mutter, was wird mir hier geboten, viel mehr als ich fähig bin aufzunehmen.

In den ersten Wochen war mir manches recht schwer. So konnte ich mich z. B. nicht recht in meine selbständige

Stellung finden. Keine Schulglocke regelte mein Tun. In Wolfenbüttel wurden die Stundenpläne unter der Leitung der Vorsteher entworfen, hier hatte ich ganz freie Hand. Mr. und Mrs. Burton leben in den unteren Räumen, hier oben im Schulzimmer und in der Kinderstube haben die nurse und ich unser Reich mit den drei Kindern. An den letzteren hängt mein Herz sehr, jedes hat seine besonderen Reize.

Mabel ist schon sehr verständig, versteht und spricht sehr gut deutsch und folgt dem Unterricht mit Interesse. An den Einzelunterricht mußte ich mich auch sehr gewöhnen, ich dachte oft: ‚Lieber dreißig als eine.' Der Wetteifer fehlt, aber nun habe ich mich auch daran gewöhnt.

Am Nachmittag ist's anders, da habe ich den Kindergarten; da geht's frisch und fröhlich zu, nur haperte es zuerst mit der Sprache. Mrs. Burton hat mir ein Buch gegeben, in dem ich das ganze Fröbelsystem, auch die Bewegungsspiele auf englisch habe. Da sitze ich abends und lerne auswendig.

Die Zweite, Ethel, ist ein bildschönes Kind. Ich kann mich nicht satt an ihr sehen, ihr Teint ist so rosig und durchsichtig, ihre Formen so rund und weich, die Augen groß, blau und träumerisch, sie sieht aus, wie ein verkörpertes Märchen.

Harrald ist ein drolliger kleiner Kerl, ein Ausbund von Kraft und Gesundheit; seit er im zoologischen Garten gewesen ist, spielt er am liebsten die Rolle des Löwen, rennt brüllend um den Tisch, daß ihm die blonden Locken in die Stirn fallen, und daß ihm das liebe, frische Gesichtchen kirschrot wird. Die kleine Ethel verkriecht sich dann furchtsam hinterm Schrank.

Mrs. Buxton! Ja, Mutter, das ist eine ganz eigentümliche Dame. Zuerst hatte ich eine große Scheu vor ihr. Sie ist mittelgroß, hat ein energisches, interessantes Gesicht, das mich immer an Napoleon I. erinnert. Zuerst sah ich sie wenig, und wenn ich sie sah, war sie sehr zurückhaltend und kühl, das machte mich sehr besorgt, ob ich auch alles recht mache. Dann kam sie manchmal ganz unerwartet in die Stunde, auch die Kindergartenbeschäftigungen sah sie sich zuweilen an. Ach, und dann, ich war schon recht lange da, ließ sie mir eines Abends sagen, ich möge zu ihr in die Bibliothek kommen. Mit Herzklopfen ging ich hinunter, ich hatte solche Angst, sie könne unzufrieden mit mir sein. Sie saß vorm Kamin und stocherte mit dem poker das Feuer zurecht. Ich saß so, daß sie mir den Rücken zukehrte. Ich wartete schweigend auf ihre Anrede. Und endlich sprach sie, immer in die brennende Flamme hinein, und doch ging die ganze Rede mich an. O, ich war so überrascht, so unbeschreiblich glücklich, daß ich heftig weinen mußte. Sie sagte mir so viel Gutes, sprach davon, daß sie volles Vertrauen zu mir habe, sie hoffte und wünschte, daß ich mich in Mount-House wohl fühlen möge. Das sagte sie sachlich, in ihrer kühlen Art, und doch, o wie beglückt war ich! Dann, wohl um meiner bewegten Stimmung eine andere Richtung zu geben, machte sie sich in derselben kühlen Art, sehr lustig über allerlei. Was mich so alt gemacht hätte, äußerlich und innerlich, ich solle doch flott und jung sein, nicht immer die Nase ins Buch stecken, das hätte ich ja nun lange genug getan, ich solle die Augen aufmachen, die Seele weiten, das Leben solle ich auf mich wirken lassen. Weshalb ich ängstlich sei, allein auszugehen? London füge mir kein Leid zu. Selbständig müsse ich werden, mutig, ich müsse eine Meinung über Dinge haben, und ich dürfe sie auch aussprechen. Ich wolle doch wohl die Kinder zur Selbständigkeit erziehen, da müsse ich notwendig bei mir selbst anfangen. Sie karikierte mich so, daß ich herzlich lachen mußte, obgleich es über mich selbst herging. Endlich erhob sie sich, holte ein Buch, legte es vor mich hin und sagte: „Das Kindergartenbuch genügt doch wohl nicht für Ihre englischen Studien. Hier ist ein Roman, ich habe ihn selbst geschrieben, und hier ist ein Heft, versuchen Sie sich mal im Übersetzen, ich will Ihnen sehr gern helfen; wenn ich mal Zeit habe, sehe ich Ihre Arbeit nach. Nächstens bringe ich Ihnen Noten mit, da müssen Sie üben, und wenn Sie etwas können, spielen wir vierhändig."

„Ach," sagte ich erschrocken, „ich habe das Klavierspielen aufgegeben, ich habe gar kein Talent."

„Nun, wir fangen von vorne an, und dann nehmen Sie sich meinen Wahlspruch zu Herzen, er steht hier in diesem Ring: ‚Wo ein Wille, ist auch ein Weg!' Sie wollen doch vorwärts in allem, da müssen Sie sich neue Ziele stecken. Seien Sie jung und froh und flott! Sie sollen mal sehen, nächstens nehme ich Sie im Ponywagen mit nach Hydepark, da werden Sie mal Leute sehen, die ihr Leben zu genießen verstehen."

O wie dankbar war ich ihr! Wie leichten Herzens ging ich mit dem Buche hinauf. Ich hatte so ein Gefühl, sie setzt eine Leiter an und wünscht, daß ich hinauf klettere, sie hebt und ermutigt mich. —

Und die folgende Zeit hat bewiesen, daß ich recht hatte. Ich nahm mir vor, ich wollte entbehren, aber dazu habe ich gar keine Gelegenheit, Mrs. Burton bietet mir beständig Genüsse edler Art. Sie nimmt mich mit in Konzerte, in Vorträge und ins Theater. Denke Dir, neulich sah ich Hamlet. Weißt Du wohl noch, wie das in Siebenlehn in der Puppenkomödie gegeben wurde? Ich sehe im Geiste noch die Zettel, die an Häusern und Scheunen angeklebt waren: „Hamlet, Prinz von Dänemark, oder die Komödie in der Komödie."

Ich erinnere, wie der Untertitel lockte! Ja, damals sah ich den Prinzen von Dänemark auf dem kleinen Theater in Siebenlehn, aber denke Dir nur, hier habe ich im Hydepark den richtigen Prinzen von Dänemark gesehen, und zwar in Gesellschaft der Königin Viktoria, des Prinzen und der Prinzessin von Wales! Mrs. Burton nahm mich in ihrem reizenden Ponywagen mit nach Hydepark, sie selbst führte die Zügel, während der flotte Kutscher mit verschränkten Armen hinter uns saß. Wie wunderbar kam mir diese Fahrt vor! So viel vornehme Equipagen, bespannt mit wunderschönen Pferden, deren Fell glänzte wie Seiden-Moirs. Die königlichen Wagen waren mit vier Pferden bespannt. Wir fuhren rotten-row, das ist eine schöne, breite Allee, wohl eine Stunde lang langsam auf und ab. Es war ein überaus prächtiger Anblick, denn wohl Hunderte von vornehmen Wagen fuhren im langsamen Tempo aneinander vorüber. Von Mrs. Burton könnte ich Dir immerzu erzählen, sie ist eine äußerst anziehende, interessante Persönlichkeit, auch ihr Äußeres imponiert mir sehr, ob sie nun in eleganter Gesellschaftstoilette, im knappen Reitkleid, oder die Zügel führend im Wagen sitzt. — Übrigens, Mabel reitet auch, sie sieht in ihrem langen, dunklen Reitkleid entzückend aus.

Immer denkt sich Mrs. Burton etwas aus, was mir Freude macht, oder was mich fördern kann. Neulich brachte sie mir eine Karte mit, darauf stand: „Miß Burton und Miß Sanderson bitten Fräulein Dietrich nächsten Freitag zu einem Abendbrot; mehrere Herren Geistliche werden Ansprachen halten, sowohl in englischer wie in deutscher Sprache. Onslow Square 1."

Mrs. Burton beschrieb mir, wie ich dahin kam. Ich war etwas ängstlich, denn es war eine recht lange Reise, bald ging die Fahrt unter, bald über der Erde, aber ich kam richtig an. Ein alter Diener in kurzen Kniehosen, der sehr vornehm und würdevoll aussah, führte mich, nachdem er mir beim Abnehmen des Zeuges behilflich gewesen war, in einen großen, schönen Raum, da saßen in zwei großen Stühlen die Damen, die mich gütigerweise eingeladen hatten. Ich sagte meinen Namen, sie reichten mir freundlich die Hand und sagten, sie hofften, mich jeden ersten Freitag im Monat wieder zu sehen. Der Diener brachte mich in einen großen Saal, da war eine Orgel, und hier fand ich eine Menge Landsleute. Die beiden alten Damen hatten englisch gesprochen, hier hörte ich nur deutsch. Man wurde bald miteinander bekannt, es waren Lehrer, Erzieher, Gouvernanten, junge Pastoren, lauter Deutsche, die in abhängiger Stellung waren, und denen die Damen in ihrer großen Güte jeden Monat Gelegenheit zu dieser Art Geselligkeit gaben. Es wurden Choräle gesungen mit Orgelbegleitung, nachher auch Volkslieder, und manchen wurden die Augen feucht, als wir die Lorelei und andere heimatliche Lieder anstimmten. In einem Saale waren große Tafeln gedeckt, da aßen wir, und nach dem Essen wurden die Ansprachen gehalten. Es war ein schöner Abend, und ich bekam einen Begriff von der Wohltätigkeit, die in solcher Stadt ausgeübt wird. Ich war sehr dankbar für den Abend.

Denke Dir nur, neulich nahm mich Mrs. Burton mit zu dem berühmten Romanschriftsteller Charles Dickens. Wie ich mich darauf freute!

In Wolfenbüttel hatte ich während der Ferien einige seiner Romane gelesen. Wenn Du seine Sachen noch nicht kennst, kannst Du Dir gar nicht vorstellen, wie er schreibt. Besonders ein Roman hatte es mir angetan, er heißt: „David Copperfield." Ich konnte mich so gut in die Leiden des armen kleinen, herumgestoßenen Jungen versetzen, ich fühlte mit ihm, als er aus diesen drückenden Verhältnissen erlöst war. Ich sprach mit Mrs. Burton darüber, und die erzählte mir, daß vieles in dem Buche Selbsterlebtes sei, und nun war ich erst recht gespannt, diesen Mann, dessen Lebensschicksale so wunderbar sind, und der durch seine Schriften einen so unbeschreiblichen Zauber auf mich ausgeübt hatte, selbst zu sehen. Wie dankbar bin ich Mrs. Burton, daß ich diesen Abend erleben durfte! Auf dem Wege zu ihm erzählte sie mir, daß Dickens soeben von einer Reise nach Amerika zurückgekommen sei, wo er sich durch Vorlesen seiner Romane große Schätze erworben hätte. Jetzt wolle er hier noch einen Zyklus von Vorlesungen halten, die er selbst als Abschiedsvorlesungen bezeichnete, weil er beabsichtigte, sich danach zurückzuziehen, da er leidend sei. — An unserem Bestimmungsort angekommen, traten wir in einen riesengroßen Saal. Der Versammlung war eine freudige Spannung anzumerken, die etwas Ansteckendes hatte, ich war vor Erwartung ganz aufgeregt. Und dann kam er! Ein Sturm allgemeiner Begeisterung brauste durch den Saal, ein Jubel, wie ich ihn noch nie erlebt habe. Ich war so ergriffen, daß ich weinen mußte, denn ich stellte mir vor, wie ihm zumute sein müsse, wenn in dieser Minute seine harte Vergangenheit an seiner Seele vorüber zöge. Er, der einst hungernd und an Liebe darbend in diesem selben großen London mit der Not des Lebens gekämpft hatte, der stand jetzt da wie ein Sieger, alle Widerwärtigkeiten hatte er bezwungen, und in allgemeiner Verehrung und Begeisterung flogen ihm alle Herzen entgegen.

Nach dem lauten Begrüßungssturm trat feierliche Stille ein, und aller Blicke hingen an der schlanken Gestalt.

Er las aus: „Dombey and Son." Es war eine Freude, sein Gesicht dabei zu beobachten; wie lebhaft war sein Mienenspiel! Er führte uns jede Persönlichkeit so vor, daß man meinte, sie leibhaftig vor sich zu sehen. Eine charakteristische Geste, ein Heben und

Senken der modulationsfähigen Stimme, und man meinte, den protzigen Dombey, die liebliche Florence, das leidende Kind vor sich zu sehen. Ich saß so, daß ich in sein Buch sehen konnte, und es war mir interessant, daß der Text rot und schwarz gedruckt war. Später sagte mir Mrs. Burton, daß das der leichteren Übersicht wegen so eingerichtet wäre. Nur zu bald kam das Ende. Das war ganz ergreifend! Der kleine Dombey stirbt. Wie er das Herannahen des Sterbens malte! Man meinte, die Fittiche des Todes durch das Haus rauschen zu hören. Wie ein unterdrücktes Schluchzen lag es über der Menge, und still, fast feierlich, als habe man soeben einem Begräbnis beigewohnt, verließen wir alle den Saal. Ich meine, für Dickens war das die beste Anerkennung. — Nie werde ich diesen Abend vergessen. Und nun, da ich Dir dies schreibe, ist Dickens schon tot! Abschiedsvorlesungen waren es gewesen! Die Trauer war allgemein. Ich hatte eine Besorgung zu machen, da sah ich, wie die Droschkenkutscher ein schwarzes Schleifchen an der Peitsche hatten. Der Milchmann, der Gemüsehändler, einer rief es trauernd dem andern zu: „Dickens is dead!" Schon nach wenigen Tagen konnte man überall sein Bild in den Läden sehen: ich habe mir zwei gekauft und schicke Dir das eine.

Nun freue ich mich doppelt, daß ich ihn noch gehört habe. Er kommt in die Westminster-Abtei in die Dichterecke.

Vor einiger Zeit fuhren wir im Wagen nach Harrow on the hill. Ich wunderte mich ordentlich, daß wir mal aus dem unendlich großen London heraus kamen. Mrs. Burton nahm mich mit auf den Kirchhof und zeigte mir das Grab, auf dem Lord Byron als Schüler oft gesessen hat, und wo er seine ersten dichterischen Versuche gemacht hat. O, hier konnte er wohl inspiriert werden! Welch einen herrlichen Blick hat man von hier oben in das liebliche Tal.

Neulich kam Mr. Burton ins Eßzimmer, legte die Zeitung auf den Tisch und sagte: „Es gibt Krieg zwischen Deutschland und Frankreich." Ich hätte so gern Näheres gewußt, wagte aber nicht zu fragen. Mrs. Burton ahnte wohl meine Gedanken, sie sagte nach Tisch: „Bitte Fräulein Dietrich, nehmen Sie doch die Zeitung mit auf Ihr Zimmer, diese Kriegserklärung wird Sie doch interessieren."

Ach, denk doch nur, schon wieder Krieg! Ob Du da auch mal eine Zeitung in die Hände bekommst?

Für heute lebe wohl, und sei herzlich gegrüßt von

Deiner Charitas.

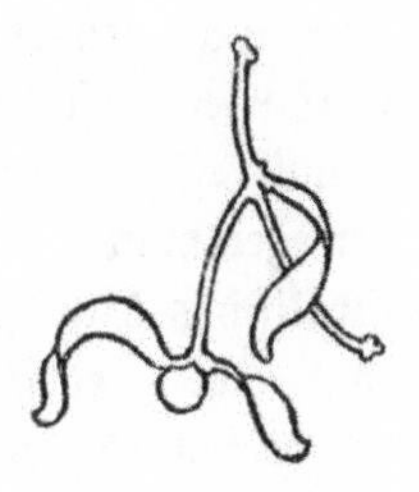

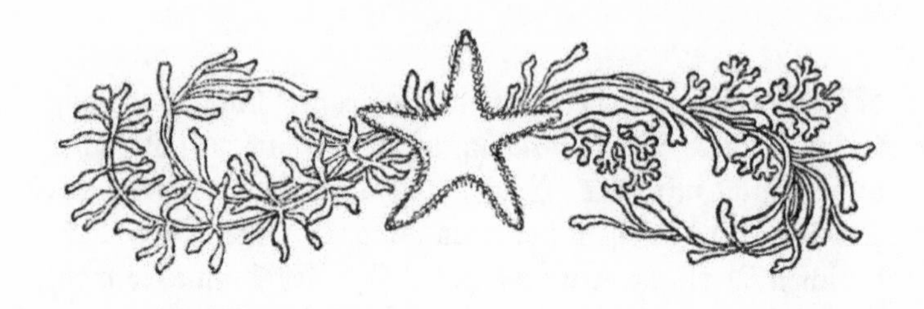

26

Bowen, d. 8. Oktober 1870.

Liebe Charitas!

Mit tiefer Bewegung habe ich Deinen Brief aus London gelesen. Du hast es so gut, da sei wachsam, und laß Dich nicht verwöhnen! Ich sehe aus Deinem Brief, daß Du Interesse für alle möglichen Dinge hast, aber mir scheint, gerade für Naturwissenschaft hast Du herzlich wenig. Es wird wohl Zeit, daß ich bald nach Hause komme und Dich einführe in die Wunderwelt, in der ich mich bewege. Du müßtest ja eine lebendige Leiche sein, wenn Dich nicht höchste Begeisterung ergriffe bei dem, was ich erlebe. Du schreibst mir von allem möglichen, ich habe aber nicht gehört, ob Du in London auch den zoologischen Garten besucht hast, ob Du im Aquarium warst. Du müßtest ja manches gesehen haben, was von hier hinüber gekommen ist. Ich weiß, daß sie in London den australischen Hund, den Dingo haben. Ich wollte ihn schicken, aber Godeffroys schreiben mir, daß sie ihn in London kaufen können.

Warst Du eigentlich im Aquarium? Ich denke: nein; sonst müßtest Du doch ganz begeistert sein! — Und doch, was ein Aquarium bietet, kann Dir nur einen schwachen Begriff von dem geben, was ich hier erlebe. —

Von Bowen ging ich nach Port Denison und von da aus unternahm ich im Kanoe, begleitet von zwei Gehilfen, eine Exkursion nach den etwa 26 englischen Meilen entfernten „Holborn Islands". Wir hatten uns für diese Tour besonders für den Fischfang ausgerüstet, aber selbstverständlich richtete ich mein Augenmerk auch auf alle übrigen Meereserzeugnisse. Was war das für eine paradiesisch schöne Fahrt! Die Worte fehlen mir, Dir ein Bild von dem zu geben, was ich hier schauen durfte.

Zwischen den Inseln und dem Festlande war das Wasser so still, so klar, daß es die erhöhten und bewaldeten Ufer des Festlands treu widerspiegelte. Über uns hatten wir einen klaren, blauen Himmel, und unter uns? — Ach, eine Welt, die mich in Bewunderung erschauern ließ! In eine Märchenwelt blickte das entzückte Auge. Üppige Tange, dunkel gefärbt, wechselten mit zarten, fein geformten Algen, deren Farben vom dunklen Braun bis zum zartesten Grün und Rosa wechselten. Ich habe von allen gesammelt, und ich habe mir vorgenommen, Dir nächstens von den Algen eine kleine Sammlung zu schicken. Da ich viele Dubletten von allem habe, so kann ich das ausnahmsweise mal tun. Sind diese kleinen, tannenförmigen, feinen Gewächse nicht bildschön? Und doch, alle diese Sammlungen geben nur einen armseligen Begriff von dieser Märchenpracht. Es gehört eben eins zum andern. Diese Pflanzenwelt ist belebt durch eine farben- und formenreiche Tierwelt. Neben den anmutig beweglichen Tangen und Algen stehen starr die schön geformten Korallen, da ist neben dem blendendsten Weiß das leuchtende Rot und das dunkle Violett. Und doch ist auch in diesen starren Formen Leben. Neben bunten Muscheln siehst Du drollige Seeigel, Seesterne, Seerosen, das Ganze belebt durch schwerfällige Krebse. Wie Geister der Unterwelt schweben große, durchsichtige Quallen daher, das Interessanteste sind aber die Fische!

O, die Fische solltest Du sehen! Dieser Reichtum an Formen und Farben! Ich hatte eine reiche Ausbeute. Es freut mich so, und es ist mir eine Beruhigung, daß Godeffroy die Fische nach der Natur malen läßt mit ihrer Farbe, wie sie sich hier zeigen, ich fürchte sonst, daß der Spiritus doch den Farbenzauber zerstört. Wenn man so von oben hinabsieht, scheint da unten paradiesischer Friede zu herrschen, aber so bald man tiefer eindringt und sich mit den einzelnen Individuen mehr abgibt, da wird man gewahr, daß da unten eine Raub- und Mordbande ihr Wesen treibt. Man sieht, daß auch hier unten gleichsam ein „Gut und Böse" miteinander im Kampfe ist. —

Ich habe hier einen rundlichen Haifisch gefangen, — sonst sind Haifische doch länglich, — dessen peitschenartiger Schwanz mit scharfen, spitzen Stacheln besetzt ist, mit diesem Schwanz schlitzt er den Fischen den Bauch auf und verschlingt sie. Aber auch andere plumpe, farblose Fische fing ich, die mich tückisch mit schiefem Maul aus boshaften Augen anzusehen schienen, ihre Flossen sahen aus wie Stummelfüße, und ihr dunkler Körper war wie mit Warzen und häßlichen Höckern und Stacheln besetzt. Wirklich widerliche, ekelhafte Ungeheuer waren dabei, und als ich sie so vor mir hatte, wanderten plötzlich meine Gedanken weit, weit weg, zurück in meine Jugend, in die Niederstadt, ich sehe die alte Krummbiegeln mit ihrer Hornbrille in unsrer Stube in der Niederstadt, und ich höre, wie sie sagt: „Molche und Drachen mußt de dorch de Welt schleppen, wenn de mit dem Mann zusammen kommst!"

Aber neben diesen häßlichen Kreaturen gibt es sowohl bildschöne, lichte, helle Fische, wie auch solche, die gleichsam den Humor vertreten, und über deren Aussehen ich oft laut lachen muß. Da kommt ein dicker, fast kugelrunder Kerl an, mit einem, vom Kopf bis zum Schwanz lächerlich dick geschwollenen Bauch, er sieht so korpulent und unbeholfen aus, aber die kleinen flügelartigen Flossen spreizt er kokett, als wollte er sagen: „Ich kann noch mit den Jüngsten!"

Viele haben ein breites, plumpes Maul, was ihnen ein sehr dummes Aussehen gibt, andere aber sehen ganz pfiffig und lustig aus, das sind die mit dem spitzen Maul, sie erinnern an Igel. Und diese Farben solltest Du sehen! Vom zartesten Gelb bis zum tiefsten Orange, vom leuchtenden Rosa bis zum dunklen Purpur. Da sind blau und gelb Gestreifte, schwarz oder goldig Gepunktete. Manche sehen aus, als hätte ihnen ein mutwilliges Kind auf ihr hübsches Festkleid häßliche, große Tintenkleckse gespritzt. Dann gibt es viele, die als extra Schmuck gleichsam mit langen, flatternden Bändern geziert sind. Meist gehen diese fadenartigen Bänder von den Flossen aus, bei manchen setzen sie aber schon am Kopf und bei noch andern am Schwanz ein. Manche haben am Unterkiefer einen stattlichen Schnurrbart, andere haben oben am Kopf ein schneidiges Horn, was gleichsam in einer feinen Feder endigt. Mit am wunderbarsten sind mir aber die erschienen, deren Oberkiefer in eine lange, starke Doppelsäge ausläuft. Diesen Sägefisch habe ich mehrfach gefangen, ich habe den ganzen Fisch, wie auch die Säge einzeln nach Hamburg geschickt. Wenn ich das herrliche Material einpacke, stelle ich mir immer vor, wie Herr Schmeltz alles im Museum aufstellt. Schade, daß man den schönen Tieren und Pflanzen nicht etwas von ihrem Drum und Dran mitgeben kann. Losgelöst aus der märchenhaften Umgebung kann alles nicht so wirken, wie es sollte. Wie wird mir sein, wenn ich Dir dann später alles selbst zeigen kann!

Für heute lebe wohl; und sei herzlich gegrüßt von

Deiner Mutter.

27

Hamburg, d. 5. November 1870.

Frau Amalie Dietrich!

Ihre letzte Sendung enthielt von Säugetieren einige Ratten und Fledermäuse, wir ersuchen Sie, den kleineren Säugetieren und den Fledermäusen jede Beachtung zu schenken. Von Vögeln waren wieder eine Menge interessanter Arten darunter, z. B. Tachypetes aquila, Dysporus Sula, Eudynamis Flindersii, usw. Von Amphibien fanden sich einige neue Arten, die Bestimmung wird durch Professor Peters besorgt. Die Fische wird Doktor Günther in London besorgen. Wir möchten bemerken, daß in letzter Zeit im Burnett, Dawson und Mary River ein höchst merkwürdiger, aalartiger Süßwasserfisch von bedeutender Größe entdeckt worden ist, unter dem Namen: Ceratodus Forsteri beschrieben. Das Tier ist schon durch seine außerordentlich großen Zähne im Unterkiefer auffallend, und ersuchen wir Sie hiermit, jedenfalls danach zu trachten, uns eine Anzahl Exemplare in Spiritus konserviert zu senden. Unter den Arachniden und Myriopoden scheinen einige neue Arten zu sein. Das

Werk von Doktor Koch, „Die Arachniden Australiens,“ hat guten Fortgang, und fanden sich unter der vorletzten Sendung nach inzwischen von Doktor Koch erhaltenem Bericht, neben mehreren neuen Arten auch noch Tiere eines neuen Genus. An Insekten bemerkten wir gern eine Menge schöner Schmetterlinge, und erwähnen davon besonders einen schönen Schwärmer, der unserem europäischen Oleanderschwärmer verwandt ist, Sphinx Hippothous. Sehen Sie zu, was Sie irgend an Insekten erlangen können. Australien bietet seltene und wunderbare Formen. Krustazeen und Würmer waren sehr interessante Arten in der Sendung. Genauer Bericht darüber folgt nach geschehener Bestimmung.

Konchylien waren in großer Anzahl von Exemplaren vertreten. Besonders zwei Exemplare verdienen erwähnt zu werden, unter den in Spiritus konservierten See-Konchylien fand sich die seltene Voluta maculata. Die Echinodermen bieten uns zu unsrer Freude Veranlassung derselben besonders rühmend zu erwähnen. Neben einer Anzahl seltener Holothurien, wie Colochirus tuberculosus und Colochirus coerubeus fanden sich von See-Igeln, neben zwei sehr interessanten Citaria-Arten mit gekrönten Stacheln, einige schöne Laganiden, Exemplare von Arachnoides placenta und wie es scheint mehrere Arten eines mit Hipponoe verwandten Genus. Ferner mehrere Arten von Schlangensternen. Die Bestimmung übernimmt Dr. Lütken-Kopenhagen. Auch die Korallen enthielten viele seltene Arten. Senden Sie uns mehr von diesen schönen Korallen. Bezüglich der Herbarien freut es uns, Ihnen mitteilen zu können, daß deren Bearbeitung durch Dr. Luerssen nunmehr rüstig fortschreitet. Die Moose sind an Professor K. Müller-Halle zur Bestimmung gesandt, von diesem bereits bearbeitet und in einer besonderen Abhandlung herausgegeben, es finden sich auch bei den Moosen mehrere neue Arten. Nach Ihnen benannt ist: Endotrichella Dietrichiae.

Nacktschnecken: Befinden sich ebenfalls zwei neue Arten darunter.

Algen: Dr. Grunow schreibt uns: „Es ist mir ein besonderes Vergnügen, diese entschieden neuen Arten nach ihrer, im Dienste der Wissenschaft ebenso eifrigen, wie mutigen Entdeckerin benennen zu können: Amansia Dietrichiana. Grunow. Sargassum Amaliae. Grunow."

Ohne Veranlassung zu weiteren Mitteilungen sehen wir Ihren baldigen Nachrichten mit Interesse entgegen und grüßen Sie inzwischen freundlichst.

Im Auftrag:

J. D. E. Schmeltz, jun.
Kustos.

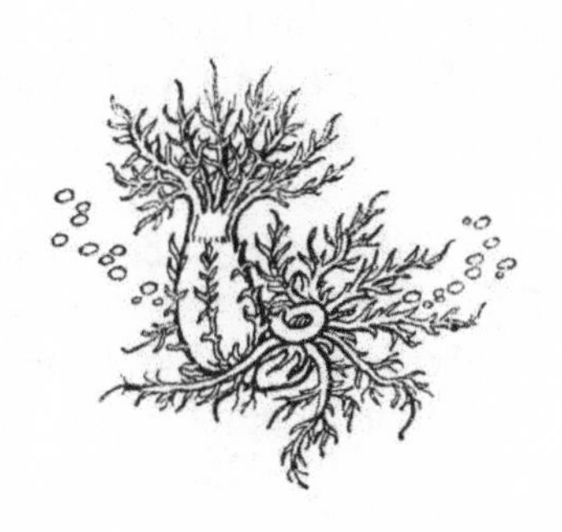

28

Harpole-Hall, d. 3. Februar 1871.
Northamptonshire.

Liebe Mutter!

Deinen Brief von Holborn Islands erhielt ich grade, als wir im Begriff waren hierher nach Harpole zu ziehen. Wäre Dein Brief früher eingetroffen, so hätte ich doch noch versucht, das Aquarium aufzusuchen. Mit den Kindern ging es nicht gut, die wollen Elefanten, Tiger und Löwen sehen. Liebe Mutter, gibt es denn nicht auch noch andere Dinge in der Welt, für die man sich interessieren kann, als die Fische der Südsee oder die Flora und Fauna von Australien? Das verspreche ich Dir gern, wenn ich wieder mal nach Hamburg komme, dann soll mein erster Gang ins Museum Godeffroy sein. —

Ich bin schon längst nicht mehr in London, sondern auf einem herrlichen Landsitz in Northamptonshire, wohin wir im August übersiedelten. Ich lerne jetzt also auch das englische Landleben kennen. Nach den lauten, anregenden, zum Teil aufregenden Zeiten in London ist die Ruhe und die Schönheit, die die Natur bietet, gradezu überwältigend. Das schöne Herrenhaus steht in einem herrlichen Park, sein Schmuck sind alte riesenhafte Bäume, wellenförmige, smaragdglänzende Rasenflächen, große, stille Teiche und rosenbewachsene Inseln. Soweit das Auge blickt, vornehme Schönheit!

Als wir durchs Tor fuhren, hatten sich die Kutscher, die Gärtner und das übrige Personal aufgestellt, um die Herrschaft ehrerbietig zu begrüßen. Das durchschauerte mich, und mir traten die Tränen in die Augen. Wenn mir schon so feierlich zumute war, wie mußten erst Burtons fühlen, denen diese Huldigungen galten! Die Kinder jubelten über die Aussicht auf die fast ungebundene Freiheit, die ihnen winkte. Bei schönem Wetter wurden die Stunden im Freien gegeben. In lachendem, leuchtendem Sonnenschein hielten wir unsern Einzug. Ich könnte mir denken, daß diese schwellende Schönheit einem eine Gefahr zur Erschlaffung werden könnte. Die langen Spaziergänge, die ich täglich in London mit den Kindern machte, fallen ja hier weg, und dadurch gewinnt man eine Masse Zeit, zumal da ich auch hier einen Kindergarten habe. Die Kinder sollen sich am Nachmittag frei tummeln, ich beaufsichtige nur öfters ihre Gartenarbeiten. Ich habe hier viel Zeit zum Lesen, und da Mrs. Burton eine sehr reichhaltige Bibliothek hat, so sitze ich oft bis spät in die Nacht und lese Englisch und Deutsch; Französisch schon mehr aus Pflichtgefühl, damit ich es nicht wieder vergesse. Als neulich Mrs. Burton von einer Reise aus London zurückkam, brachte sie mir einen wunderhübschen roten Lederkasten mit, auf dem in Goldbuchstaben mein Name steht. Als ich ihn neugierig öffnete, sah ich auf zwölf Bände Shakespeare. Ich war so beschämt! Das für mich! Jeder Band in rotem, weichem Leder mit Goldschnitt. — Umgang haben wir nur mit den Pastorsleuten, die sind schon alt und sehr freundlich. Der Pastor ist trotz seiner vorgerückten Jahre eine imposante, aristokratische Erscheinung. Als ich ihnen als Deutsche vorgestellt wurde, zeigten sie großes Interesse, und Mr. Dundas sagte lebhaft: „In meiner Jugend habe ich mich viel mit der deutschen Sprache beschäftigt, Sie würden mir eine Freundlichkeit erweisen, wenn Sie meine eingerosteten Studien etwas aufpolieren möchten."

Da Mrs. Burton nichts dagegen einzuwenden hatte, so erklärte ich freudig meine Bereitwilligkeit. Nun kommt er zweimal wöchentlich am späten Nachmittag. Jetzt habe ich also zu meinen drei Kindern einen weißhaarigen Schüler. Mrs. Burton erzählte mir, daß Mr. Dundas mit dem höchsten Adel zusammenhängt. Er ist der jüngste Sohn eines Earl, und Lord Fitz William, der ganz in unsrer Nähe sein Schloß hat, ist sein Onkel. Ich bin ein rechter Glückspilz, denn die größte Anregung und die meiste Förderung hat nicht der Pastor in den Stunden, die habe ich. Nach der Stunde, oder an den Abenden, wo ich im Pastorat verkehre, belehrt und unterrichtet er mich. Er gibt mir auch oft Zeitungen, die mich jetzt, des Krieges wegen, sehr interessieren. Er hält ein Blatt: The Scotsman, da lenkt er meine Aufmerksamkeit besonders auf Artikel, die ein Thomas Carlyle schreibt. Die Engländer sympathisieren im allgemeinen mehr mit Frankreich als mit Deutschland, aber Mr. Dundas und Carlyle sind durchaus auf unsrer Seite. Ich war neulich ganz stolz, als Mr. Dundas auf eine Stelle zeigte, wo Carlyle wie auf etwas ganz Besonderes darauf aufmerksam machte, wie in Deutschland die Bildung nicht nur bei den begüterten sondern auch bei den ärmsten Leuten zu finden sei. Das hinge damit zusammen, daß wir in Deutschland Schulzwang hätten. — Manchmal bin ich ganz verwundert über Mr. Dundas' Ansichten, und ich meine, es müsse zwischen einem englischen und einem deutschen Pastor doch wohl ein großer Unterschied sein. Neulich fragte er mich, ob ich schon einmal einer Fuchsjagd beigewohnt habe. Ich verneinte; da sagte er, wenn nächstes Jahr die Jagdzeit käme, dürfe ich nicht versäumen mir diesen Anblick zu verschaffen, Mrs. Burton würde uns gewiß sehr gern im Wagen folgen lassen. Es sei ein lustiger Anblick, an einem nebligen Herbstmorgen die vielen aufgeregten rotbefrackten Jäger hinter der Meute herjagen zu sehen. Ob wir denn das in Deutschland nicht hätten? — Ich sagte, ich glaubte nicht; meines Wissens würde bei uns der Fuchs geschossen, und ich hätte auch gehört, daß Bauern auf dem Lande ihm Fallen stellten, wenn er sich an Hühnern vergriffe. Mr. Dundas sprang ganz erregt auf und sagte: „Die das tun, müßten gehängt werden!"

Ach, und was ist mir neulich passiert? Darüber wirst Du ebenso lachen wie ich! Es sollte im Dorfe ein Wohltätigkeitskonzert stattfinden, und Mr. und Mrs. Dundas fragten mich, ob ich nicht meine Kräfte in den Dienst der guten Sache stellen wolle; ich erklärte, daß ich dazu außer stande sei. Sie wollten es nicht glauben und meinten ungefähr: „deutsch und musikalisch" sei ein und dasselbe. Ein Lied könne ich doch singen? sagten sie immer wieder, und die Frau Pastorin setzte sich ans Klavier, und ich mußte singen. Ich sang allerlei, denn sie hatten ein Buch mit deutschen Liedern, endlich kamen wir auf: „Was ist des Deutschen Vaterland!" Pastors erklärten einstimmig, das müsse es sein, und nun wurde geübt. Ich fand es furchtbar komisch und konnte das Lachen kaum lassen, aber ein paar Tage vor dem Konzert sah ich an den Häusern Zettel kleben mit Programm und Namen. Es machte Mrs. Burton viel Spaß, und sie half mich schmücken für die große Tat.

Sowohl die Leute aus Harpole wie aus den umliegenden Dörfern hatten sich zusammengefunden, und herzklopfend sah ich in die vielköpfige Menge. Zu Anfang zitterte meine Stimme sehr, dann aber vergaß ich, wo ich war, und ich sang begeistert: „Das ganze Deutschland soll es sein! O Gott vom Himmel sieh darein, und gib uns echten deutschen Mut, daß wir es lieben, treu und gut."

Wie kritiklos das Publikum war, kannst Du daraus sehen, daß ich es zweimal singen mußte. Mrs. Burton war auch da, sie nahm mich vorher und nachher in die Arme und küßte mich. Der Gedanke an unsern Krieg hob mich über mich selbst hinaus. — Muß man als Deutsche denn nicht auch ganz begeistert sein, daß wir nun endlich ein einiges Deutsches Reich haben? Wie stolz schlug mein Herz, und wie bewegt war ich, als am

3. September die Nachricht hier eintraf, daß Napoleon kapituliert hatte. Nie werde ich den Augenblick vergessen, als ich das erfuhr. Burtons gaben gerade eine Mittagsgesellschaft, es waren außer Pastors Freunde aus London geladen. Nach der Suppe kam das Mädchen herein und legte einen kleinen Zettel vor Mr. Burtons Platz, der wirft einen Blick darauf und dann sieht er mich lange ernst und schweigend an. Die andern unterhielten sich und achteten nicht auf ihn, ich aber sah ihn an und wunderte mich, welche Beziehung der Zettel zu mir haben könnte. Da nahm Mr. Burton sein Glas, schlug daran, und als alle verstummten und ihn erwartungsvoll ansahen, sagte er feierlich: „Napoleon hat bei Sedan kapituliert!"

Eine so wichtige, welterschütternde Kunde enthielt der kleine Zettel! Einen Moment allgemeines, tiefes Schweigen, dem eine große Erregung folgte. Mr. Dundas beglückwünschte mich sehr herzlich, die andern fragten, ob Verwandte von mir im Kriege seien. Als ich das verneinte, sprachen sie sehr ungeniert ihre Meinung aus; sie bedauerten Napoleon und die Franzosen. In diesem Augenblick tat es mir sehr leid, daß ich so fern von der Heimat war, daß ich nicht die allgemeine Freude teilen konnte.

Es fällt mir auf, wieviel religiöses Interesse in diesem kleinen, stillen Dorfe herrscht. Außer der Kirche ist hier noch eine Baptisten- und eine Methodistengemeinde. Wir gehen jeden Sonntag alle zur Kirche, auch von den Dienstboten gehen so viele, wie nur irgend entbehrt werden können.

Mr. Dundas hat über dem Talar ein weißes Meßgewand, was ihm in meinen Augen einen katholischen Anstrich gibt. Wenn er so ernst und würdevoll predigt, kann ich mir gar nicht vorstellen, wie der sich in einem roten Jagdfrack und mit weißledernen Beinkleidern ausnehmen mag. —

In der Kirche fühle ich mich immer sehr ergriffen, wenn die ganze Gemeinde kniet, wenn alle ihr Gesicht mit den Händen bedecken und wieder und wieder dumpf murmeln: „O Herr, erbarme dich unser!" Es macht in der kleinen alten Kirche einen viel tieferen Eindruck als in einer der Prachtkirchen Londons.

Der Sonntag stimmt mich immer sehr wehmütig, besonders jetzt im Winter, mir scheint, er lastet schwer auf uns allen. Selbst jede harmlose Fröhlichkeit, etwa das Singen eines Kinderliedes, wenn es nicht religiösen Inhalts ist, wird als ein Unrecht empfunden. An den Sonntagen hilft auch die schöne Umgebung nicht, ich fühle mich dann so wehmütig gestimmt, so einsam; ich habe eine solche Sehnsucht, wonach, das weiß ich selbst nicht, aber es kommt eine verzehrende Unruhe über mich, und unter dem Eindruck dieses Gefühls ging ich neulich zu den Methodisten.

Der Raum, in dem der Gottesdienst abgehalten wurde, ist nichts anderes als ein Schuppen. Auf roh gezimmerten Bänken, die auf einer Lehmdiele standen, saßen arme, alte Leute, die, noch ehe der Gottesdienst anfing, laut und schwer seufzten. Dann trat der Redner auf; er sah in der Kleidung ärmlich aus, trug keine Amtstracht, und als er zu sprechen anfing, merkte ich, daß er sehr schlechtes Englisch sprach. Trotzdem verstand er es, seine Zuhörer zu packen. Er knüpfte an unsere Sehnsucht an und gab ihr die Richtung nach dem himmlischen Jerusalem. Er schilderte die Stadt mit den goldenen Gassen so lebendig, ermahnte zu Mut und Ausdauer auf dem steilen Wege dahin, daß er die kleine Gemeinde in fieberhafte Erregung brachte, alle um mich herum schluchzten und stöhnten, und das wirkte so ansteckend, daß ich ebenfalls schluchzte. Es wurden wesleyanische Gesänge aus alten schadhaften Büchern gesungen, aber auch die Gesänge waren so drastisch, so gefühlvoll, daß man sich gar nicht wieder mit der Wirklichkeit zurecht fand. Nach beendetem Gottesdienst kam der Redner sehr freundlich auf mich zu, reichte mir die Hand, fragte wer ich sei, und wollte mir das Versprechen abnehmen, mich ständig zu dieser Gemeinschaft zu halten. Das Versprechen gab ich nicht, aber ich muß gestehen, es kostete mich große Überwindung fest zu bleiben, ich hatte stark mit zwei Mächten zu kämpfen, eine Stimme sagte: „Seid nüchtern und wachet!“ Viel stärker aber zog mich mein ganzes Gefühl zu diesen schluchzenden, stöhnenden Leuten. Auch im Hause hat die Wirkung noch lange angehalten. Ich wollte aber doch davon loskommen und ging in die Bibliothek, um mir ein Buch zu holen, Mrs. Burton hat es mir ein für allemal erlaubt. Mir fiel beim Suchen ein altmodisch gebundenes Buch in die Hände, es waren die Werke von Novalis. Wie eigentümlich hat mich dies Buch ergriffen, ich las bis tief in die Nacht hinein. Als ich an das Lied kam: „Oft muß ich bitter weinen,“ da überwältigte es mich ganz, es paßte so ganz zu der Stimmung des Nachmittags. Immer weiter las ich, und wie seltsam berührte es mich, als ich hier in dem englischen Dorfe las, daß Novalis einst in Freiberg gewesen ist und in den dortigen Bergwerken gearbeitet hat. Wie der Stimme eines Freundes lauschte ich seinen poetischen Schilderungen des Bergmannslebens. Die ganze Vergangenheit wurde wach in mir. Ich sah mich plötzlich zwischen Freiberg und Siebenlehn. Wie sehnsüchtig hatten oft meine Blicke auf dem hochgelegenen Freiberg geruht, wie geheimnisvoll, wie verheißend hatten seine Türme gewinkt, besonders wenn sie im Abendrot von der scheidenden Sonne vergoldet wurden. Wie weit lag das hinter mir! Mir war, als hätte ich vor hundert Jahren schon einmal gelebt, und nun kam Novalis hier im fremden Lande und schob den Vorhang von der Vergangenheit, und Bilder und Stimmungen zogen an meiner Seele vorüber, und ich mußte dankend auf meinen Knien mit Novalis bekennen:

Was wär' ich ohne dich gewesen?
Was würd' ich ohne dich nicht sein?
Zu Furcht und Ängsten auserlesen,
Ständ' ich in weiter Welt allein.
Nichts wüßt' ich sicher, was ich liebte,
Die Zukunft wär' ein dunkler Schlund.
Und wenn mein Herz sich tief betrübte,
Wem tät ich meine Sorge kund?

Mit diesen Gedanken und Empfindungen ging ich endlich zur Ruhe.

Die Methodisten haben mich aufgeregt, es war ganz

gut, und ich bin sowohl ihnen wie Novalis dankbar, daß sie mich in die Tiefe geführt haben, aber zu ihnen halten will ich mich darum doch nicht.

Mit treuer Liebe

Deine Charitas.

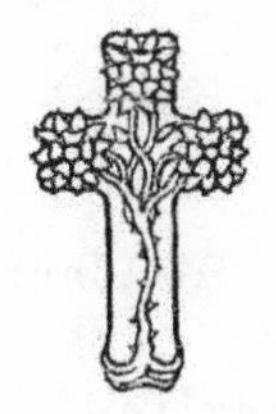

29

Melbourne, d. 2. April 1871.

Liebe Charitas!

Gestern bekam ich hier Deinen Brief, und ich will Dir lieber gleich ein paar Worte schreiben, weil ich in der nächsten Zeit sonst keinen Brief abschicken kann; denn denke Dir, ich plane jetzt noch ein ganz neues Unternehmen. Mit dem nächsten Schiff fahre ich nach den Tonga-Inseln, und ich freue mich ganz unendlich darauf, noch etwas von der Inselwelt der Südsee kennen zu lernen, denn alle Herren sagen hier, daß sich mir in Polynesien wieder eine neue Welt erschließen würde. Augenblicklich bin ich nämlich ganz in der Kultur; denn hier ist ein so reges Treiben, daß man Melbourne sogar als das kleine London bezeichnet.

Von Bowen, wo ich sehr unter der Hitze zu leiden hatte, reiste ich noch einmal nach Brisbane und sammelte da wieder viel Interessantes, denn jetzt habe ich natürlich einen ganz anderen Überblick als in der ersten Zeit, wo ich mich noch auf allen verschiedenen Gebieten einarbeiten mußte. Hier erfuhr ich endlich auch die Einzelheiten über den Krieg. Eigentlich ist es doch schade, daß Du auch gerade während der ganzen Zeit nicht in Deutschland gewesen bist.

Von Brisbane fuhr ich mit dem Schiff nach Sydney, und damit war es mir fast, als käme ich schon wieder in die Alte Welt zurück. Sydney hat eine Universität, und vor allem einen herrlichen botanischen Garten, der die schönsten Pflanzen der tropischen und subtropischen Vegetation vereinigt.

Einen wunderbaren Eindruck machte es mir freilich, hier all meine alten Bekannten aus der Wildnis so zivilisiert geordnet beieinander zu sehen. Die Professoren waren sehr liebenswürdig und hörten mir mit großem Interesse zu, wenn ich von meinen Expeditionen erzählte.

Von Sydney fuhr ich dann auf einige Tage nach Melbourne, wo ich zuerst den berühmten Botaniker Baron Ferdinand v. Mueller aufsuchte, der mich gleich auf die thüringer Verwandten anredete. Er riet mir, ich sollte doch auch einmal Dr. Neumeyer aufsuchen, einen Pfälzer, der sich ebenfalls sehr für Naturwissenschaft interessiert.

Morgen geht's nun weiter, erst wieder zurück nach Sydney und dann nach den Tonga-Inseln, wo ich hoffentlich noch recht viel sammeln werde.

Später soll ich von Tonga über Kap Horn zurück. Denk Dir nur, wenn ich also wieder nach Hamburg komme, bin ich wirklich einmal um die ganze Welt gefahren!

Für heut nimm nur noch viel herzliche Grüße von

Deiner Mutter.

30

London, d. 28. Mai 1871.

Liebe Mutter!

Du schreibst mir, Du bist heraus aus Deiner Einsamkeit, bist in einer Weltstadt; — ich bin es auch, wir sind wieder in London. Denk Dir nur, ich gehe schon in der nächsten Zeit wieder nach Deutschland! Frau Doktor schrieb mir, ich möge nach Kiel kommen, sie hätte eine Arbeit für mich, die mir gefallen würde; ich soll im Kieler Krankenhaus die Bibliothek verwalten und die Kranken, soweit sie fähig sind, unterrichten. Es liegen auch viele Kinder da, die trotz eines kranken Gliedes sehr gut die Zeit mit Lernen ausnützen können. Aber auch Erwachsenen würde es zugute kommen, wenn sie täglich noch in der einen oder andern Sache unterrichtet würden, sie würden dadurch auch auf andere Gedanken kommen. Ich werde in dem schönen Kieler Hause wohnen und von da täglich zur Stadt gehen.

Die Entscheidung ist mir gar nicht so leicht geworden. Ich wäre sehr gern noch länger hier geblieben, aber es zieht mich doch auch in die Heimat. Von selbst wäre ich noch nicht auf den Gedanken gekommen, denn Du weißt, wie gut ich es hier habe und wie schwer mir jeder Abschied wird.

Hier war inzwischen Käthe Kunkel aus Wolfenbüttel wieder eingetroffen, und da wir gar nicht weit von einander wohnen, können wir einander oft besuchen. —

Du kannst Dir denken, wieviel wir von Wolfenbüttel, von Eisenach und von gemeinsamen Interessen zu erzählen haben. Ich habe unter dem Eindruck unserer Erinnerungen gleich nach Wolfenbüttel und nach Eisenach geschrieben. Fräulein Trabert kann gar nicht begreifen, daß ich noch immer nicht zu ihr komme. Ach, es ist alles anders geworden, und ich muß bekennen, es ist alles gut wie es ist, und ich bin für alles von Herzen dankbar.

Als ich mit Mrs. Burton von meinen Zukunftsplänen in Deutschland sprach, sagte sie, es täte ihr sehr leid, aber Frau Doktor hätte auch ihr über alles geschrieben, sie wolle mir den Abschied nicht schwer machen und sie wünsche mir alles Gute für die Zukunft. Die letzten vier Wochen, so sagte sie, solle ich mich als Gast betrachten, in dieser Zeit möge ich von London sehen, was irgend zu sehen sei, ich dürfe mir Käthchen einladen, so oft die könnte, sonst müsse ich mich allein zurechtfinden. Angst vor London hätte ich ja wohl nicht mehr. —

Die vier Wochen sind fast zu Ende; ich bekam in diesen Tagen schon eine Vorfrage, ob ich noch nicht käme. Da denke ich an Abschied und Einpacken.

Ich hatte nicht gedacht, daß man vom Sehen und Genießen so müde und abgespannt werden könnte. Was habe ich aber auch alles gesehen! Schöne Kirchen, den Kristall-Palast, den Tower, alte merkwürdige Stadtteile und schließlich die Eröffnung der Weltausstellung! Ich ging schon ganz früh hin, um mir einen guten Platz zu sichern, von wo aus ich den Zug der hohen und höchsten Herrschaften mit ansehen konnte.

Ganz dicht kamen sie alle an mir vorüber: die Königin, der Prinz und die Prinzessin von Wales, der Lord Mayor mit seiner großen, goldenen Kette und viele hohe Würdenträger. Ganz verwirrt vom vielen Sehen kam ich endlich todmüde nach Hause.

Nach diesem vielen Genießen ist mir zumute, als möchte ich mich wochenlang in ein dunkles Zimmer legen, nichts sehen, nichts hören, nichts sprechen, nur schlafen und neue Kräfte sammeln.

Und nun lebe wohl. Mein letzter Gruß aus dem schönen England! Sobald ich in Kiel angekommen bin, erhältst Du eine kurze Nachricht.

Mit vielen Grüßen

Deine Charitas.

31

Tongatabu, d. 5. Februar 1872.

Mein liebes Kind, nun schweig aber ganz still mit Deiner Königin, dem Prinzen von Dänemark und wie die hohen Herrschaften alle heißen, denn was Du auch vorbringen magst, ich bin Dir doch über, denn ich habe dem König von Tongatabu, Georg I., meinen Besuch gemacht, er hat ihn erwidert, und zur Erinnerung an unsere Bekanntschaft hat er mir seine Photographie geschenkt. Wenn ich nach Hause komme, will ich sie Dir geben. Die Königin hat mir eine Pomadenbüchse geschenkt, die aus einer Frucht besteht, sie hat Ähnlichkeit mit einem großen Mohnkopf. So intim hast Du Dich doch nicht mit den Trägern von Kronen zu stellen verstanden.

Ich bin seit vierzehn Tagen in der Hauptstadt von Tongatabu, Nukualofa, und will mich in den nächsten Tagen in die Einsamkeit begeben, um tüchtig zu sammeln. Wie lange ich hier bleibe, weiß ich gar nicht; das hängt ganz davon ab, ob sich mir viel Neues bietet. Wenn ich mit den Tonga-Inseln fertig bin, reise ich nach Hause. Du bist nun auch in Deutschland; so ist's recht! Ich muß Dich doch vorfinden, wenn ich komme! Kannst Du's Dir vorstellen? Wie schön wird sich dann unser Leben gestalten! Wir wollen ja nichts Äußeres. Ein kleines Stübchen, das genügt uns ja. Ich hoffe, Godeffroy hat Arbeit für mich am Museum. Und Du? Nun Du wirst schon auch Dein Wirkungsfeld finden, darum sorge ich nicht, wir wollen doch beide gern arbeiten; wenn man das will, kommt man in Hamburg leicht vorwärts.

Nun muß ich Dir noch allerlei von meinen Reiseerlebnissen erzählen. Mit der „Upolu" fuhren wir von Sydney in fünf Wochen hierher. Die Reise war lang, aber sehr schön. Ich war äußerst gespannt auf dieses neue Stück Welt, das sich hier vor mir auftat, und da ich auf der Fahrt ja Zeit genug hatte, so habe ich mir vorher viel vom Kapitän erzählen lassen. Er erzählte hauptsächlich vom König, und alles klang mir wie ein Märchen. Was ich aber dann selbst erlebte, paßte gut dazu.

Tahofa nao, der jetzige König von Tonga, war früher Häuptling auf Havai, während sich auf Tongatabu zehn Häuptlinge um die Herrschaft stritten. 1838 ließ er sich von den Wesleyanischen Missionaren taufen und erhielt nun den Namen Georg I. Bald darauf gelang es ihm, Vabau zu erobern und auch auf dieser Insel das Christentum einzuführen.

Nach mehreren glücklichen Kriegen unterwarf er die verschiedenen Inseln, vor allem auch Tongatabu, so daß jetzt die ganze Tonga-Gruppe unter seiner Herrschaft vereinigt ist.

Als der Kapitän und ich dem König einen Besuch machten, hatte er ein Hemd an und eine Vala-Vala um. Es machte mir überhaupt den Eindruck, als stände bei ihm die Königswürde noch im Kampf mit seinen früheren Gewohnheiten. Er hat ein sehr hübsches Haus, sogar ganz europäische Einrichtung, und sowie wir gekommen waren, ließ er uns Wein bringen, und wir tranken auf seine Gesundheit.

Der König ist schon alt, wohl in die sechzig, er hat eine recht helle Hautfarbe und sieht freundlich und sympathisch aus. Mit der Unterhaltung wollte es nicht recht gehen, denn durch den Dolmetscher ist es doch ein schwerfälliger Verkehr. Der König ließ uns freilich sagen, er verstände auch Englisch, als ich ihn aber fragte: „Do you like to speak English?“ meinte er sichtlich verlegen: „O, only small!“

Na, dachte ich belustigt, darin scheint er mir nicht gerade über zu sein, obwohl es mit meinem Englisch auch nicht weit her ist.

Die Königin ließ lange auf sich warten, dann wurde sie in einem Rollstuhl hereingefahren. Ich dachte, sie wäre krank, aber der Kapitän sagte, sie sei nur zu korpulent, das ginge älteren Frauen hier oft so. Die Königin trug übrigens ganz europäische Kleidung, und auch sie war sehr liebenswürdig.

Sie ließ mir gleich die Pomadendose bringen und lud mich ein, sie wieder zu besuchen. Überhaupt scheinen die Leute hier alle gern zu schenken, denn die Frau des

Gouverneurs, die ich neulich auch aufsuchte, schenkte mir gleich ihr Bild und einen hübschen Haarkamm, der aus einzelnen kleinen Stäbchen hergestellt ist, die mit bunten Fäden verbunden sind. Den bringe ich Dir mit.

Nach einigen Tagen kam der König aufs Schiff. Wir hatten gehört, daß er nicht gern Wein trinkt, da setzte der Kapitän ihm eine süße, kühle Limonade vor.

Er hatte seinen Dolmetscher und den englischen Missionar mit, und die Unterhaltung war anfangs wieder etwas schwerfällig, dann aber kam er auf den deutsch-französischen Krieg und wurde ganz lebhaft. Er erhob sein Glas und ließ unsern neuen Kaiser, den er immer seinen Freund nannte, leben. Er versicherte, daß er sich in dem Kriege durchaus neutral verhalten hätte, was er seinem Freund auch mitgeteilt habe. Wir haben uns natürlich köstlich darüber amüsiert. Mit großem Stolz zeigte er dabei auf den roten Adlerorden, den ihm sein Freund verliehen hätte. Er hatte bei uns seine königliche Uniform an und machte einen sehr würdevollen Eindruck. Er soll übrigens bei ganz feierlichen Gelegenheiten auch eine Krone und einen mit Hermelin besetzen Mantel tragen.

Ich habe in dieser Zeit nun schon allerlei Streifzüge durch die Insel gemacht und mich gewundert, wieviel der König doch schon während seiner Regierung hier durchgeführt hat, denn alles macht hier einen durchaus gesitteten Eindruck. Der ganze Ort besteht aus regelmäßigen, geraden Straßen, und die einzelnen Wohnungen sind meist von wohlgepflegten Gärten umgeben.

Die Hütten sind von ovaler Form, ihre Wände bestehen aus senkrechten, mit Palmrippen verflochtenen Pfählen, auf denen ein Giebeldach von Blättern der Kokospalme ruht. Der Fußboden ist mit Matten bedeckt, und wenn man eintritt, so wird einem gleich eine reine Matte ausgebreitet, etwa wie wir unsern Gästen einen Stuhl anbieten.

Auf einer Anhöhe liegt, von dunklen Kasuarien umgeben, die neue Kirche, die dieselbe ovale Form hat wie die Hütten. Daneben ist das Missionshaus und das Seminar, in dem Eingeborene zu Lehrern für die Schulen der umliegenden Inseln ausgebildet werden. Der Hafen bietet ein ganz buntes Bild, und vor allem war ich erstaunt, hier mehrfach die deutsche Flagge zu sehen. Am Strande lagen ganze Berge von unreifen Bananenbündeln und viele Hunderte von Kisten mit Orangen, die gerade verladen wurden. Viele der Früchte kommen nach Auckland, weil der Transport bis Europa meist nicht lohnt, es verderben zu viel Früchte unterwegs, deshalb bildet für die nach Hamburg bestimmten Schiffe doch immer wieder fast ausschließlich Kopra die Ladung. Weißt Du wohl noch, wie ich Dir damals im Speicher die zerschlagenen Nüsse zeigte?

Überall kommen einem die Eingeborenen freundlich entgegen. Es sind meist kraftvolle, schöne Gestalten, die der malayischen Rasse angehören. Sie tragen fast alle ein Hemd und darüber eine Vala-Vala, die sie sich aus dem Bast eines Maulbeerbaumes herstellen. Sie klopfen die Rinde mit Steinen, kleben die Stücke zusammen und bemalen dann das Ganze mit Pflanzensaft; besonders verwenden sie hierzu den Saft von Ficus prolixa, der braun färbt, und zum Schluß besprengen sie es mit dem Saft des Hea-Baumes, der einen glänzend roten Firnis liefert. Diese Vala-Vala schlingen sie sich mehrere Male um die Lenden, so daß sie aussehen, als trügen sie ein Unterröckchen, das ihnen bis an die Knie reicht. Ich habe mir schon mehrere für das Museum eingetauscht.

Der Kapitän hatte mich schon darauf aufmerksam gemacht, ich möchte nur ja versuchen, einige Kavaschüsseln zu bekommen, denn Kava ist und war besonders früher hier auf den Inseln Nationalgetränk. Es soll sehr erfrischend und durststillend wirken, aber wenn man weiß, wie es hergestellt wird, ist's doch nicht gerade sehr appetitreizend. Man benutzt die Wurzel der Kavapflanze (Piper methysticum). Mehrere Eingeborene hocken dabei kauend um eine große, runde Schüssel; dann und wann stecken sie ein frisches Stück Kava in den Mund, zerkauen es tüchtig und spucken es schließlich in die mit Farnblättern ausgelegte Schüssel, in die von Zeit zu Zeit frisches Wasser geschöpft wird. Nachdem dieser Brei dann noch einmal filtriert ist, bildet solche Kavabowle das beliebteste Getränk, das bei keiner Festlichkeit fehlen darf.

Die Kavaschüsseln werden aus dunklem Holz geschnitzt, sie haben vier Beine und oft am Rande walzenförmige Handhaben, die gleich mit aus dem vollen Holz geschnitten werden. Natürlich möchte ich diese kunstvolleren Schüsseln am liebsten haben, und meist sind die Eingeborenen auch bei all solchen Tauschgeschäften sehr zuvorkommend. Überhaupt haben sie etwas äußerst Zutrauliches, geben mir auf der Straße die Hand oder rufen mir schon von weitem ihr „Sidova!" entgegen.

Neulich schenkte mir eine Frau eine Kette aus Pandanusfrüchten, mit denen sie sich bei jeder Gelegenheit schmücken, denn sie haben viel Freude am Schmuck und bekränzen sich bei allen Festlichkeiten. Sie schmücken auch ihre Gräber mit Muscheln und bunten Steinchen und zeigen große Freude an bunten Farben. —

Dies ist vielleicht mein letzter Brief an Dich. Sobald ich auf den verschiedenen Inseln alles gesammelt habe, was hier vorkommt und was ich noch nicht habe, komme ich endlich nach Hause.

Hoffentlich bald auf Wiedersehn!

Deine sich sehnende

Mutter.

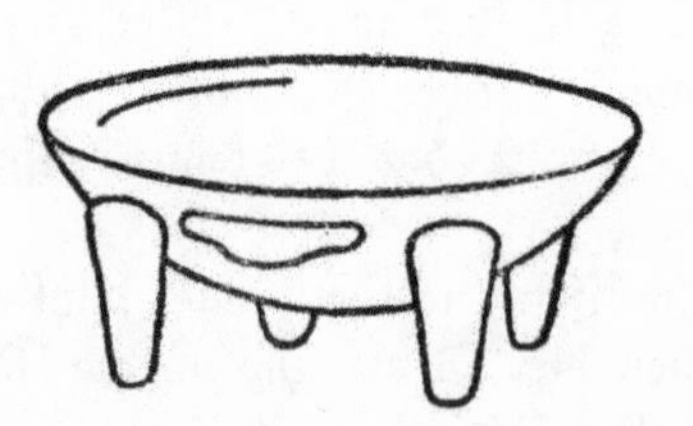

32

Heimkehr

Am Morgen des 4. März 1873 wanderte Charitas in großer Aufregung am Hamburger Hafen auf und ab. Hier an dieser Brücke, so hatte Godeffroy geschrieben, sollte gegen neun Uhr das Schiff anlegen, mit dem die Mutter nach zehnjähriger Abwesenheit zurückkam. Ungeduldig zog sie oft die Uhr, zuweilen hemmte sie ihre Schritte und ließ suchend den Blick über die Elbe gleiten; aber das spähende Auge vermochte nicht den dichten Nebel zu durchdringen, der über dem Strom lag. Zögernd trat sie an den Brückenwärter heran und fragte: „Ist es hier recht, legen hier die australischen Schiffe an? Ich erwarte die ‚Susanne Godeffroy'."

„Jetzt kommt kein Überseer; die kommen erst mit der Flut herein."

Da ertönte ein schriller Pfiff, und sowohl der Mann wie Charitas drehten sich um. Durch den Nebel arbeitete sich ein Dampfer. Der Mann erfaßte das ihm zugeworfene Tau, befestigte es und hörte, wie Charitas enttäuscht sagte: „Stade."

„Jawohl, das ist der Stader Dampfer," bestätigte der Mann, „aber es ist ja möglich, daß die Passagiere von dem Überseer auf dies Schiff gegangen sind. Das ist sogar wahrscheinlich."

Unentschlossen blieb Charitas stehen und sah die an Land Kommenden an sich vorübereilen. Nein, die Erwartete war nicht dabei. Da kamen allerlei Leute: Frauen mit Körben, — Männer, — wieder Frauen, — Burschen, — Mädchen mit Bündeln, mit Reisetaschen, — und dann kam niemand mehr. —

Charitas blickte auf das Schiff, sie blickte den Davongehenden nach.

Was sollte sie tun? Da sagte der Mann neben ihr: „Gehen Sie doch mal aufs Schiff. Vielleicht ist noch jemand da."

Zögernd ging sie auf Deck. Ein Mann trat auf sie zu und fragte: „Suchen Sie jemand?"

„Ja, ich suche Frau Dietrich, man hat mir gesagt — —"

„O," unterbrach sie der Mann lebhaft, „ich vermute, Sie sind die Tochter?! Kommen Sie, Ihre Mutter sitzt unten in der Kajüte! Ich habe Ihre Mutter so gut kennen gelernt, wir haben die lange Reise von der Südsee zusammen gemacht. Ich bin der Kapitän der ‚Susanne Godeffroy'. So, — bitte, — hier hinunter. Ich passe auf, daß Sie nicht gestört werden." Der Kapitän öffnete die Tür.

Da saß am andern Ende der kleinen Kajüte eine alte Frau mit gekrümmtem Rücken. Ihr pergamentartiges, verwittertes Gesicht war von tausend Falten und Fältchen durchfurcht und wurde von dünnen, weißen Scheiteln umrahmt. Ein dürftiges Röckchen und eine dunkle Kattunjacke umschlossen die alternde Gestalt. An den Füßen trug sie alte, graue Segeltuchschuhe, die vielfach Löcher zeigten.

Zögernd, mit klopfendem Herzen blieb Charitas einen Moment stehen und erfaßte mit einem schnellen Blick die fremdartige Erscheinung. Sah die, nach der sie sich zehn lange Jahre in Sehnsucht verzehrt hatte, sah die so aus? — ! War das die Mutter? „Eine Heldin“ hatten Doktors und Godeffroys sie genannt. Konnte so eine Heldin aussehen?

Amalie sah das Zögern, sie hatte sich erhoben und stützte sich mit der einen Hand schwer auf den Tisch, während sie mit der andern das weinende Gesicht bedeckte, dann sagte sie langsam mit fremder, tiefer Stimme: „Cha—ri—tas! —? Bist — denn du — Charitas? —! So still und so fremd? — Ich hatte dich anders in der Erinnerung! Wie stürmisch und liebevoll sprangst du mir sonst entgegen. Wie leidenschaftlich drücktest und küßtest du mich! Was warst du doch für ein liebes, zärtliches Kind!“

„Mutter!“ sagte Charitas und nahm die Weinende zaghaft in die Arme. Jede forschte ängstlich in den Zügen der andern. — Zwei Fremde standen einander gegenüber.

Vorsichtig, fast schüchtern streichelten die mageren Finger der Mutter die Wangen der Tochter, während sie ihren Kopf an Charitas' Schulter lehnte. Nach langer Pause sagte Amalie tief aufseufzend: „Endlich keine Trennung mehr, so lange ich lebe! Mit welcher Sehnsucht haben wir auf diesen Tag gewartet! Nun brauchst du nicht mehr zu bitten und zu betteln, daß ich bei Dir bleiben soll!"

„Mutter," sagte Charitas befangen, „hast du meinen letzten Brief nicht bekommen? Ich habe dir geschrieben, daß ich verlobt bin!"

Die Mutter trat von der Tochter zurück und fragte mit stockender Stimme: „Du — — ver—lobt? Ach Gott! Nein, davon weiß ich nichts! Mit wem bist du denn verlobt? —!"

„Mit einem jungen Pastor, dessen Pfarre oben dicht an der dänischen Grenze liegt. In der Gemeinde spricht man nur Dänisch. Ich habe ihn in Doktors Hause kennen gelernt; er war der Hauslehrer von Hans."

Die Mutter schluchzte: „Also kein Zusammenleben mit dir! Das trifft mich schwer!"

„Aber Mutter, Du kannst doch — —"

„Zu Euch ziehen?" sagte sie, „ach nein, ich würde wohl nicht in ein Pfarrhaus passen, es wäre mir wohl — mit einem Blick auf die Tochter — zu fein bei euch, ihr würdet zu viel an mir auszusetzen finden, und ich? ich bin nun zu alt, um mich noch erziehen zu lassen. Kommst du denn jetzt aus Kiel?"

„Nein, Mutter, ich komme von Kappeln, wo ich im Pastorat den Hausstand lerne."

Amalie wurde ruhiger, sann nach und sagte: „Du lernst den Hausstand vor der Hochzeit. Das mag wohl

Amalie Dietrich mit ihrer Tochter Charitas

richtig sein; ich lernte ihn nachher. — — Aber jetzt komm! Wir wollen nun zu Godeffroy!“

Die Tochter ließ einen Blick über die Gestalt der Mutter gleiten, dann sagte sie: „Möchtest du dich nicht vorher ein wenig zurecht machen?“

„O bewahre! Du meinst die Löcher in meinen Segeltuchschuhen? Die habe ich mir mit Fleiß hineingeschnitten. Den armen Füßen ist im Leben viel zugemutet worden, da habe ich ihnen Platz und Luft geschafft, wo eine Reibung oder ein Knöchel war. Damit beleidige ich ja keinen Menschen. Und jetzt komm, mich verlangt danach, Godeffroy zu sehen!“

„Ja, ja, warte nur einen Augenblick, ich besorge sofort eine Droschke.“

„Eine Droschke? Aber wozu denn?“

„Du hast doch wohl Gepäck bei dir?“

„Nichts habe ich bei mir als meine zwei Adler, die stehen auf Deck.“

„Adler? —!“

„Jawohl, zwei Prachtexemplare! Sie sind ganz zahm. O, sie kennen mich! Freilich der Schlingel Punch hat des Steuermanns Rock mit seinem scharfen Schnabel in lauter Streifen zerfetzt. Der Steuermann hatte ihn in der Nähe der Käfige zum Bürsten hingehängt.“

„Und dein Gepäck?“

„Ist alles noch auf der ‚Susanne Godeffroy‘.“

„Und was willst du mit den Adlern?“

„Hast du mir nicht vor neun Jahren geschrieben, ich würde unserm guten Doktor eine Freude machen, wenn ich etwas für den zoologischen Garten mitbrächte?“

„Daran hast du jetzt noch gedacht?“

„Selbstverständlich!“

Draußen bei den Käfigen stand der Kustos vom Museum Godeffroy, und während er Amalie begrüßte, holte Charitas eine Droschke.

Für die Adler versprach der Kustos zu sorgen.

* *
*

In demselben kleinen, teppichbelegten Zimmer, wo vor zehn Jahren der Kontrakt unterzeichnet war, stand jetzt der ehrwürdige, alte Herr und begrüßte mit tiefer Bewegung die Heimgekehrte.

„Meine gute Frau Dietrich!“ sagte er, „Sie haben so treu für uns gearbeitet, ich werde Sie, solange ich lebe, nie verlassen.“ Er hing ihr eine Kette mit einer Uhr um den Hals und sagte lächelnd: „Sie sind nun wieder in Europa, da werden Sie sich nach europäischer Zeit richten müssen. Na, und dann werden Sie so bald wie möglich Ihre alte Heimat wiedersehen wollen, nicht wahr?“

„Ach ja,“ rief Amalie lebhaft, „nach Siebenlehn möchte ich! Und dabei darf ich vielleicht eine Bitte aussprechen?“

„Gewiß, liebe Frau Dietrich!“

„Dürfte ich für die Siebenlehner Schule einige Dubletten als Geschenk mitbringen?“

„Suchen Sie sich nur aus, was Sie haben möchten, und wenn Sie sonst noch jemand zu beschenken wünschen, tun Sie es unsretwegen herzlich gern.“

„Dann möchte ich für Doktor Meyer eine Sammlung australischer Farne und für Lehrer Walter eine Moossammlung haben.“

„Alles ist Ihnen gern gewährt. Bis Sie nach Sachsen reisen, wohnen Sie auf meine Rechnung in Höfers Hotel. Und wenn Sie zurückkommen, steht hier in meinem Hause eine Wohnung für Sie bereit. Sie werden wünschen, in der Nähe Ihrer Sammlungen zu bleiben und können daran arbeiten, wann es Ihnen gefällt."

Sie dankte unter Tränen.

* * *

Vierzehn Tage später reiste Amalie in ihre Heimat. Sie besuchte die alten Bekannten in der Niederstadt und auf dem Forsthof und ging ganz allein durch den Zellwald.

Im Anzeiger für Stadt und Umgegend von Nossen und Siebenlehn stand viel Rühmendes über ihre Reisen. Ihre Sammlungen wurden auf dem Rathause aufgestellt. Als sie kam, um nachzusehen, ob alles gut angekommen sei, kam ihr der alte Stadtrichter entgegen, hieß sie in der Heimat willkommen und sagte: „Hier an dieser Stelle zeigte ich Ihnen einst auf der Landkarte den Weg nach Bukarest. Was für ein Lebensweg seitdem!"

Sie neigte den Kopf und sagte leise: „Rund um die ganze Welt. Es war weit und schwer!"

33

Die letzten Jahre

Nach der Heimkehr verlebte Amalie dreizehn Jahre im Hause Godeffroy. Sie arbeitete soviel sie mochte in dem Museum, von dem sie einen großen Teil zusammengetragen hatte. Als die Sammlungen später in den Besitz der Stadt übergingen, wurde sie am Botanischen Museum angestellt und von der Stadt besoldet.

Ihr Verkehr war sehr mannigfach. Sie war ein gern gesehener und wohl der originellste Gast in einigen der ersten Familien der Stadt, und sie war gut Freund in allen Apotheken. Aber auch in mancher Kellerwohnung und in manchem Hof ihres Stadtteils verkehrte sie freundschaftlich und hatte für alle Leiden einen guten Rat, einen bittern aber wohltuenden Trank oder ein scharfes Zugpflaster.

Immer wieder bedauerte sie, daß sie so wenig gelernt hätte. Wenn im Winter die Vorträge begannen, sah man die ärmlich gekleidete, alte Frau mit den verwitterten Zügen in der ersten Reihe der Zuhörer sitzen und mit leuchtenden Augen den Ausführungen lauschen. Sie war wohl einer der verständnisvollsten Zuhörer.

Nach Godeffroys Tode mußte sie die Wohnung am „Alten Wandrahm" verlassen und in ein einfaches, städtisches Stift ziehen. Sie hätte in ein vornehmeres Stift kommen können, aber sie fürchtete, daß sie mit ihrer Einfachheit und einigen Absonderlichkeiten, die sie im Busch angenommen hatte, nicht dahinein passen würde. Das kleine Vermögen, das sie sich in Australien zusammengespart hatte, verborgte sie in gutmütiger Weise und verlor alles. Als Charitas den Verlust bedauerte, sagte sie: „Es tut mir ja leid um deine Kinder. Ich werde auch so fertig. Das Leben nehme ich mir nicht um verlorenes Geld, das hab ich nicht einmal getan, als ich mein Glück verlor."

Sie, die Weitgereiste war häuslich geworden, aber als sie einmal las, daß in Berlin ein Kongreß für Anthropologie stattfände, bei dem auch über Australien vorgetragen werden sollte, fuhr sie hinüber und ging gleich, die alte braune australische Ledertasche in der Hand, zur Versammlung und bat um Einlaß. Der Diener verweigerte es, weil Frauen ausgeschlossen waren. Da sie ihn immer wieder bat, sie doch in einem Winkel auf der Galerie zuhören zu lassen, ging er endlich zum Vorsitzenden, dem Geheimrat Neumeyer, und erzählte, wer da wäre. Da ging Neumeyer an die Tür, holte sie herein und führte sie durch die Reihen der Anwesenden. Er stellte sie dem Vorstand vor und sagte:

„Frau Dietrich erbittet sich einen Platz in irgend einem Winkel; ich denke, ihr gebührt ein Ehrenplatz in dieser Versammlung.“ Dicke Tränen rollten ihr bei diesen Worten über die gefurchten Wangen.

Wenn der Sommer kam, fuhr sie manchmal auf einige Tage nach dem einsamen Pastorat in Nordschleswig, in dem ihre Tochter lebte. Sie kam unangemeldet und ging von der letzten Poststation stundenlang gradeaus über Felder und Gräben auf den Kirchturm zu.

Den Tag über suchte sie mit ihren drei Enkelkindern zusammen in Feld und Heide, was sie interessierte. Sie legte die Pflanzen mit den beiden größeren Mädchen, Charitas und Käthe, ein, und leitete sie an, ein Herbarium zusammenzustellen, oder sie spielte mit dem kleinen Adolf, einem munteren Jungen; sie half ihm, sich in die Vala-Vala wickeln und befestigte in seinen blonden Locken den Kamm, den die Gouverneursfrau von Tongatabu ihr geschenkt hatte. Und wenn er in vollem Kriegsschmuck zwischen den Bäumen des Pastorats unter des Vaters Studierstube die wildesten Tänze der Papuas nachahmte, lachte sie, daß ihr die Tränen über das faltige Gesicht rollten. Abends aber saß sie gern ein Stündchen beim Lehrer und redete mit ihm in ihrer anschaulichen Weise über Krankheit und Tod, Welt und Gott.

Als sie 1891 ihre Tochter im neubezogenen Pastorat in Rendsburg besuchte, zog sie sich in der scharfen Märzluft eine Lungenentzündung zu. Während ihrer Krankheit phantasierte sie. Charitas hörte, wie sie nachts rief: „Wilhelm! was wir wurden, — das danken wir dir! — Hörst du, Charitas, du auch!“

Ruhig und gefaßt sprach sie von ihrem Tod: „Macht nur ja keine Umstände,“ sagte sie. „Mit mir sind im Leben nie Umstände gemacht. Nimm ja keins von den neuen Laken, und den Sarg so billig es angeht. Pflanzt einen Efeu auf mein Grab, damit gut.“

Als sie schwer nach Luft rang, flüsterte sie: „Mutter! — Mutter! — Wer überwindet — Krone — des Lebens. — Nun darf ich doch — zu dir kommen!“

Der Tod glättete ihr die vielen Runzeln und Falten. Alle Kanten, Gegensätze und Schlacken verschwanden. Die ihr nahestanden, erkannten in dem edlen Gesicht die schlichte Größe der tapfern Kämpferin.

Inhalt der Grote'schen Sammlung von Werken zeitgenössischer Schriftsteller

1. Band:

Otto Glagau, Fritz Reuter und seine Dichtungen. Neue, umgearbeitete Auflage. Mit Illustrationen. Geb. 4 M.

2. Band:

Julius Wolff, Till Eulenspiegel redivivus. Ein Schelmenlied. Mit Illustrationen. Sechsundzwanzigstes Tausend. Geb. 4 M. 80 Pf.

3. Band:

Julius Wolff, Der Rattenfänger von Hameln. Eine Aventiure. Mit Illustrationen von P. Grot Johann. Sechsundsiebzigstes Tausend. Geb. 4 M. 80 Pf.

4. Band:

Wilhelm Raabe, Horacker. Mit Illustrationen von P. Grot Johann. Achtzehnte Auflage. Geb. 4 M.

5. Band:

Friedrich Bodenstedt, Theater. (Kaiser Paul. — Wandlungen.) Geb. 4 M.

6. Band:

Anastasius Grün, In der Veranda. Eine dichterische Nachlese. Dritte Auflage. Geb. 2 M.

7. Band:

Julius Wolff, Schauspiele. Zweite Auflage. Geb. 4 M. 80 Pf.

8. Band:

Carl Siebel, Dichtungen. Gesammelt von seinen Freunden. Herausgegeben von Emil Rittershaus. Geb. 4 M.

9. Band:

Wilhelm Raabe, Die Chronik der Sperlingsgasse. Neue Ausgabe mit Illustrationen von Ernst Bosch. Einundachtzigste Auflage. Geb. 4 M.

10. Band:

Julius Wolff, Der wilde Jäger. Eine Weidmannsmär. Hundertfünftes Tausend. Geb. 4 M. 80 Pf.

11. Band:

Hermann Lingg, Schlußsteine. Neue Gedichte. Geb. 4 M.

12./13. Band:

Julius Wolff, Tannhäuser. Ein Minnesang. Zwei Bände. Dreiundvierzigstes Tausend. Geb. 8 M.

14. Band:

Julius Wolff, Singuf. Rattenfängerlieder. Siebzehntes Tausend. Geb. 4 M. 80 Pf.

15. Band:

Julius Grosse, Gedichte. Mit einer Zuschrift von Paul Heyse. Geb. 4 M.

16./17. Band:

Julius Wolff, Der Sülfmeister. Eine alte Stadtgeschichte. Zwei Bände. Sechsundfünfzigstes Tausend. Geb. 8 M.

18./19. Band:

A. von der Elbe, Der Bürgermeisterturm. Ein Roman aus dem fünfzehnten Jahrhundert. Zweite Auflage. Geb. 7 M.

20. Band:

Julius Wolff, Der Raubgraf. Eine Geschichte aus dem Harzgau. Vierundsechzigstes Tausend. Geb. 7 M.